LA MUJER DE ROJO

LA MUJER DE ROJO

DIANA GIOVINAZZO

HarperCollins Español

Este libro es una obra de ficción. Los nombres, personajes, lugares y sucesos son fruto de la imaginación de la autora o se utilizan de forma ficticia y buscan únicamente proporcionar un sentido de autenticidad. Cualquier parecido con sucesos, lugares, organizaciones o personas, vivas o muertas, es pura coincidencia.

Los libros de HarperCollins Español pueden ser adquiridos con fines educativos, empresariales o promocionales. Para más información, envíe un correo electrónico a SPsales@harpercollins.com.

Título original: THE WOMAN IN RED

Publicado en inglés por Hachette Book Group, Nueva York 2020

PRIMERA EDICIÓN DE HARPERCOLLINS ESPAÑOL, 2020

Traducción: Aurora Lauzardo Ugarte

Este libro ha sido debidamente catalogado en la Biblioteca del Congreso de los Estados Unidos.

ISBN 978-0-06-299951-1

20 21 22 23 24 LSC 10 9 8 7 6 5 4 3 2 1

Fortuna juega con nosotros a dos manos. Por mis pecados, pagaré como debemos hacer todos. Incluso más, creo. Aun así, me siento feliz por la familia que me ha dado.

—ANITA GARIBALDI

Prólogo

Agosto de 1840

Los malos augurios me han perseguido toda la vida. Nací en un mes desafortunado, bajo una luna desafortunada: agosto, el mes de la tristeza y el dolor. Se trata de una idea popular que conozco muy bien y que ahora me acecha, mientras me esfuerzo por orientarme entre los cuerpos sin alma que yacen en este campo de batalla desierto en medio de la selva brasileña.

Una niebla baja se derrama sobre el claro y cubre la tierra de un leve rocío que no basta para ocultar la matanza. Esos hombres, desparramados como pedazos de porcelana rota, eran gente que conocía. Se sentaban alrededor de la fogata con mi esposo, atentos a cada una de sus palabras, como yo una vez. Tantos hombres. Me sujeto el vientre y elevo una oración en silencio por mi hijo mientras me pregunto qué será de nosotros. El campo de batalla, que tal vez haya reclamado a mi esposo, se extiende ante mis ojos.

Miro hacia atrás y veo a mis captores jugar a las cartas a la luz de una linterna. Hombres jóvenes en uniformes raídos y sin afeitar. Uno de ellos tira una carta con un manotazo y suelta un alarido triunfal, luego siguen jugando. Les gustaría marcharse, pero he hecho un pacto con el diablo para estar aquí. Nadie se mueve hasta que yo quede satisfecha. Estos jóvenes soldados me subestiman, como tantos otros.

Me desplomo sobre el tronco de un árbol caído. Me acaricio el vientre y observo los buitres negros circunvolar y descender en picada bajo un cielo rojizo. Jadeo del esfuerzo. El hedor dulce y rancio me impregna la garganta. Amenaza con vencerme, pero debo continuar. Llevo horas buscando y preguntándome si esas aves serán un presagio. ¿Habrá muerto mi esposo?

Cierro los ojos y me llega el recuerdo infantil de una vieja que me señala con un dedo nudoso y tembloroso a la salida de la iglesia y declara:

—Ésta sufrirá mucho en la vida. Ésta será muy, muy desafortunada—. Luego escupe hacia un lado para conjurar al diablo.

Pero su declaración no cambiaba nada. Mi madre ya sabía que era desafortunada. No había nacido varón. Mi vida habría sido totalmente distinta si hubiera nacido varón. Tal vez sería uno de los cuerpos desparramados aquí entre la mugre y el fango.

Cruje una rama y me sorprende un buitre que camina frente a mí. Hunde la cabeza y le arranca un pedazo al cadáver de un soldado. Luego se vuelve hacia mí, me mira y se lo traga. Sus ojos negros brillan en la luz agonizante. Nos miramos, el carroñero y yo. Veo en él una criatura que se parece a mí. Hacemos lo que sea necesario por sobrevivir. El buitre ahueca las alas inmensas y desaparece.

Se me retuercen las tripas y la bilis me quema la garganta. Me doblo para tratar de expulsar la acidez, pero no sale nada. Ojalá tuviera un poco de agua, algo que me quitase este sabor amargo de la boca. Me aparto el pelo húmedo de la cara y miro a mi alrededor, hacia el claro fangoso. Se me agarrota la espalda cuando trato de enderezarme. Jadeando de dolor, intento sujetarme de una carreta abandonada y caigo de bruces sobre otro cadáver. Cierro los ojos y trato de controlar la respiración al tiempo que lucho contra la desesperanza que comienza a apoderarse de todo. El campo es vasto y nuestras pérdidas enormes. No podré registrarlo todo en una noche.

Mi esposo no puede estar aquí. Los hombres como él no mueren. Es demasiado astuto. Pero, en lo profundo de mi corazón, no puedo dejar de preguntarme qué significaría para mí que haya muerto. Hay tantos hombres, que no es inconcebible creer que lo que me han dicho es verdad.

Miro hacia la línea de los árboles y me doy cuenta de que podría huir. Podría irme de aquí. Podría escaparme de estos incompetentes. Podría ser más grande que mi esposo. Susurrarían el nombre «Anita Garibaldi» con reverencia.

Cierro los ojos y doy un paso adelante. Se me hunden las botas en el fango. Los recuerdos pasan frente a mí mientras atravieso el campo. Sólo el tiempo dirá si he tomado la decisión correcta.

Primera parte

SANTA CATARINA, BRASIL

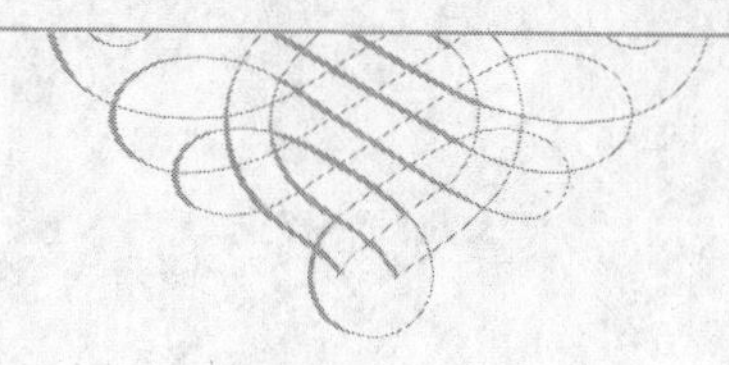

Uno

Octubre de 1829

Tenía ocho años cuando me enviaron a la escuela en el pequeño asentamiento comercial de Tubarão. Pero la conformidad no fue nunca mi fuerte. Trataba por todos los medios de parecerme a mis dos hermanas mayores: llevaba trenzas y el vestido bien planchado, pero no era capaz de estarme quieta y prestar atención. Nuestra escuelita, vieja y obsoleta, no tenía más que un aula. Me asfixiaba el aire denso y caliente que allí se respiraba.

El edificio solía ser la oficina del juez de paz, pero los hijos de los habitantes del pueblo necesitaban un lugar donde aprender a leer. Al juez le dieron un edificio nuevo; a nosotros nos tocó el edificio amarilleado por el tiempo, decorado con gruesas grietas que trepaban por las paredes. Y todos felices.

Los alumnos nos sentábamos en pupitres alineados en cuatro filas y escuchábamos con atención las lecciones básicas que algún día nos permitirían asumir el rol de nuestros padres en el pueblo. El maestro nos leía machaconamente de un libro.

Suspiré y miré por la ventana hacia donde crecía un árbol de guayaba. Una de las ramas, repleta de frutos color rosado brillante, saltaba bajo el sol mañanero. Me salí del pupitre para poder ver lo que provocaba semejante conmoción. La naricilla negra de un coatí salvaje se asomó entre el follaje verde y frondoso. Me quedé observando a la criatura que caminaba con cautela hacia el extremo de la rama para alcanzar la guayaba madura.

—¡Ana de Jesus! ¡Regresa a tu asiento! —gritó el maestro atrayendo nuevamente mi atención hacia él.

—¡Pero, *senhor*!

Me agarró por el brazo, me arrastró frente a la clase y me obligó a extender las manos. Intenté retirarlas, pero sólo conseguí que me sujetara con más fuerza. Me las golpeó firmemente con la regla. El escozor me subió por los brazos hasta los codos.

—No contradigas a tu maestro. Eres una niña. Tienes que obedecer.

Las lágrimas me quemaban los ojos, pero no iba a darle el gusto. Me mordí los labios para no llorar. Pestañeaba para que no se me saltaran las lágrimas mientras sentía la mirada de los demás estudiantes sobre mí. No fue hasta que sonó una risita en la parte posterior del aula que mi vergüenza se tornó en rabia. Le arrebaté la regla de las manos y comencé a golpearlo con ella. Sólo podía ver la mano que sujetaba la regla que, a su vez, golpeaba el brazo del maestro mientras él intentaba defenderse. Fue la última vez que fui a la escuela.

—¿Qué vamos a hacer contigo, Ana? —preguntó mi madre con el rostro enrojecido y bufando como un toro. Estábamos al amparo de nuestro pequeño hogar con su techo de paja y sus paredes de bahareque, lejos de la mirada inquisidora del pueblo. Mi madre se cuidaba mucho de las habladurías de la gente. Me senté a la mesa y la miré con el estómago encogido de miedo.

—Irá a trabajar conmigo. —Ni mi madre ni yo habíamos sentido entrar a mi padre. Estaba de pie en la puerta y se pasaba un trapo húmedo por debajo de la barbilla y las orejas. *Mamãe* se enderezó cuando vio a mi padre.

—La consientes demasiado. Esto —dijo señalándome—, esto es culpa tuya.

—«Esto» es nuestra hija. No nos vendría mal una mano con los caballos. —Me miró con los brazos cruzados y un asomo de sonrisa en los labios. Intenté no mirar su sonrisa.

Mi madre se llevó las manos a la cabeza y salió en dirección opuesta a mi padre.

—¡Me rindo!

Sonreí de oreja a oreja cuando salió como una exhalación. Mi padre me miró y endureció el rostro.

—Quítate esa sonrisita de la cara, que vas a tener que trabajar mucho —dijo. Asentí y lo vi salir disgustado.

Ayudar a mi padre con los caballos y el ganado era algo maravilloso. Nuestra región del sur de Brasil, conocida como Santa Catarina, era un verdadero edén. Nadie amaba el campo indómito y escarpado como los gauchos y Brasil no podía funcionar sin nosotros.

Pasábamos el día domesticando la tierra salvaje de Santa Catarina. Cada año venía más gente de Europa y del norte de Brasil a asentarse en esta región y requerían más tierras, más ganado y más recursos en general. Cuando a un ganadero se le perdía una res, eran mi padre y los demás gauchos quienes salían a buscarla.

Santa Catarina no sería la región que es hoy sin el gaucho, y el gaucho no sería el gaucho sin Santa Catarina. Trabajábamos para un hacendado rico al que llamábamos patrón. Un patrón jamás se ensuciaba las botas para llevar el ganado de un claro a otro. Un patrón no se levantaba al amanecer para alimentar a los caballos y las reses que lo enriquecían. Un patrón no abandonaba la tibia cama en medio de la noche para ayudar a una vaca a parir un becerro sin importarle la mucosidad y la sangre. Pero un gaucho sí. No necesitábamos títulos nobiliarios para saber que éramos los verdaderos dueños de esta tierra de montañas verdes y exuberantes que se extendían lánguidas hasta el cielo. Esa tierra salvaje, que se abría ante nosotros como una vasta extensión de mar, valía más que cualquier paraíso que pudieran prometernos los sacerdotes.

Me sentía la persona más dichosa del mundo cuando cabalgaba junto a esos hombres sucios y desaliñados que habían hecho frente a la naturaleza durante el diluvio que amenazó con borrar toda vida de la faz de la tierra. No: no envidiaba a mis hermanas ni a mis antiguos compañeros de clase. Mientras ellos permanecían en esa aula asfixiante escuchando lecciones inútiles, yo recibía una verdadera educación.

Primero trabajé como aprendiz de mi padre. Organizaba sus aparejos y me aseguraba de colocarlos en el orden en que los utilizaba. Pronto adquirí la experiencia necesaria para trabajar con él y ser toda una gaucha por derecho propio. Al final del día, limpiábamos juntos los aparejos y conversábamos. Mi padre me contaba historias de su gente, los azorianos, que vivían en las exóticas y exuberantes islas de la costa de Portugal.

—Cuando era niño, mis padres no lograban retenerme en tierra. —Sonrió mientras le limpiaba el barro a su preciado facón, que siempre llevaba consigo desde su llegada a este lugar—. Había un peñasco en particular que a mis amigos y a mí nos gustaba mucho escalar. Era tan alto que se podía ver el océano hasta muy lejos. —Guardó el facón y agarró otra herramienta mientras yo lo observaba sentada en la banqueta—. Sobre un peñasco como ése te das cuenta de cuán pequeño eres.

—¿Qué hacían cuando llegaban a la cima?

—¡Saltábamos! —Abrió los ojos muy grandes, giró hacia mí y empezó a hacerme cosquillas—. Pero ni se te ocurra, jovencita. No permitiré que saltes ningún risco hasta que tengas, por lo menos… veinte años.

—¿Veinte años? ¿Por qué veinte años?

—Porque para entonces lo que hagas será asunto de tu esposo.

Fruncí el ceño ante la idea, pero luego se me ocurrió otra pregunta.

—*Papai*: ¿por qué viniste a este lugar?

Permaneció pensativo por un rato mientras cerraba las cajas de herramientas. Luego contestó:

—Comprendí que el mundo se extendía más allá de mi pequeña isla.

Dos

Enero de 1833

En el transcurso de mi vida, los malos augurios se cumplieron y, con ellos, llegaron los problemas.

Una mañana, mi padre y yo nos preparábamos para la jornada de trabajo cuando escuchamos a mi madre gritar desde la casa. Soltamos los aparejos que estábamos empacando y corrimos hacia ella. Estaba en la cocina y miraba fijamente el pajarito negro con el pecho color rojo brillante que se había posado en el respaldar de una silla y se mecía rítmicamente.

—Esto es malo. Muy malo —dijo mi madre mientras su rostro empalidecía—. Aquí hay espíritus. —Se persignó—. Va a ocurrir algo terrible.

Caminé lentamente hacia el pájaro para no asustarlo. Despacio: un pie, luego el otro. El pájaro giró la cabecita hacia mí. Sus ojos, tan negros como su plumaje, brillaban bajo el perfil blanco de las cejas. Con sumo cuidado extendí la mano y le acaricié el pecho. El pájaro no se movió ni trató de huir. Nuestras miradas se cruzaron y, por un instante, sentí afinidad con esa criatura.

Sosteniéndolo en mis manos ahuecadas, lo saqué de la casa y echó a volar en libertad como le correspondía.

Un caluroso día de enero, mi padre se ofreció a averiguar de dónde provenía una filtración en el almacén de la comunidad. El almacén era el lugar donde se guardaban la cosecha y las carnes secas de nuestro pequeño pueblo durante la estación de lluvias. Cualquier humedad que entrara en esa casucha significaba que pasaríamos hambre el resto de la temporada.

Me ofrecí a ir con él, pero no me lo permitió.

—Eres demasiado pequeña. Podrías lastimarte.

—El mes pasado ayudé a capturar un toro salvaje.

—Y por poco te aplasta. —Agarró su soga y su martillo—. Apenas tienes once años. Ya tendrás tiempo de arriesgar tu vida persiguiendo el ganado y encaramándote sobre establos desvencijados.

Me dio un beso en la cabeza y se marchó. Yo me quedé enfurruñada, deseando ir con él. Es cierto que me dejaron ayudar a enlazar al toro, pero sólo porque era más rápida con el lazo que los demás gauchos que iban con nosotros.

Un poco más tarde, esa misma mañana, mientras cepillaba los caballos en el establo, llegó la noticia como una tormenta súbita que arrasa y destruye todo a su paso. Todo el pueblo había ido a ver el daño en el almacén, pero sabía que mi padre sería el que se treparía al techo. La bilis me subía por la garganta mientras me abría paso entre la gente.

—Estaba caminando sobre el techo —murmuró uno de los vecinos—. Dicen que se cayó.

—Por supuesto que se cayó: el techo estaba tan frágil que no podía sostener ni el peso de un ave. —Todos se callaron cuando miraron hacia abajo y notaron mi presencia.

Me abrí paso entre la multitud que se arremolinaba hasta llegar al centro. Me quedé sin aliento cuando vi a mi padre tendido en el suelo, pálido y ceroso, con el abdomen atravesado por una viga. Creo que grité. No estoy segura. Me acerqué a él tambaleándome y traté de tomarle la mano extendida. Fue entonces que uno de los gauchos me agarró, cargó sobre los hombros y sacó de ahí.

Al día siguiente, la familia, los amigos y otros allegados se unieron a la procesión para enterrar a mi padre. Gritaban y lloraban, se daban golpes en el pecho y se mesaban los cabellos. Mi madre encabezaba el grupo y era la que se lamentaba con más fuerza. Cuando la carroza tirada por caballos se detuvo, mi madre se abalanzó sobre el ataúd y comenzó a golpear la tapa.

—¿Cómo has podido dejarme? —gritaba. Dos mujeres se la llevaron. Sus gemidos eran como una niebla baja que arropaba a la multitud de dolientes.

Me quedé detrás para observar el espectáculo que se desarrollaba ante mis ojos. La gente se arremolinaba a mi alrededor a medida que todo el pueblo caminaba detrás del ataúd. Me agarré de un árbol y traté por todos los medios de que el torrente de rostros que se desplazaba hacia el cementerio no me arrastrara. Miré a mi alrededor y no pude encontrar a mi madre ni a mis dos hermanas. De repente me hallé sola y asustada en medio de aquel mar de gente.

El ruido de la multitud era una cacofonía de sonidos que me desorientaba. El olor a sudor me impregnaba las fosas nasales mientras era arrastrada a lo largo de la senda. Tuve que marcharme. Sentía que iba a enloquecer. Luchando contra la procesión, llegué al río. Los pulmones me ardían. Me desplomé, jadeante, al pie de un árbol. El mundo de pronto me pareció frío y oscuro sin él. De mis padres era el único que me entendía.

Entonces sentí unos pasos detrás de mí. Esperando ver un animal salvaje, giré la cabeza rápidamente, pero no era más que Pedro, el borracho del pueblo. Me sonrió: le faltaba la mitad de los dientes y se le veía la lengua entre los huecos.

—Tan pequeña. Qué pena que ahora estés tan sola.

—Vete, Pedro —le ordené mirando de nuevo hacia el río, pero sin perderlo de vista con el rabillo del ojo.

Se acercó decidido y me agarró una de las trenzas.

—Qué pelo tan largo y hermoso tienes. —Se pasó la trenza entre sus dedos asquerosos—. Qué pena que ya no tengas un padre que te proteja.

—Déjame en paz, Pedro. —Traté de alejarme, pero me agarró por el brazo y me lanzó contra el árbol.

—Así no se les habla a los hombres. —Estaba tan cerca que podía sentir el olor a alcohol y orín que emanaba de su cuerpo—. Voy a darte una lección. —Se apretó contra mí y comenzó a buscarse en los pantalones.

Forcejeé con él. Me apretó con más fuerza y me pasó la lengua por la mejilla.

—Sé una niña buena. —Sus palabras eran espesas y húmedas.

De repente, el instinto afloró y dejé de forcejear. Me relajé, me escurrí entre sus garras y corrí como nunca lo había hecho en mi vida hasta llegar a casa.

Para entonces, la mayoría de los invitados se había marchado, pero mi madre todavía estaba afuera, frente a la puerta despidiendo a alguien. Corrí hacia ella y la abracé, me sentí segura en su abrazo.

—Ana, ¿qué te pasa?

Hundí el rostro en su cuello y fui incapaz de articular palabra. Cuando por fin pude, se lo conté todo. Su rostro pálido se tornó rojo carmesí.

—¡Ese canalla! Tuviste suerte de poder escapar. —Tomó mi rostro entre sus manos para poder mirarme a los ojos—. Debes tener cuidado. Ahora no está tu padre para protegernos.

Esa noche dormí con mi hermana mayor, María, que roncaba a mi lado. Sentí que había un abismo entre mi hermana y yo. Aunque sólo me llevaba tres años, actuaba como si fuera una adulta. Nunca habíamos sido muy unidas, pero las maneras en que cada una manifestó la pena por la pérdida de nuestro padre fueron el día y la noche. Mientras que yo sentía que me habían arrancado la piel, ella se volvió más introvertida. Era tal su necesidad de estar sola que me miraba con desprecio si me le acercaba. Ahora, acostada a su lado, no podía dormir. Los acontecimientos del día me daban vueltas en la cabeza. Miré fijamente nuestro techo de paja. María roncaba y se movía en la cama; yo tenía demasiada rabia para dormir. No podía dejar de preguntarme *¿por qué necesitamos un hombre que nos proteja?* Yo trabajaba con los hombres, hacía lo mismo que ellos. Incluso podía montar a caballo mejor que la mayoría de los hombres del pueblo. Me daban a domar los caballos más tozudos. Mi padre fue quien me enseñó. El día que descubrió que yo poseía una afinidad natural con los caballos fue uno de los días más felices de mi infancia. Y, tal vez, uno de los más angustiantes para él.

Podía saborear el olor de la paja y el sudor de los caballos que los vientos cálidos de noviembre traían hasta nuestro campamento. La yegua sacudía su crin negra a cada momento. Sus ojos desorbitados saltaban de una persona a otra. Su respiración era fuerte y pesada por la ansiedad. Cuando cualquiera de los hombres intentaba acercársele, se encabritaba y coceaba para defenderse de sus látigos. Yo estaba al lado de mi padre.

—Así no se doma un caballo —suspiró. Mi padre tenía sus métodos y ése no era uno de ellos.

Cuando llegó la hora de la siesta, los hombres dejaron a la yegua y yo me acerqué lentamente al corral con la camisa agarrada como si fuera una canasta para cargar todos los higos que había recogido. La yegua se quedó ahí, mirándome y, a cada paso mío, pateaba y relinchaba furiosa. Me detuve en la verja y la observé mientras me llevaba uno de los tiernos frutos a la boca.

La yegua volvió a patear para protestar. Le di la espalda y seguí comiendo. En muy poco tiempo vino hacia mí. Me tocó el hombro con la nariz. Como no le hice caso, me tocó con más fuerza, luego me dio un empujón. Me di vuelta para mirarla. Nos miramos fijamente hasta que bajó la cabeza. Sonreí sujetando un higo en la palma de la mano frente a ella. El higo desapareció al instante. Luego otro. Antes de darle el tercero, tenía que dejarme acariciarla. Retrocedió un poco al principio, pero al séptimo y último higo tenía la cabeza entre mis manos y me dejaba acariciarla mientras olfateaba, buscando más comida. El crujido de una rama la asustó y comenzó a dar vueltas alrededor del corral. Giré y vi que todos los hombres, incluido mi padre, me miraban. Un viejo se le acercó a mi padre y le susurró algo. Mi padre asintió con seriedad y caminó hacia mí.

—Es hora de que te metas ahí con ella.

Lo había visto domar cientos de caballos y me horrorizaba la idea de tener que hacerlo sola. Hizo un gesto con la cabeza mirando la yegua, que daba vueltas dentro del corral.

—Ella va a tratar de domarte a ti más que tú a ella —me explicó mi padre—. No dejes que vea que le tienes miedo. —La yegua tenía las orejas hacia atrás, los ollares dilatados y resoplaba enfurecida. Mi padre hizo una pausa y la miró—. Y por el amor de Dios, no le des la espalda.

Con aprehensión salté la verja de madera y me quedé ahí, mirándola. Sacudió la cabeza nuevamente y resopló enfurecida.

Luego corrió hacia mí. Me mantuve firme mientras se me acercaba a toda velocidad, tal y como había visto que hacían los hombres. En el último momento, giró y siguió corriendo por el perímetro de la verja. Respiré aliviada al tiempo que me preparaba para el siguiente ataque. Había visto muchas veces este baile entre el gaucho y el caballo. Seguimos así casi toda la tarde hasta que se detuvo, jadeando y resoplando. Pateó el suelo como un niño enfadado. Silbé para tranquilizarla y me acerqué a ella. Extendí la mano despacio y le acaricié el costado. Le pasé el lazo con mucha paciencia. La yegua confiaba en mí y yo no iba a traicionar esa confianza. Era la hija de mi padre.

Ahora, acostada al lado de María, me preguntaba si alguna vez se me volvería a confiar una tarea como ésa. Podía enlazar un becerro en diez segundos, era la más rápida del pueblo. ¿Acaso era menos que ellos sólo por ser mujer? No lo creía en absoluto. ¿Por qué habrían de tratarme de otro modo ahora que no tenía un padre o un hermano que me protegieran? Le di un puño a la almohada y me di vuelta. Tenía que hacer algo. Decidí que, al día siguiente, sería yo la que le daría a Pedro una lección.

A la mañana siguiente, espié de lejos al canalla mientras trabajaba, si a eso se lo podía llamar trabajar. Era un peón vago que sólo trabajaba cuando el patrón lo miraba. Se sentó a la sombra de un pino decrépito, demasiado ocupado con su bebida para darse cuenta de los bueyes que estaban atados al árbol. A causa del daño ocasionado durante años por las termitas, el pino se inclinaba hacia un lado como un viejo sin bastón. Una soga gruesa ataba los bueyes desde el yugo hasta la base del árbol donde Pedro estaba sentado. Sería facilísimo.

Aguijé la yegua y echamos a correr hacia los bueyes, que, para entonces, habían notado nuestra presencia. Abrieron sus ojos brillantes como cuentas y dejaron de mascar. Luego comenzaron a tirar del árbol para huir hasta que lo arrancaron de raíz. Al ver esto y al verme, Pedro corrió hacia mí con los brazos en alto, como para intentar detenerme. Estaba justo donde lo quería. Agarré la fusta y lo golpeé en la cara con todas mis fuerzas. Gritó como si le hubieran arrancado una extremidad. La sangre le corría entre los dedos y por el brazo.

—Tenga o no tenga padre, tú no me tocas —giré la yegua y salí a galope.

Unas horas más tarde, el condestable tocó a nuestra puerta. Nos llevó a mi madre y a mí ante el juez de paz, el *senhor* Dominguez, para discutir el incidente con Pedro. Al *senhor* Dominguez se lo consideraba un hombre justo, pero no sabía si podía confiar en él. Era de estatura baja, calvo y tenía un bigotito negro que le daba un aspecto oficial. Mi madre y yo nos sentamos muy derechas en nuestras sillas al otro lado del escritorio. El aire se sentía denso y caliente a pesar de que las ventanas estuvieran abiertas.

—Tengo entendido que atacaste a Pedro esta tarde y que arruinaste un árbol muy viejo —dijo mirándome con desaprobación—. ¿Quieres contarme qué fue lo que sucedió?

Miré fijamente una mancha oscura en la pared justo encima de su cabeza. El *senhor* Dominguez miró a mi madre, que encogió los hombros.

—No estaba ahí, pero estoy segura de que le dio a ese tonto su merecido.

El juez movió la cabeza de un lado a otro.

—Tienes suerte de que la reputación de Pedro lo preceda. Presumo que lo hiciste para protegerte. —Movió unos papeles que estaban sobre el escritorio—. Tu padre era un buen hombre.

Me gustaba mucho conversar con él. Sólo te pido un favor: la próxima vez que quieras darle a alguien una lección, no armes tanto lío. Todavía estamos limpiando lo que dejaron los bueyes.

Cuando llegamos a casa, mi madre había tomado la decisión: nos mudaríamos a Laguna, en la costa, a veintinueve kilómetros de casa para estar más cerca de mi padrino. Allí estaríamos más seguras.

Tres

Junio de 1835

Detestaba Laguna. La ciudad era una jungla atestada de casas desplegadas a lo largo de la bahía que tenía forma de herradura. Podía sentir el calor que despedían las paredes pintadas en tonos brillantes de azul, verde y amarillo. Lo único que tenían en común todas las casas eran los tejados de barro que se cocían al sol brasileño hasta alcanzar un color rojo intenso. Todos gritaban, cada uno más fuerte que el otro, para hacerse escuchar.

Aunque en todos los pueblos hay habladurías, las de Laguna eran perversas. Yo era uno de los temas favoritos.

—¿Cómo es posible que una niña de catorce años, huérfana de padre, camine por la calle con tanta arrogancia? —susurraban las mujeres cuando pasaba cerca de ellas, cubriéndose la boca discretamente con las manos para hacerme creer que no querían que las escuchara—. No habla con nadie. ¿Tendrá algo?

Deambulaba por las calles, miraba al cielo y le pedía a Dios que me sacara de ese maldito lugar. Echaba de menos mi yegua y nuestros paseos matutinos. El olor del bosque después de la lluvia. Mi libertad.

En una ciudad tan poblada, me sorprendía sentirme tan… sola. Mis hermanas María y Felicidad se habían casado poco antes de que nos mudáramos. Yo me quedé sola con mi madre y mi padrino, que era oficinista. Mi madre limpiaba las casas de los ricos.

Me pasé las manos por el talle y me palpé las caderas, que se me habían ensanchado gracias a que hacía poco me había convertido en mujer. Las líneas angulosas de mi cuerpo se habían suavizado y ahora tenía lo que muchos llamaban una silueta placenteramente redondeada.

Un día, mientras rellenaba las jarras de agua, noté a un grupo de mujeres del pueblo que hablaba en voz baja y miraba hacia mí. Cuando se dieron cuenta de que las observaba, se acercaron pavoneándose con las canastas apoyadas en las caderas.

—No te resultará difícil encontrar esposo. —La principal movió las cejas hacia arriba y hacia abajo e hizo una mueca burlona—. Desde luego que no con esas caderas paridoras.

Una mujer negra y pequeña me puso las manos en las caderas y me midió.

—*Menina*, si yo tuviese unas caderas así de anchas, habría encontrado un mejor esposo y seguro no me habría tomado doce horas parir al último muchacho.

Traté de levantar el cubo de agua, pero me golpeé el pecho izquierdo con el brazo y el agua se derramó por todas partes. No lograba acostumbrarme a estas cosas que de pronto se interponían en todo lo que hacía. Las mujeres se doblaron de la risa.

—Ves, Gloria, te dije que algunas mujeres se llevan toda la suerte.

Mi nuevo cuerpo se había convertido en el tema del momento. Para mi desgracia, esto provocó que los hombres me siguieran a todas partes y me preguntaran si podían ayudarme en las cosas más ridículas, como si no pudiera hacerlas por mí misma. Eran muy pesados.

Una mañana, la luz del sol reptaba por la ciudad. Manoel Duarte, un pobre desgraciado que apenas podía llamarse hombre, se ofreció a llevarme el agua. De estatura baja y rechoncho, apenas me llegaba al hombro. Parecía que había estado llorando, tenía los ojos irritados y moqueaba a chorros. Si no hubiera sabido de quién se trataba, habría pensado que se lavaba el pelo con grasa.

—¿Puedo llevarte el agua? —me preguntó jadeando por el esfuerzo que tuvo que hacer para alcanzarme. Apreté el paso mientras él se afanaba por seguirme.

Al día siguiente, volvió a presentarse en el pozo y volvió a preguntarme si podía cargarme el agua. Proseguí mi camino y le pasé por el lado sin decir palabra. Estaba convencida de que, si lo ignoraba, se marcharía como el perro realengo que era.

Al cabo de unas semanas, a la hora en que el sol se ponía en Laguna, me senté a comer nuestra cena frugal de arroz y frijoles con mi padrino y mi madre.

—He recibido una carta de tu hermana María hoy —dijo mi madre con una sonrisa—. Está muy feliz con su esposo. Los calafateadores viven muy bien. María no tiene que trabajar, sólo atender la casa.

—Me alegro por ella —contesté al tiempo que me servía más arroz.

—Entiendo que los zapateros también viven bien —dijo mi madre—. Hay uno en particular que parece estar interesado en ti.

Me quedé mirándola con la boca llena.

—¿Quién?

—Cierto joven al que le gusta acompañarte a casa desde el pozo. —Mi madre sonrió tímidamente y mi padrino se quedó mirando sus frijoles sin alzar la vista.

—Mamá, no sé de qué hablas. Sólo conozco a una persona que le gusta… no, no puede ser. Por favor, dime que no lo has hecho.

—Manoel me visitó hoy. Es un joven agradable. Dice que tú y él…

—¡Él y yo nada! —rugí—. Ese hombre no me interesa en absoluto. Lo que te haya dicho es mentira.

—No debe ser mentira cuando me ha pedido tu mano en matrimonio.

—Mamá, no —dije intentando contener las lágrimas que me anegaban los ojos—. ¡Por favor, dime que no aceptaste!

—Una mujer sin un padre no vale nada. Necesitas que te protejan y te cuiden —contestó mi madre con una serenidad que me irritó aún más.

—No —dije con la sensación de que mi mundo se venía abajo. Sólo tenía catorce años. No estaba preparada para eso.

—El contrato está firmado —dijo mi madre como si estuviese comprando fruta en el mercado.

—¡No puedo creer que hayas hecho esto sin pedirme permiso! ¡No tendría que casarme con nadie! —grité.

—Ana. —Mi madre dejó caer la comida en el plato—. Soy tu madre y no tengo que pedirte permiso para nada. Podría arrastrarte a la calle y darte una paliza por irrespetuosa y nadie me lo cuestionaría. No me importan las ideas que tengas en la cabeza, más vale que las olvides en este instante. Tienes dos propósitos en la vida: uno es casarte, y el otro, tener hijos con tu esposo. Punto.

—Si eso es lo único que me toca en la vida, ¿por qué no escogiste a alguien mejor? ¿Por qué no dejas que yo escoja con quién casarme?

—Porque harías una tontería y te casarías por amor. Eres una soñadora, Ana, siempre tienes la cabeza en las nubes. No dejaré que cometas los errores que yo cometí. Manoel será un buen esposo. —Le temblaba la voz, apretó los puños contra la mesa.

—¿Cómo lo sabes? ¿Lo conoces? —pregunté. Los ojos me traicionaron y se me salieron las lágrimas.

Manoel Duarte tenía una zapatería pequeña y ruinosa en el centro del pueblo. Todo el mundo sabía que la tienda estaba en semejante estado porque gastaba todo lo que ganaba en la taberna. La esposa del tabernero decía en broma que Manoel era un generoso benefactor. Gracias a su patronazgo podía comprarse todos los vestidos nuevos que se le antojaban. ¿Y ése era el hombre con el que mi madre quería casarme?

—No tienes más ofertas y ha prometido que cuidará bien de ti.

—Sí, porque a los borrachos hay que creerles las promesas.

Salí como una exhalación de la casa y corrí tan velozmente como pude hasta el puerto. Jadeante, me apreté la cintura e intenté recuperar el aliento. La cabeza me daba vueltas. No podía creer lo que estaba ocurriendo. Caminé de un lado a otro e intenté controlar mi respiración. Miré los barcos que se mecían en el mar. Tal vez podría meterme en uno de ellos y zarpar a otra tierra. Caminé en dirección a la bahía. Cerré los ojos y, por un instante, dejé volar la imaginación. Podría ir a algún lugar exótico, como Francia o África. Podría escapar. Ser comerciante, vivir aventuras. Navegar los mares. Salir de este pueblo espantoso. Podría…

Sacudí la cabeza para librarme de estos pensamientos vanos. Aun si lograba escapar, ¿qué haría cuando llegara? Levanté la frente y recobré el aliento. Sólo podía hacer una cosa. Di media vuelta y me dirigí a casa. Me casaría, quisiera o no. Porque, como decía mi madre, no valía nada sin un esposo o un padre.

Cuatro

Agosto de 1835

El 21 de agosto de 1835 fue el día en que me casé con Manoel. Sobre el campanario, el cielo estaba cubierto de nubes grises. La tarde sombría reflejaba mi estado de ánimo. La noche antes de la boda, mi madre entró en mi habitación y me acarició el cabello.

—No estés triste —dijo—. Este matrimonio será bueno. Tienes los deseos que tienen los hombres: se te ve en los ojos. Y eso es muy peligroso para una niña. Me asusta. Pronto te darás cuenta de que el matrimonio te domará. Estarás a salvo. —Mi madre creía que me hacía sentir mejor, pero sus palabras me desesperaron aún más.

De pie, frente a un espejo amarillento, mi madre me arreglaba el velo mientras esperábamos a que empezara la ceremonia. Yo llevaba un vestido sencillo que debió estar a la moda cuando ella era niña. Escandalizada por mi idea de ponerme la misma ropa que usaba para limpiar casas, mi madre se lo compró a una señora que acababa de enviudar. Y para protegerme de la mala suerte, hizo que un cura bendijera el vestido.

—Te pareces tanto a tu padre —dijo planchando con las manos alguna arruguilla en mi vestido—. Es una lástima que sus facciones no luzcan tan bien en una chica.

Se detuvo y nuestras miradas se cruzaron en el espejo.

—Trata de ser feliz hoy, Ana. Ahora serás una mujer. Tu vida al fin comienza —dijo.

¿Cómo podía ser el comienzo si me sentía morir por dentro?

De pie, frente al altar, miré a mi nuevo esposo mientras decía sus votos al cura. Manoel tenía el pelo echado hacia atrás con grasa y unas gotitas de sudor se asomaban en sus sienes. Estaba más grasiento de lo habitual. *¿Cómo es posible?* Lucía radiante, como si hubiera alcanzado una merecida victoria. Recité lo votos, que había practicado como correspondía, y no le concedí ni una sonrisa.

Una mujer de mediana edad a la que apenas reconocí murmuró en voz alta:

—Con esa cara, cualquiera diría que está en un funeral.

Cuando cruzamos el umbral de la puerta de la iglesia, se me salió un zapato. Giré para recogerlo, pero una vieja lo agarró.

—Lo siento mucho, esto es un presagio terrible. —Se persignó—. Debes pedirle la bendición a un cura. Tu matrimonio está maldito —susurró.

—Lo sé —le respondí en otro susurro.

Aterrorizada por la noche de bodas, le ofrecí a Manoel una copa de vino tras otra, con la esperanza de que se emborrachara y no pudiera ejercer su deber marital. Sin embargo, llegado el momento, la bebida no lo detuvo. Contuve la respiración cuando se me trepó encima y aplastó con su peso. Manoel se hurgó el miembro y trató de besarme, pero giré la cara y apreté los ojos. Titubeó por un instante, pero luego me embistió como si fuera un zapato que estuviera reparando.

Por suerte, terminó tan pronto como empezó. Se dio vuelta y se acostó dándome la espalda. Yo me quedé acostada bocarriba mirando al techo. *Dios mío: haré lo que sea, pero, por favor, no permitas que quede embarazada.*

Septiembre de 1838

Lo soporté tres años. Manoel se dedicaba a hacer o reparar zapatos y, cuando el negocio estaba lento, como sucedía a menudo, salía a pescar. Aunque gastaba casi todo lo que se ganaba en la taberna, lográbamos pagar la renta todos los meses y poner algo de comida en la mesa. Yo limpiaba casas cuando podía, pero no bastaba. Normalmente tenía que escoger entre comida, ropa u otra necesidad básica.

Soñaba con los gauchos y, mientras removía una olla de pescado guisado, me embelesaba con el recuerdo de cuando cabalgaba por las colinas. Llevábamos un tiempo comiendo pescado porque era lo único que podíamos comprar. La salsa de color rojo intenso hervía a borbotones y emanaba un aroma placentero que perfumaba nuestro pequeño hogar. Mi esposo regresaría tarde otra vez, pero no me importaba. Prefería estar sola. En esas horas de soledad, me imaginaba que era independiente. Soñaba con mis días de gaucha. Mientras revolvía el guiso, intentaba conjurar la sensación del viento en el rostro cuando montaba mi yegua. Para mi desgracia, Manoel entró por la puerta dando tumbos y me devolvió a mi triste realidad.

—¡Ana! ¡Ana! ¡Aquí está tu príncipe! —exclamó con los brazos abiertos. Dio un tropezón, pero logró agarrarse de la mesa—. ¿Dónde está mi cena? —Aturdido, pasó la vista por el salón—. Exijo que me tengas la comida lista cuando llegue a casa, mujer.

Lo ayudé a sentarse en una silla.

—Y yo exijo un esposo que no sea un borracho. Si los deseos fueran caballos. —Le puse delante el plato—. ¿Te has bebido todo lo que ganaste hoy?

Buscó en uno de sus bolsillos, dio un golpe en la mesa con el puño mugriento y las monedas rodaron por la mesa. Comenzó a engullir la comida, aunque se derramaba la mitad en la camisa. Le di la espalda asqueada. Sentí que rodaba la silla sobre el suelo.

—Luché por ti y gané. Eres mi premio. Eres mi joya —dijo e intentó agarrarme.

Me eché hacia atrás y pude evadirlo.

—Pues parece que te engañaron.

—¿Por qué no me quieres como las otras que miman a sus esposos?

Puse los ojos en blanco: sabía cómo terminaría la discusión. Siempre que se emborrachaba era lo mismo: llegaba a casa, se quejaba de su vida, se quejaba de mí y terminaba con una pataleta infantil.

—Porque nunca quise casarme contigo —suspiré.

—No debes decirme esas cosas. Soy un buen esposo.

—Si tú lo dices. —Entré en la habitación y dejé que me siguiera como un perro enfermo.

—Sin mí, no serías nadie.

Asentí con la cabeza.

Se sentó en la cama.

—¿Por qué no me haces el amor? Las buenas esposas cumplen su deber.

Caminé hacia él. Sus ojos llorosos parpadeaban lentamente. Estiré el brazo y le di un toque en medio de la frente. Con un golpe seco, cayó dormido sobre las almohadas. Lo acomodé en la cama y me fui a la cocina a terminar de comer sola.

Al cabo de dos días, mi madre tocó a mi puerta. Se sentó en la mesa de la cocina y suspiró.

—Tu esposo vino a verme ayer.

—No me digas —contesté ajustándome el mantón. Una visita inesperada de mi madre requería un mate bien cargado. Fui directo al fogón para empezar a prepararlo mientras ella proseguía.

—Me dice de nuevo que eres una esposa cruel.

—¿Y cuándo he sido una esposa buena? —pregunté mirando por la ventana. El cielo comenzaba a oscurecerse con la llegada de la lluvia vespertina. Todos los días a la misma hora el cielo se abría y nos caía encima una lluvia torrencial. Eso significaba que las visitas de mi madre se prolongaban más de lo deseado.

—Ana, tienes que ser buena con tu esposo. No querrás que te abandone, ¿verdad? Te quedarías sin nada.

—Madre, no tengo nada. —Abrí los brazos para mostrarle la extensión de mi pequeña cocina con su diminuto fogón, la mesa coja y la mezquina despensa con la poca comida que teníamos. Ni siquiera tenía un salón. Debajo había un almacén, y encima, otro apartamento aún más pequeño que el nuestro—. Hice lo que me dijiste y me casé con él. ¿Qué más quieres? No puedo amar a un hombre al que no respeto.

—¿Y quién ha hablado de amor? —preguntó mi madre gesticulando con la mano mientras le servía el mate—. La mujer que se casa por amor es una tonta.

—¿Por qué te casaste con *papai*? —le pregunté al tiempo que le ponía el mate delante.

—Porque era excitante. Yo no era más que una niña en São Paulo y quería aventuras, una vida nueva. —Bebió un sorbo del mate—. Y mira dónde me llevó. Si hubiese escuchado a mi madre no me habría ido tan mal en la vida. Tal vez mis hijos varones no habrían muerto. Una mujer no es nada sin sus hijos varones. —Miró las hojas de mate buscando lo que sólo podía imaginar eran los fantasmas de mis hermanos a los que nunca conocí, los dos niños que nacieron entre María y yo. Uno nació con el cordón umbilical enroscado alrededor del cuello y el otro se afanaba por respirar, pero era demasiado débil y no sobrevivió la noche—. Hazle caso a tu madre. Sé buena con tu esposo. No querrás convertirte en una mujer arruinada.

Noviembre de 1838

Había transcurrido un mes de tensa cortesía desde la visita de mi madre. La lluvia torrencial golpeaba la ventana rítmicamente. Manoel entró en el apartamento después de un largo día en la zapatería. Traía la ropa y los zapatos empapados. El agua que le chorreaba por el pelo y caía en el suelo formaba charquitos alrededor de sus pies. El olor a sudor rancio que desprendía su cuerpo me hizo arrugar la nariz. Me besó en la mejilla y se sentó a la mesa tranquilamente.

—Hoy me hicieron una orden grande.

—¿Quién?

—Los Silva. —No quiso mirarme a los ojos.

—¿No son tus amigos?

Encogió los hombros.

—¿Y eso qué importa? Una orden es una orden.

—¿Vas a hacerles un descuento?

—No puedo cobrar menos de lo que ya cobro. —Movió la comida alrededor del plato: arroz y pescado guisado otra vez—. ¿Crees que podríamos…?

—No. —No dejé siquiera que terminara la pregunta.

—Han pasado tres meses.

Me miró. Sus ojos buscaban en mi rostro alguna señal de esperanza.

—Tengo dolor de cabeza.

Apretó el tenedor entre los dedos.

—Llevas tres meses con dolor de cabeza.

Encogí los hombros.

—Es un padecimiento.

Soltó el tenedor.

—Voy a dar un paseo —dijo y lo vi salir de la habitación dando zancadas.

Dos semanas después regresaba a casa del mercado cuando escuché a alguien mencionar a mi esposo. Me detuve sin que el *senhor* y la *senhora* Silva me vieran.

—No puedes seguir dándole dinero a Manoel.

—Lo sé. —Trató de ignorar el regaño de su esposa.

—No es responsabilidad tuya.

—Dije que lo sé. —resopló el *senhor* Silva—. Pero somos amigos desde niños. No puedo cruzarme de brazos y verlo caer en la indigencia.

—Si se queda en la calle es porque quiere.

—Manoel tiene una esposa que cuidar. ¿No te gustaría que alguien nos ayudara si estuviéramos en la misma situación?

Escondida tras una columna vi a la *senhora* Silva besarle la palma de la mano al *senhor* Silva.

—Tú nunca nos dejarías llegar a semejante situación.

Ese beso, un gesto tan simple, me llenó de envidia. Quería a alguien a quien pudiera besarle la palma en medio de una calle concurrida. Alguien a quien pudiera manifestarle mi amor sin importarme quién nos viera. Alguien en quien pudiera confiar. Quería un compañero. El asa de la canasta crujió dentro de mi puño apretado.

Al cabo de unos días, Manoel se había sentado a la mesa apestoso a mar podrido, con ese olor a hierro y mugre propio de haber estado limpiando pescado. Se pasó la mano sucia por el rostro cansado y se quedó mirándome terminar de preparar la cena. Le tiré un plato de pescado frito y arroz en la mesa.

—¿Por qué tenemos que comer esta porquería otra vez? Sé que no tenemos dinero, pero no tenemos que comer lo mismo todos los días. —Barrió la mesa con el brazo y tiró toda la comida al suelo—. Recoge eso y hazme otra cosa.

—No.

Manoel se puso en pie de un salto y tiró la silla.

—¡Tienes que obedecerme! Soy tu esposo y es tu deber obedecerme. Estoy harto de que me desafíes. ¡Por tu culpa la gente se burla de mí! Ahora recoge eso y hazme otra cosa.

—Puedes comer del suelo si te da la gana. ¡No soy tu esclava!

Levantó la mano para pegarme. Lo miré fijamente sin inmutarme.

—Hazlo.

Bajó la mano sin quitarme los ojos de encima.

—¿Por qué me odias tanto? ¿Por qué no eres una buena esposa?

—Porque escogiste a la mujer equivocada. Eres débil y das lástima. —Entorné los ojos y vi su expresión de perro triste—. Mírate… me das asco —dije y escupí.

Sin decir palabra, salió de la casa como una exhalación. Iba a buscar consuelo en el fondo de una botella. Recorrí con la vista la casa mezquina que tanto aborrecía y que compartía con un hombre al que aborrecía aún más. No quería vivir así. Había llegado el momento de cambiar, aunque me arruinara. Hice un bulto con mis cosas y, sin volver la vista atrás, me marché para siempre de ese apartamento.

Cinco

Febrero de 1839

Las disputas de los ricos son la carga de los pobres. Los magistrados de Rio Grande do Sul, el estado al sur de Santa Catarina, decidieron separarse de Brasil dirigidos por el general Bento Gonçalves. Antiguo amigo de Don Pedro I, el gran rey portugués que nos liberó del régimen colonial, Gonçalves se consideraba un monárquico orgulloso. Se mantuvo al lado de Don Pedro cuando dijo «¡Me quedo!» a la nobleza colonialista, que quería impedir que Brasil progresara. Gonçalves escoltó a la reina regente, Leopoldina, al encuentro histórico que se celebró aquel día soleado de septiembre de 1822 cuando firmó la declaración de independencia que nos libraría para siempre de volver a ser una colonia.

Sin embargo, a la muerte de sus amigos, fue marginado. El nuevo monarca, Don Pedro II, se dejó influenciar por hombres que no velaban por los intereses del sur de Brasil; uno de estos intereses era la venta de tasajo. Los gauchos se habían molestado porque su tasajo, que sólo se vendía en Rio Grande do Sul, tenía que pagar un impuesto en el mercado mientras que las importaciones de Argentina y Uruguay no sólo estaban exentas del impuesto, sino que se vendían a la población a precio de descuento. Los gauchos se alzaron en rebeldía y Gonçalves, oriundo de Rio Grande do Sul, sintió que era su deber dirigir la rebelión.

El descontento de Rio Grande do Sul llegó a Santa Catarina y contagió a todos con su hambre de rebelión. En Laguna, la noticia de la revuelta de São Joaquim corría de boca en boca. Allí los gauchos habían arrasado el centro del pueblo y quemado el edificio del condestable con él dentro. La gente discutía en las calles. Los adeptos del rey pensaban que los amotinadores habían sido unos gauchos delincuentes de Rio Grande do Sul. Otros, que rechazaban la influencia del gobierno imperial, se sentían inspirados por los acontecimientos. Si São Joaquim podía rebelarse de Brasil, Laguna también podría hacerlo.

En aquel tiempo, vivía en la casita de mi padrino con mi madre y mi hermana. A María, la afortunada esposa del calafateador, su esposo la había devuelto arruinada. Al cabo de cuatro años de matrimonio, no había producido un hijo. Según la ley, el esposo podía dejarla por otra esposa más joven que pudiera darle hijos.

Nuestro padrino salía a menudo. Una casa con tres mujeres peleonas era más de lo que podía soportar un hombre que tenía la intención de mantenerse soltero toda la vida. Su pequeña casa de una planta estaba a trescientos metros de la bahía, pero mi madre solía decirles a las mujeres del pueblo:

—Vivimos al lado derecho de Laguna, al oeste de la catedral. Sabemos que el lado este es donde viven los pobres.

Pero, en realidad, no había mucha diferencia, sobre todo porque estábamos justo frente a la catedral.

A los dieciocho años, ir a lavar ropa al pozo era un respiro agradable del hacinamiento de mi casa. Allí podía escuchar las habladurías mientras me tomaba mi tiempo en lavar. Una mañana, cuando todavía hacía frío, bajé al pozo. La temporada de lluvias llegaba a su fin, el sol brillante de la mañana se derramaba sobre la ciudad y le daba una calidez placentera. Mientras lavaba, escuché un moqueo suave a mis espaldas. Me di vuelta y vi a Manoel. Sus ojos eran un enjambre de venas rojas. Arrugaba la nariz para sorberse los mocos.

—Hola, esposa.

—Manoel —dije haciendo una bola con la camisa que tenía delante—. ¿Qué haces aquí?

Manoel sonrió.

—Sólo vine a verte. Ha pasado mucho tiempo. Te ves bien.

—¿Qué quieres? —pregunté.

Suspiró profundamente.

—Me he unido a la caballería imperial. Nos dirigimos hacia el sur.

Expiré todo el aire de los pulmones. Manoel iba a pelear con el ejercito imperialista brasileño. Manoel, el inútil que apenas podía arreglar un zapato. Tragué en seco.

—¿Cuándo?

—Hoy. —Miró hacia el suelo y pateó una piedra. Me quedé ahí mirándolo; el miedo no me permitía moverme. Era habitual que las mujeres, ya fueran esposas, amantes o putas, viajaran con sus esposos para cocinarles y atenderlos cuando no estuviesen luchando. Como si fueran vacas, peor aún, esclavas. Rogué en silencio que no me pidiera que lo acompañara. Quería salir de Laguna, pero no así. El estómago me dio un vuelco cuando abrió la boca para seguir hablando. Me adelanté a él:

—Si vienes a pedirme…

—No. Ya sé cuál sería tu respuesta si te lo pidiera. Ana: sólo vine a decirte que siempre he sentido que debí ser alguien para ti. Más que lo que soy.

—Manoel, yo…

—No, déjame decirlo. —Exhaló todo el aire de los pulmones—. Nunca he podido satisfacer tus expectativas. No importa lo que haga, nunca seré suficientemente bueno para ti. Tengo que seguir adelante con mi vida y demostrarles a ti y al resto del mundo que no soy un tonto.

Me dejó ahí, apretando la ropa mojada con los puños.

Junio de 1839

Mis días eran tediosos por las tareas del hogar. En ocasiones, ayudaba a mi madre y a mi hermana que trabajaban de sirvientas en las casas de los ricos. Esperaba con ilusión que llegara la noche para estar con mi mejor amiga, María da Gloria. Nos conocimos por casualidad mientras lavábamos la ropa. María había olvidado la lejía. A mí me sobraba un poco.

Teníamos miles de ideas de cómo debía ser el mundo. María no tardó mucho en convertirse en mi mejor amiga en Laguna. Durante un tiempo, fue mi única amiga. La quería y la envidiaba. Su pelo rizo, que formaba una corona indomable alrededor de su cabeza, era un recordatorio de que descendía de esclavos libertos. Cuando María sonreía, contagiaba a todos con su alegría.

El padre de María, Carlos, era un conocido simpatizante de la rebelión. Su hogar era un refugio seguro para los rebeldes más ruidosos. Carlos instaba a María a expresar sus ideas. Era su única hija y se enorgullecía de su independencia. La madre de María, Dylla, era una cocinera admirable. Podía preparar un festín para todo un ejército con un poco de harina y pollo.

—No es justo que nuestro propio gobierno favorezca los productos extranjeros sobre los que produce nuestro pueblo —dijo Carlos golpeando la mesa con el periódico.

—Los conservadores dicen que es un asunto de calidad —dijo Dylla mientras revolvía los frijoles.

—¿Calidad? ¿Desde cuándo las vacas argentinas son mejores que las nuestras? —preguntó María mientras ayudaba a Dylla a preparar la cena—. La gente no puede decidir cuál prefiere si no tiene acceso a ambas para compararlas.

—Tienes toda la razón —dijo Dylla al tiempo que añadía más especias a los frijoles—. ¿Qué opinas tú, Ana?

La miré sorprendida.

—Yo... eh... que...

María me dio un codazo en las costillas.

—En esta casa se valora la opinión de las mujeres.

—¿Se valora? —preguntó Carlos con una sonrisita traviesa—. Dudo que pudiera evitar que opinaran, aunque me lo propusiera.

María le arrojó un trapo de la cocina a su padre, que lo evadió justo a tiempo levantando el periódico.

Dylla me lanzó una sonrisa reconfortante.

—Vamos. Debes tener alguna opinión. Compártela, por favor.

—Sólo te juzgaremos si no es la opinión correcta —bromeó Carlos.

—Pues —empecé a decir ante la mirada atenta de todos—, creo que es responsabilidad de nuestro gobierno proteger a su pueblo en primer lugar. —Respiré y sentí que mis pensamientos se articulaban con rapidez—. Para proteger a su pueblo tiene que asegurarse de que todos ganen lo suficiente para vivir con dignidad, no para enriquecerse, sino para alimentarse. Las importaciones de otros países, ya sea el tasajo o cualquier otro producto, deberían ser las que cuesten más. No lo que se produce aquí.

—¡Bien dicho! —exclamó María.

—Bueno, María, creo que has sido una influencia terrible para esta pobre muchacha —bromeó Carlos—. No podría sentirme más orgulloso de ti, hija.

María abrazó a su padre riendo. Yo reí con ellos. Me sentía orgullosa de que mi opinión fuese tan bien recibida, pero al mismo tiempo me sentía triste. ¿Por qué mi familia no podía ser así de abierta y amistosa?

La puerta se abrió de repente y entró un grupo de hombres dirigido por Francisco, el novio de María. Francisco se veía a sí mismo como el líder de los rebeldes de Laguna. Hijo de esclavos libertos pobres, quería hacerse de un nombre; luchar contra el gobierno imperialista brasileño era la forma más apropiada de lograrlo.

—¡No van a creerlo! —Abrazó a María antes de colocarse en el medio del salón—. ¡El gran Giuseppe Garibaldi viene a Laguna! —María lanzó un grito de alegría antes de abrazarse al cuello de Francisco.

—¡Qué gran noticia! —exclamó Carlos—. Liberará a Laguna. ¿Dónde escuchaste eso?

—Tengo un amigo que es marinero en su barco. Envió una carta por adelantado. Acaban de terminar una campaña en el norte y están moviéndose hacia el sur. Trae consigo al norteamericano John Griggs y a su compañero italiano, Luigi Rossetti.

—Carlos, busca el vino —pidió Dylla secándose las manos con una toalla—, el que hemos estado guardando para una ocasión especial. Esta noche celebraremos.

Fui donde María, que estaba radiante, me le acerqué y le pregunté al oído:

—¿Quién es Giuseppe Garibaldi?

Me miró asombrada.

—¿No sabes quién es el gran Garibaldi? —preguntó con tal fuerza que todos se callaron y miraron hacia mí. Un rubor de vergüenza me subió desde el cuello hasta las mejillas.

—No, no lo sé —balbuceé.

—Garibaldi es un hombre del pueblo. Vivía en Nápoles —empezó a explicar Francisco.

—¿Nápoles? —preguntó Carlos—. Pensé que era de Marsella.

—¿Marsella? ¡Eso es parte de Francia! —contestó Dylla poniendo una gran fuente de frijoles en la mesa—. No, es genovés.

—¿Cómo lo sabes? —preguntó Carlos.

—Porque a las mujeres nos gusta hablar de los extranjeros guapos. —Movió las cejas hacia arriba y hacia abajo y le dio un beso en la cabeza a Carlos, que había fruncido el ceño.

—Lo que pasa es que —interrumpió Francisco— fue desterrado. Su gente está dividida. El norte de la península italiana es gobernado por Austria y el sur es un bastión de un tirano borbón. Cuando estaba en el Piamonte, organizó una revuelta junto con su mentor. Lo arrestaron y lo sentenciaron a muerte por exilio.

—¿Y ahora está aquí? —pregunté—. ¿Por qué?

—Recorre el mundo peleando por la libertad que se le ha negado a su propio pueblo —suspiró María.

La situación entre los gauchos y el Brasil imperial seguía deteriorándose. El general Gonçalvez, recién escapado de prisión, se apuntaba victorias en el oeste con su grupo de rebeldes. Él y el resto del mundo codiciaban el rico puerto de Laguna. La guerra era inminente.

Por todas partes se habían colocado avisos. Se necesitaban reclutas en la frontera norte. Todos eran bienvenidos. María y yo estábamos al lado de los vagones tomadas de la mano.

—Ven conmigo, Ana —me suplicó María—. ¿Te imaginas lo maravilloso que sería luchar junto a mi mejor amiga y mi futuro esposo?

Cómo hubiera querido decirle que sí, lanzarme a la aventura, pero ¿quién era yo? Jamás podría defenderme en una batalla. No era más que Ana. No era tan valiente como María ni tan idealista como los hombres con los que marchaba. Mi destino estaba aquí en Laguna.

—No, María: no soy una guerrera. El campo de batalla está hecho para los héroes. Mi lugar es aquí, mi deber es atender a nuestros heridos. —Y era verdad. Trabajaba de voluntaria en nuestro pequeño hospital cuidando a nuestros soldados—. Ve tú. Sé valiente por las dos.

María me abrazó por última vez.

—Cuida de mis padres, por favor.

—Por supuesto —respondí y nos separamos. La vi marcharse en la nube de polvo que levantaba el vagón repleto de gente.

Encontré consuelo en el trabajo que realizaba en nuestro pequeño hospital como aprendiz de las monjas. Me resultaba gratificante servir para algo, saber que mi trabajo era importante. Curaba heridas, limpiaba lo que ensuciaban los hombres y atendía sus necesidades. La sangre no me molestaba como a otras personas; tampoco el olor a nuez rancia de las infecciones que impregnaba el aire. Saberme útil me hacía sentir bien.

Estaba vendándole la pantorrilla a un soldado inconsciente cuando mi amiga Manuela vino corriendo hacia mí.

—¡Ana! ¡Ana! ¡Están aquí!

Cuando Manuela y yo nos conocimos en el hospital, nos hicimos amigas al instante. Me recordaba las espigas que crecían a lo largo de la costa y se mecían como bailarinas con la brisa. Para ella no había nadie inferior que no mereciera su bondad, lo que resultaba inusual en alguien de su posición. Su esposo, Hector, tenía un puesto en el gobierno local que les proporcionaba una vida cómoda y el respeto de la gente en Laguna.

La miré con curiosidad y no bien comencé a formular la pregunta, me agarró por el brazo.

—Los farrapos, tonta. ¡Llegaron los farrapos! —exclamó y me arrastró fuera del hospital. «Farrapos» quiere decir harapientos y era el nombre que la aristocracia había dado a los rebeldes. Para ellos era fácil burlarse; podían comprar ropa donde les diera la gana y no pasaban hambre. Manuela y yo corrimos de la mano hacia los muelles. Nos detuvimos justo antes del muro de gente que vitoreaba. Le solté la mano a Manuela y traté de abrirme paso entre la multitud empujando a la gente que estaba tan dispuesta a moverse como un árbol. Logré colocarme bajo el brazo estirado de un hombre alto que saludaba. Cuando miré hacia arriba, divisé al hombre más hermoso que había visto en mi vida.

La luz del sol brillaba sobre la cabeza de Giuseppe Garibaldi y salpicaba su cabello castaño claro, que relucía con destellos dorados. Una amplia sonrisa iluminaba su rostro barbudo. Era una escena deslumbrante. Él era deslumbrante. Por un instante me cegó. Lo observé estrechar la mano de la gente que estaba a su alrededor y besar a los bebés y a las lindas jovencitas que los cargaban en brazos.

Mi admiración se tornó en desencanto cuando vi cómo las mujeres revoloteaban a su alrededor. Entre tantas mujeres hermosas, ¿cómo se iría a fijar en mí? Me escurrí entre la multitud y regresé al hospital en silencio.

Seis

Julio de 1839

Días después de la llegada de Garibaldi, Manuela y yo caminábamos por el mercado. Una esclava con una canasta llena de naranjas tropezó con ella. Los esclavos debían ser visibles, pero no debían hacerse sentir. Si no cumplían esta regla, se corrían el riesgo de recibir un escarmiento público o una paliza. Con la respiración entrecortada, la esclava repetía: «*Sinto muito. Sinto muito*». Bajaba la cabeza una y otra vez sin atreverse a alzar la vista y mirar a Manuela a los ojos. Manuela le tocó el brazo y la mujer se encogió.

—No pasa nada, no tiene que disculparse. —Manuela le dio la naranja—. En realidad, ha sido culpa mía.

—*Obrigada* —murmuró la mujer y salió corriendo.

Manuela y su esposo, Hector, vivían en una espaciosa casa de dos plantas pintada de azul brillante, situada en lo alto de una colina y rodeada de un huerto privado. Pasaba tanto tiempo allí que Hector decía en broma que era su hija adoptiva.

Al cabo de una semana de la llegada de los farrapos, me puse a mirar los barcos desde el balcón de Manuela. Con el vaivén de las olas, parecían potros atados a sus postes ansiosos por correr. Cómo los envidiaba.

Cerré los ojos y levanté la cara para sentir el calor del sol, mis cabellos danzaban en el viento. Inhalé y me llené los pulmones del aire de mar fresco. Pensé en María y en la última vez que la había visto, alejándose. «Ojalá me hubiese ido contigo» le confesé al viento. «Ay, María: te prometo que la próxima vez no seré tan tonta. Si es que hay una próxima vez».

Miré nuevamente hacia la bahía. «Juro y pongo a Dios por testigo que, si se me vuelve a presentar la oportunidad de irme de aquí, la agarraré por las greñas y no la dejaré pasar».

Una mañana temprano, hacia el final de la semana, llegué a casa de Manuela a ayudar en el viñedo que se extendía por todo el perímetro de su propiedad. El salitre pesaba en la brisa. Pasamos entre las vides, cortamos las ramas enredadas y recogimos todas las uvas antes de regresar al calor de su hogar al mediodía.

—¿Comeremos de éstas en el almuerzo?

—Sí, aunque pensaba llevar algunas a la iglesia para los pobres —contestó Manuela al tiempo que recogía su canasta—. Digo, si no te las has comido todas antes de que lleguemos a la casa.

—Me he comido sólo unas pocas —dije con la boca llena y la seguí.

Cuando llegamos a la puerta trasera de la casa, Manuela se detuvo frente a un arbusto lleno de flores amarillas brillantes.

—No me esperes: me encanta el olor de las flores frescas dentro de la casa. Éstas lucirán muy bonitas en la mesa.

Entré en la casa, pero me detuve al instante. Hector estaba sentado en el salón hablando con alguien. Desde donde me encontraba, podía ver a Hector, pero no al visitante.

—No puedo garantizar la cooperación del magistrado. Hay muchos conservadores en nuestras filas.

—¿Qué hace que estos hombres sean tan leales, Hector? El resto de Santa Catarina se prepara para unirse a la guerra de Rio Grande do Sul. Laguna tendrá que marchar con ellos o quedarse atrás —respondió el visitante—. Hector, amigo, deben entender que Laguna va a ser el punto central de la guerra, se unan a nosotros o no.

Podía jurar que había escuchado esa voz antes. Era un acento extraño, no era de América del Sur, pero no podía precisar su procedencia. Su reverberación profunda hacía que mi pecho vibrara. De pronto supe quién estaba en la otra habitación con Hector. Se me derritieron los pies en el suelo y no pude moverme.

—¡Ana, no seas tonta! ¿Qué haces ahí parada? —Manuela me empujó hasta el salón. Un brazo fuerte me sujetó por el codo y evitó que me cayera de bruces en el suelo de losas marrones. Tímidamente, alcé la vista y vi los ojos brillantes del hombre misterioso que hablaba con Hector: Giuseppe Garibaldi.

Al ver su rostro, todos los que estaban en el salón desaparecieron. Garibaldi abrió los ojos y se quedó boquiabierto; se quedó congelado, inclinado hacia mí mientras me sujetaba con firmeza por el codo.

El corazón me latía en el pecho como un pájaro que trata de escapar de su jaula. Sentí que el rubor me subía desde el cuello hasta las mejillas. Todo a mi alrededor se movía como las olas del mar. Intenté tragar, pero tenía la boca y la garganta secas. Mis ojos se posaron en su cuello y en su manzana de Adán, que palpitaba lentamente.

—*Devi esser mia.* —Las palabras salieron de su boca como una plegaria que no pudo evitar pronunciar. Me separé abruptamente de él. No sabía italiano, así que no tenía idea de lo que había dicho. Su rostro se ruborizó de vergüenza.

De pronto me di cuenta de dónde y con quién estaba. Miré a Hector, luego a Manuela. Hector estaba de pie frente a su silla mirándonos. Manuela se quedó en la puerta de la cocina cubriéndose la boca con la mano. Me dio vergüenza ver el rostro esperanzado de Garibaldi. Sentí que había hecho el ridículo y salí corriendo.

Corrí escaleras arriba y me lancé sobre la cama de Manuela y Hector. Quería esconderme. ¿Cómo había sido tan tonta? ¿Qué me pasaba? Cerré los ojos e intenté calmar los latidos acelerados de mi corazón. Manuela entró sigilosamente en la habitación y me tocó la espalda con ternura.

—¿Ana?

—Soy una idiota —dije con la cara hundida en su almohada—, no sé qué me pasó.

Manuela sonrió con dulzura.

—Amiga, tienes el mal.

—¿El mal? —le pregunté incorporándome.

—Sí, se llama amor. —Le brillaron los ojos. Me tocó la frente y las mejillas, y chasqueó la lengua—. Y, por lo visto, es grave.

Le agarré la mano.

—Manuela, hablas italiano, ¿verdad?

—Un poco.

—¿Sabes qué dijo Garibaldi?

Manuela sonrió traviesa.

—Debes ser mía. —Me dio unas palmaditas en el brazo—. Te dejo para que te recompongas.

Me quedé sentada en el dormitorio intentando armarme de valor para bajar las escaleras. Sin prisa, me estiré la falda y me recogí el pelo en lo que el corazón se me calmaba. Bajé las escaleras a toda prisa hasta donde estaba Manuela con la esperanza de que nadie me viera. Manuela preparaba una bandeja con bizcochos y mate, y me sonrió. Antes de que pudiera protestar, me puso la bandeja en las manos y me encaminó hacia el salón.

La mirada del *senhor* Garibaldi me perforó mientras colocaba la bandeja de plata sobre una sencilla mesa de madera que estaba en el medio del salón. Me senté en el sofá color burdeos con la espalda rígida y los tobillos cruzados. Hector estaba a mi derecha y yo estaba lo más lejos posible de Garibaldi. Él se había sentado en uno de los dos sillones a juego con el sofá. Los tres esperamos por Manuela para empezar el servicio.

Manuela trajo una bandeja con platillos y *biscoitos* de maizena. Puso la bandeja sobre la mesa antes de empezar el ritual del mate. El mate que sostenía en la palma de la mano tenía el borde de plata y estaba labrado con un intricado diseño de hojas. Luego de echar las hojas en la cavidad, lo agitó; un procedimiento tan importante como la hierba misma. Manuela vertió el agua en el mate lentamente. Tomó un sorbo con la bombilla de plata y escupió los primeros buches amargos en la chimenea. Cuando estuvo satisfecha con el sabor y la temperatura, le pasó el mate a su esposo.

—¿Puedo ofrecerle una galletita, *senhora* de Jesus? —Garibaldi me ofreció uno de los platos ribeteados de azul. Las galletitas lucían inofensivas sobre el plato. Sin embargo, al mirar el rostro esperanzado del hombre que lo sujetaba, me parecieron agentes de un complot nefasto.

De repente, Manuela alzó la cabeza. Que un invitado, un hombre, sirviera durante el servicio era una falta muy grave. Volví a sentir que el rubor me subía por el cuello.

Tomé el plato que me ofrecía para no causar más estragos.

—*Obrigada, senhor* —murmuré. Al entregarme el plato, me rozó los dedos suavemente. Su tacto disparó una corriente de energía que me subió por el brazo—. Y, por favor, llámeme Ana.

—Ana. —El sonido de mi nombre en sus labios hizo que me subiera la temperatura.

Hector tomó un sorbo de mate y se lo pasó al *senhor* Garibaldi. Luego reanudaron la discusión sobre la política en Laguna. Traté por todos los medios de mantenerme tranquila y ocultar las emociones que me embargaban como un río crecido. Y me reproché ser tan tonta.

—¿Qué le parece Laguna, *senhor* Garibaldi? —preguntó Manuela—. Estoy segura de que es muy distinto de su hogar en Italia.

—Oh, Laguna me parece un lugar encantador —contestó—. Tal vez el más hermoso de toda América del Sur. —Me miró por encima del borde del mate que compartíamos—. *Senhora* Oliveira, este mate no se parece a ninguno que haya probado antes. ¿Cómo lo preparó?

—Le añadí naranjas secas. Son las favoritas de Ana.

—¿No me diga? —Me pasó el mate—. Creo que de ahora en adelante también serán mis favoritas.

Intenté no volver a ruborizarme cuando tomé el mate de sus manos. Me resultaba prácticamente imposible dejar de pensar que nuestros labios se posarían en el mismo lugar, en la misma bombilla.

A lo largo de la conversación intenté resistir la urgencia de mirarlo. Pero fracasé y lo espié disimuladamente por el rabillo del ojo. Él miró hacia otra parte y luego miró a nuestros anfitriones.

—Dígame, Ana, ¿le interesa la política? —preguntó Garibaldi. Por primera vez esa noche, vi sus ojos color chocolate. Me miró fijamente y, por un instante, fui incapaz de articular palabra.

—Ana tiene una perspectiva muy interesante de la rebelión. Vamos, compártela. —dijo Manuela sonriendo.

Hice un gesto con la mano como para restarle importancia al elogio de mi amiga.

—En verdad no tiene importancia. No soy política como los hombres.

—Por favor, me gustaría saber su opinión. —Con el rostro esperanzado, aguardaba mi respuesta.

—Unos cuantos hombres se comportan como niños impetuosos porque el rey no los deja hacer lo que quieren. —Tomé un sorbo de mate para organizar mis ideas antes de proseguir—. Hay razones de peso para que estén enfadados, pero ¿en realidad son suficientes para que quieran separarse del resto de Brasil?

—¿Pero no le parece que es una buena oportunidad para que el pueblo de Santa Catarina pueda vivir mejor? —respondió Garibaldi.

—¿Lo es? Esta guerra es de Rio Grande do Sul. No nuestra. ¿Qué será de Santa Catarina una vez que termine la guerra? No podemos arriesgarnos a asumir la carga de Rio Grande do Sul.

Se recostó en su sillón. Una sonrisilla se asomó en sus labios.

—Dígame, Ana, ¿qué cree que debe hacer Santa Catarina? Su estado se halla en medio de los conservadores de Brasil y los hermanos de Rio Grande do Sul.

—Si hemos de entrar en la guerra, debemos garantizar que se velará por los intereses de nuestro pueblo. Si la gente de Santa Catarina no ve ningún beneficio, jamás apoyará su causa.

—¡Y he ahí nuestro dilema! —exclamó Garibaldi—. Estamos tratando de convencer a la gente de Santa Catarina de que lo que proponemos le conviene. Si tan sólo pudiera tenerla a mi lado. Como asesora. —Me estremecí de pensar que pudiera estar a su lado. Me sonrió, primero con timidez, pero luego sonrió ampliamente cuando se encontraron nuestras miradas. ¿Qué tenía ese hombre que me atraía tanto? Para alguien que había escogido estar sola, no podía entender por qué de pronto necesitaba que un desconocido se fijara en mí.

Garibaldi se puso de pie.

—Y ahora, si me disculpan, tengo asuntos que atender. —Hizo una reverencia ante Manuela y luego ante mí, y se dirigió a toda prisa hacia la entrada. Lo seguimos y los cuatro nos arremolinamos en el estrecho pasillo: Garibaldi y Hector delante, y María y yo detrás de ellos. Al llegar a la puerta, se volvió hacia nosotras.

—Si a las señoras les interesa, puedo hacer los arreglos para mostrarles el barco.

—Es una invitación muy generosa, *senhor.* —Manuela sonrió cortésmente. Un barco no era lugar para una dama. A las mujeres que pasaban el tiempo alrededor de los marineros les decían putas.

Inclinó la cabeza antes de salir por la puerta.

—Manuela, sería una grosería ignorar su invitación. —Salí tras Manuela, que cargaba en los brazos una estiba de mantas por el pasillo del hospital.

—Ana, no sería correcto.

—Sí lo sería si vienes conmigo —supliqué.

Manuela se detuvo en seco y por poco tropiezo con ella.

—Ana, sólo las putas entran en los barcos con o sin chaperona.

—Nadie tiene que saberlo —respondí.

—Pero lo sabrán, Ana. Sabes tan bien como yo que este pueblo está lleno de chismosos. Si se riega la voz de que estuve en un lugar indebido, Hector podría perder su puesto.

—Está bien —dije haciendo pucheros—. Era mi única oportunidad de ver los barcos de cerca. Jamás podré volver a hacerlo.

Manuela suspiró.

—¡De acuerdo! Iré contigo, pero ni una palabra a Hector,

¿comprendes? Ni una sola. —Giró y salió por el pasillo como una exhalación—. Las cosas que tengo que hacer.

Dos días después, fuimos a la bahía. Manuela miraba por encima del hombro sin cesar.

—El único motivo por el que se fijarán en nosotras es porque llevas un manto en pleno verano. Te ves rara —gruñí.

—¿Crees que debo quitármelo para que nadie se fije en nosotras?

—Nadie nos verá. Y a nadie le importará.

—Nunca se sabe —susurró—. Hay ojos por todas partes.

—Manuela, somos la gente menos interesante de Laguna. Nadie nos observa.

—No, a menos que permitas que este coqueteo se te salga de las manos.

Decidí ignorar el último comentario de Manuela. No tenía que recordármelo. Lo menos que necesitaba era una relación con Giuseppe Garibaldi. Caminamos en silencio unos pasos y añadió:

—Hoy no luces muy bien que digamos.

—Gracias —respondí. Llevaba puesto un viejo vestido de Manuela, verde con un ribete amarillo. Me había recogido el pelo en un moño discreto. Me puse a arreglarme las mangas del vestido y no presté atención a dónde íbamos hasta que Manuela me tocó el hombro.

Me quedé sin aliento cuando vi de cerca el barco del *senhor* Garibaldi por primera vez sin una multitud a mi alrededor.

—Parece un caballo, ¿no crees? —El barco flotaba majestuosamente ante nosotras, inmenso y hermoso. Sus mástiles llegaban hasta el sol. Crujía suavemente mecido por el agua. Los hombres se movían de un lado a otro, concentrados en sus labores.

Miré a Manuela y me decepcionó no ver mi entusiasmo reflejado en su rostro.

—¿Estás segura de que quieres hacer esto? —me preguntó sujetándome mientras yo intentaba acercarme al barco.

—Nunca he estado en un barco, esto es muy excitante.

Traté de arrastrarla a mi lado.

—Ana, ¿estás excitada por el barco o por el *senhor* Garibaldi? —Miré a Manuela, que prosiguió—: Un barco no es lugar para una mujer. No deberíamos estar aquí. Todavía estamos a tiempo de regresar.

La halé por el brazo.

—Manuela, por favor. Te prometo que no le diré nada a tu esposo si tú no lo haces.

Me siguió a regañadientes hasta el barco. Garibaldi, que se paseaba por cubierta, se detuvo cuando nos divisó. Nos miró y sonrió.

—¡Bienvenidas! —Una gran sonrisa se dibujó en su rostro—. Permitan que les muestre el barco. —Dejamos que nos guiara mientras hablaba con orgullo de las características de la embarcación—. Me he encaramado en ese mástil muchas veces. Justo hasta la cofa de vigía arriba del todo —dijo y dio unos golpes al grueso tronco—. Cuando el barco cruza el mar a toda vela, te parece que estás volando.

Di unos pasos atrás para ver toda la extensión del palo que tenía frente a mí.

—En un día claro, sin nubes, cuando el sol brilla sobre el agua cristalina, puedes ver a kilómetros y kilómetros de distancia sobre el horizonte —dijo como en una ensoñación—. Sientes que todo el océano es tuyo. Y es la lección de humildad más grande del mundo.

—Me imagino —dije intentando sentirlo. Miré a Garibaldi, que me observaba sin la menor intención de apartar la vista.

Tosió levemente.

—Hay algo que quiero mostrarles. —Lo seguí hasta el otro

lado del barco, giré la cabeza hacia atrás con disimulo y vi a Manuela distraída por un marinero. Llegué hasta la baranda del barco y me coloqué al lado de Garibaldi, que miraba hacia la boca de la bahía. Contemplamos los pequeños barcos pesqueros entrar y salir sin esfuerzo. Las manos de Garibaldi sujetaban la baranda que tenía delante y casi tocaban las mías. La sujetaban con tanta fuerza, que podía ver las venas que se entrelazaban sobre los pequeños músculos de sus manos.

—Usted está casada —dijo sin mirarme.

Sentí un peso en las entrañas como una roca que cae en un charco. Por un instante quise fingir que no era una mujer señalada. Quería que el coqueteo continuara. Quería creer que, tal vez, habría algún modo de vivir a su lado, aunque tuviéramos que disimular. Intenté aspirar una bocanada de aire en medio de la presión que me oprimía el pecho al ver que la fantasía de que Giuseppe Garibaldi fuera mío se disolvía en las pequeñas olas que daban golpecitos contra el barco.

—¿Quién le dijo? —pregunté finalmente, también negándome a mirarlo.

—Hector —dijo aún mirando hacia la bahía—. Le pregunté por usted. —Parecía que le costaba decir las palabras.

—Oh—. Sentí la puñalada de la traición. Jamás podría volver a mirar a Hector a los ojos, jamás.

—¿Lo ama?

—¿A quién? —pregunté.

—A su marido.

—Oh. A él... —dije al darme cuenta de que no había podido librarme del lastre que era Manoel—. No. ¿Podría amar a alguien con quien lo obligaran a casarse?

—Tal vez con el tiempo. —Movió la cabeza de lado a lado—. Da igual. Aún está casada.

Inhalé profundamente y exhalé el aire poco a poco entre los labios.

—Si quiere ponerlo de ese modo. Manoel nunca fue un marido. ¿Y ahora? Es muy posible que esté muerto.

—¿La dejó?

—Se unió a la caballería hace unos seis meses.

—¿No fue con él?

Al borde de las lágrimas, miré a Garibaldi. Manoel se había marchado, pero seguiría acechándome por el resto de mi vida. Lo comprendí ahora que miraba el hermoso rostro barbudo de Garibaldi. Jamás sería feliz.

—¿Y cocinarle, lavarle la ropa y fingir que soy feliz cuando se marche al campo de batalla? No. No soy su esclava. Prefiero vivir como viuda que seguir a un hombre por el que no siento ningún respeto.

Me miró sorprendido por la aspereza de mis palabras.

—Lamento mucho su sentir. —Intentó agarrarme la mano, que aún sujetaba la baranda, pero la retiré antes de que pudiera hacerlo—. Fue un placer conocerla, Ana de Jesus —dijo con la voz casi quebrada.

Sonreí, a pesar de que el corazón se me había partido en mil pedazos.

—El placer ha sido mío —dije y me aparté de él. Regresé donde Manuela, quien, de pronto, parecía muy interesada en la estructura de una red de pescar.

Agarradas del brazo, regresamos a la orilla. Miré por encima del hombro y por un instante pensé que Garibaldi nos observaba. ¿Sería mi imaginación? ¿Qué querría Giuseppe Garibaldi de una mujer casada como yo?

Soñaba con él. Todas las noches Garibaldi me visitaba, no podía verlo, pero me acechaba. Lo oía susurrar, «Ana», con una voz suave y profunda. Me despertaba en mi cama y el recuerdo de su rostro se esfumaba. Mis oídos estaban prestos a escuchar su nombre hasta en el más leve suspiro. Me volvía loca.

Al cabo de dos semanas terriblemente largas, estaba en el hospital atendiendo a un paciente cuando una compañera enfermera entró a toda prisa en mi ala.

—¡Apúrate! Limpia este desorden. El *senhor* Garibaldi está de visita en el hospital.

Al ver que me había quedado pasmada, la enfermera se apresuró hacia mí chasqueando la lengua para apartarme del paciente. Intenté quitarme del medio con disimulo y escabullirme del hospital sin que nadie me viera. Me detuve en seco cuando oí las voces. Garibaldi y un grupo de personas entró en mi ala y bloqueó mi única vía de escape.

—*Dona* Ana, qué gusto volver a verla —saludó Garibaldi.

—*Senhor* Garibaldi —contesté asintiendo con la cabeza.

—Tenía la esperanza de volverla a ver.

—No está mal que al menos a uno de los dos se le cumplan los deseos —repliqué.

—Hace muy buen día hoy. ¿Podría mostrarme el jardín? Tengo entendido que es muy impresionante.

Abrí la boca para contestarle, pero una de las enfermeras se me adelantó.

—*Senhor*, si quiere ver los jardines, creo que *dona* Francesca será una mejor guía.

—No —dijo Garibaldi—, prefiero que *dona* Ana me guíe. —Se volvió hacia sus acompañantes—. No los necesito ya.

—Muy bien —dije y de pronto sentí todas las miradas sobre mí—. Por aquí, *senhor*.

Lo guie hasta la puerta que daba al jardín. Cuando llegamos hasta donde nadie podía escucharnos, me volví hacia él.

—¿Se puede saber qué está haciendo?

—He pedido que me muestren el jardín —respondió juguetón.

—No se haga el simpático conmigo, *senhor* Garibaldi —le dije apuntándole con el dedo—. Sé muy bien que no le interesan las plantas.

—¿Y cómo lo sabe? La botánica muy bien podría ser uno de mis pasatiempos. —Tuvo la osadía de mostrarse ofendido. Pero en las comisuras de sus labios se asomaba una sonrisa apenas perceptible.

Bufé, frustrada.

—Un marinero que se interese por la botánica es tan absurdo como un agricultor que diseñe catedrales.

Garibaldi intentó contener la risa.

—¿Y bien? —pregunté con los brazos en jarra y los ojos entrecerrados por la claridad del atardecer—. ¿Va a responderme con sinceridad o me regreso a mi trabajo?

Miró hacia abajo e hizo como si pateara una piedra invisible.

—No puedo sacármela de la cabeza —dijo mirándome con los ojos muy abiertos—. ¿Por qué me obsesiona?

Di unos pasos hacia atrás, estremecida por las palabras que había dicho.

—Seguramente por la misma razón que usted me obsesiona a mí, pero eso no cambia nada.

—No quiero arruinar su reputación.

—Claro, porque pedir hablar a solas conmigo en el jardín no va a arruinar mi reputación. La gente habla. Ya ha hecho suficiente daño.

—Si me deja terminar, iba a decirle que no quiero arruinar su reputación, pero quiero buscarle una salida a este penoso asunto.

—¿Penoso asunto? —Sacudí la cabeza—. ¿Es así como vamos a llamarlo? No seré su puta.

Garibaldi se quedó pasmado ante mis palabras.

—Jamás... Nunca...

—No quise ser brusca, pero ¿acaso mi opinión no cuenta en estos «penosos asuntos», como usted los llama? No fui yo la que quiso casarse. No fui yo la que escogí abandonar a mi familia. Un hombre se va y vive la vida que desea. ¿Pero yo? Yo tengo que vivir conforme a los caprichos de los hombres que quieren resolver mis «penosos asuntos».

—Pues, dígame, Ana, ¿qué desea?

—Libertad. —Elevé los brazos y lo miré. Ya no tenía fuerzas para pelear más—. A usted.

Estaba apenas a dos pasos de mí. Me abrazó por la cintura. Su olor a mar y a sándalo me envolvió.

—Entonces creo que es hora de que dicte sus propias reglas —susurró contra mis labios.

Sus ojos me sostenían en un trance. Puse las manos sobre su pecho inmenso. Podía sentir su corazón latir a la vez que el mío. Garibaldi se inclinó sobre mí, deslicé las manos hasta su cuello y enredé los dedos entre sus rizos. Apretó sus labios contra los míos. Me sorbió.

Giuseppe apenas se separó de mí y al instante sentí el dolor de su ausencia.

—Las familias de los soldados acampan al sur de los muelles. Debería unirse a nosotros, esta noche. —Incapaz de decir palabra, asentí. Él dio un paso atrás y se puso el sombrero—. Espero con ansias volver a verla.

Me lanzó una sonrisa infantil que me aflojó las rodillas. Me llevé los dedos a los labios, que aún palpitaban por su beso, y lo vi marcharse a toda prisa.

Siete

Septiembre de 1839

Me miré al espejo y me cepillé el pelo por tercera vez esa tarde. Mientras me cepillaba los largos rizos repasé mi plan para asegurarme de que nadie me viera. Mi familia creía que iba a pasar la noche con mis respetables amigos. Me recogí el pelo en una trenza y practiqué mi discurso. «Voy a cenar en casa de los Da Gatos. Creo que pasaré la noche allá».

Mi madre siquiera levantó la vista de los frijoles negros que estaba revolviendo cuando entré en nuestra incómoda cocina. Al anunciar mi salida esperaba una respuesta suspicaz, pero no la recibí.

—Qué pena que los Da Gatos no pueden adoptarte. ¿Acaso estás perdiendo tu habilidad de manipular a la gente? —dijo María con desprecio.

—Vete al infierno —le contesté a María al tiempo que intentaba salir de la cocina.

—Después de ti, hermana —dijo María y volvió a su costura.

—¡Basta ya! ¡Ambas! —gritó nuestra madre amenazándonos con la cuchara—. Juro que no hay un minuto de paz cuando están las dos en casa. —Un par de frijoles volaron de la cuchara—. Ana, si vas a marcharte, hazlo de una vez y deja de causar problemas.

—¿Por qué me toca a mí el regaño?

—Porque cada vez que hay una pelea en esta familia, es culpa tuya.

Intenté sacudirme la pelea con mi hermana cuando entré en el campamento de los farrapos. Los marineros, sucios, caminaban por el campamento y se sentaban a cenar con sus esposas, que se veían tan agotadas como los hombres a los que servían. Encontré a Garibaldi en medio del campamento, rodeado de un grupo de amigos. Estaban todos de pie en un círculo riendo y hablando apasionadamente. Su risa resonaba en todo el campamento.

¿Y si no les gustaba a sus amigos? ¿Y si pensaban que no era suficiente para Garibaldi? Me detuve y consideré una retirada. *Esto es absurdo.* Me alisé la falda color azul claro que sólo me ponía para ir a la iglesia. ¿En verdad esperaba algo de todo esto? Entonces, Garibaldi me vio y una sonrisa amplia y cálida se dibujó en su hermoso rostro. Todos mis temores se disiparon.

—¡Ana! Lo lograste. —Se me acercó, se inclinó y me besó la mano con suavidad. El corazón se me quería salir del pecho cuando sentí sus labios sobre mi piel.

—Éste es mi compatriota, Luigi Rossetti. —Garibaldi apuntó al hombre alto de pelo negro que estaba a su lado. Noté su ropa limpia y bien confeccionada, adornada con encajes. Me recordaba a un maestro de escuela severo. ¿Cómo podía ser un soldado y llevar la ropa así de inmaculada? No tenía ni una mancha ni un descosido.

Rossetti me miró por encima de su larga nariz; sus ojos negros penetrantes me escrutaron con aire de superioridad. Me devolvió una sonrisa escueta y cortés, que apenas movió su barba acicalada.

—Es un placer conocerla —dijo haciendo una reverencia ostentosa y besándome la mano. Sus labios apenas rozaron mis nudillos.

Garibaldi señaló al hombre que estaba al lado de Rossetti.

—Éste es nuestro residente norteamericano, John Griggs. —Griggs no era tan alto como Rossetti. Tenía un aire simpático y la mirada de quien despierta de un sueño profundo. Me lanzó una sonrisa encantadora y, al quitarse el sombrero, dejó al descubierto una melena de rizos castaño oscuro.

—¿De modo que esta es la mujer que ha capturado tu atención desde que llegamos al puerto? —Griggs sonrió aún más y Garibaldi se ruborizó. Miré a uno y otro—. Por lo general, los hombres usan el catalejo para ver a lo lejos en el mar, no hacia las colinas para espiar a cierta dama que suele dormir la siesta en el balcón —bromeó Griggs.

Antes de que Griggs pudiera decir nada más, Garibaldi me llevó del brazo cerca del fuego. Las llamas ardían vigorosamente y bañaban a todos con destellos anaranjados y dorados. El olor de las carnes en la brasa y el humo se mezclaban con el aroma dulce del salitre. La gente iba de un lado a otro para atender sus fogatas y necesidades propias, pero Garibaldi no les prestaba atención. Se dedicaba a mimarme. A cada rato, me traía algo de comer o beber.

Cuando hizo ademán de levantarse para traerme algo más, le toqué el brazo para tranquilizarlo. Me tragué el pedazo de pan que tenía en la boca con suma dificultad.

—Por favor, *senhor* Garibaldi, estoy bien. Siéntese.

Sonrió y se calmó.

—Mis amigos aquí me llaman José. Puede hacer lo mismo —balbuceó—. Digo, espero que me considere un amigo. —Se ruborizó y se cubrió el rostro con las manos—. Soy un tonto, ¿no?

Sonreí.

—No más que yo.

De pronto se puso serio. Sus ojos me atravesaron.

—Jamás pensaría que es una tonta. —Entonces fui yo la que se ruborizó.

Pronto Griggs, su mujer, Ruthie, José y yo estábamos sentados alrededor del fuego. Ruthie se había unido al campamento para estar con Griggs. Era una muchacha indígena, tan bajita que apenas le llegaba a los hombros a Griggs. Sonreía con timidez y tenía ojos de águila que parecían absorberlo todo. Rossetti también se unió al grupo y se sentó en una mesita cerca de nuestro pequeño círculo. Tenía el rostro hundido en una libreta en la que escribía con frenesí.

Sentados alrededor del fuego en el crepúsculo, Griggs se frotó las manos callosas y comenzó a contar la historia de cómo él y José habían vencido a un grupo de mercenarios austriacos que peleaban con el ejército imperial y habían logrado capturar al coronel que dirigía la división, que no era una persona afable.

—Pensábamos que teníamos prisionero al coronel, pero el muy canalla asustó a los caballos para distraernos y huir. Nosotros, como idiotas, corrimos tras nuestros animales —dijo Griggs, sentado al borde de la silla y agitando la mano mientras hacía el cuento—. No nos imaginábamos que esa distracción era una señal para sus amigos.

—Mientras tanto, yo estaba con mi cocinero. Nos habíamos alejado del resto del campamento —interrumpió José y me miró—. El hombre tenía la mejor yerba mate de Argentina. Una variedad muy rara que sólo crece en el norte. —Miró a Griggs—. Ese cocinero no era capaz de hacer mucho más, pero sí que preparaba un buen mate.

—Juro que todavía sueño con su *feijoada*, lo siento, Ruthie —dijo Griggs besando a Ruthie en la sien—, pero era un desastre con las armas.

—Decir que era un desastre no le hace justicia —respondió José—. En cualquier caso, mi cocinero y yo estamos sentados bebiendo de ese mate. —Volvió a dirigirse a mí—. Llevábamos semanas hablando de probarlo. Buscábamos un momento de calma para disfrutarlo a plenitud. El cocinero le echa un poco de agua al mate y esperamos ansiosos a que se impregnen las hojas, cuando escuchamos el llamado de la infantería. Giro la cabeza y veo una ola de soldados de caballería austriacos galopar hacia nosotros.

Contuve la respiración y me tapé la boca, lo que animó a José a proseguir.

—Nadie podía imaginar que, con tantos blancos posibles, no pudiera darle a uno, al menos a uno de todos aquellos soldados a caballo, ¡pero no pudo!

—Pero le daría a uno de ellos, ¿no? —pregunté sorprendida mirando a José y, luego, a John Griggs—. La primera vez que disparé una pistola tenía cinco años y pude atinarle a un blanco grande.

Ambos hombres rieron y negaron con la cabeza.

—¿Cómo es que dicen en América del Norte? —preguntó José.

—Que no acertaba ni a la parte ancha de un granero —contestó Griggs aún riéndose—. Podía haber sido un blanco del tamaño de un barco y no habría acertado.

—¿Qué pasó después? —Ruthie le preguntó a Griggs.

—Pues, este servidor vino al rescate. Arreamos los caballos después de darnos cuenta de que se trataba de una distracción —dijo Griggs con una mueca al tiempo que abrazaba a Ruthie—. Mis hombres lograron espantar a esos canallas austriacos.

—Sí, los espantaron hacia los edificios aledaños. ¡Algunos se metieron en las letrinas! —dijo José controlando las ganas de reír—. Pensaban que podían esconderse allí y dispararnos.

—Pero les salió el tiro por la culata —dijo Griggs—. No obstante, siempre miro bien antes de entrar en una letrina.

—Malditos austriacos —dijo Garibaldi con desdén—. Merecían algo peor que las letrinas.

—¿Por qué odia a los austriacos? —pregunté.

—Los austriacos tienen a mi país agarrado por el cuello, como una gallina a punto de ser degollada. Nos roban todo y sólo dejan a mis hermanos sobras que no sirven ni para alimentar a los perros. Para los austriacos somos ciudadanos de segunda, como mucho. Si logran salirse con la suya, todo lo que vale en mi tierra desaparecerá.

—¡Atención! ¡Atención! ¡Muerte a Austria! —Todos volvimos la cabeza para ver a Rossetti, que había alzado la vista de su libreta por un instante—. Que el diablo se apiade de ellos, porque los italianos no tendrán piedad —dijo antes de volver a su escritura—. *Gli stronzi* —masculló—. Imbéciles.

—¿Qué hace? —pregunté señalando a su libreta.

—Escribe sus grandes memorias para que, cuando tengamos una Italia unificada, la gente conozca nuestro sacrificio —respondió José con una sonrisa a medias—. Es como una obsesión.

—¿Por qué?

José se puso en pie y me extendió la mano para ayudarme.

—Italia es el amor de su vida. Es su damisela desvalida que necesita que la salven del dragón. Vamos. Empieza a refrescar aquí afuera.

José me llevó a su espaciosa tienda de campaña, alejada de las demás para darle privacidad. A la izquierda había una cama muy bien hecha. La ropa se desparramaba de los baúles colocados a su lado. A la derecha, una mesa con cuatro sillas, cubierta de mapas y papeles. En el centro, admiré un enorme escritorio de madera con una estiba de libros voluminosos.

Poco después, llegó un asistente con una bandeja para el mate. La puso sobre la mesa y se marchó. Vi a José sacar de su escritorio una caja envuelta en tela. Como quien manipula un huevo frágil, la desenvolvió lentamente. Abrió la lata, echó las hojas en el mate y las agitó con vigor.

—Usted prepara el mate como un brasileño de verdad —dije jugando con las manos sin saber qué hacer con ellas.

—Gracias. —Sonrió y echó un poco de agua fresca en el mate—. Sólo bebo té y me gusta mucho su yerba mate.

—¿No bebe alcohol? —le pregunté mientras lo observaba echarle agua caliente al mate.

—No. Me nubla demasiado el entendimiento—contestó con un gesto de la mano—. Ha escuchado bastante de mí. Quiero conocer a Anita. Quiero conocerte *a ti*.

—¿Anita? —pregunté—. ¿Acaso ya ha olvidado mi nombre?

José se sonrojó.

—No, es que, en mi país, cuando una niña se convierte en mujer le añadimos «ita» a su nombre. Flora se convierte en Florita, Ana en Anita y así por el estilo.

—¿Y cree que debemos cambiar mi nombre?

—Sí. No me interesan las niñas.

Sentí que el rubor me subía hasta las mejillas. Afuera se escuchaba el cese de las actividades del día, el ruido del equipo al limpiarse, el siseo de las fogatas al apagarse. José se me acercó y volvió a captar mi atención. Me agarró por la cintura suavemente. Podía sentir el leve temblor de su cuerpo al estrecharse contra el mío. Me rozó el pómulo con la punta de la nariz antes de que sus labios encontraran los míos. Lo saboreé todo, desde la aspereza de su barba hasta su aroma a sándalo que me envolvía. Sin oponer resistencia, lo dejé llevarme a su cama.

José era tierno: sus dedos apenas me tocaban cuando me acariciaba, me arrullaba, hacía que deseara tenerlo cada vez más cerca. Yo temblaba mientras me desabotonaba la blusa con destreza, sin separar sus labios de mi boca.

Después, me acosté bocarriba, José me abrazaba por la cintura. Él dormía de lado y roncaba suavemente. Distraída, acariciaba su brazo mientras escuchaba los sonidos que llegaban desde el campamento por el aire. Los pasos de los guardias crujían sobre la hierba seca. Los pájaros comenzaban a cantar como para despertar al sol de su sueño.

Miré al hombre que dormía a mi lado, recorrí con los ojos las cicatrices de su pecho y su cuello. «El Gran Garibaldi» lo llamaban. El salvador del pueblo. No podía evitar preguntarme, ¿y ahora qué? ¿Lo seguiría como las demás mujeres que seguían a sus esposos? ¿Me dejaría atrás? Sin duda sabría que no tenía mucho futuro conmigo. Se me hizo un nudo en el estómago cuando comprendí la realidad.

José comenzó a moverse y desperezarse a mi lado. Me miró unos instantes antes de besarme el hombro.

—Te ves preocupada —dijo con la voz ronca de dormir.

—No —mentí con una sonrisa.

Se sentó apoyándose en el codo y me examinó.

—Estás mintiendo.

—No —intenté reír.

—Vaya, ahora estás mintiendo aún más. Sé cuando mientes: se te hacen unas arruguitas justo aquí. —Me pasó el pulgar por la frente. Me acarició la mejilla y me observó—. Te permitiré una mentirilla por esta vez.

—¿Y la próxima vez?

—No habrá una próxima vez. —Me besó la cabeza—. Jamás nos mentiremos. Será la única regla entre nosotros.

Me acomodé más cerca de él.

—Lo prometo.

—¿Qué harás hoy?

—Tengo que trabajar en el hospital. Estaré allí casi todo el día.

—¿Y después?

—No lo sé —titubeé—, ¿qué hará usted hoy?

—El trabajo de un capitán nunca cesa. Estoy seguro de que habrá mucho que hacer, pero tenía la esperanza de pasar otra noche con mi Anita.

La excitación que me burbujeaba en el estómago me hizo contraer los dedos de los pies.

—Creo que eso tiene solución.

—¿Ah, sí? —Se me pegó por la espalda, juguetón—. Qué amable de tu parte pensar en mí. —Hundió la cabeza en mi cuello y me hizo reír, sorprendida. Exploró mis hombros, mis pechos y mi rostro con sus besos. Mi risa se tornó en placer de disfrutar el roce de su barba.

—Dime que soy tuyo. —Recorrió con los dedos el contorno de mi quijada. Tomé su rostro entre las manos y lo obligué a mirarme a los ojos.

—Eres mío, José Garibaldi.

Me besó con pasión y me tomó nuevamente. Me susurró al oído:

—Eres mi tesoro, *tesoro mio*.

A partir de aquel día, me escapaba cada vez que podía para estar con José. Pasábamos las noches junto a sus amigos escuchando historias de sus aventuras pasadas. Cuando la luz de José brillaba sobre mí, todo me parecía maravilloso. Me sentía amada y dichosa. Sin embargo, cuando no estaba, sentía con pesar el frío de su ausencia. Decidí que no quería vivir sin él, jamás.

No comentábamos nuestro romance ni nos hacíamos demostraciones de afecto en público. Todavía era una mujer casada. Si me veían con José, todo por lo que había luchado se vendría abajo. Además, era quince años menor que él, lo que provocaría aún más habladurías. Cuando no estábamos juntos, cada cual hacía lo suyo como si nada. Teníamos cuidado de no cruzarnos en el pueblo.

De vez en cuando, José y yo nos aventurábamos a visitar a mis amigos, los Da Gatos. Eran las únicas personas fuera del campamento que sabían de nuestra relación. Nos recibían con mucho afecto en su hogar para cenar.

Sin embargo, los secretos no se mantienen en secreto por mucho tiempo, en especial en un pueblo tan pequeño como Laguna. Nos descuidamos, como suele pasarle a la mayoría de los amantes tontos, y sólo nos preocupamos uno del otro en vez de preocuparnos por lo que murmuraba la gente a nuestro alrededor. Creíamos que estábamos seguros en el campamento; era el único lugar en el que sentíamos que podíamos relacionarnos abiertamente. Pero los rumores se filtraron del campamento al pueblo. La gente hablaba y no nos dábamos cuenta. Dejé de ir a casa por largos periodos de tiempo. No fue hasta que entré en la casa de mi familia, pensando que no habría nadie, que me di cuenta de lo tontos que habíamos sido.

—No esperaba verte por aquí otra vez —dijo mi hermana desde una esquina del salón. Me sobresalté cuando la vi.

—He venido a buscar mis cosas —contesté mientras me encaminaba a la que había sido mi habitación.

—¿Tus cosas? Llevas tanto tiempo fuera que presumimos que te habías mudado con tu pirata. —Se levantó de la silla en que estaba sentada y caminó hacia mí. Sus ojos negros me penetraron y su odio helado me congeló hasta los huesos. Me detuve y la miré.

—¿Qué quieres decir?

—Que regalé tus cosas hace dos días. No queda nada tuyo aquí.

—¿Que hiciste qué? —pregunté.

—Dije que regalé todas tus cosas. En realidad, miento: las vendí. —Encogió los hombros—. Pensé que tu pirata preferiría que su puta vistiera mejor y Dios sabe que el dinero nos hace falta, pues no traes a casa nada de lo que ganas prostituyéndote. —Dejó lo que estaba cosiendo y me miró fijamente con una sonrisilla.

—¿Lo que gano?

—Pues, sí. Todo el mundo dice que, ahora que eres la puta del *senhor* Garibaldi, estás muy bien atendida. Algunos dicen incluso que te pasa de mano en mano para recaudar dinero para la causa. —Avanzó hacia mí—. Nuestra madre está enferma de la vergüenza. *Papai* también se avergonzaría de ti si te viera.

—¿Cómo puedes decir algo así? —pregunté apretando los puños.

—¿Que cómo puedo? ¿Cómo has podido tú? Has puesto a nuestra familia en ridículo. Eres una mujer casada, Ana, y te has juntado con un pirata. ¡Nuestra madre no puede salir a la calle!

—No olvides que fue mi esposo el que me abandonó. —Le apunté con el dedo—. ¡Se marchó! Jamás volverá. Tengo derecho a vivir mi vida.

—¿Esas son las mentiras que te dijo tu Garibaldi para meterte en su cama?

Negué con la cabeza, no podía creer lo que escuchaba.

—José no me ha mentido. Yo escogí meterme en su cama. Yo escogí estar con él. No nos mentimos.

María sonrió.

—Dale tiempo, hermana. Pronto lo hará. Si fueras una buena esposa, habrías seguido a tu marido. —Abrí la boca para protestar, pero María alzó la mano para callarme—. Hiciste un juramento ante Dios. Un juramento sagrado que has roto. Eres una desgracia.

—¿Y qué hay del juramento de Fernando? —dije entre dientes. María se sintió herida cuando mencioné a su exmarido—. Estoy segura de que no recuerda sus votos ahora que se ha juntado con una nueva mujer. Ya sabes, la jovencita, la más bonita. Dime, ¿cuántos hijos tiene?

María se puso colorada. Abrí la boca para decir algo más, pero me detuve cuando sentí un portazo. Al unísono miramos a nuestra madre cuyos ojos inyectados de sangre brillaban contra su rostro cenizo. Caminó hacia mí en silencio. Levanté la frente ante su mirada. Con un solo movimiento preciso se me acercó y me dio una bofetada.

El escozor me corrió por la mejilla hasta la quijada.

—Ojalá pudiera cambiarte por uno de mis hijos muertos. Debiste haber muerto tú, no tus hermanos.

Ocho

Corrí desde la casa de mi madre hasta el campamento de los farrapos. Cuando vi a José, derramé sobre su pecho todas las lágrimas que había contenido desde que abandoné a mi familia.

—Anita, *tesoro mio*, ¿estás bien?

Me sujetó por los hombros y me llevó aparte. Dije que no con la cabeza.

—Vamos a algún lugar privado para que me cuentes qué pasó.

No podía hablar: me dolía demasiado. Tenía un nudo en la garganta que me ahogaba la voz y provocaba un intenso dolor cada vez que intentaba decir algo. José me llevó a su tienda; sólo se detuvo un instante para decirle algo al oído a su sirviente. Me acercó a él y me rodeó con sus enormes brazos.

—Dime, ¿quién ha hecho llorar a mi hermosa Anita?

El doloroso nudo que se me había incrustado en el pecho me apretaba. José me dio un beso en la cabeza.

—Estás a salvo —susurró una y otra vez. La garganta cedió. Poco a poco, las palabras comenzaron a salir de mi boca, primero con dificultad, pero, a medida que me sentía mejor, con mayor fluidez. Le conté todo lo que me había pasado con mi familia.

—Lo siento —dijo acariciándome el pelo—. Presumo que era inevitable. La verdad siempre sale a relucir y fuimos tontos —suspiró—. Anita: para muchos, soy un pirata. No tengo riquezas. No tengo un hogar. Todo lo que puedo ofrecerte es una vida llena de calamidades y pobreza. Todo lo que hago tiene como objetivo regresar a mi patria. Servir a mi pueblo. He escogido esta vida y no puedo obligarte a hacer lo mismo.

Levanté la cabeza de su regazo y lo miré con recelo.

—Prefiero una vida llena de calamidades contigo a una vida llena de riquezas sin ti. —Sujeté su rostro entre mis manos y sentí la tersura de los pelos de su barba—. Ya he tomado una decisión.

Apoyó la frente contra mi frente.

—¿Será posible amar tanto a alguien como te amo a ti?

Reí entre lágrimas.

—Eso espero.

Me secó las mejillas con una caricia de su pulgar. Me acercó contra su pecho con suavidad. Su olor a sándalo y salitre alejaron los pensamientos que me quedaban de mi familia. Sus labios suaves se posaron sobre los míos y me sacaron de mi tristeza. El embrujo se rompió cuando el sirviente apareció en la tienda.

—*Perdoe-me, senhor*. Aquí está el agua caliente que pidió.

—Gracias, Pablo. Una cosa más: Anita y yo cenaremos en mi tienda solos esta noche. Por favor, que nos traigan algo de comer.

—*Sim, senhor.* —Salió haciendo una reverencia.

José me dio un beso en la frente.

—Descansa. Ahora este es tu hogar. —Lo observé preparar el mate.

—Debería ser yo la que prepare el mate.

José encogió los hombros.

—Me da igual. Además, soy viejo y testarudo y me gusta el mate preparado de un modo particular. —Me guiñó un ojo y me pasó el mate—. Ahora, si me excusas, el trabajo de un capitán nunca cesa. —José se sentó tras su enorme escritorio de roble a leer cartas y firmar documentos. Sentada en lo que ahora era nuestra cama, sorbía el mate y jugaba con un hilo que se salía de la colcha mientras contemplaba mi nuevo futuro.

Estar atada a un soldado significaba que viviría constantemente esperando la muerte. La mortalidad de José era tan tangible como el mate que sostenía en mis manos. Recordé el día en que Manoel se marchó. La posibilidad de seguirlo por todo Brasil me asqueaba. Habría sido como cambiar mi pequeña jaula de Laguna por una aún más pequeña, pero con ruedas.

Sin embargo, estaba dispuesta a atarme a este hombre: a seguirlo a lugares que jamás había imaginado. ¿De dónde viene esta sensación de libertad? ¿O era sólo que no veía los barrotes?

José alzó los ojos, me miró, sonrió y regresó a sus papeles.

No había barrotes y, si este hombre moría, juraba en ese instante y lugar que moriría a su lado. Como su igual.

Una vocecilla me distrajo de mis pensamientos.

—Hola. —Levanté la vista y vi a Ruthie en la entrada de nuestra tienda con un sencillo vestido verde que acentuaba el color oscuro de su piel y su cabello—. Me enteré de lo de tu familia. Lo siento mucho.

José arrugó la frente, confundido. Lo miré y sonreí.

—Laguna es un pueblo pequeño. Las noticias vuelan.

Ruthie sacó un paquete de cosas.

—Te traje esto. Es ropa que recogí entre las mujeres del campamento. Cosas de las que podemos prescindir. Hay retazos de tela para que te cosas algo, si quieres.

—Gracias —dije y me puse de pie para aceptar el paquete.

—¡Ah, casi lo olvidaba! También te he traído algunas agujas y un poco de hilo. —Buscó en su bolsillo y los sacó—. No es mucho.

—Es maravilloso. Gracias. —Llevé las cosas a la cama de José e inspeccioné mis nuevos tesoros. Miré a José, que me sonrió. Me sentí en paz con la decisión que había tomado.

Según pasaban los días, opté por quedarme en el campamento en vez de visitar el pueblo. El hecho de que mantenía una relación con José se comentaba en las calles y no me apetecía enfrentar miradas acusadoras. Las monjas me echaron del hospital mediante una carta. José se enfureció al leérmela.

—¿Cómo es posible que te falten al respeto de este modo?

Tomé la carta y la tiré al fuego.

—La gente dirá lo que le dé la gana. A mí no me afecta. —Lo abracé por la cintura—. Ellos no tienen que vivir con las consecuencias de mis decisiones.

Un día especialmente soleado me invadió el desasosiego. Deambulé por el campamento de los farrapos, distraída, mordisqueando un pedazo de pan dulce.

El campamento era un enjambre de actividad. No sólo trabajaban los hombres que se ocupaban de las tareas propias de un ejército, sino también las mujeres. Muchas seguían a sus hombres de campamento en campamento para cuidar de sus seres queridos. Apareció un grupo de mujeres. La pintura de sus rostros se agrietaba cuando reían y coqueteaban con los hombres que se cruzaban en su camino. No podía evitar notar cómo se zangoloteaban y se esforzaban por llamar la atención.

—Anita. —Me di vuelta y vi a Ruthie acercarse a mí con una canasta de ropa mojada apoyada sobre una de sus anchas caderas—. Espero que la ropa que te di te haya servido. —Se apartó los mechones de pelo negro que se le habían salido de la coleta.

—Sí. Muchas gracias.

Me sonrió.

—Ven conmigo. A la vuelta, te mostraré el cuartel de los oficiales. —Una vez que nos separamos de las mujeres, se volvió hacia mí—. No dejes que te vean cerca de esas mujeres.

—No estaba cerca de ellas. No creo.

—No importa. Son putas —susurró—. Se cuelan en el campamento como gusanos. Lo único que buscan es comida y un cuerpo caliente. Mantente con las otras esposas. Es más seguro. —Miré a las mujeres por encima del hombro. No éramos tan diferentes. Yo también dependía de alguien. Sólo que ese alguien me respetaba.

Permanecimos calladas mientras atravesábamos el campamento, que estaba en plena actividad. Observé que Ruthie saludaba a todo el que se le cruzaba. A la gente parecía importarle menos su relación que la mía con José. Le sonreían y la saludaban con la mano, el respeto que exigía Griggs se manifestaba en sus gestos.

—¿Estás casada con Griggs? —Me tapé la boca de golpe—. Perdona que me haya entrometido.

Ruthie sonrió.

—No pasa nada. No estamos casados en el sentido tradicional. —Me miró y se sonrojó—. La mayoría de nosotras no lo está, pero es más fácil llamarnos de ese modo.

—Siento que todos saben de mí, pero ¿y tú? ¿Cómo llegaste aquí? Si no te importa que pregunte.

Ruthie encogió los hombros.

—No hay mucho que contar. Trabajaba de sirvienta para la familia Gonçalvez. Luego llegó John. Eso es todo.

—¿La familia con la que trabajabas te dejó ir sin más?

—No soy esclava —dijo riendo—. Les pedí que me dejaran ir y me lo permitieron. Sabían que quería estar con John y el *senhor* Gonçalves quería verme feliz. —Ruthie sonrió. Resultaba agradable anticipar un sueño futuro—. Pues bien: hemos llegado a tu tienda. Debo colgar esta ropa —dijo señalando la canasta y siguió su camino.

Vivir con los farrapos requeriría ajustes. Su sentido de la moral era distinto de todo lo que me habían enseñado hasta entonces y, sin embargo, en muchos aspectos era igual. Cuando una mujer caía en desgracia, era condenada al ostracismo, pero su idea de lo que constituía una mujer arruinada era muy diferente de la que había experimentado en el pueblo. La situación de una mujer dependía de la posición de su marido en la armada. Griggs era el segundo en mando de José. Por tanto, todo el mundo respetaba a Ruthie. Yo era la mujer de José, lo que significaba que se me debía aún más respeto. Esas putas, sin embargo, eran caso aparte. No estaban asociadas a ningún hombre. Los oficiales las llamaban «gusanos» porque aparecían de la nada y buscaban entre la basura cualquier cosa que les sirviera.

Unas noches más tarde, me senté enfurruñada frente a la fogata sin que nadie se diera cuenta de que estaba ahí. El olor a carne asada viajaba a través de la suave brisa junto con algunos fragmentos de conversaciones. Miré a José, que estaba a unos cuantos pies bebiendo mate. Estaba rodeado de un grupo compuesto sobre todo de mujeres que revoloteaban a su alrededor como cachorros hambrientos de atención.

Había una mujer alta, vestida con un corpiño muy apretado. Sus pechos eran como una bandeja pegada a su cuerpo que le ofrecía a José cada vez que se le acercaba. Había otra señora pintada, bajita y rechoncha. Se asemejaba a un sapo con todo y una verruga que parecía tener vida propia en la joroba de su portadora, justo encima del cuello del vestido. Algunos marineros rodearon al grupo, deseosos de hacerse con las migajas de su señor.

Sentí en el estómago una puñalada de celos, seguida de una duda que me encogió el corazón y me corrió por los hombros. José tendría que venir a mí por la cena que yo misma le había preparado en vez de sus sirvientes. Pinché una patata con el tenedor. ¿Habría tomado la decisión correcta? ¿José me habría dicho todas esas cosas en serio?

—Yo no me preocuparía por ellas —una voz masculina interrumpió mis pensamientos.

Sorprendida, miré hacia arriba y vi a Griggs sonriéndome.

—¿Me permite? —Señaló hacia el tronco que estaba a mi lado. Asentí y se sentó—. José es un líder. Tiene que ser la cara hermosa y amable. ¿Quién va a seguir a un hombre feo a la guerra?

No pude evitar sonreír a mi pesar. Griggs lo interpretó como una señal de que podía proseguir.

—A los feos siempre los tildan de locos o fracasados. Si la gente ha de arriesgar la vida en la línea de fuego, ha de ser por alguien que parezca la victoria personificada. La gente quiere a alguien que se parezca a nuestro José. —Griggs me dio un codazo, juguetón—. Sin embargo, sé de buena tinta que eres su amiga más preciada.

Sentí que una sonrisa se asomaba a mis labios y traicionaba mi aparente impasividad. El segundo en mando de José me apuntó con el dedo.

—Ahí está. Sabía que lograría sacarte una sonrisa verdadera.

Asentí.

—Sí. Sí que lo consiguió.

—Yo, por cierto, soy experto en leer a la gente. Mira a José, por ejemplo: puedo distinguir su sonrisa falsa de su sonrisa verdadera. Mira, observa. —Apuntó con el tenedor a la mujer alta, que le ofrecía sus pechos rebosantes a José cuando se inclinaba para hablar con él y pestañeaba sin cesar—. Ella acaba de decirle que está muy bien… dotada. Ahora mira esa sonrisa, mírala bien. Las comisuras de los labios se extienden hacia sus orejas. —Griggs se echó a la boca un pedazo de pollo, lo masticó y se lo tragó con avidez—. Cuando José sonríe, cuando sonríe de verdad, las comisuras de sus labios apuntan a sus ojos.

—Debe conocer muy bien a José.

Griggs encogió los hombros.

—Sólo sé lo que veo y lo que veo es que José sólo sonríe de verdad cuando está cerca de ti. —John se dio un manotazo en la pierna. —Ahora te toca a ti. ¿Qué dice aquella?

Miré hacia donde miraba Griggs. La mujer sapo coqueteaba con José. Sacó a la chica alta del medio y rio con tanta fuerza que todo el campamento la escuchó.

—Le está diciendo a José que hace el mejor *quindim* de Santa Catarina. Lo que no sabe es que José detesta el coco. —Ni bien lo dije, una sonrisa falsa se dibujó en su rostro.

—¿Qué es *quindim*? —preguntó Griggs.

—Es un postre hecho con yema de huevo, azúcar y coco. Dylla, la madre de mi amiga, nos lo hizo una vez y José se puso verde cuando tuvo que tragárselo.

El recuerdo de la cara de José cuando intentó tragarse la comida sin vomitar me hizo reír de nuevo.

—Cuando al fin logró tragárselo, felicitó a Dylla, que se puso tan contenta de que al gran Garibaldi le hubiera gustado que quiso darle más. Se aterrorizó, pero ella no aceptaría un no por respuesta. —Griggs y yo nos reímos a carcajadas.

Estábamos tan distraídos riéndonos que no nos dimos cuenta de que José se nos había acercado.

—¿Y a qué se debe este ataque de risa?

Traté de reprimir la risa que se me escapaba del pecho a borbotones. Estuve a punto de lograrlo hasta que Griggs dijo con la voz ahogada:

—Nada, las sutilezas del coco.

No pude aguantar más y me doblé de la risa. Las lágrimas me corrían por las mejillas. José se quedó impávido mientras Griggs y yo seguíamos riéndonos a carcajadas.

—¿Presumo que mi cena está en nuestra tienda? —preguntó José.

—Sí —contesté secándome las lágrimas de los ojos—. Voy en seguida. —Me recompuse y miré a Griggs—. Gracias.

—Siempre a sus órdenes, señora —dijo y sonrió. Mientras me alejaba, lo escuché decir—: ¿Alguien sabe dónde se puede conseguir un poco de coco?

Nueve

Octubre de 1839

Nos enteramos de que la armada imperial comenzaría una campaña contra las costas de Santa Catarina y se movería hacia Rio Grande do Sul. La legión recibió órdenes de zarpar y patrullar las aguas próximas a la costa de Laguna. Sería una expedición que duraría semanas. La noche antes de partir, me hallaba corriendo de un lado a otro de la tienda preparando nuestras cosas cuando José entró enfocado en el papel que estaba leyendo. Se detuvo en seco y me miró.

—¿Qué haces? —preguntó confundido y espantado.

—Empacar. Ah, mira: me he cosido unos pantalones para la ocasión. —Giré para que pudiera verme completa. Había agarrado unos pantalones viejos que José ya no usaba, y los había entallado para que me sirvieran. Aún me quedaban un poco sueltos en los muslos y tuve que coserles un parcho rojo en la rodilla que contrastaba marcadamente con el negro desteñido del pantalón.

—Ya lo veo, pero quiero saber por qué.

—Porque nos vamos mañana —reí y proseguí mis labores.

—No nos vamos mañana. Yo me voy. Tú te quedas aquí con el resto de las mujeres.

—No, no voy a quedarme —le contesté con dureza.

—Anita, un barco no es lugar para una mujer.

—Dime una cosa: ¿acaso te parezco una esclava? —Entorné los ojos mientras caminaba hacia él.

Dio un paso atrás.

—No.

—No. Ajá. ¿Acaso te parezco una vaca?

—Pero, Anita…

—José, no soy de tu propiedad. Iré donde quiera y quiero ir contigo.

—Es muy peligroso —rogó José.

—O sea, que te parezco frágil.

—No fue lo que dije.

—Soy una mujer débil que no puede arreglárselas en un barco. ¿Es eso? Vaya, qué suerte tenerte cerca. No sé cómo he podido vivir dieciocho años sola.

—¿Puedes dejar de insinuar cosas que no he dicho? —José tiró al suelo los papeles que había traído—. No eres un marinero. No sabes nada de los barcos y menos de la guerra.

—¿Qué hay que saber de la guerra? He usado pistolas. No hay diferencia entre dispararle a un hombre y dispararle a un animal.

—¡No hay lugar para ti en un barco!

—Mi lugar es donde tú estés. Si estás en ese barco, yo también estaré. —Crucé los brazos—. No voy a sentarme a esperarte pacientemente mientras tú te vas a jugar a la guerra. Escogí esta vida con todos sus peligros cuando te escogí a ti. No soy una muñeca que puedas dejar en un estante y jugar con ella sólo cuando se te antoje. No seré una de esas mujeres.

—No puedo llevarte en el barco. Cuando estoy allí, mi prioridad son esos hombres. No podré protegerlos a ellos si lo único que voy a hacer es preocuparme por tu seguridad. —Se me acercó—. *Tesoro mio, per favore*.

Me aparté de él.

—No soy tu tesoro.

—Anita, puedes morir. Aunque sólo vayamos a patrullar las aguas, un barco es un lugar peligroso, en especial para una mujer.

—¿De verdad crees que le temo a la muerte? ¿A la que ha sido mi compañera constante desde mi infancia? —Negué con la cabeza—. A lo único que le temo es a quedarme aquí sola. ¿No lo entiendes? Sin ti no tengo nada.

José abrió la boca para contestar, pero lo detuve.

—Dime: ¿qué será de mí si mueres?

—No moriré —dijo.

—Tú lo has dicho. El barco es peligroso. Trabajé suficiente tiempo en el hospital para aprender que incluso el soldado más diestro podía convertirse en uno de mis pacientes. Ahora, contesta mi pregunta. ¿Qué será de mí si mueres?

Se encorvó.

—Seguirás viviendo, presumo —dijo tímidamente.

—¡Ah! Seguiré viviendo, pero ¿qué clase de vida será? Mi familia me ha desheredado. Soy una mujer arruinada, José. —Apartó la mirada de mí—. Mírame. Eso es lo que piensa de mí esa gente. No me avergüenzo. Yo misma lo escogí, pero si me quedo aquí y tú mueres, no podré valerme por mí misma.

—Anita, exageras.

—¿Exagero? No tengo familia, nadie me recibirá en su casa. ¿Dónde trabajaré si nadie me quiere cerca? ¿Crees que mi esposo me aceptará, si acaso regresa? —José miró hacia el otro lado, su rostro palideció. Me le acerqué—. Prefiero morir mil veces que vivir sin ti.

Me sujetó por los hombros y me miró.

—Lo eres todo para mí. No puedo soportar la idea de perderte.

—Si no me dejas ir contigo en tu barco, me meteré en el de Griggs.

—Anita, no puedes hacer algo así. John Griggs es un oficial de mi armada. No puedes acudir a él cada vez que no te guste algo —dijo echando chispas.

—Me las arreglaré. He escuchado de mujeres que se visten de hombre para ir a la guerra. Puedo hacer eso y nunca sabrás que estuve allí. —Le toqué el pecho con un dedo. Me sujetó la mano de inmediato y me la apartó.

—Esto no es un juego, Anita. —La cara se le enrojeció—. No vamos a perseguir vacas en medio del campo.

Le solté la mano.

—No me insultes. Escúchame bien, José Garibaldi: iré en uno de esos barcos y tú sólo dirás si será en el tuyo o en el de otra persona. —Crucé los brazos, desafiante—. Si de verdad quisieras protegerme, me llevarías en tu barco, contigo.

José se pasó una mano cansada por la frente.

—Muy bien… puedes venir. Pero tienes que prometerme que obedecerás todas mis órdenes. Sin chistar.

Salté de alegría y le rodeé el cuello con los brazos. Iba a besarlo, pero me detuvo y esperó hasta que le di una respuesta.

—Lo prometo —sonreí.

El día siguiente por la tarde, fuimos juntos hacia los muelles a prepararnos para la expedición. Como era la única mujer en ese lugar, los hombres que cargaban el barco me miraban con curiosidad cuando nos pasaban por el lado a toda prisa bajo el sol caliente de la tarde. Al vernos llegar, Rossetti le plantó la lista del cargamento que estaba revisando a un soldado en el pecho. Se apresuró hacia José con los puños apretados.

—Por favor, dime que no es cierto lo que dicen.

José se puso rígido.

—Anita será responsabilidad mía.

—Por Dios, José, ¿en qué estás pensando? —Rossetti se persignó—. Éste no es lugar para una mujer.

—Soy el capitán y se hará lo que yo diga. No debes preocuparte por ella.

—¡Pero sí debe preocuparme que estés perdiendo la cabeza!

—¿Por qué tienes que cuestionar todo lo que hago? —preguntó con los dientes apretados.

—Gualeguay —contestó Rossetti acercándose tanto a José que casi le toca la nariz con la suya.

—Esto no tiene nada que ver con lo que pasó en Gualeguay. —José apretó los puños a ambos lados del cuerpo.

—Creo recordar que perdiste la cabeza de forma similar —respondió Rossetti—. Si no te hubiera cuestionado entonces, ambos estaríamos en prisión ahora mismo.

José soltó una ráfaga de palabras en italiano. El músculo de la quijada de Rossetti se contrajo.

—Contrólate, hombre: no es más que una mujer —siseó Rossetti.

—Retírate —gruñó José. Los hombres se miraron entre sí.

No sabía qué hacer hasta que alguien me tiró del codo.

—¿Por qué no vienes conmigo? —Me di vuelta y me topé con Griggs, que me sacó de allí.

Me tomó del brazo y me llevó hasta el barco de José.

—No hay que prestarles atención —dijo Griggs dándome una palmadita en el brazo—. Un día se aman como hermanos y al otro día se quieren cortar la cabeza. Me sorprende que Rossetti aún no haya traspasado a José con la espada.

El barco de José, el Rio Pardo, era un enjambre de actividad mientras los soldados se preparaban para zarpar. Yo observaba maravillada a los hombres que subían por los cabos a toda velocidad y desaparecían tras las velas.

—¿Qué hacen? —pregunté.

—Están atando las velas. Si no lo hacen, el barco no podrá zarpar. —Griggs juntó las manos—. Muy bien: primero vamos a enseñarte a aparejar los cabos como es debido. Cuando comencemos a levar anclas, los cabos deben estar bien aparejados para que los hombres puedan maniobrar el barco. Cuando no están en uso, los cabos se deben adujar, pero no de cualquier modo. Un barco bien aparejado es un barco seguro. En este caso, adujaremos estos cabos así. Cuando suba a bordo de tu barco no quiero ver ni una sola cosa fuera de lugar.

Adujó el cabo en la cabilla y luego lo soltó.

—Ahora te toca a ti.

Tomé el cabo e imité sus movimientos.

—¡Fantástico! —dijo dándome una palmada en el hombro—. ¡Te convertiremos en toda una renegada!

Prosiguió sus lecciones hasta que José subió a bordo. Asintió lacónicamente y me dio un beso brusco en la cabeza antes de dirigirse al timón.

—Y ésa es la primera orden para alistarse para zarpar. Colócate allí. —Griggs apuntó hacia el lado del timón—. Por lo pronto, siéntate, observa y aprende. Observa todo lo que hagan estos marineros: si escupen, tú escupes. Haz todo lo que hagan, exactamente como lo hagan. Todo lo que ves a tu alrededor tiene un propósito. Aprende de ellos. Te veré pronto, pequeña renegada. —Me saludó con el sombrero y salió del barco mientras nuestros marineros terminaban de prepararse para zarpar.

Diez

La guerra de independencia se propagó hacia el norte. El gobierno imperial quería aplastar la rebelión tan rápida y eficazmente como fuera posible. Había dos estados en rebelión y temían que otros los imitaran. A lo largo de la costa pasaban barcos mucho más grandes e impresionantes que los nuestros para intimidar a la gente. Nuestra obligación era garantizar que no llegaran a ningún puerto controlado por los farrapos.

No queríamos que se supiera que íbamos a zarpar, de modo que trabajamos a prisa y en silencio durante el día y salimos de la bahía con suma discreción al amparo de la noche. Era imperativo que nadie conociera nuestra misión de patrullar las aguas controladas por los rebeldes en las costas de Santa Catarina y Rio Grande do Sul. Si lográbamos interceptar los barcos imperiales, nuestras bahías tendrían alguna posibilidad de sobrevivir.

Cerré los ojos y me regodeé en el olor del viento que provenía del mar y me picaba en las mejillas y la nariz. El frío no me molestaba, más bien me electrificaba como si estuviera en la antesala de una gran aventura.

Pasé la noche sentada, observando a los marineros trabajar hasta que comenzaron a aparecer claros rosados y dorados en el cielo y el sol salió sobre el horizonte. La luz se reflejaba en el agua de forma que no era fácil distinguir dónde terminaba el mar y dónde empezaba el cielo. Me apreté el mantón y admiré el nuevo mundo que me rodeaba. Jamás había estado tan lejos de casa, ni tan lejos de tierra. Este mundo era mucho mayor que mi pequeño puerto brasileño. Quería verlo todo. Si tan sólo mi familia comprendiera... pero habían escogido y yo no permitiría que nadie me privara de esto. Nunca más.

José bajó a mi lado y me pasó la mano por la cintura en silencio. Juntos observamos hasta que terminó de salir el sol. Contento de que hubiésemos visto el amanecer completo, José me tomó de la mano y me llevó a nuestro camarote.

Cuando por fin estuvimos a solas, nos hundimos con gratitud en la comodidad de nuestra pequeña cama. José suspiró largamente y se acostó de lado para mirarme. Tracé con los dedos la larga cicatriz que le bajaba por el cuello, un recordatorio de cuando le dispararon por proteger a su tripulación en Uruguay.

—Lamento haber provocado una pelea entre Rossetti y tú —susurré. Permanecimos acostados en silencio escuchando los crujidos del barco y el movimiento de los hombres en cubierta—. Te arrepientes...

José se sentó apoyándose en el codo.

—No me arrepiento de nada. —Me besó la frente—. Si Rossetti dejara de pelear conmigo, pensaría que se ha enfermado. Ahora duerme. La vida de un marinero es más agotadora si no descansa.

Pasé los días que siguieron aprendiendo todo lo que podía de cualquiera que estuviera dispuesto a enseñarme, ya fuera a recoger la vela mayor o bracear las vergas. Muchos hombres aún no estaban seguros de quererme en el barco, pero me respetaban por su lealtad hacia José. Después de su experiencia desastrosa con el cocinero que no sabía pelear, José se había negado a contratar a otro cocinero para su barco. Algunos hombres se turnaban para cocinarle a la tripulación. Sabía que eso era algo en lo que podía ayudar con facilidad, y me apunté a los turnos. No le dije nada a José, así que se sorprendió gratamente cuando me vio en la cocina sirviendo a nuestros hombres. Le pasé su plato de carne guisada y arroz con orgullo.

—Anita, no tienes que trabajar de ese modo en el barco.

Le lancé un pedazo de pan.

—Todos tenemos tareas que realizar, capitán. Ahora coma. No podemos permitir que se nos muera de hambre.

Al concluir el trajín del día, hallé refugio en el camarote de José. Una noche estábamos tendidos sobre la cama después de hacer el amor y José, cansado pero feliz, me habló de su destino.

—Creo que nací con un propósito. —Me acarició una mejilla—. Aunque ahora estoy aquí en Brasil, sé que mi destino reside en mi patria. —Me besó con ternura—. Todos tenemos un destino que cumplir, *tesoro mio*.

—No entiendo. ¿Por qué tu destino reside en tu patria?

—Mi patria no es más que una serie de núcleos de territorios feudales. Sueño con que la península sea un solo país. —Me pasó la mano por la cabeza y enredó mi cabello entre sus dedos—. Muchos hombres han muerto intentando convertir en realidad este sueño, pero creo de veras que yo seré quien lo logre.

Más tarde esa noche, tumbada en la cama y mirando al techo, intenté descifrar mi destino. Tal vez fue Fortuna la que me llevó a José, y era muy posible que no hubiese concluido su cometido conmigo. Fuera lo que fuera, no iba a averiguarlo en ese camarote cuyas paredes, de pronto, me parecían más estrechas. Salí del camarote con el mantón bien apretado alrededor del cuerpo. El viento había amainado como anticipando una fuerza invisible. Podía sentirlo, aunque estaba fuera de mi alcance.

Saludé con la mano a uno de los marineros.

—Hola —llamé.

—Hola —respondió—. ¿Qué la trae a cubierta a estas horas de la noche?

—Necesitaba un poco de aire fresco.

Asintió.

—Tenga cuidado.

Seguí caminando hacia la popa, pero me detuve en seco cuando vi la luna. Colgaba alto en el cielo y estaba teñida de rojo. Se me cortó la respiración. *Luna de sangre*. La luna de sangre significaba que había peligros en el camino.

—Pareces una vieja —dije en voz alta sin importarme que alguien pudiera escucharme—. Sólo falta que te vistas de negro y asustes a las jovencitas del pueblo. —Negué con la cabeza para borrar el miedo que amenazaba con metérseme en los pensamientos. Sin embargo, regresé sigilosamente a la cama con José y me acosté muy cerca de él para que el calor de su cuerpo hiciera desaparecer mis fantasmas.

La mañana siguiente, muy temprano, escuché el llamado. La tripulación había divisado un barco en el horizonte. Subí a la cubierta para ver a los nuevos visitantes. Cuatro enormes embarcaciones imperiales navegaban a toda vela hacia nosotros. Uno de los barcos era como cuatro de los nuestros juntos. Los mástiles eran como pilares de las nubes que ascendían hasta el cielo. Algo era seguro: no sobreviviríamos una batalla contra ellos.

José se movía por el barco con una autoridad que nunca había visto. Abriéndose paso hasta el timón, gritaba órdenes y todo el mundo se apresuraba a cumplirlas. Corrí hacia uno de los costados del barco junto a las jarcias y me preparé para las siguientes maniobras.

Si bien sus barcos eran más fuertes, los nuestros eran más veloces. Partimos a toda vela con un buen viento que nos empujaba. La flota se dirigió rumbo al este; es decir, todos menos el barco de Griggs.

—¿A dónde va? —le pregunté al marinero que estaba a mi lado mientras veíamos el barco dirigirse en dirección opuesta.

El marinero se detuvo a mirar al Republican. Lo perseguían dos barcos imperiales.

—Se está sacrificando. —El marinero se persignó—. Sabe que no sobreviviremos si esos cuatro barcos nos atacan.

Se me encogió el corazón al verlo navegar hacia el horizonte perseguido por dos barcos imperiales. El nuestro se apresuró a huir del peligro.

Cuando parecía que estábamos a salvo, José se apartó del timón y dejó a uno de los oficiales a cargo. Sentado sobre los contenedores, soltó un suspiro pesado, extendió los brazos y giró las manos despacio en semicírculo. Caminé hasta él y tomé su antebrazo entre las manos. No opuso resistencia cuando empecé a masajearle la muñeca con los pulgares. No intercambiamos palabra por un largo rato mientras él me veía hacer.

—No se supone que me veas débil —dijo sonriendo a medias.

Chasqueé la lengua y lo ignoré.

—Hemos compartido la cama bastante tiempo. Creo que eso nos permite compartir algún secreto—. Le solté el brazo y le hice una seña para que me diera el otro.

—¿Y qué secreto será éste?

—Que eres humano. —Sonreí y lo miré. Me sonrió y recostó la cabeza en mi hombro—. ¿Te duelen cuando pasas mucho tiempo en el timón? —pregunté.

—No—. Entrecerró los ojos para protegerse del sol, que se asomaba por detrás de una nube, como un niño tímido. —Sólo cuando hay humedad o cuando sostengo la espada mucho tiempo.

Tomó mis manos entre sus manos callosas: las mías eran mucho más pequeñas.

—Eres mi calma en medio de la tormenta.

—¿Puedo preguntar qué te pasó en la muñeca?

—Gualeguay

—Ah, el famoso Gualeguay.

Las comisuras de sus labios se elevaron y sonrió a medias.

—Había un general, don Leonardo Milan, cuya misión en la vida era meterme en prisión. —Miró nuestras manos y entrelazó sus dedos con los míos—. Pensé que iba a encontrarme con una amiga. Resulta que la amiga no lo era tanto como creía.

—¿Una amiga? —pregunté. Sabía que José no era un santo, pero a ninguna mujer le gusta que le hablen de las que vinieron antes.

—Sí, una amiga. —José tuvo el buen juicio de palidecer—. La veía cada vez que visitaba el puerto de Gualeguay. Pensé que teníamos algún tipo de… entendido.

—¿Perdiste la cabeza, como dijo Rossetti? —Traté de no reírme del rubor que le subía por debajo de la barba.

—Sí, bueno. —Se acomodó en la silla—. Cuando regresé al puerto, era don Leonardo quien esperaba por mí. Tenía la intención de que le diera los nombres de mis coconspiradores. Como si fuera a hacerlo. —Se encogió de dolor al recordar—. Al no dárselos, como quería, me azotó. Varios latigazos en el pecho. Y cuando eso no funcionó, me colgó de las muñecas durante dos horas insoportables.

Le acaricié la mejilla.

—Me he recuperado casi del todo. Menos de las muñecas. —Encogió los hombros—. Ni ellas ni Rossetti me permitirán olvidar jamás. —Me besó la mano—. *Grazie, tesoro mio.*

El indulto de los barcos imperiales no duró mucho. Justo

cuando empezó a bajar el sol del mediodía, se escuchó el llamado. Dos barcos imperiales venían hacia nosotros. No nos quedaba más remedio que enfrentarlos.

José me pidió que bajara.

—¿Y perderme toda la aventura? —pregunté mientras agarraba las municiones para distribuirlas entre los hombres.

—Ten cuidado —dijo y me besó con fuerza.

El barco imperial disparó primero. Me agaché y apenas logré evitar que me cayeran encima los desechos que saltaban por el aire. Las balas volaban sobre la cubierta de nuestro barco y por poco impactan en el mástil.

Del barco enemigo se elevaban unas nubes negras infernales al tiempo que los cañones tronaban en el aire. El olor ácido y sulfuroso de la pólvora nos envolvía como una neblina densa y húmeda. Traté de respirar por la boca, pero me asfixió el sabor a hollín y ceniza que me quemaba la garganta. Miré a mi alrededor y recordé al instante los sermones de mi niñez sobre las llamas del infierno y el azufre.

Desde donde estaba, podía ver a los marineros brasileños del otro barco. Con suma destreza volvieron a cargar sus armas sin apenas darnos tiempo de resguardarnos. Agarré un arma abandonada para dispararles. Una, dos, tres rondas. Me agaché. Recargué el arma y volví a ponerme en pie para proseguir. Los hombres a mi alrededor gritaban. No podía entender nada, sólo escuchaba un ruido ininteligible. Le atiné un tiro a uno de los soldados imperiales en la cabeza. La bala le atravesó un ojo. Antes de agacharme otra vez para recargar el arma, pude ver la rabia dibujada en el rostro de su compañero. Fue entonces que ocurrió.

A mi alrededor, hombres y escombros volaban por los aires. Luego me di cuenta de que yo también volaba junto a ellos. Caí con un golpe seco encima de una masa blanda de cuerpos. Traté de ponerme en pie, pero me falló la vista y perdí el equilibrio. El bullicio de la batalla se mitigó con el zumbido que me llenó la cabeza.

—Anita. —Intenté distinguir quién me llamaba, pero una fuerza invisible tiró de mí hacia abajo. Luché, intenté librarme de ella.

—Anita, Anita, cálmate. Soy yo. —Giré la cabeza y el rostro de José comenzó a cobrar nitidez—. Soy yo. Te tengo. —Me cargó y me llevó a nuestro camarote bajo cubierta—. Quédate aquí —dijo al tiempo que me colocaba sobre nuestra cama. Me dio un beso apresurado y salió por la puerta a toda velocidad hacia cubierta para seguir luchando.

Me quedé en la cama escuchando el ruido en la cubierta mientras se me pasaban las náuseas y el mareo. Cuando recuperé el sentido, escuché unas voces desconocidas y nerviosas.

—Por poco nos ve.

—Calla, calla. No nos vio, ¿cierto? Su mujer está aquí. Podría escucharnos.

—¿Qué importa que nos escuche? No es más que una mujer. De seguro se desmayó. ¿La viste?

—Eso le pasa por creerse que puede ser marinera.

—Cállense. Ambos. Lo único que tenemos que hacer es permanecer aquí abajo hasta que se despeje la costa. Nadie lo sabrá. Recibiremos nuestra paga y nos salvaremos el pellejo.

Quise asegurarme de haber recuperado el equilibrio y me senté. Cuando me sentí confiada de poder estar de pie, tomé una de las espadas que José guardaba en el camarote. Salí gateando de nuestra habitación y encontré a los marineros escondidos en el almacén contiguo, evadiendo su responsabilidad.

—¿Así que no soy más que una mujer? —pregunté apuntándoles con la espada—. Esta mujer ha demostrado tener más valor que todos ustedes juntos, cobardes.

El que aparentaba ser el jefe, se echó a reír.

—Debería dejar eso, *senhora*, antes de que se haga daño. —Tenía el rostro anguloso y una nariz larga y delgada que parecía un pico. Sus ojos negros me miraron fijamente.

Lo pinché en el pecho con la espada cuya punta se pintó de sangre.

—Mientras tú estabas aquí abajo, asustado y comportándote como un cobarde, esta mujer mató a tres hombres. —Le enterré un poco más la espada—. ¿Te gustaría ser el cuarto?

Miré a los otros dos hombres que estaban ahí de pie. Uno era más bajo, tenía el pelo rubio y liso y una barba con mechones rojos. El que estaba a su lado era mucho más bajo que los otros dos y más joven. La frente se le llenó de gotitas de sudor.

—Deberían avergonzarse. Están aquí sólo por el dinero, ¿no es cierto? Igual que la mayoría de sus compañeros que están ahí arriba, pero la diferencia entre ellos y ustedes es que ellos tienen el valor de comportarse como hombres y ganarse el dinero. —Le deslicé la espada hasta la barriga—. ¿Sabes lo que les hacemos a los cobardes en el lugar del que vengo?

Uno de los hombres dio un paso al frente.

—Está bien. Subiremos. —Hizo un gesto a los otros dos para que lo siguieran. El de la cara angulosa me hizo un gesto para que pasara delante, pero le señalé con la espada para que caminara delante de mí. Mientras subíamos, lo pinchaba para divertirme.

José llegó corriendo hasta nosotros.

—¡Anita! ¿Qué haces? ¿No te dije que te quedaras abajo?

—¡Lo hice! Pero sólo para traerte más soldados. —Le apunté con la espada—. Ahora póngase a trabajar antes de que le dé su merecido.

—Sí, *senhora* —dijo con una sonrisita antes de irse.

Peleé junto a la maltrecha tripulación que había subido a la cubierta. Parecía que la batalla no terminaría nunca hasta que pasó lo inimaginable. Los barcos cesaron el fuego. El enemigo dejó de disparar, se dio vuelta y se alejó.

Los gritos de alegría se escucharon por todo el barco. Giré para mirar a José, pero permaneció al timón, mirando circunspecto cómo se alejaban los barcos imperiales.

—Hay que celebrar de vez en cuando —dije acercándome a José.

—No hay nada que celebrar —respondió sin apartar la vista de nuestro enemigo, que se alejaba.

—¿Cómo que no hay nada que celebrar? Ahuyentamos los barcos imperiales. Eso debe contar para algo.

Apartó la vista del enemigo para mirarme.

—No los ahuyentamos. Estaban probándonos.

—¿Qué quieres decir? —pregunté.

—Anita: querían saber cuán fuertes somos. Habrían podido hundirnos sin dificultad, pero no lo hicieron. No había razón alguna para que cesaran el fuego. La marina imperial quería saber cuántos barcos tenemos y qué necesitan para derrotarnos. Me temo que ya lo han averiguado.

Vi los barcos que ahora desaparecían en el horizonte y temí lo que sucedería con toda certeza.

Once

Noviembre de 1839

De los ciento cincuenta soldados que iban en nuestro barco, sólo veintisiete resultaron heridos y cinco fueron a morar con nuestro Creador. Para la mayoría de los comandantes, esto habría sido una victoria, pero José tenía el rostro sombrío. Navegamos despacio de regreso a Laguna guardando luto. Me aseguré de que José estuviera bien, pero me mantuve a distancia. A veces hay que dejar a la gente penar en privado.

Las nubes se esparcían en el cielo cuando llegamos a Laguna, que estaba envuelta en una llovizna ligera. Al llegar, hicimos acopio de los heridos, así como de los abastos que necesitábamos. Todos mis pacientes fueron trasladados al hospital y, sin nada más urgente que hacer, me senté por primera vez entre los contenedores y abastos que quedaron en el barco. Me limpié el sudor y la mugre de la cara y el cuello y miré lo que quedaba de nuestros suministros médicos. La tranquilidad que reinaba en el barco no era normal. Sólo se escuchaban los pasos de los hombres en la cubierta y el agua que golpeaba el costado del casco. Me sobresaltó un golpecito en la puerta. Miré hacia arriba y vi a

Rossetti, que me observaba. Llevaba las manos firmes en la espalda y la frente en alto, lo que lo obligaba a mirarme hacia abajo.

—Me enteré de lo que hiciste en la batalla.

Me puse de pie, enderecé la espalda y eché los hombros hacia atrás para estar a la altura de sus estándares tácitos.

—¿Puedo servirle en algo, *senhor*?

—Vine a decirte que, por lo visto, eres distinta de las demás mujeres que conozco. —Movió el peso de su cuerpo de una pierna a la otra—. O, al menos, de las demás mujeres que José ha llamado «amigas». —Me quedé mirándolo en un silencio incómodo. No sabía si se disculpaba o, simplemente, me informaba. En cualquier caso, no sabía cómo responder. —Si necesita ayuda para reabastecer los suministros médicos —dijo mirando hacia la mesa—, por favor, dígamelo. —Hizo una suerte de reverencia, giró sobre sus talones y se marchó.

Más tarde esa noche, mientras cenaba con José a solas, le conté del encuentro con Rossetti. José soltó una carcajada profunda como cuando se descorcha una botella.

—Mi amor: has logrado lo que nadie, ni siquiera yo, ha logrado jamás.

—¿Qué? —pregunté confundida.

Me besó en la frente.

—Tú, *tesoro mio*, has logrado que Rossetti se disculpe.

Seis días después recibimos a los nuevos refuerzos comandados por el general David Canabarro. Era un hombre rechoncho que caminaba por el muelle con el ceño fruncido como si se hubiese comido algo podrido. Nada se escapaba a sus pequeños ojos negros. Unos pelos grises salpicaban la barba rala que le cubría la quijada. Según José, era un oportunista sin tapujos. Se había pasado los primeros meses de la guerra observando hacia dónde soplaban los vientos antes de entrar a pelear. Cuando lo hizo, ascendió en rango a toda velocidad y se convirtió en el homólogo del general Gonçalvez.

Estábamos en la tienda del nuevo general poniéndolo al día de la misión cuando, de repente, entró Griggs con los ojos desorbitados y el rostro enrojecido. José saltó de la silla tan pronto que la tumbó al suelo.

—¡No estás muerto!

Griggs se detuvo, parecía confundido.

—Claro que no. Lo que hice fue distraerlos. ¿Dónde diablos estaban ustedes? Creía que nos encontraríamos al sur. ¡Estuve esperando allí enloquecido de preocupación!

—No, acordamos que regresaríamos aquí —respondió Rossetti levantando la vista del papel que tenía delante—. No hay razón lógica para que nos vayamos de Laguna.

Mientras los hombres discutían sobre el verdadero lugar de encuentro, un marinero tocó a la puerta.

—*Dona* Anita, tiene visita.

Seguí al marinero preguntándome quién querría verme. Era una paria social. Nadie en el pueblo quería saber de mí. Por un instante tuve la esperanza de que fueran mi madre o mi hermana que habían venido a ver cómo estaba. El marinero me llevó al límite del campamento donde había una mujer que miraba a todas partes y se apretaba las manos con nerviosismo. A medida que nos acercamos reconocí la naricilla, el rictus de los labios.

—¡Manuela! —exclamé y corrí hacia mi amiga para abrazarla. Era la primera vez que la veía desde que había salido de mi hogar para vivir con José.

Me abrazó; las lágrimas corrían por sus mejillas.

—¿Podemos hablar en privado?

—Por supuesto —le dije y me agarró por el brazo. Estaba pálida; tenía las manos heladas.

—Supe que te fuiste con los farrapos. Te busqué por todo el hospital.

—¿Por qué?

—Porque fuiste a pelear con ellos —dijo negando con la cabeza—. Pensé que habías muerto.

Reí.

—Pues ya ves que no fue así. Estoy bien, Manuela—. Le tomé las manos. —De hecho, estoy más que bien. Estoy feliz. Por primera vez en mi vida estoy feliz.

—No entiendo por qué tienes que hacer esto. ¿Por qué no regresas a casa? —no dejaba de llorar. —Tu reputación está arruinada. Regresa a tu hogar con tu familia. Tal vez lo olviden.

Le solté las manos y de pronto me sentí fría y distante.

—Manuela, éste es mi hogar.

—Puedes vivir con Hector y conmigo —dijo secándose las lágrimas.

—Manuela, no entiendes. Ahora José es mi familia. No me importa lo que digan o hagan los demás. Mi vida está a su lado.

—¿Estás segura? Ana, ¿cómo puedes ser feliz?

—Anita. Ahora me llamo Anita.

—Anita —suspiró—, no te reconozco.

—Manuela, creo que nunca me conociste.

Manuela bajó la mirada hacia el suelo.

—Hector dice que no puedo volver a hablar contigo. Que tus actos envenenarán la reputación de cualquiera que se asocie a ti—. Soltó un hipido al tiempo que intentaba controlarse.

—Para ser sincera, no me sorprende. Hector es un magistrado, ambos tienen una imagen que proteger y yo soy una mujer arruinada.

—No, Anita: ¿no te das cuenta? Todavía no es demasiado tarde, no tiene por qué serlo.

Le sujeté el rostro entre las manos.

—Es tarde ya. No puedo regresar.

—Has tomado un camino por el que no puedo seguirte.

—Lo sé, pero, por favor, no me llores —supliqué—, te juro que soy feliz.

Manuela se marchó despacio, cabizbaja, los hombros encogidos. Respiré. Sentí que, por fin, se cerraba la puerta de mi pasado, que no regresaría a esa vida. Debía sentirme dichosa. Por fin era libre y, sin embargo, tenía una extraña sensación de remordimiento.

La brisa del mar soplaba entre las palmeras que bordeaban la costa. Sonaba como si se agitaran cientos de papeles. Al pie de las palmeras, los hombres trabajaban sin cesar en la reparación de los barcos. Cuando el sol salió entre las nubes, aún sentía el remordimiento, así que me eché a andar a lo largo de la bahía para despejarme.

No podía comprenderlo. No soportaba vivir aquí. Este lugar me parecía una jaula. ¿Por qué sentía esta tristeza?

Cuando era niña, mi padre y yo descubrimos un tamandúa cerca de nuestra casa. El tamandúa parecía un oso, pero tenía la nariz y la cola largas. No fue hasta después de observarlo buscar termitas por un rato que nos dimos cuenta de que tenía una pata ensangrentada, desbaratada. Acto seguido, movida por la compasión, le imploré a mi padre que lo agarráramos para alimentarlo hasta que se recuperara. Me complació: le arrojó una manta por encima, lo llevamos al cobertizo donde guardábamos las herramientas y lo pusimos en un corral reservado para los terneros. Durante varias semanas, mi padre y yo le dimos de comer montones de tierra repleta de termitas. Me encantaba verlo sustraer los insectos con su lengua larga y delgada.

Cuando llegó el momento de dejarlo en libertad, el animal no quería irse y yo estaba más que dispuesta a conservarlo para siempre, pero mi padre no estuvo de acuerdo.

—No podemos quedarnos con un animal salvaje. Siempre ansiarán la libertad.

Mi padre agarró dos piezas de metal y las golpeó una contra la otra, lo que provocó un estruendo tan fuerte que tuve que cubrirme las orejas. El tamandúa salió del cobertizo tan de prisa como pudo y se internó en el bosque.

¿Acaso era yo como el tamandúa?

—Hola, pequeña renegada. Me contaron que tuviste una aventura grandiosa. —El sonido de la voz de Griggs me trajo al presente.

Griggs tenía la camisa arremangada hasta los codos y le corrían gotas de sudor por la frente mientras horadaba un costado del barco de José, el Rio Pardo. Al sentirme cerca, se dio vuelta y me sonrió.

—¿Cómo te va?

Sonreí a mi pesar.

—Sobreviviré.

Asintió con la cabeza.

—Ven, siéntate aquí. Acompáñame mientras trabajo.

Me senté en una caja y lo observé mientras calafateaba el barco. Con una hoja en forma de gancho, extraía la estopa y la descartaba en un contenedor que tenía cerca.

—¿Me pasas ese algodón que está a tu lado?

Le pasé el largo algodón que insertó en el mismo lugar de donde había sacado la estopa. Con un cuchillo, fue apretándolo en el hueco entre los tablones hasta que no cupo más. Cortó el exceso y tomó dos brochas.

—Muy bien: ahora vas a aprender a terminar de calafatear un barco.

—¿Voy a qué? —pregunté sujetando la brocha torpemente.

—Vas a asegurarte de que al barco no le entre agua porque Dios sabe que tu José maltrata sus juguetes. —Iba a decir algo más, pero se contuvo—. También he descubierto que cuando uno se siente triste, no hay mejor remedio que calafatear un barco. —Ajustó la brocha para poder aplicar la brea a lo largo de los tablones del barco—. Hazlo de este modo. Despacio y seguido.

Imité sus movimientos y trabajamos juntos en silencio. Griggs sacaba la estopa vieja y yo ponía la nueva. Luego aplicábamos la brea. Con cada movimiento, mi dolor fue amainando hasta que sólo quedaron el barco, la brea y mi amigo. Mi antigua vida se esfumó. No sabía qué pasaría mañana y, a decir verdad, tampoco me importaba. Había dejado atrás la jaula.

Más tarde, esa noche, me hallaba sentada en la cama cepillándome cuando José entró hecho una furia en la habitación.

—¡No puedo creerlo! —Luego despepitó lo que pude reconocer como una sarta de palabrotas en italiano—. ¡No puedo creer que ese hombre sea tan idiota! —Tiró el sombrero contra suelo.

—¿Quién? —pregunté.

José se volvió hacia mí. En la sien le sobresalía una vena oscura, acentuada por la rojez de su rostro.

—¡El general Canabarro! —gritó con frustración, como si yo debiera saber de quién hablaba—. ¡Ese *alloco*! —gruñó y se desplomó sobre la cama.

Me contraje sin querer al escuchar las barbaridades que decía. Alguna vez había escuchado a los marineros hablar así, pero nunca a José. Hundió la cara entre las manos hasta que la furia pasó dejando sólo el cuerpo de un hombre agotado. Alzó la vista despacio.

—Lo siento, *tesoro mio*, no estoy enfadado contigo.

Le tomé el brazo con cuidado.

—Cuéntame qué pasó —dije y comencé a masajearle la muñeca.

—Canabarro ha escuchado de buena tinta que Imaruí nos ha traicionado. Se han pasado al bando del régimen imperialista. —Imaruí era un pueblito situado a treinta y dos kilómetros al norte de nosotros. Apenas lo habitaban unos cuantos pescadores curtidos por el sol con sus redes raídas.

—Me ordenó a saquear el pueblo. Como un pirata—. Negó con la cabeza. —Yo… Es que yo… Si escarmentamos a esa gente, como él quiere, en muy poco tiempo el ejército imperial nos caerá encima sin piedad.

—Pues dile que no.

—Lo hice. Pero se trata de seguir sus órdenes o marcharme. —Me miró a los ojos—. Por Dios, Anita, no puedo rendirme. No a estas alturas.

En ese momento vi al niño que pudo haber sido. No hallaba consuelo por lo que debía hacer. Lo atraje hacia mí y lo abracé con todas mis fuerzas. Cedió y se dejó caer sobre mí. Entonces comprendí que yo tendría que ser fuerte por ambos.

José se sentó y me miró.

—Anita, necesito que te quedes aquí.

Abrí la boca para protestar, pero me puso un dedo en los labios para evitar que lo hiciera.

—Necesito que te quedes aquí porque necesito que trabajes con Griggs. Le he ordenado que reúna todos los botes, barcazas y balsas que encuentre. Conoces este pueblo mejor que cualquiera de mis marineros. Si tengo razón, necesitaremos todos los recursos disponibles para escapar. ¿Puedes hacerlo? ¿Me ayudas a prepararnos?

Tomé sus manos entre las mías y me las llevé al pecho para que pudiera sentir los latidos de mi corazón.

—Sí.

Doce

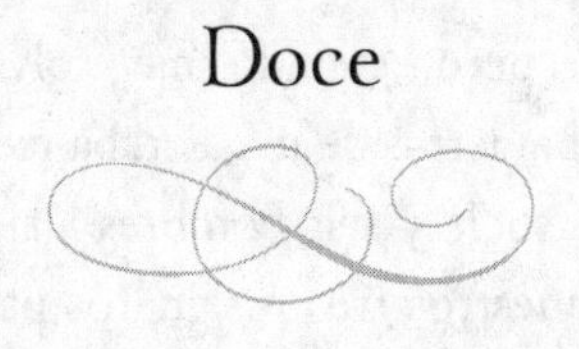

Diciembre de 1839

Desde la carreta, observé al Rio Pardo zarpar de Laguna bajo un cielo gris. Se me encogió el corazón de pensar que José iba en ese barco sin mí. Con sumo esfuerzo, aparté la vista del barco y miré hacia delante. Tenía una tarea que realizar.

—¡Arre! —gritó Griggs y agitó las riendas. La carreta comenzó a moverse. —Y bien, pequeña renegada, ¿por dónde empezamos? —preguntó.

Apunté hacia el norte.

—En las afueras del pueblo debe haber muchos hombres pobres dispuestos a vender sus botes.

Griggs asintió con la cabeza.

—Debemos darnos prisa. Empezará a llover pronto. —Tenía razón, el aire estaba cargado de humedad.

Podíamos escuchar la conversación de los marineros que iban en la carreta detrás de nosotros. Trabajamos toda la mañana entre la niebla. Cuando llegamos al pueblo, salté de la carreta y entré en una tienda que, sabía, era fiel a la revolución.

—Puta. —La voz llegó a mis oídos fría y áspera. La palabra

me aguijoneó y me hizo detenerme, pero sabía que era mejor no echarle leña al fuego.

Seguí andando, pero, cuando me volví para hablar con Griggs, ya no estaba detrás de mí. Estaba frente a frente con un gaucho con la cara sucia y seis hombres a su alrededor. Griggs sólo contaba con nuestros tres marineros para ayudarlo. Corrí hacia ellos.

—De donde vengo, a las damas no se les habla así —siseó Griggs apretando los dientes.

El hombre entornó los ojos.

—Pues tal vez debas regresar al lugar de donde viniste, norteamericano. Aquí a las putas las llamamos putas.

—¡Basta! —grité al tiempo que me metía entre ellos—. No perdamos el tiempo. —Tiré del brazo de Griggs—. Vamos. —Me dejó tirarle del brazo, pero no se movió.

—Ve, norteamericano, deja que la puta te dé órdenes. —Los hombres que andaban con él se echaron a reír—. Supongo que así hacen en el lugar de donde vienes.

Sin previo aviso, Griggs le dio un cabezazo al hombre que lo hizo caer de rodillas. Los marineros sacaron las pistolas, listos para pelear. Empujé a Griggs por el pecho con toda mi fuerza. Cedió y comenzó a retroceder despacio.

Uno de nuestros marineros rio.

—Cuiden de su camarada.

—¡Sigue siendo una puta! —gritó uno de los gauchos sucios al tiempo que levantaba a su amigo del suelo.

Uno de nuestros marineros, un enorme esclavo liberto, lo agarró por los genitales.

—Te voy a decir quién es la puta. —Echó la cabeza hacia atrás y sonriendo con furia reveló una dentadura putrefacta que asqueó a los gauchos—. Todas sus esposas ya me conocen —se mofó. Los gauchos se llevaron a su amigo a rastras para evitar más problemas.

—¿Qué se creen que hacían? —Regañé a los hombres como una maestra de escuela.

—Defender tu honor —respondió Griggs, sorprendido.

—¿Así que ha sido eso? —pregunté enterrándole un dedo en el pecho—. Cuando necesite que alguien defienda mi honor, de seguro los llamaré. Pelear con unos borrachos que no valen nada no es defender mi honor. —Salí calle abajo como una exhalación.

—En América del Norte o del Sur, todas son iguales —escuché decir a Griggs entre dientes a mis espaldas.

José regresó a Laguna dos semanas después. Griggs y yo le mostramos con orgullo los veinte botes y las decenas de contenedores llenos de abastos y municiones que habíamos conseguido. José me dio una palmada en el hombro como si fuera uno de sus marineros.

—Han realizado una labor admirable.

La sonrisa de José no era la de siempre: las comisuras de sus labios no apuntaban hacia arriba. Algo andaba mal. Se encaminó hacia el barco. Miré a Griggs, que me miró con la misma consternación. Seguí a José hasta el barco y dentro de nuestro camarote.

—Cuéntame.

—No hay nada que decir—. Se puso de pie y me pasó por el lado para salir por la puerta, pero lo detuve.

—José: no nos mentimos, ¿lo recuerdas? Dime qué ha pasado.

Se quedó de pie por un instante. Abrió la boca dos veces para hablar, pero no encontró las palabras. Se apartó de mí, bajó la cabeza y respiró profundo dos veces. Cuando por fin pudo hablar, la voz le salió áspera y tensa.

—Canabarro nos hizo reclutar a cincuenta hombres nuevos. Frescos… —Su voz se fue apagando y miró a través de mí, los fantasmas que desfilaban ante sus ojos—. Dios mío, la destrucción —suspiró—. Cuando llegamos al pueblo, parecían animales.

Se sentó en la cama de golpe.

—En un saqueo, como capitán, a veces tienes que hacer la vista gorda frente a cierto grado de maldad. Acosan a las mujeres, roban, queman, pero a estos hombres no les importaba nada. —Hundió la cabeza entre las manos. Al cabo de unos instantes de reflexión, levantó la cabeza lentamente y se limpió la cara con las manos—. Quemaron las casas, sin importarles quién estuviera dentro. Violaron a las mujeres abiertamente en las calles. Maté a uno. —Me miró con ojos entristecidos—. Iba cruzando las calles a caballo cuando lo vi violando a una niña. —Se le quebró la voz—. No era más que una niña. Me asqueó tanto que lo atravesé con la espada. Ni siquiera le grité, no lo alerté. Lo maté encima de la niña. Maté a uno de mis hombres.

Me senté a su lado en silencio.

—Hiciste lo que debías hacer dentro de las circunstancias. —Le tomé la muñeca y empecé a masajeársela con ternura—. No siempre puedes controlar lo que hacen tus hombres.

—¿No? —José retiró el brazo—. Cuando entro a pelear, conozco a mis hombres. Los conozco a todos por nombre. Son disciplinados. Si doy una orden, me obedecen sin chistar. Tienen que hacerlo. Si no operamos como una máquina bien calibrada, no puedo traerlos de vuelta a casa. Esos hombres, los que recogí de camino a Imaruí eran demonios, eran la maldad pura encarnada. —José desvió la mirada hacia sus botas—. Imaruí ya no existe —susurró—, tuve que gritar como el mismísimo diablo para controlarlos. Si no lo hacía, creo que no habrían regresado al barco. Habrían ido tras la gente del pueblo que huyó hacia el bosque.

Esperé unos instantes y le toqué el brazo. Saltó.

—Lo quemamos todo —suspiró—, no queda nada.

—El ejército imperial se vengará, ¿no es cierto?

—No merecerían mi respeto si no lo hicieran —respondió mirándome a los ojos.

Trece

Enero de 1840

José tenía razón. El gobierno interpretó el saqueo de Imaruí como un insulto flagrante. El rey Don Pedro II, que entonces tenía catorce años, quería poner fin a la insurrección que sus tres regentes, a cual más débil, no habían logrado detener. Don Pedro II determinó que esta era la oportunidad de comenzar su reino con una demostración de poder. No sería un gobernante frágil como los regentes que lo habían precedido. Don Pedro II estaba preparado para dejar caer sobre los farrapos, y sobre cualquiera que los protegiera, toda la furia de la armada imperial.

Tildó de masacre nuestro ataque a Imaruí. En los periódicos se repudió la pérdida de vidas a causa de las horrorosas acciones de un mercenario conocido como Giuseppe Garibaldi. Para provocar aún más a la monarquía, lo hacían lucir como un cornudo. El joven monarca decidió que pondría fin a nuestra rebelión de una vez y por todas y que destruiría Laguna, el pueblo portuario que se había atrevido a proteger al hombre que lo había hecho quedar en ridículo.

Una mañana, un mes después del ataque a Imaruí, cuando aún reinaba la tranquilidad en el barco, me encontraba en brazos de José escuchando el agua golpear contra el casco. Sonó una alarma que nos sacó del sueño y nos alertó de la presencia de un barco en la bahía. Subimos a la cubierta y vimos que no era sólo un barco, sino varias fragatas que se acercaban mostrando sus cañones. Nuestra pequeña flota no podría resistir.

José se levantó de un salto y comenzó a darnos órdenes. Mientras yo sacaba las municiones de los contenedores para alistarnos a pelear, uno de los hombres disparó su carabina. Alcé la vista. El corazón se me quiso salir del pecho cuando vi las embarcaciones que se acercaban lentamente hacia nosotros. Eran tan inmensas que tapaban el sol.

Las fragatas no podían navegar en las aguas poco profundas de la bahía de Laguna, pero no nos permitirían escapar por mar. Eran las que la armada imperial brasileña usaba cuando se enfrentaba a una armada extranjera grande, pero rara vez la usaba contra los rebeldes. Por un momento tuve la esperanza de que sobreviviríamos, pero, luego, entre los barcos más grandes, aparecieron decenas de embarcaciones pequeñas cargadas de cañones y hombres. Espantada, las vi cruzar el banco de arena y disparar los cañones a medida que se acercaban. Se me aceleró el corazón. No estábamos preparados para una batalla de semejante magnitud.

El aire se llenó de un denso humo gris que ascendía en nubes enormes y me asfixiaba. Intenté toser y escupir para evitar que me detuviera. Estaba enfrascada en mis deberes cuando José me tomó por el brazo y me hizo girar hasta tenerme de frente.

—Necesito que le lleves un mensaje al general Canabarro de mi parte.

—¡No! —El general Canabarro estaba al lado opuesto de Laguna. No iba a abandonar a José por nada—. Yo me quedo aquí.

—Eres uno de mis marineros y harás exactamente lo que te diga cuando te lo diga. ¡Me lo prometiste, Anita! Por Dios te juro que te azotaré.

Nos miramos a los ojos mientras las balas nos sobrevolaban.

—¡De acuerdo! —cedí—. ¿Qué quieres que le diga?

—Dile a Canabarro que envíe más hombres. A todos los que tenga. Quiero que te quedes ahí y que un mensajero me traiga la respuesta.

—¡Sí, mi capitán! —le grité a José haciendo burla del saludo militar. No bien comencé a andar, José me agarró por el brazo y volvió a hacerme girar. Me apretó contra él y me dio un beso brusco y apasionado. Luego salté al bote de remos.

Unas olas violentas mecían el bote y amenazaban con volcarlo. El humo de los cañones flotaba sobre el agua mientras nos acercábamos a la orilla. Tenía que realizar una tarea, me gustara o no. Cuando llegamos a tierra, tomé un caballo y cabalgué tan velozmente como pude hasta llegar a Laguna donde Canabarro.

La armada imperial no sólo disparaba contra José y sus barcos, sino que castigaba a Laguna por acoger a los rebeldes. Las balas de cañón cayeron sobre el pueblo y provocaron pánico y confusión entre los ciudadanos. Las fuerzas imperiales no tardarían en entrar en el pueblo para vengar Imaruí. Llevaba el caballo por las calles, entre la gente que corría para guarecerse y los escombros que caían de los edificios que se venían abajo. El pueblo todo era un caos. Por un instante, busqué algún rostro familiar entre la multitud. Pero, cuando una carreta rodó frente a mí e hizo a mi caballo girar bruscamente, volví a enfocarme.

Perdí la noción del tiempo mientras recorría el pueblo a galope. ¿Habrían transcurrido unos minutos, o una hora? No podía precisarlo. Lo único que me importaba era llevar el mensaje de José. Cuando llegué al campamento de Canabarro, salté del caballo antes que se detuviera del todo. Me abrí paso entre la gente que corría de un lado a otro cargando provisiones. Me detuve y los observé extrañada. ¿Por qué se marchan? Por fin encontré la tienda de Canabarro, pero un soldado fornido me detuvo.

—No se permiten mujeres en la tienda del general.

—Traigo un mensaje de José Garibaldi.

—No me importa que traiga un mensaje del mismísimo presidente de la República —me contestó el hombre con una mueca de desprecio.

Saqué la espada.

—Lo atravesaré. Tengo una misión que cumplir y la cumpliré.

Canabarro asomó la cabeza desde la tienda.

—¿Qué es este alboroto? —Miró al soldado, luego recorrió la vista por la espada hasta detenerse en mi rostro—. Anita, debí suponerlo. No perdamos más tiempo. Entre.

Enfundé mi espada y le lancé una mirada altiva al soldado.

—Debería tener mejor servicio.

—Tiempos de guerra. —Canabarro encogió los hombros. Su escritorio estaba lleno de papeles y soldaditos de madera. Alrededor del escritorio había varios hombres con uniforme de oficial. Sus rostros reflejaban preocupación, en sus frentes afloraban gotitas de sudor—. ¿Qué noticias traes de Garibaldi y su legión?

—Apenas podemos resistir el ataque de la armada imperial. Garibaldi pide más hombres.

—No puedo enviárselos.

—¿Cómo que no puede enviárselos? Nos superan por mucho en número y estamos en seria desventaja.

—No puedo enviárselos porque no los tengo —respondió Canabarro—. Toda la armada imperial está atacando Laguna.

—Agitó la mano sobre el mapa cubierto de barquitos de madera y soldaditos de juguete.

—¿Y qué haremos?

Canabarro suspiró y siguió estudiando el mapa que tenía delante. Se le formaron unas gotas de sudor en la frente. Sin levantar la vista del mapa, se pasó un pañuelo por el rostro.

—Quemen las naves. —Lo miré espantada—. Quemen las naves y retírense. Nos encontraremos aquí, en Rio Grande do Sul con lo que logremos salvar. Laguna ya se perdió.

Al divisar la bahía, detuve el caballo y le permití al agitado animal que reculara en lo que recuperaba el aliento. Desde mi partida, el barco de José parecía haber recibido más fuego de cañón del que podía soportar. Me apeé del caballo y le di un manotazo en el anca para que huyera en busca de refugio.

El barco de Griggs lucía peor que el de José. Tenía el mástil roto en la parte superior y estaba escorado. Corrí hacia una barca de abastecimiento que cargaba municiones frescas. Ayudé a los marineros a llenarla y remamos de vuelta al Rio Pardo. Los hombres remaban agachados, pero yo permanecí de pie en la proa para dirigirlos. Las balas de armas de fuego y de cañón me pasaban por encima, pero no me importaba. Mi mirada estaba fija en el Rio Pardo.

—¿Qué haces aquí? —me gritó José desde cubierta mientras subía por la escalera.

—Traigo la respuesta de Canabarro.

—¡Te dije que te quedarás allá!

—No había nadie que pudiera venir.

—Anita, te dije…

—¡José, no había nadie más! —interrumpí antes de que pudiera continuar—. Canabarro no tiene siquiera un hombre que pueda llevar un simple mensaje. ¡Dice que quememos las naves y nos retiremos!

—*Va fangul*—maldijo José y tiró el sombrero contra el suelo—. Necesitamos que nos cubran en la retirada. Regresa a la orilla.

—José…

—¡Es una orden, Anita! —Se recompuso—. Regresa a la orilla y opera los cañones de retaguardia. Vaciaré el barco y nos encontraremos allá.

Cargamos el bote de remos con las pocas cosas que necesitábamos y tantos hombres como cupieron dentro. Hice varios viajes para abastecernos antes de colocarnos en la orilla para cubrir la maniobra de retirada. Subía y bajaba la línea cargando pólvora y abastos frescos y sólo me detenía brevemente cuando las balas de cañón estremecían todo a mi alrededor. Me aparté el pelo del rostro sudoroso y miré al Rio Pardo. Las llamas lamían el mástil y se elevaban al cielo.

José no estaba en los primeros botes que llegaron a la orilla. Solté lo que tenía en las manos y corrí hacia ellos con la esperanza de ver su rostro entre los marineros. Cuando el último botecito tocó la arena, me lancé sobre José y lo abracé con todas mis fuerzas.

—*Tesoro mio* —me susurró al oído—, ven, hay mucho que hacer.

Fui con José, Rossetti y los demás hombres por todos los barcos a dar la orden de retirada. Sacamos lo que pudimos y rociamos ron sobre todas las cubiertas. El olor penetrante del alcohol mezclado con el humo me mareaba. Salí del barco con los demás cuando José dejo caer la cerilla. Una vez en la orilla, nos quedamos unos instantes riéndonos de la ridiculez que acabábamos de hacer.

José y sus hombres llegaron hasta el último de nuestros barcos, el Republican, el barco de Griggs. Yo me quedé atrás para llevarme las botellas de ron que quedaban. José salió del bote de remos con un pequeño grupo de hombres. Estaba pálido y lloroso. Tomó el contenedor que le alcancé y se lo pasó a uno de sus hombres.

—Anita, tienes que quedarte aquí.

—¿Qué quieres decir? Puedo ayudar.

—¡Quédate aquí! —gritó.

—¡Espera! ¿Dónde está Griggs? —Busqué entre los soldados que habían abandonado el Republican. ¿Por qué había tan pocos y por qué Griggs no estaba con ellos? Volví a preguntar—: José, ¿dónde está Griggs?

José me sujetó por los hombros.

—He dicho que te quedes aquí. ¿Podrías obedecerme por una vez en tu vida? —Algo andaba mal. Me sacudió suavemente—. Anita, ¿me estás escuchando? Necesito que te quedes aquí. Prométemelo.

Asentí con la cabeza.

—¡Dilo!

—Lo prometo —susurré.

Miró a Rossetti.

—Vigílala.

Rossetti me puso una mano delicada en el hombro, pero yo me aparté dando un paso al lado. José se llevó a un puñado de hombres para prender fuego al Republican.

Cuando saltó del pequeño bote de remos nuevamente, se colocó a mi lado para observar la pira fúnebre que no tenía nada que envidiarle a un amanecer. Le agarré la mano. Él apretó la mía y, en silencio, observamos el barco consumirse en las llamas.

Segunda parte

RIO GRANDE DO SOL, BRASIL

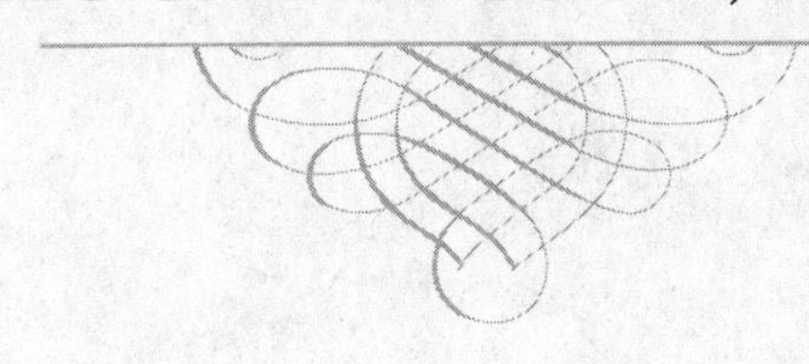

Catorce

Enero de 1840

Nuestra flota fue diezmada y más de la mitad de nuestros hombres murieron. La batalla de Laguna fue una pérdida devastadora para los farrapos. Mientras cabalgábamos hacia un lugar seguro, José me contó lo que les ocurrió a Griggs y a los hombres del Republican.

—Sostuvieron toda la fuerza del fuego de cañón. —Acercó su caballo al mío para que nadie más pudiera escuchar sus palabras—. Cuando encontré a Griggs, no sabía que estaba muerto porque estaba de espaldas a mí. Le grité que abandonara el barco. Parecía estar recostado contra unos contenedores. Tenía el brazo alzado, como si estuviera dando una orden. Como no respondía, caminé hacia él y le toqué el hombro, pero ya estaba muerto. —José negó con la cabeza—. Parecía congelado en la misma actitud que tuvo en vida, pero una bala de cañón lo había partido en dos.

—Dios mío —dije y respiré profundo—, al menos fue una muerte rápida.

—Murió como un soldado. No hubiera querido morir de otro modo.

Mis pensamientos volaron hacia Ruthie. No habría una cruz que marcara la tumba de Griggs. No tendría a dónde ir a llorar al hombre que amó.

¿Habría una cruz para marcar la tumba de José? ¿A dónde iría a llorarlo cuando muriera? Me dolía pensar en Ruthie y Griggs. Ninguno de los dos merecía esa suerte. No llegué a despedirme de ella, pero sabía que regresaría a la hacienda del general Gonçalvez. Había gozado de su favor cuando servía allí; la recibirían con los brazos abiertos.

Mi pensamiento vagó. Cuando uno pasa más de veinticuatro horas sin dormir, la mente le hace creer casi cualquier cosa. En el follaje de los árboles al pasar podía ver el rostro de cada uno de los soldados que perdimos. En un recodo del camino estaba Griggs con su sonrisa pícara. Me guiñó un ojo y se llevó un dedo a los labios antes de desaparecer. Sacudí la cabeza y volví a mirar hacia atrás.

Me pesaban las piernas. Mi único objetivo era mantener los ojos abiertos a lo largo del camino que llevaba desde Laguna hasta la indómita frontera del norte de Rio Grande do Sul. De no haber sido por el ruido furioso de mis tripas hambrientas, no habría podido permanecer despierta.

—Debemos ir más aprisa —se quejó en voz alta Rossetti, que iba dos caballos detrás de nosotros. Su rostro alargado brillaba por el sudor. El uniforme negro perfectamente entallado que llevaba siempre puesto estaba hecho jirones. Tiró de las riendas de su caballo, lo que provocó que el animal hiciera un giro abrupto hacia la derecha—. No sabemos si el ejército imperial nos sigue. Juro que puedo correr más rápido que esta bestia.

—Es porque lo está haciendo mal —dije e hice recular a mi caballo y luego torcer hacia la derecha para colocarme entre José y Rossetti—. No lleven las riendas tan cortas y, cuando quieran que el caballo ande, no tiren de ellas con tanta fuerza. Basta con un toque leve. —Miré a José, que también luchaba con su caballo—. No le hinques las rodillas con tanta fuerza. Mientras más relajado vayas, más relajada irá la yegua. —José hizo lo que le dije y la yegua se tranquilizó al instante.

Rossetti frunció el ceño.

—¿Cómo es que sabes tanto de caballos?

—Porque mientras usted tenía la nariz metida en un libro, a mí me enseñaron a montar a caballo. Aprendí a montar antes que a caminar. —Sin decir más, le quité el sombrero a José y lo lancé tan lejos como pude. Aguijé la yegua y corrimos tras él. Al llegar cerca del sombrero que estaba en el suelo, me colgué de la silla y lo agarré. Levanté el sombrero de José en el aire y tiré de las riendas para que la yegua se encabritara—. Tal vez no todo es mejor en Italia.

Mantuve mi yegua en su posición marchando en el mismo lugar como el soldado de cuatro patas que era. Se movía pomposamente. Sonreí con modestia y le devolví el sombrero a José.

Rossetti tenía la expresión de quien se ha chupado un limón mientras José estaba henchido de orgullo.

—Además, *senhor* Rossetti, no viajamos más deprisa porque debemos conservar la fuerza de los caballos. Un caballo fuerte nos llevará más lejos que un caballo cansado. Así mismo, estas «bestias», como usted las llama, son muy delicadas. Si las obligamos a correr hasta el agotamiento, morirán.

—Por supuesto —mascculló Rossetti—. Sólo expresaba mi frustración. —Hizo a su caballo girar para alejarse de mí, esta vez con más gentileza.

Nuestro grupo de sobrevivientes consistía de unos doscientos cuarenta hombres, una tercera parte de los que teníamos en Laguna. Además de los que habían muerto, una gran cantidad de soldados, que antes habían sido nuestros camaradas, habían desertado.

El terrible secreto que guardaba la nueva república de Rio Grande se había destapado: era pobre, tan pobre que no podía pagar las soldadas que había prometido a sus hombres. Los republicanos contaban con una victoria rápida y beneficiosa, y habían hecho promesas que ahora no podían cumplir. Cuando la gente supo la verdad, se marchó. Los que nos quedamos éramos verdaderos harapientos.

Nos movíamos en silencio y sentíamos el peso de nuestras pérdidas colectivas. Nos detuvimos para darles un descanso a los caballos y a nuestros huesos dolidos. Los espías que habían permanecido en Laguna nos alcanzaron y nos dijeron que nadie nos seguía. La armada imperial había decidido fortificar su nuevo bastión. Por lo pronto, estábamos a salvo.

Una tibia tarde de diciembre, nuestra tropa se detuvo a montar el campamento. Soplaba una brisa leve que acariciaba la ladera de la montaña y descendía hacia la llanura. Sentada a la sombra de un árbol, observaba a los hombres escaramuzar entre sí mientras le enseñaban a José su estilo de pelear.

—¿Por qué no vienes y aprendes a pelear con nosotros? —me llamó José.

Los hombres abrieron los ojos y nos miraron primero a uno y luego al otro.

—¿Enseñarme a pelear como un gaucho? —Me puse en pie y caminé hacia ellos llevando mi poncho. Tomé un facón que estaba a la mano y le tomé el peso—. Lo único que debes entender, querido esposo, es que ésta es la única forma en que pelea un gaucho.

Un gaucho delgado se ofreció con recelo a pelear contra mí. Me enrollé el poncho en el brazo a modo de escudo y sostuve el débil ataque del gaucho. Levanté el brazo, hice una apertura a la altura de su barriga y le enterré el facón en un riñón. Me detuve justo antes de sacarle sangre. Sorprendido, me atacó con más fuerza. Agité la cola de mi poncho y le di en la cara. Giró la cabeza, dejó expuesto el cuello y lo corté.

—Cuando recules, asegúrate de que el pie del frente siga al de atrás —instruí al gaucho—. Tus pasos siempre deben estar sincronizados, como si fuera una danza.

Sonrió y asintió. Se echó a un lado para recuperar el aliento. Le pasé el facón a un gaucho que estaba esperando para que pudiera continuar el adiestramiento.

—Eres muy buena —dijo José.

—Parece sorprenderte.

Hizo una pausa y me examinó.

—No debería, ¿verdad?

—No. —Sonreí y miré hacia los gauchos que practicaban—. Mi padre me enseñó. Decía que, si iba a ser una gaucha, tenía que aprender a defenderme como un gaucho.

—¿Así que el facón es tu arma?

—Soy bastante buena con la bola. —Lo miré con el rabillo del ojo. Las comisuras de sus labios apuntaron hacia arriba. Señalé a dos gauchos enfrascados en un combate frente a frente con sus espuelas—. Todas las herramientas de un gaucho se pueden utilizar como armas. Las espuelas son cuchillos cortos, los ponchos son escudos. No desperdiciamos nada.

El sonido de los cascos de los caballos que se acercaban nos obligó a detenernos. Un pequeño regimiento se detuvo ante nosotros. El hombre al frente del grupo se apeó del caballo. Al quitarse el sombrero, mostró una barba bien recortada que le daba un aire de dignidad y encanto a su rostro anguloso.

—*Senhor* Garibaldi, es un placer conocerlo. Soy el general Terceira y traigo órdenes del general Canabarro. —El general movió la cabeza en mi dirección—. Tal vez convenga que le ordene a su mujer que se retire.

José tocó la silla que tenía al lado.

—Mi esposa se queda.

Rossetti y yo miramos perplejos a José. ¿Esposa?

—Muy bien. —El general Terceira se aclaró la voz y explicó que venía del extremo occidental de Rio Grande do Sul. Nuestro regimiento debía unirse al suyo antes de reunirse con las fuerzas del general Canabarro en Vacaria, al sur, para liberarlos del control imperial.

Más tarde esa noche, José me siguió a nuestra tienda. Me senté en la cama a mirarlo quitarse las botas.

—¿Por qué me llamaste tu esposa?

José, que estaba quitándose el cinturón, se quedó inmóvil y luego encogió los hombros.

—¿Cuál es la diferencia?

—Que no soy tu esposa de verdad.

—Dime, Anita: ¿qué es una esposa? ¿Eh? Alguien que cuida de su esposo, tanto física como emocionalmente. Es su roca. Lo apoya sin condiciones. Es su compañera en crear un futuro. —Se quitó la camisa y se limpió la cara con ella—. El matrimonio no es más que un papel. No debe tener ninguna importancia siempre y cuando sepamos lo que somos el uno para el otro.

—Pero los curas…

—¡Los curas no saben nada! —José hizo una pausa y se recompuso—. Dime, ¿acaso un cura sabe lo que es que otra persona controle todo tu ser? ¿Acaso sabe lo que es querer a alguien tanto que sientes como si tu corazón anduviera por ahí fuera de tu cuerpo, y que si algo llegara a pasarle a esa persona… —se le quebró la voz— que no puedes imaginar la vida sin ella?

—Los curas quieren a todo el mundo —dije.

José se metió en la cama a mi lado, sus ojos sólo miraban mis labios.

—A veces todo el mundo es sólo una persona.

Me besó con tanta pasión que sentí que me derretía en él.

Quince

A medida que nos desplazábamos al sur, los pinos que conocía de Santa Catarina iban desapareciendo. Unos árboles inmensos cuyas copas se extendían hacia los lados como un parasol gigantesco nos protegían del sol inclemente. El húmedo aire tropical me inundaba los pulmones.

Anduvimos por barrancos empinados resbalando en el musgo y las rocas. A medida que subíamos, se nos hacía más difícil respirar. Por más aire que intentara inhalar, no era suficiente. Moverme requería más energía de la habitual, cada movimiento era un esfuerzo de grandes proporciones. Sentía que Vacaria era otro continente. Llegamos a la meseta justo al tope del primer conjunto de montañas. Los valles que se desplegaban a nuestros pies nos robaron el aliento, pero teníamos que seguir subiendo.

Cuando los hombres apenas podían mover un músculo, José se esforzaba aún más para alentarlos. Era jovial y nos instaba a seguirlo.

—¡En el tope de esta montaña triunfaremos! ¡Recuerden, compatriotas: éste es el mejor entrenamiento posible! Seremos el regimiento más resistente de todo Rio Grande do Sul.

José prosperaba en la aventura. Vivía para la siguiente batalla. La posibilidad de la gloria le alimentaba el espíritu.

La noche antes de entrar en Vacaria, el general Terceira se me acercó. Yo preparaba una modesta cena para José y para mí mientras él entretenía a sus soldados.

—*Dona* Anita, me preguntaba si podría dedicarme un momento.

—Por supuesto, General, ¿cómo puedo servirle? —Me limpié las manos en la falda y me moví de la fogata para mirarlo de frente.

—Entiendo que usted se considera una suerte de soldado.

—Se puede decir que sí.

—Le hablo de soldado a soldado por el respeto que me inspira su desempeño en Laguna. Por favor, cuando nos enfrentemos a los imperialistas, no pelee en la batalla.

—¿Por qué?

—Conozco al comandante. Es un hombre malvado. La buscará y la utilizará de señuelo con su esposo.

José se acercó a nosotros con una amplia sonrisa. Pasó entre el general y yo y me dio un beso apresurado antes de entrar a la tienda.

—*Tesoro mio*, te perdiste una gran historia esta noche. Los hombres se la tragaron. —Se detuvo al percibir la tensión—. Anita —dijo enterrando la espada en la tierra—, ¿hay algo que deba saber?

—El general Terceira ha venido a pedirme que no pelee en la batalla que se avecina. —Aparté la vista del general para mirar a José—. Estaba considerando su petición.

—*Senhora* Garibaldi, no fue una petición —dijo tragando en seco.

Sonreí simulando sentirme halagada.

—¿No fue una petición? Pues, ¿cómo podrá una simple mujer como yo desobedecer una orden? —dije batiendo las pestañas e intentando lucir lo más encantadora posible—. Le doy mi palabra, general, no pelearé en la batalla. —Crucé los brazos y me quedé mirando al general alejarse.

—¿Desde cuándo aceptas órdenes con tanta gracia?

Miré a José que estaba sacando un pedazo de pollo del asador. Lo espanté de la comida que aún no estaba lista.

—Hay otras formas de matar a una pantera.

José se echó a reír y me dejó empujarlo dentro de la tienda.

—Espero con ansias convertirme en su humilde aprendiz. —Me tomó la mano y, de un tirón, me metió en la tienda con él.

Una semana después llegamos al campamento imperial. Sus fuerzas habían tomado posesión del valle que estaba debajo de nosotros. Cabalgué con nuestros hombres y me sentía como la emperatriz Leopoldina, la reina regente que participó en la independencia de Brasil.

El general Terceira cabalgó hasta nosotros.

—*Dona* Anita, usted recuerda la promesa que me hizo, ¿no?

—*Sim*, general Terceira, no participaré en la batalla, pero no podrá privarme de mis tradiciones —contesté con una linda sonrisa—. Siempre cabalgo al lado de mi esposo. Es importante para la moral de los soldados.

El general Terceira me miró y luego miró a José, quien le devolvió una mirada fría.

—Muy bien —dijo el general y continuó moviéndose entre las filas.

—José, la sonrisa de tu esposa siempre me ha parecido amenazadora —suspiró Rossetti mientras me miraba como si fuera un enigma que tuviera que descifrar.

José sonrió con malicia.

—Sí, lo sé: es una de las cosas que más me gusta de ella.

Cabalgué hasta mi punto de mira para observar a nuestros hombres embestir cuesta abajo contra el campamento que teníamos delante. Los imperialistas acababan de despertarse y empezaban a salir de sus tiendas para estirarse después de pasar la noche entumecidos. Me entraron ganas de reír al verlos saltar y correr para dar la señal de alarma.

José y Rossetti eran los únicos que conocían mi plan. Hicieron los arreglos para esconder una pequeña carreta entre los arbustos. Al cabo de un rato, enganché mi yegua a la carreta a toda prisa. Una vez que me aseguré de que estaba bien fija, bajé al campo de batalla para hacer la primera ronda en busca de heridos.

—¡Anita! —Me di vuelta. Entre el humo pude ver a Rossetti, que venía cargando con dificultad a un joven soldado que lo abrazaba por los hombros. Se movía despacio, aunque intentaba que el joven aligerara el paso. El joven se aferraba a él, la sangre le corría por los dedos. Me apeé de la yegua y corrí hacia Rossetti para ayudarlo a llevar a nuestro camarada a la carreta. Él apuntó a la distancia—. Hay más en esa dirección. ¡Apresúrate!

Obedecí su orden: me monté en el caballo y corrí hacia donde me apuntó. Cuando llegué, había siete hombres amontonados bajo un árbol. Uno se quejaba de que le dolía una pierna rota mientras otros dos trataban de ayudarlo. Los demás, con heridas leves, permanecían de pie, con pistola en mano. Los monté en la carreta y huimos tan velozmente como pudimos. Habíamos improvisado un campamento médico a una distancia segura de la batalla. Les curé las heridas a los hombres que había salvado y volví a hacer otra ronda por el campo de batalla.

Estaba atendiendo a un soldado cuando José llegó en su corcel. Se apeó de la bestia no bien se detuvo. Dio unos pasos y me abrazó por la cintura.

—*Tesoro mio*, una vez más me haces sentir el hombre más orgulloso de las Américas. —Luego empezó a apartarme mientras yo seguía enredada en su descomunal abrazo.

—Esposo, te comportas como un borracho.

—¡Es que lo estoy! —Me hizo girar—. ¡Estoy borracho de la victoria! —exclamó y me besó con tanta pasión que me ruboricé. Se separó cuando comenzaron a llegar más hombres—. Moveremos a tus pacientes al nuevo campamento en lo alto de la colina.

—¡Anita Garibaldi, le di una orden directa! —El general Terceira se dirigía hacia nosotros dando zancadas y abriéndose paso entre los soldados. Miré a José, que se puso colorado al instante. Le toqué el brazo para calmarlo.

—Le dije claramente…

—Me dijo claramente que no participara en la batalla. Ésas fueron sus palabras exactas, ¿no es cierto?

—Sí, pero… —Levantó un dedo admonitorio.

—Seguí sus órdenes, general. No participé en la batalla. Me limité a recoger a los heridos.

El general Terceira abrió y cerró la boca como un pez que boquea. Nos miró a José y a mí sin poder articular palabra. Rossetti se le acercó por detrás y le puso la mano en el hombro.

—Si hace tratos con el diablo, luego no se sorprenda por lo que pueda pasar.

Rossetti rio y salió a buscar vendas para curarse las heridas. El general Terceira se marchó con paso airado. José se volvió hacia mí.

—Ven, los hombres se ocuparán de esto. Hay algo que quiero mostrarte.

—Pero estoy sucia —me quejé mientras me atraía hacia sí.

—Mejor —me gruñó al oído.

José y yo cabalgamos a lo largo de un barranco cubierto de musgo que tenía una gruesa pared de árboles a cada lado. Unos pájaros invisibles cantaban indiferentes a nuestros caballos, cuyos cascos salpicaban el agua de un arroyuelo que corría a nuestros pies en ese paraíso de paz. Aunque comenzaba a atardecer, el aire aún conservaba el calor de la tarde.

—¿A dónde me llevas? —pregunté aguijando mi yegua para alcanzar a José.

—Ya verás. —Miró hacia atrás y sonrió. Mientras cabalgábamos por el barranco, el valle que se extendía ante nuestros ojos me robó el aliento. El barranco conducía a una pequeña cueva con una poza de aguas cristalinas que alimentaba una cascada.

—Hermoso, ¿no te parece? Uno de mis espías encontró este lugar y, cuando me habló de él, supe que tenía que traerte —dijo apeándose del caballo y quitándose la ropa—. *Tesoro mio*, ¿me acompañas a un chapuzón?

Me quité el vestido amarillo manchado de sangre y polvo y me metí en la poza con José. Al contacto del agua fría, se me erizaron los hombros y los brazos.

—¡Está helada! —reí.

José nadó hacia mí y me extendió la mano.

—Déjame calentarte. —Me rodeó con sus brazos fuertes y me llevó al lado profundo de la poza. Apretó su pecho desnudo contra el mío. Me besó con ternura. Cerré los ojos e inhalé. José olía a pólvora y a tierra, a guerra y a victoria.

—Te amo —susurré.

Me besó el cuello, la curva de la quijada, los labios.

—Eres la reina de mi corazón —me susurró al oído.

Lo deseaba más que a nadie en el mundo. Me acarició el pelo, el rostro, me miró fijamente a los ojos.

Tomé su rostro entre mis manos y lo besé con fuerza. Me llevó a un peñón liso sobre el que hicimos el amor. Cuando terminamos, nos recostamos en uno de los bancos de la piscina, nuestros cuerpos entrelazados. Observé las estrellas mientras José reposaba la cabeza sobre mi pecho y dibujaba circulitos alrededor de mi ombligo con el dedo.

—Cuéntame de Italia —susurré temerosa de romper el hechizo de la noche.

—¿Qué te cuento? Italia es un cuento de hadas.

—Me gustan los cuentos de hadas. —Sentí su sonrisa contra mi hombro.

—Muy bien. Había una vez un hombre llamado Dante.

—El autor de ese libro que tanto les gusta a Rossetti y a ti. *Inferno*, ¿no es cierto?

—Correcto, *tesoro mio*. No fue hasta el siglo catorce que en nuestra península se habló una sola lengua. Cada estado hablaba su propia variante de la lengua italiana. Verás, aquí se habla sobre todo portugués por la influencia de Portugal. Los distintos dialectos provienen de esa raíz. Por eso, aunque la forma en que hablas es diferente de la forma en que se habla en el sur, aún pueden entenderse. Sin embargo, en Italia, nuestra única lengua era el latín. A lo largo de los siglos, desde la caída de Roma, nos hemos separado a tal punto que la gente de algunas regiones no puede entender a alguien que venga de otra región.

—Sería complicadísimo. ¿Cómo comerciaba la gente o hacía negocios?

—Exactamente. Dante escribió el *Inferno* en el dialecto toscano y se volvió tan popular que todo el mundo quería leerlo, pero tenían que leerlo en italiano toscano.

Me quedé pensativa por un instante.

—¿De modo que, como todo el mundo quería leer un libro, todos aprendieron una lengua?

—Sí, y ahora la mayoría de la gente considera a Dante el padre de la lengua italiana. Por primera vez desde el Imperio romano, hablamos la misma lengua. Muchos creían que, si éramos capaces de convenir en una lengua, seríamos capaces de ponernos de acuerdo para ser un país propio.

—Es un gran salto.

—Cuando las regiones riñen entre sí como niños malcriados, hay que ceder para llegar a algún acuerdo. —José se recostó sobre el codo y apoyó la cabeza sobre la mano—. Pero, como bien dices, no es suficiente. La gente sigue peleando entre sí. —Me miró con ojos hambrientos.

—Pero ¿aún hay gente que cree en la unificación?

—Sí, *tesoro mio*. Otro hombre vino a regar las semillas que Dante había sembrado. Su nombre era Napoleón Bonaparte.

—¡Ah, el francesito! He oído hablar de él.

—La estatura no dicta el tamaño de los sueños. —José me dio un golpecito en la nariz con el dedo—. Napoleón gobernó la península como un solo país. —Pasó el dedo desde mi clavícula hasta mis pechos—. Luego marchó con su ejército desde París hasta Siena. —Me acarició el pezón con movimientos circulares. Se me erizó la piel de todo el cuerpo—. El ejército conquistó Siena. —Bajó la mano hasta el ombligo—. Luego hasta Roma. —Comenzó a deslizar la mano más hacia el sur, pero se la agarré.

—Termina la historia.

José hizo pucheros.

—Como quieras, *tesoro mio*. Bajo el régimen de Napoleón nos dejaron ser un país. Nos unificamos bajo su régimen. Sin embargo, cuando cayó Napoleón, los poderes europeos nos dividieron. Nos pusieron a pelear a unos contra otros de nuevo. Pero el sueño sigue vivo. —José logró liberar la mano, que encontró el camino hacia el sur. Con los dedos enredados en sus rizos dorados, cedí a la pasión.

Dieciséis

Mayo de 1840

Nos abrimos paso entre la densa maleza que bordeaba el río Caminas hacia Praia Grande. Habían pasado apenas cinco meses desde aquella noche en la cascada. En esas veinte semanas descubrí que estaba embarazada.

Me molestaba que todos me trataran como si fuese a romperme. Me sacaba de quicio. De repente, mi vida ya no era mía: una futura persona me chupaba todo mi ser. Me enfurecía por la más mínima infracción, lo que provocaba que la gente del campamento me evitara.

Pero aún estaba sedienta de acción. Durante sus embarazos, mi madre se postraba en la cama con los pies en alto y daba órdenes a todo el mundo por el bienestar de sus bebés. Les decía a todas las mujeres embarazadas que debían hacer lo mismo si querían tener embarazos saludables.

Entre el malestar estomacal continuo y la dificultad de tener que cargar tanto peso adicional por delante, detestaba estar embarazada. Iba en contra de todo lo que me habían dicho que debía sentir una futura madre y eso me asustaba.

Todas las noches soñaba que recogíamos el campamento y dejaba atrás a mi bebé. José me gritaba que me diera prisa y me preguntaba sin cesar si había recordado traer ciertas cosas. Las recordaba todas, todas menos a mi bebé.

Una mañana muy temprano, me desperté de golpe de una pesadilla particularmente traumática. Miré a mi alrededor y noté que José se había marchado. Me vestí y me lavé la cara en la bacineta para despejarme del sueño que no me soltaba aún. Al secarme la cara, sentí que las tripas me sonaron. Me toqué el vientre abultado.

—Muy bien, pequeño, vamos a comer algo.

Salí de la tienda y me puse a preparar el desayuno. José llegó al campamento dando zancadas.

—¡No puedo creer semejante estupidez! —gritó. Levanté la vista del fuego y lo miré.

—¿Puedo preguntar por qué estás tan enfadado?

—¡Canabarro, por supuesto! —dijo alzando los brazos, frustrado.

—¿Qué transgresiones ha cometido hoy?

José me miró con el ceño fruncido.

—Ese bastardo quiere retirarse. Quiere dejar que las fuerzas imperiales ganen.

—Si puede llegar a un acuerdo amistoso, ¿qué tiene de malo?

—¿Qué tiene de malo? Anita, si Rio Grande do Sul quiere ser una nación libre e independiente algún día, tenemos que sacar al ejército brasileño de aquí. —Se sentó resoplando. Me senté a su lado y le tomé la muñeca para masajeársela—. ¿Qué piensas? —preguntó.

¿Qué pienso? José nunca me preguntaba eso. Ponderé la pregunta y escogí las palabras con sumo cuidado.

—Pienso que Canabarro tiene razón.

José me soltó la mano de un tirón.

—¿Qué quieres decir? —preguntó haciendo una mueca con los labios.

—Me pediste que te diera mi opinión y te la di.

—Pero ésa no es la opinión que debes darme.

—¿Qué has dicho, José Garibaldi? —pregunté levantando las cejas—. Cuando estemos en público, te apoyaré sin condiciones. Si dices que vayamos hacia la izquierda, yo les diré a todos que ir hacia la izquierda es lo correcto, aun cuando piense que deberíamos ir hacia la derecha. Pero, cuando estemos solos, no voy a dudar ni por un instante en decirte lo que pienso de verdad.

—Y, ¿qué es lo que piensas de verdad, querida esposa? ¿Que soy un idiota? ¿Que no sé lo que le conviene a Rio Grande do Sul? ¿Que soy un temerario? ¿Que no puedo pensar en el mañana? —Era un jaguar enjaulado que se paseaba de un lado a otro delante de mí.

—José, no pienso que seas un idiota. —Me puse de pie y me preparé para la confrontación—. Estamos librando una batalla perdida. Puede que ganemos alguna escaramuza aquí o allá, pero estamos perdiendo la guerra. Las fuerzas imperiales nos persiguen. ¿Cuánto más podremos resistir? No podemos olvidar que cuando todo esto termine, nuestros hombres tendrán que regresar a las familias de los soldados imperiales a suplicar perdón. No son rostros sin nombre. Esa gente viene de los mismos pueblos. Son vecinos. Son familia. —José me dio la espalda. Yo di un paso hacia el frente y proseguí mi razonamiento—: Cuando acabe la guerra, tienen que poder volver a vivir juntos. Limitémonos a pelear cuando sea imprescindible.

—¿Pelear sólo cuando sea imprescindible? Vine aquí porque me necesitaban. Cuando zarpé de Génova, navegué por todo el Mediterráneo. Pude haber seguido navegando, pero la república me pidió que viniera, me pidió que la ayudara a ganar esta guerra. Y accedí como un idiota. ¡Ahora que me tienen, no quieren escucharme! ¡No quieren hacer lo que deben para ganar!

—No entiendes lo que esto significa para nosotros. Eres un extranjero. —Las palabras salieron de mi boca antes de que pudiera detenerlas. Supe, tan pronto llegaron a sus oídos, que había dicho algo que no debía. Me encogí al ver que su rostro enrojecía.

—¿Te atreves a llamarme extranjero?

—No es lo que quise decir. Es que no eres de aquí. No entiendes nuestras costumbres.

—Valgo lo suficiente para derramar mi sangre extranjera por ustedes en esos campos, pero no para que me respeten. ¿Es eso? —Su voz se tornó grave y amenazadora.

—José, por favor. —Traté de tocarlo, pero me empujó la mano.

Se me acercó. Me puse tensa: no sabía qué pasaría.

—No olvides que ese niño que crece en tu vientre es mitad extranjero también. —Giró sobre sus talones y salió hecho una furia maldiciendo en italiano.

Aún estaba hambrienta y sabía que José también lo estaría cuando se calmara, de modo que seguí preparando el desayuno. Terminé de comer un simple plato de arroz y frijoles. Dejé un plato para José y comencé a realizar mis tareas. Al cabo de una hora, se acercó a nuestra tienda.

—Siento haberme enfadado tanto contigo hace un rato. —Me tomó la mano, se la llevó a los labios y la besó—. ¿Me perdonas?

Me sorprendí. No conocía a ningún hombre que pidiera disculpas a su esposa. Sin saber qué contestar, balbuceé:

—Claro que te perdono.

Me sonrió con ternura y me apretó la mano suavemente.

—*Grazie, tesoro mio.* —Tímidamente, tomó el plato que le había guardado.

Con la boca medio llena, comenzó a hablar.

—Me quedé pensando en lo que dijeron tú y el general Canabarro y tienen razón. —Tragó un gran bocado—. Si marchamos hacia el suroeste, podremos atrincherarnos con la gente, aumentar nuestros números. He escuchado que la gente allá simpatiza más con nuestra independencia.

Lo miré mientras comía y hablaba de sus nuevos planes. Ante los ojos de José, había dejado de ser la niñita tímida de Laguna. Ante sus ojos, era igual a él y a sus consejeros. El pecho se me hinchó de orgullo. ¿Cuántas mujeres en Brasil podrían decir lo mismo de sus esposos? Nos pasamos el día levantando el campamento antes de emprender el largo viaje a la región del general Terceira.

Diecisiete

Agosto de 1840

En el tiempo que duró el viaje a la región de Vacaria, mi vientre creció a tal punto que me sentía del tamaño de un caballo. No lograba estar cómoda de ningún modo.

Las fuerzas imperiales que enfrentamos a nuestra llegada estaban bien alimentadas y armadas; todo lo contrario de nosotros. El corazón se me quería salir del pecho cuando los hombres tomaron sus puestos, listos para la batalla.

Sentada en mi caballo, observaba el campo de batalla junto al general Canabarro mientras dirigíamos a los soldados hacia donde llevar las provisiones. Los ojos negros del general examinaban el campo de batalla. Desde nuestra posición elevada, podíamos apreciar toda la extensión de la batalla que se libraba ante nuestros ojos. Con el ceño fruncido, sus rasgos se acentuaban y parecía un renacuajo. Murmuraba para sí mientras supervisaba a sus soldados, los Lanceiros Negros.

Los Lanceiros Negros eran el orgullo y la alegría de Canabarro. Jinetes expertos y guerreros feroces, eran un contingente de esclavos a los que se les había prometido la libertad a cambio de su servicio en la rebelión. Canabarro le aseguró a José que yo estaría a salvo con ellos durante la batalla.

Con una mano sobre el vientre y la otra sujetando las riendas de mi caballo, observaba el campo a mis pies y dirigía las provisiones a diversos puntos del campo de batalla. Estaba demasiado distraída, demasiado enfocada en la labor para darme cuenta de que las fuerzas imperiales nos habían tendido una trampa y que yo era su premio.

Escuché el ruido de los caballos a la distancia. Me di vuelta y vi, horrorizada, los caballos de los Lanceiros Negros pasarnos por delante a toda velocidad sin sus jinetes. ¿No deberían ir con sus soldados? Fue lo único que atiné a pensar ante de que comenzaran los gritos.

—¡Es una emboscada! ¡Los soldados imperiales están aquí!

Nuestros hombres se desperdigaron. Un enorme regimiento se dirigía hacia mí en estampida mostrando los rifles. Giré con mi caballo y me di cuenta de que estábamos rodeados. No tenía hacia dónde escapar. Se me hizo un nudo en la garganta mientras intentaba pensar a toda velocidad. Tenía que haber una salida. Me tragué el miedo y aparté la vista de la caballería que tenía enfrente.

Cabalgué hacia delante. Si no lograba asustarlos, al menos los pisotearía. Un solo disparo reverberó como un trueno. Mi caballo colapsó y yo caí con él.

Estiré las piernas para poder hacerme un ovillo y rodar cuando cayera al suelo. Me detuvieron las raíces de un árbol. No era un árbol. Vi unas botas enfangadas con la piel ligeramente desgastada alrededor de la suela. Fui subiendo con la vista por unos pantalones verdes prístinos, un pecho cubierto de medallas y, por último, un rostro que parecía una calavera. El hombre sonrió, lo que lo hizo parecer más peligroso.

—*Olá*, *senhora* Garibaldi. Es un placer conocerla.

⟡—◦—⟡

He de reconocer que los soldados imperiales me trataron con más respeto que a cualquier otro prisionero de guerra. No sé si por mi condición o por quien era mi esposo. Dos jóvenes soldados me ayudaron a subir a la carreta sin molestarse en atarme las manos a la espalda. Sabían tan bien como yo que, con ocho meses de embarazo, no podría escapar.

Nos miramos fijamente, mis captores y yo, mientras transitábamos el accidentado camino de tierra. Sus rostros huecos, manchados de lodo seco, aparentaban más edad de la que tenían. Sus ojos vacíos me miraban inexpresivos.

Se me encogió el corazón cuando entramos en el pueblo que ahora ocupaba el ejército imperial. Al igual que Tubarão, el pueblo de mi niñez, Vicaria estaba habitado por gauchos y sus familias; gauchos leales a la rebelión. Esa lealtad les salió cara. Les quemaron la mayoría de los hogares. Sólo quedaban los restos de lo que una vez habían sido. Un polvillo volaba sobre los escombros y el olor a carne quemada me impregnaba la nariz. Un pensamiento terrible me pasó por la cabeza: ¿dónde está la gente? Las carretas estaban abandonadas. Los perros realengos comían una carne misteriosa que había cerca de las casas. Aparté la vista de la repugnante escena y miré hacia las nubes blancas como algodones que flotaban sobre nosotros.

Me llevaron al edificio de la corte, que estaba abandonado y ahora le servía de cuartel general al ejército imperial. Dentro, en lo que era la oficina del condestable, había papeles tirados cerca del escritorio entremezclados con cañones en miniatura e imágenes de santos, todos cubiertos de polvo. Pensé en José. ¿Dónde estaría? Me puse la mano en el vientre, mi bebé pateaba.

Cerré los ojos e imaginé a José en medio del campo de batalla, preso del pánico al darse cuenta de que había desaparecido. Vendría a buscarme. Estaba segura de que derrumbaría la puerta de un momento a otro.

Al escuchar las voces que llegaban a través del aire frío de agosto, me acerqué a la ventana.

—¿Cuánto daño puede hacer? No es más que una mujer y, para colmo, está embarazada.

—Déjame hablar a mí. Tengo un plan.

Así que tenían un plan. La cosa se ponía interesante. Me senté en una silla con mucho recato y esperé a que los oficiales vinieran a mí. Mi captor tocó la puerta y entró en la habitación. Observé su cara bronceada por el sol desde el hoyuelo de su mentón anguloso hasta las arrugas de sus ojos. Las canas que salpicaban el pelo castaño claro le daban un aire casi paternal. Pero no me engañaba. Me lanzó una sonrisa que me provocó escalofríos. Chocó los talones y me saludó con una leve inclinación. Una mujer regordeta de mediana edad entró con una bandeja de comida. Noté cómo salía a toda prisa, mirando hacia el suelo y tratando de pasar desapercibida.

—Es un honor conocerla, *senhora* Garibaldi.

—*Boa tarde*, ¿*senhor*...?

—*Senhor* Moringue. —Sonrió amablemente al tiempo que me alcanzaba un plato con pan y pollo frío—. Pensé que tendría hambre. Las mujeres en su estado tienen que alimentarse para mantenerse fuertes.

Tomé el plato y le di las gracias.

—¿Usted tiene hijos? —pregunté y empecé a pellizcar del plato que tenía delante. Lo cierto es que tenía hambre, pero no quería que me viera desesperada. No quería dar muestras de debilidad.

—No, Dios no me ha bendecido con una familia. No hay muchas mujeres que puedan tolerar la vida de un soldado, como muy bien comprenderá usted. —Rio sin importarle que yo no le viera la gracia a su chiste. Agarró una silla y se sentó frente a mí—. Debo admitir que estoy muy emocionado de conocer finalmente a la única e incomparable Anita Garibaldi.

—*Senhor* Moringue, me halaga.

—En realidad no. He escuchado historias sobre usted. La valiente mujer de Laguna que luchó contra treinta fragatas imperiales —dijo.

—Seis—. Sonreí cortésmente—. Luchamos sólo contra seis fragatas imperiales y como seis embarcaciones más pequeñas.

—¡Valiente y modesta! Son virtudes muy raras en una mujer. —Se dio un golpe en la rodilla—. Tendrá que perdonarme señora, mis soldados han seguido su historia. Los viejos dicen que usted es la encarnación de Atiola.

Sonreí.

—¿Atiola? ¿La diosa indígena de la tierra?

—Sí: la madre pagana que nos bendijo con la mandioca —dijo sosteniéndome la mirada mientras nos escrutábamos uno al otro.

Encogí los hombros.

—Nunca me ha gustado la mandioca.

—Tengo que preguntarle algo que me intriga. ¿Es cierto que Garibaldi se la echó al hombro y zarpó?

—¿Dónde escuchó esa historia?

—Los hombres cuentan que fue así como acabó junto a un pirata. Cuentan que la espiaba desde su barco y dijo: «¡Tiene que ser mía!». Ciego de pasión, se lanzó al agua, la tomó en brazos y, desde entonces, son felices navegando las aguas de Brasil. —Me miró como si fuera una niña—. Porque, en serio, de no ser así ¿por qué una mujer como usted abandonaría a su esposo?

Me reí y, sin querer, se me salió un pedazo de pan de la boca.

—¿Es eso lo que cuentan? Tendré que decírselo a José cuando lo vea.

La sonrisa que me devolvió el *senhor* Moringue me recordó que era un hombre peligroso.

—Si nos hubiésemos conocido en otras circunstancias, creo que hasta le habría tomado cariño.

—Ojalá pudiera decir lo mismo de usted.

Se puso serio.

—Lamento que no podamos continuar esta conversación tan agradable. He venido a hablarle de un asunto más serio.

Pellizqué otro pedazo de pollo.

—Como bien ha dicho, no soy más que una mujer. No entiendo mucho de asuntos serios que no sean remendar ropa y cocinar. —Escupí el pollo en mi mano antes de dejarlo caer sin aspavientos en su escritorio—. Esto, dicho sea de paso, está malísimo. Debería mandar a fusilar a quien lo cocinó.

No respondió y siguió observándome. Dio dos palmadas para llamar a un oficial. El soldado traía un poncho raído que me arrojó.

—Dígame, *senhora*: ¿esto le resulta familiar?

Sujeté la prenda entre las manos. Alguna vez había sido de color rojo brillante, tan brillante que contrastaba con el verde opaco de los árboles. Ahora, después de tanto uso, estaba descolorida. Palpé la costura que yo misma le había hecho en la manga.

Recuerdo haber reído cuando le devolví el poncho remendado a José y le dije que, con ese parcho, sin duda sería el capitán de la Guerra de los Harapientos. Lo di vuelta y vi una mancha carmesí en la espalda. Me espanté y me levanté tambaleándome de la silla, que cayó al suelo junto con el poncho.

—Lamento informarle, *senhora*, que su esposo murió en batalla. —Moringue me miró con aire triunfante.

Un poco tambaleante aún, me apoyé en el escritorio. Mi esposo no podía haber muerto. Era el Gran Garibaldi. Los hombres como él no morían.

El *senhor* Moringue se inclinó hacia mí.

—Puedo ayudarla. Puedo protegerla.

—¿Protegerme? —carcajeé—. ¿Protegerme de qué? ¿De sus hombres? ¿Del gobierno imperial? ¿De usted?

—Anita: su esposo ha muerto. No le queda nada. Dígame lo que sabe y yo...

Le escupí. El salivazo amarillento le cayó en la mejilla y permaneció ahí mientras él, con calma, se sacó un pañuelo del bolsillo y se lo limpió.

—Tiene razón, no me queda nada —dije intentando controlar la furia estremecedora que se había apoderado de mí—. No me importa lo que haga. Lo único que me importa es que José haya encontrado su destino antes que yo.

Dio un puño sobre el escritorio. Una pequeña imagen de la Virgen María cayó al suelo.

—Usted está histérica.

Lo miré fijamente y se encogió en la silla. Se balanceaba como un ratón que sabe que está a punto de ser devorado por una serpiente. Sabía que no podía confiar en un mercenario que había hecho tanto daño, pero tenía que saber la verdad.

—Le diré todo lo que quiera saber con la condición de que me muestre el cuerpo de mi esposo.

Abrió los ojos, sorprendido.

—¿No le basta el poncho?

Miré hacia un lado.

—¿Le bastaría a usted? Quiero ver el cuerpo de mi marido con mis propios ojos. Quiero ejercer mi derecho de esposa a enterrarlo.

—No puedo enviar a mis hombres a buscar sus restos.

—Entonces los buscaré yo misma.

—No puedo permitírselo.

—¿Cuánto le interesa la información que pueda darle?

Se levantó y se dirigió a la puerta.

—Usted regatea mucho, *senhora*.

La puerta se cerró de un portazo. Me desplomé en el suelo y agarré el poncho de José. Jadeando, apreté el trozo de tela raído contra mi pecho. El bebé que llevaba en mis entrañas comenzó a patear con fuerza mientras me limpiaba las lágrimas del rostro.

Dieciocho

Si José estaba vivo, lo encontraría en el campamento de los rebeldes. No se marcharía sin mí. Mantendría a su ejército cerca el tiempo que fuera necesario para reagruparse y atacar. El ejército imperial contaba con más hombres que los farrapos, pero eso no le importaría a José. Estaba segura de que sacrificaría el mundo entero por recuperarme, y no podía permitírselo.

Mientras acariciaba la tela gastada, se me ocurrió otra idea. Una que, al principio, me asustó mucho más que la idea de que José pudiese haber muerto. Los soldados me conocían.

Mi fama me precedía. Normalmente, la gente sólo hablaba de José: era el héroe rebelde. Al menos, hasta ahora. Me llamaban Atiola. Comencé a imaginar cómo sería vivir por mi cuenta. Podría convertirme en una renegada famosa, incluso más que mi esposo.

Podría huir al bosque. Jamás me encontrarían allí. Aún podría buscar a los farrapos. Una viuda que había perdido a su esposo trágicamente; podría luchar por las causas de José en su lugar. La gente me alabaría tanto como a mi difunto. Incluso más. El corazón me palpitaba de pensarlo.

Así debió sentirse Eva justo antes de tomar la manzana. Por primera vez en la vida, tenía la oportunidad de ser mi propia persona y la tentación era poderosa.

Un joven soldado vestido con un uniforme que le quedaba grande entró en la habitación.

—*Senhora* Garibaldi, venga con nosotros.

—¿A dónde me llevan? —pregunté aferrada aún al poncho de José. Me ignoró mientras me conducía a una carreta, sujetándome con suavidad por el codo. Había un soldado sentado en el banquillo del conductor y otros dos se sentaron junto a mí. Sin decir palabra, partimos. Estaba cayendo la tarde y sentía llegar el frío. Me puse el poncho de José. El suave aroma del hombre al que amaba era dulce y amargo a la vez.

De pronto, la carreta se detuvo al borde del campo de batalla.

—¿Qué hacemos aquí? —pregunté.

El conductor se dio vuelta y me miró.

—¿No quería encontrar a su esposo? —preguntó apuntando hacia el campo—. Vaya a buscarlo.

El sol ya estaba bajo en el horizonte y el aire frío me traía el olor a descomposición. Salté del camión y eché a andar entre los restos de los que habían sido. En vano me soplé las manos y me las froté para calentarme.

Me inclinaba para ver de cerca los rostros congelados en el momento de su muerte. Del primer grupo no reconocí a nadie: pobres almas anónimas que se reunieron con nuestro Creador. Me adentré en el campo y vi un par de botas bajo un arbusto. Jalé el cuerpo por las botas. Al respirar, mi aliento formaba violentas nubes blancas. No era mi José, sino uno de los soldados de su regimiento. Proseguí mi búsqueda volteando cuerpos sangrientos y rígidos.

Con la falda limpiaba los rostros enfangados de los soldados para poder verlos mejor. Tenía que encontrar a mi esposo. Necesitaba tener la certeza. Caminé hacia el siguiente grupo de soldados.

Al arrodillarme, el peso del vientre me hizo perder el equilibrio. Tropecé y fui a dar a otro montón de cadáveres: cinco hombres apilados como platos rotos; el de encima estaba boca abajo. Lo sujeté por el hombro y lo empujé con todas mis fuerzas para darle vuelta. Los gusanos ya habían empezado a comérselo: estaban haciendo un festín con todos los hombres. El estómago me dio un vuelco cuando lo vi rodar sobre el montón de cadáveres con el rostro lleno de gusanos.

El estómago se me quiso vaciar ahí mismo sobre esos pobres hombres. Me aparté dando tumbos y me llené los pulmones de un aire frío que me ardía en la nariz. Miré al cielo anaranjado, los buitres formaban elegantes círculos sobre el campo. Con mucha gracia descendían hasta la tierra y volvían a ascender con un premio. Si quería saber la suerte que había corrido mi esposo, tenía que continuar. Volví a concentrarme en la tarea que tenía entre manos y volteé otro cuerpo de la pila en descomposición. Me dieron arcadas y vomité bilis en el fango.

Me enderecé y por poco me caigo a causa de un espasmo en la espalda. Había tantos cuerpos. Me recosté contra una carreta abandonada y contemplé el desastre a mi alrededor. Los restos yacían desperdigados como juguetes abandonados. Me sujeté el vientre y me pregunté cómo encontraría a mi esposo. Uno de los buitres bajó a tierra y empezó a caminar por el campo, resoplando. Mi camarada emplumado me observaba, daba unos pasos hacia delante y movía la cabeza de un lado a otro. Sus ojos negros se cruzaron con los míos. Hundió la cabeza y sacó un tesoro rojo y jugoso de uno de los soldados. Las arcadas me estremecían todo el cuerpo, intentaba no mirar la repugnante escena que se desarrollaba ante mis ojos.

Cuando volví la vista hacia la hilera de árboles, me di cuenta de que estaban muy cerca, apenas a unos pasos. Podía desaparecer antes de que mis captores se dieran cuenta de que ya no estaba. Al extremo opuesto del campo, los jóvenes soldados, con sus uniformes sucios y raídos, jugaban a las barajas sentados en la carreta a la luz de una antorcha. Jamás me encontrarían. Sabía sobrevivir en el campo mucho mejor que cualquiera de esos niños.

—¡Oiga, *senhora*! —me llamó uno de mis guardias—, ¿cuándo va a terminar?

—¡Cuando encuentre a mi esposo! —grité—. ¿Quieren ayudarme?

Los hombres arrugaron la nariz y volvieron a su juego de barajas. Tenían órdenes estrictas de dejarme buscar, pero esas órdenes no eran necesarias. Se la estaban pasando muy bien jugando a las barajas y bebiendo de una misma jarra que compartían.

Me alcé la falda para pasar sobre los cadáveres que ya había examinado. Huir ahora sería lo más fácil, una cobardía. Me aparté unos mechones que se me habían pegado al rostro sudoroso y frío. No era una cobarde.

Moviéndome metódicamente a través del campo de batalla, proseguí mi búsqueda. Sólo me detenía cuando veía a algún soldado conocido. Decía una breve oración por su alma y pasaba al siguiente desgraciado. Ninguno era José, ninguno se parecía a él con su barba cobriza y sus cabellos rizos. Ninguno tenía sus ojos tiernos. Me soplaba las manos y me cubría con ellas la nariz y la cara para calentarme un poco. El campo era enorme y yo sólo era una mujer con poncho que buscaba a su marido en la noche amargamente fría.

Cuando los primeros rayos rosados de la mañana iluminaron el valle de la muerte, comencé a buscar en el perímetro del extremo norte del campo de batalla. Miré hacia atrás para ver lo que había adelantado. En el transcurso de la noche me había movido hacia el norte, yendo de un extremo a otro a lo largo del campo. Me quedé de pie, temblando de frío. José estaba vivo y yo tenía que escapar.

Pero eso habría de esperar. Regresé a la carreta. Uno de los soldados abrió la boca para bostezar y mostró su dentadura podrida.

—¿Está satisfecha, *senhora*?

—Sí —sonreí—, mi esposo no está muerto. —Me monté en la carreta de buena gana al tiempo que los hombres se miraban nerviosos.

Diecinueve

De vuelta al pueblo, los oficiales imperiales me llevaron a una pequeña caseta donde otro hombre montaba guardia.

—¿Sólo uno? —pregunté. Ni siquiera parecía un soldado. Era gordo y viejo, y tenía el pelo ralo lleno de motitas blancas. Uno de mis captores me empujó dentro de la caseta. Me di vuelta y lo miré—. Cuidado, estoy embarazada. —Me miró con desprecio, giró sobre sus talones y se largó.

Cuando se marcharon los hombres, me puse a dar vueltas en la habitación y a tararear inconscientemente una nana sin letra que mi madre solía cantar. Miré por la ventana y vi que mi guardia dormía. Por desgracia, aún había demasiados soldados por el pueblo para escaparme. Bostecé. Estaba extenuada.

Me disponía a acomodarme en el catre que había contra la pared cuando entró el *senhor* Moringue. Abrió la puerta de un empujón y se quedó de pie golpeándose las caderas con los puños.

—Me informan que tuvo ciertas dificultades en encontrar el cuerpo de su esposo. —Me miró con desprecio, le brillaban los ojos.

—Sí: verá usted, es difícil encontrar algo donde no está. —Me senté y me arreglé la falda. Vi cómo le cambiaba el rostro de blanco a colorado y, de nuevo, a blanco.

El *senhor* Moringue caminó hacia mí resoplando y tratando de ocupar todo el espacio que podía en la habitación.

—Ese poncho que lleva puesto parece decir lo contrario.

—Mi esposo no está muerto.

—He cumplido mi parte del trato. Ahora le toca a usted. Dígame lo que sepa de los rebeldes. —Parpadeaba nerviosamente.

—Sé que no han matado al capitán.

—No se haga la tonta conmigo, Anita Garibaldi. Tengo recursos.

—Yo también —dije y miré hacia el lado—. No hay nada peor que un ratón que se cree superior a una serpiente.

Moringue levantó la mano para golpearme, pero se contuvo.

—Jamás pensé que usted faltaría a su palabra.

—No estoy faltando a mi palabra. Le dije que le contaría todo lo que sé si encontraba el cuerpo de mi esposo. —Abrí los brazos—. Es obvio que no lo he encontrado.

Me apuntó con un dedo admonitorio.

—¡Usted es una insoportable!

—Lo sé. Mi esposo me lo dice a diario.

—Averiguaré todo lo que sabe, *senhora*, no lo dude. —Moringue abandonó la habitación resoplando. El pequeño catre me pareció la cama más cómoda del mundo. Me acurruqué y dejé que el sueño se apoderara de mí. Me esperaba un largo viaje.

Mi utilidad disminuía. En algún momento Moringue se cansaría de mis juegos. Si seguía oponiendo resistencia, terminaría como las pobres almas que solían vivir en el pueblo. Tenía que escapar.

⟡

El día siguiente estuve dando vueltas en la pequeña habitación de paredes peladas. Mientras, hacía acopio de lo que tenía a mi alrededor. El pequeño catre estaba pegado a la pared contra la esquina posterior. Toqué las manchas de sangre en la pared y me pregunté qué habría sido del inquilino anterior. El ropero, inclinado hacia un lado, se estremeció cuando lo rebusqué. Decepcionada por la ausencia de tesoros, caminé hacia la ventana solitaria por la que se podían ver los restos del pueblo.

Esperé pacientemente y observé todo lo que pude. Los hombres llegaban y se colocaban en sus puestos. Al cabo de unas horas, había cambio de guardia y llegaba otro hombre; a cuál más despreocupado.

El mismo guardia de la noche anterior apareció la noche siguiente. Un hombre gordo y medio calvo cuya panza amenazaba con salírsele por los botones de la camisa. Al poco tiempo, roncaba con la barbilla apoyada en el pecho. Esta vez probé suerte. Abrí la puerta y salí sin hacer ruido. Mi guardia no se movió. Miré alrededor y tomé nota de dónde estaban los demás soldados y qué hacían. A pocos metros de mi cabaña había un camino que conducía al bosque. Podía tomarlo y dirigirme al sur donde esperaba que las fuerzas rebeldes siguieran acampando.

Un viento proveniente del oeste cruzó el pueblo. Levanté la cabeza e inhalé profundamente. Algo pasaba. Se me erizaron los pelos de los brazos. Salí lentamente de la casucha.

Ocultándome entre las sombras, me arrastré cada vez más lejos. Una vez que llegué al sendero, aligeré el paso. Caminé con brío al menos seis kilómetros. Tenía los pies hinchados. Me dolían los músculos de la espalda. Me subió como un pinchazo por el lado derecho de la espalda, desde la pelvis hasta el hombro. En vano busqué alivio apretándome con el pulgar los músculos doloridos. Cuando pensaba que ya no podía continuar, vi una cabaña en la distancia. Corrí hacia la puerta rogando que alguien estuviera en casa y se apiadara de mí.

—Más vale que sea el mismísimo diablo quien esté tocando a la puerta —gritó una vieja en bata de dormir, que se ajustó el mantón al tiempo que abría la puerta. Llevaba una cofia de dormir de medio lado sobre una indomable melena negra con canas.

—Puede que no sea el diablo, pero necesito ayuda —supliqué.

—Estella, ¿quién está a la puerta? ¿Es el diablo?

Otra mujer apareció detrás de la primera. Se parecía a Estella, pero tenía facciones más delicadas.

—No es el diablo. Es sólo una mujer. —Estella me examinó de arriba abajo y, finalmente, detuvo la vista en mi vientre—. ¡Y está embarazada!

—Pues hazla entrar, no seas *totó* —dijo la otra mujer.

Estella me hizo pasar mientras yo divagaba.

—Estoy huyendo del ejército imperial. Por favor, déjenme descansar, aunque sea un momento. Prometo que no estaré mucho tiempo.

Estella farfulló.

—Dormirás aquí esta noche.

—Pero los soldados…

—Los soldados te buscarán donde quiera que vayas. Mejor llénate la tripa y descansa como es debido.

—Estella, ¿va a pasar la noche aquí?

—Sí, Lydia, saca el jamón —respondió Estella.

—¿El jarrón?

—¡JAMÓN! ¡JA-MÓN, Lydia! ¡Está muerta de hambre!

—¡Ah, el jamón! Debiste decirlo. —Lydia arrastró los pies hasta la despensa. Estela movía la cabeza de un lado a otro.

—Por favor, disculpa a mi hermana. No oye como solía —me dijo Estella.

—Por favor, disculpe que no oigo bien —dijo Lydia al tiempo que me alcanzaba un plato de jamón salado.

—¡Es lo que acabo de decirle! —gritó Estella. Lydia la miró inexpresiva y negó con la cabeza. —Es que yo… no importa. —Estella elevó los brazos frustrada—. ¿Te apetece algo de fruta, querida?

—No, muchas gracias —respondí y recorrí con la vista las humildes paredes de la cocina manchadas de amarillo por el tiempo. Una compasiva Virgen María me contemplaba desde la pared que tenía delante. Se me atragantó un pedazo de jamón. Mascullé para mis adentros mientras miraba la imagen: apuesto a que nunca pusiste a tu hijo en peligro. Aún me parecía que la criatura que crecía en mis entrañas era un extraño abstracto, pero sentía una urgencia violenta de protegerlo. Como si no lo hubiese puesto ya en peligro.

—¿Qué dijo? —preguntó Lydia y volví a fijarme en las amables mujeres que me ayudaban.

Estella juntó los labios.

—¡Gracias! —gritó pronunciando exageradamente.

Lydia sonrió y asintió con la cabeza.

—No todos los días se cumplen años —dijo trayéndome más comida. Yo reí un poco, me sentía aliviada por primera vez en muchos días. Estella se sentó frente a mí mientras Lydia iba de un lado a otro de la cocina poniendo más comida en la mesa a pesar de mis protestas. Entendí la señal de Estella y dejé a Lydia hacer.

—Por lo que me has dicho, entiendo que no se darán cuenta de que has escapado hasta el amanecer —comenzó a decir Estella.

Asentí con la cabeza.

—Me dejaban sola hasta el amanecer, cuando me traían el desayuno.

—Entonces tendrás que irte de aquí justo después del amanecer. Te prepararé el caballo.

—Oh, no: no puedo llevarme su caballo.

—No digas tonterías, niña. ¿A dónde vamos a ir? —Estella hizo un gesto hacia la cocina atiborrada de cosas—. El pueblo está desolado, no lo necesitamos.

—De verdad, Estella, su hospitalidad es excesiva.

Hizo un gesto con la mano para que no dijera más.

—El ejército imperial le ha robado todo a nuestro pueblo. La única razón por la que no nos hemos marchado es porque Lydia no podría soportarlo. Mi hermana y yo hemos vivido aquí toda la vida. Prefiero que Guapo se vaya contigo y no con esos bastardos.

Comí hasta saciarme y luego pasé otros diez minutos tratando de convencer a Lydia de que no podía comer un bocado más. Con una sensación de bienestar, dejé que Estella me acomodara en su cama y me sumí en un sueño profundo.

Veinte

La mañana siguiente, me despertó un gallo que cantaba con todas sus fuerzas al otro lado de mi ventana. Bajé a la cocina donde Lydia me puso por delante una rebanada gruesa de pan con mermelada de guayaba. No me dejaría marcharme hasta que me comiera un bocado.

—Mm, ¡qué rico! —respondí con la boca llena mientras Lydia me miraba con la satisfacción de una madre que ha cumplido su deber.

Estella estaba en el pequeño establo detrás de la casa. Guapo resultó ser un enorme corcel negro. El caballo sacudía la crin negra y sedosa. Me le acerqué despacio y se calmó cuando le acaricié el hocico. Resoplaba brioso.

—¿Está segura de que puedo llevarme su caballo?

—¿Qué pueden hacer un par de viejas con semejante corcel? —preguntó negando con la cabeza mientras le acariciaba un anca al caballo—. Guapo necesita correr. Las alforjas contienen todo lo que puedas necesitar durante los próximos días o, al menos, hasta que llegues al próximo pueblo.

Abracé a Estella con todas mis fuerzas.

—Gracias —le susurré al oído con lágrimas en los ojos.

Me dio unos golpecitos en la espalda.

—Cuídate y cuida al bebé.

Sabía que en poco tiempo el ejército imperial vendría a buscarme. Me monté en el caballo y lo aguijé. Guapo estaba encantado de poder correr y saltaba con facilidad las piedras y los troncos caídos en nuestra huida por el bosque.

Era una bestia recién liberada del infierno y yo su demonio. Galopábamos a tal velocidad que no me fijé en el camino. Confiada en la destreza de Guapo, no me percaté de la emboscada que me aguardaba. Embestí contra ellos y reí mientras los hombres se saltaban para apartarse de nuestra vía como pájaros asustados y le rogaban a Dios que los salvara de Atiola.

Hundí la cara en la crin de Guapo y sonreí. Creían que era Atiola. No podía sentirme más orgullosa.

Cuando llegué a una distancia segura, decidí tomarme un descanso en el calor del mediodía. Dejé que Guapo comiera hierba mientras yo me sentaba a la sombra y comía algo de lo que llevaba en las alforjas. Sabía que el ejército de José estaría al sur, aunque no sabía cuán al sur. Mi único objetivo era llegar al ejército rebelde antes de que partieran.

Si bien había logrado salvarme del peligro inminente, no iba a sentirme segura hasta que encontrara a los farrapos. Miré por encima del hombro cuando volví a montarme sobre el lomo de Guapo. No confiaba en mis alrededores, hasta las sombras me resultaban amenazadoras.

Atardecía cuando me crucé con dos espías farrapos.

—Anita, ¿es usted? —preguntó desconfiado João, uno de los espías.

—No tienen idea de la alegría que me da verlos. —El corazón me latía de felicidad—. ¿Estamos cerca del campamento?

Ambos asintieron con la cabeza.

—El campamento está tan sólo a unos kilómetros al sur. Cuando llegue a la bifurcación en el camino, siga por la izquierda. Nos dirigíamos hacia el campamento imperial. Buscábamos alguna forma de rescatarla, pero es obvio que ya no hay necesidad.

—Hay una cabaña con dos mujeres hacia el norte. Me ayudaron a escapar. Por favor, asegúrense de que están bien.

—Haremos todo lo que esté a nuestro alcance —dijeron casi al unísono.

Ya era de noche cuando llegué al campamento rebelde. Según pasaba por el campamento, los hombres se persignaban y me miraban desde las fogatas. Rossetti se detuvo antes de llegar a la tienda principal. Llevaba un paquete de papeles en los brazos. Miró dos veces antes de dejarlos caer al suelo.

—¡Anita! —exclamó y corrió hacia mí al tiempo que yo me apeaba del caballo—. ¡Bendito sea Dios! —Me abrazó con fuerza, lo que me sorprendió por un instante. Rossetti no solía hacer demostraciones de afecto—. José ha estado inconsolable —me susurró al oído.

Seguí a Rossetti hasta la tienda. Los hombres estaban alrededor de una gran mesa cubierta de mapas. Rossetti carraspeó suavemente y todos alzaron la vista. Se quedaron helados cuando me vieron.

—¿Anita? —susurró José con el ceño fruncido como si no diera crédito a sus ojos.

—Hola —dije.

Se abrió paso a empujones entre todos los presentes hasta llegar a mí. Me agarró la cabeza entre las manos y me besó. Me apartó y comenzó a examinarme con las manos.

—¿Estás bien? —preguntó mientras me inspeccionaba.

—Sí —contesté. Tomé sus manos entre las mías y le besé los nudillos

—¿Y el bebé? Me dijeron que te caíste.

Le coloqué una mano en mi vientre, el bebé pateaba.

—Estamos bien. Sólo fue una pequeña aventura.

Me envolvió en un abrazo inmenso.

—No vuelvas a asustarme así.

—No prometo nada —dije riendo sobre su hombro. Me abrazó aún más y hundió el rostro en mi pelo. Jadeaba con fuerza.

Esa noche dormimos abrazados frente a frente. José me sujetaba con fuerza por la cintura como si temiera que pudiera desaparecer si me soltaba. Más tarde, me desperté y estaba sola. La confusión momentánea se me pasó cuando escuche las voces de José, Rossetti y Canabarro al otro lado de la tienda.

—No podemos continuar esta campaña —dijo Rossetti—. Sé que se cree indestructible, pero una mujer en su condición no puede recorrer el sur de Brasil, mucho menos pelear en una guerra.

—Lo sé, pero no voy a separarme de ella. —Ahora era José el que hablaba—. Creí que la había perdido. No correré más riesgos.

—Lo comprendemos, de verdad —dijo Canabarro con su voz ronca—. Por eso sugiero que tú y Rossetti dirijan un regimiento que espíe la región oeste.

—No dejaré que otros hagan mi trabajo —protestó José.

—No lo harán. Puedes dirigir una misión de reconocimiento en lo que nace el bebé —insistió Canabarro.

—José: tenemos que ir a un lugar seguro para que dé a luz —dijo Rossetti—. Quién sabe qué daño pudo sufrir la criatura cuando Anita se cayó. Conozco una familia en São Simão, la mujer es partera. Piensa en tu familia, hermano.

Me levanté de la cama y salí de la tienda. Los hombres discutían con tal vehemencia que no notaron mi presencia.

—Cuando todo esté bien, puedes reunirte con el resto del ejército en el frente —Canabarro intentó razonar con José.

José, cansado, se pasó la mano por la cara.

—No sé si Anita estará de acuerdo.

De pie en la sombra, pensé en las palabras de Rossetti. No sabía qué nos aguardaba en São Simão. Otras esposas e hijos seguían a sus hombres, pero nunca al campo de batalla. Me acaricié el vientre y recordé la caída.

Había tenido suerte. El bebé aún pateaba, pero no sabía si nacería con algún daño permanente. ¿Volveríamos José y yo a poner en riesgo a esta criatura?

—Iré. —Los hombres me miraron sorprendidos.

—Anita, *tesoro mio*, ¿qué haces despierta? —preguntó José y corrió hacia mí como si estuviera inválida.

—Ya que están discutiendo mi destino, pienso que podría opinar —respondí y di un paso atrás. Me negaba a que me trataran como si fuera una pieza frágil de porcelana. Los gauchos como yo estábamos hechos de una madera resistente, pero tenía que empezar a pensar en el bebé—. Ya no podemos seguir pensando sólo en ti y en mí. Iremos donde los amigos de Rossetti.

Veintiuno

Septiembre de 1840

Mientras cabalgábamos a lo largo de la ribera del río Corrente, me quedé maravillada ante la belleza agreste del paisaje. El río estaba flanqueado por llanos color marrón con manchas de follaje verde. El viento soplaba inclemente. Los árboles desperdigados en la pradera se inclinaban reverentes por la fuerza del viento. Teníamos una pequeña guarnición y un pequeño rebaño de ganado que nos habían dado a modo de remuneración. Los farrapos se quedaban sin dinero y les pagaban a los soldados con lo que tuvieran a mano.

La casa de los Costa estaba en la pequeña comunidad fluvial de São Simão, un asentamiento que consistía en un puñado de cabañitas y una amplia pradera donde las vacas pastaban sobre hierba amarilla.

Cuando José, Rossetti y yo llegamos a la puerta de los Costa, Antonia ya nos esperaba en la entrada con las manos sobre sus anchas caderas. Llevaba el pelo negro bien recogido en un moño sobre la nuca, pero una especie de halo de rizos negros le enmarcaba el rostro. Tan pronto me apeé de Guapo, Antonia comenzó a tocarme el vientre aplicando presión en varios lugares.

—Muy bien. El bebé parece estar en la posición correcta, pero debemos prepararnos para el parto. Pase, la habitación está lista.

—Tenemos que desempacar.

—Olvídelo. Deje que los hombres se ocupen de eso —dijo Antonia haciendo un gesto con la mano—. Tiene que descansar, *dona* Anita. Una vez que nazca esta criatura, jamás volverá a descansar. —Algo detrás de mí le llamó la atención—. ¡Patrizio, bájate de esa carreta en este instante! Paulo, baja a tu hijo de ahí antes de que conduzca a todo el ejército al río.

Un hombre calvo y corpulento con lentes de montura de metal, quien presumí que era Paulo, fue despacio hasta el niño, que rio y se retorció como un gato cuando su padre se lo echó al hombro. Antonia me miró.

—Por eso mismo es que tienes que descansar ahora que puedes. Hace nueve años que no tengo un minuto de tranquilidad. Tu niño será muy travieso, como la mayoría de los niños.

—¿Mi niño?

—Sí, querida: ¿no sabes que cuando a una madre le brilla el rostro significa que tendrá un niño? Cuando se ve mustia, significa que tendrá una niña porque las niñas les roban la belleza a las madres. Es algo que mi madre me enseñó y que, hasta ahora, siempre ha resultado cierto. —Me tocó la mejilla—. Y tú, querida, estás radiante.

Los Costa tenían cinco hijos. Giorgia, que tenía nueve años y Beatrice, que tenía siete, habían empezado a asistir a su madre en el oficio de partera. Luego había tres niños que eran como una tormenta. Dante, que tenía cinco años, era el cabecilla. Cuidaba de sus dos hermanos menores, Patrizio y el pequeño Paulo, pero también los metía en líos cada vez que podía. Asustada y feliz, observé a los niños correr frente a la casa como una manada de cachorros e intenté imaginar a mi propio hijo de cabellos negros entre ellos.

No nos tomó mucho tiempo integrarnos a la vida en São Simão. Mientras yo me entregaba por completo a Antonia y sus cuidados y me convertía en su humilde discípula, José pasaba el día con nuestro nuevo rebaño. Una mañana salí y lo encontré acariciándole el hocico a una de nuestras vacas, que comía paja directamente de su mano.

—Habrías sido un buen gaucho —dije y me apoyé contra la verja a su lado.

—¿Lo crees?

Estiré el brazo y acaricié el suave hocico de la vaca. Un leve olor a leche flotaba en el aire. La vaca me miró con sus enormes ojos.

—La vida en el campo te sienta bien. —La vaca le tocó el brazo a José para que le diera más comida—. Y sabes tratar a los animales.

Sonrió y le dio a la vaca lo último que le quedaba en la mano. Se quedó callado por un instante y miró hacia el campo. La hierba se mecía con el viento que empujaba unas nubes blancas como motas de algodón sobre el cielo.

—Sí —contestó al fin—, habría sido un buen gaucho. —Me pasó el brazo por los hombros. —Si Fortuna hubiese tenido otros planes para mí—. José me hundió la cara en el pelo y aspiró.

Fortuna era una vieja bruja que tejía el tapiz de mi vida. Mientras mirábamos hacia el campo, me preguntaba si podríamos ser felices así o si estábamos demasiado acostumbrados a seguir sus designios.

La cena era todo un acontecimiento en la casa de los Costa. Antonia y sus hijas traían fuentes llenas de vegetales rostizados y pastas, que eran un manjar desconocido para mí. No se me permitía ayudar y se me servía primero que a los demás, me gustara o no. Ésa era otra de las reglas de Antonia: a una mujer embarazada debía dársele el primer bocado de todos los platos. «Le hace bien al bebé» decía.

Sentados a la mesa una noche, José me dio un toquecito.

—Deberías aprender a cocinar como Antonia. —Miré a mi esposo con recelo. De pronto me vi atrapada en una vida como la de mi madre.

—¿Tienes alguna queja de mi cocina hasta la fecha, esposo? —pregunté al tiempo que le pasaba la fuente de pasta.

—Yo procedería con cautela, hermano —le advirtió Rossetti desde el otro lado de la mesa.

—Sólo digo que los Costa son la primera familia italiana que conoces y me parece una excelente oportunidad que aprendas antes de que vayamos a Italia.

Me atraganté con el agua que estaba bebiendo. ¿Que vayamos a Italia? José jamás había dicho nada de abandonar Brasil, mucho menos las Américas.

—¿Recuerdas el *stoccafisso in agrodulce*? —preguntó Rossetti antes de bajarse un bocado con un trago de vino.

—Sueño con él —respondió José con un aire de melancolía y se llevó una mano al corazón—. No hay nada igual en las Américas, pero lo que más extraño son los mejillones *alla marinara*. Mi madre solía rellenar los mejillones con anchoas. Eran una maravilla. —José se volvió hacia mí—. Espera a que lleguemos a Italia, Anita, te pondrás hermosa.

—Si eso es lo que deseas, esposo —murmuré.

—Comeremos como reyes —proclamó Rossetti alzando la copa.

Después de comer, mientras Antonia acostaba a los niños, nos quedamos sentados a la mesa y los hombres discutieron los planes para Italia en caso de que regresaran.

—Una vez que hayamos vuelto a fortalecer la monarquía, todas las regiones del norte se unirán a la causa gustosamente —dijo Rossetti.

—¿La causa? —pregunté mirando a José y a Rossetti. Sabía que Austria controlaba Italia por el norte, pero no sabía que hubiese una resistencia activa. De haber alguna lucha, José querría estar presente. La pregunta era: ¿me querría a mí también?

—La causa de la libertad. El régimen austriaco no nos permite unificarnos. Son corruptos. Cuestionar al gobierno es arriesgar la vida, como me pasó a mí. Sólo los ricos prosperan. Nuestro pueblo muere de hambre mientras los austriacos nos roban los recursos. Y lo que hacen los austriacos es el menor de nuestros problemas; no hablemos del control que ejerce el Papa sobre Roma —explicó Rossetti.

—La península desea ser libre, no cabe duda. Sin embargo, a nosotros nos toca velar por que esa libertad se dé en una Italia unificada bajo la monarquía del Piamonte —José removió la bombilla del mate evitando mirarme.

—¿Y qué hay de Fernando de las Dos Sicilias? —preguntó Paulo—. Es progresista. De seguro apoyará una nación unificada.

—Fernando empezó bien. Redujo los impuestos y construyó ferrocarriles y barcos de vapor —respondió José—, pero cuando el pueblo exigió una constitución, lo reprimió. No podemos contar con él. Lo único que desea el rey Fernando es poder. Es la antítesis de todo aquello por lo que luchamos. —José sorbió un largo trago del mate—. Sin embargo, el reino de las Dos Sicilias no me preocupa, al menos, por ahora. Primero debemos luchar contra Austria.

—Austria no renunciará al norte tan fácilmente. Debemos prepararnos para una guerra cruenta —añadió Rossetti. Se le había torcido el pañuelo y tenía los labios manchados de violeta por el vino. Se sirvió otra copa—. He escuchado rumores.

—¿Rumores? —José se animó—. ¿Qué clase de rumores?

—Hay dos hermanos, Attilio y Emilio, que están resucitando la sociedad secreta de los Carbonarios. Proclaman que Italia debe unificarse. La llama sigue viva entre la gente.

José se inclinó hacia delante en la silla.

—¿En serio?

Rossetti movió la cabeza de un lado a otro.

—Están ganando apoyo entre las altas esferas. Los hermanos están reclutando gente, desde estudiantes hasta miembros de la nobleza. Dicen que incluso el joven compositor, Giuseppe Verdi, está entre los reclutas. Es posible que regresemos a casa antes de lo que esperábamos, hermano.

La galleta que me estaba comiendo de pronto me supo a tierra.

José se echó hacia atrás en la silla y se aclaró la garganta.

—Regresar a casa. ¿Podremos regresar de verdad? Empezaba a creer que jamás lo lograríamos.

—Lo único que necesitamos es un indulto del rey del Piamonte. Puede ofrecernos protección. Si esos rumores son ciertos, estará de nuestro lado.

—¿Lograremos lo que la familia Medici no logró? ¿Lograremos unificar Italia?

Rossetti sonrió.

—Los Garibaldi serán los nuevos Medici.

José sonrió fingiendo modestia.

—Hay quienes considerarían lo que acabas de decir una blasfemia.

—Ya sabes lo que dice Maquiavelo: «El hombre prudente debe seguir el camino que anduvieron los grandes e imitar a los más excelsos». —José se unió a Rossetti para recitar las palabras de su Maquiavelo—. «De ese modo, si no los iguala en virtud, al menos algo bueno se le pegará».

Rossetti se inclinó hacia delante en la silla.

—Podríamos continuar la obra de estos grandes hombres. Hermano, es posible que lleguemos a ver una Italia unificada.

La conversación sobre Italia me descompuso. Me levanté de la mesa y me estiré.

—Te espero en la cama, mi amor. —Le di un beso en la cabeza a José y salí de la habitación. Acostada en la cama, esperé a que el sueño se apoderara de mí.

Estaba en un barranco, un fuerte viento me soplaba el pelo hacia la cara. Estaba sola. Totalmente sola. José no estaba. Rossetti se lo había llevado a Italia y no regresaría jamás. Mi hijo y yo ya no teníamos por qué vivir. Miré hacia el abismo. De pronto el cañón parecía más profundo que antes. Podía escuchar el eco de las piedrecitas que rodaban por la pendiente empinada. Levanté el pie y di un paso hacia delante…

Me desperté sobresaltada. El sueño fue tan vívido que las manos me temblaban cuando intenté verter agua de la jarra de porcelana en la bacineta. Me eché agua fría en la cara. Miré por la ventana y me maravillaron las estrellas que brillaban sobre el cielo oscuro. Me hallaba estudiando el cielo cuando José entró en la habitación.

—Lo siento. No me di cuenta de que estabas despierta.

—No importa —dije. Solté la toalla y regresé a la cama.

—¿Estás enfadada conmigo?

—No —me metí en la cama y, a propósito, no lo miré.

—Muy bien —dijo y se acostó en el otro lado de la cama—, no sé qué habré hecho, pero, sea lo que sea, lo siento.

No quería enfadarme. No quería pelear, pero no podía dormir. El corazón me bombeaba la sangre con tanta fuerza que podía sentirla correr por mis venas. Suspiré.

—No fue lo que hiciste. Fue lo que dijiste.

—¿Qué dije? —preguntó sinceramente sorprendido.

—La conversación sobre Italia. —Traté de acomodarme y le di un puño a la almohada.

—Anita, no entiendo. Sólo hablábamos de regresar a casa.

Me di vuelta para mirarlo de frente y cedí a la pelea inevitable.

—Hablaste de salir corriendo a empezar otra guerra y aún no has terminado ésta. ¿Ya quieres abandonarnos? Termina lo que empezaste —lo increpé.

Mis palabras cayeron con fuerza entre nosotros.

—Por lo pronto, no voy a ninguna parte —empezó a decir José—, pero ¿cómo no va a entusiasmarme regresar a casa? Mi pueblo me necesita.

—¿Y qué hay de mi pueblo? Todavía te necesita.

—Estoy comprometido con la liberación del sur de Brasil. Lo sabes. Anita, ¿de qué hablas?

Lo miré y fui incapaz de responder. Se me acercó, pero me aparté.

—¿Crees que voy a dejarte aquí? —Al ver que no le respondía, me tomó la mano—. *Tesoro mio*, jamás podría dejarte atrás.

Dejé que me acariciara el rostro. Pestañeé para que no se me saltaran las lágrimas que me abrasaban los ojos.

—Cuando regreses a casa, ¿qué será de mí?

—Criarás a nuestro hijo y a los demás hijos que tengamos. Envejeceremos juntos y nos sentaremos a la sombra de los olivos a ver jugar a nuestros nietos.

—Pero José, no conozco tu tierra. Ni siquiera hablo la lengua.

—Pues Rossetti, los Costa y yo te la enseñaremos. En realidad, no es muy distinta del portugués. —Me secó una lágrima de la mejilla—. No te preocupes. La aprenderás.

Me acercó a él.

—De hecho, ya sabes dos palabras.

—*Tesoro mio* —dije sobre su pecho.

—Mi tesoro. —Me acarició el pelo—. ¿Cómo crees que se me ocurriría separarme de mi tesoro más preciado?

Veintidós

Cuando desperté la mañana siguiente, me encontré sola en la cama. Mientras me vestía escuché una conmoción. Tomé una naranja y salí a investigar.

Pelaba la fruta mientras caminaba hacia la orilla del río. Entrecerré los ojos para que la luz del sol no me cegara. El regimiento juntaba unos cuantos botes.

—¿Qué hacen?

Rossetti siguió martillando sin levantar la vista.

—Hay una guarnición imperial al norte.

—¿Van a pelear contra ellos? ¿Ahora mismo?

Rossetti soltó las herramientas y alzó los ojos entrecerrados. Noté en su rostro una sombra de frustración.

—Algunos tenemos que trabajar. Estás a punto de dar a luz. ¿No deberías estar en tu habitación?

Respiré profundamente para no descontrolarme.

—Antonia dice que me hace bien caminar.

Rossetti soltó un gruñido y volvió a su labor. Yo proseguí mi paseo por la orilla.

—*Tesoro mio*, ¿qué haces aquí? —preguntó José mientras arrastraba un botecito de remos hacia la orilla—. ¿Por qué no estás descansando?

—Quería ver qué pasaba. Rossetti dice que van a salir.

José estaba un poco sofocado y dejó caer el bote en la arena.

—Sí: hay una guarnición imperial al norte. Vamos a saquearla para abastecernos.

—¿Justo ahora?

—Lo sé. —Me puso una mano en el vientre—. No es el mejor momento, pero tal vez evitemos que se reúnan con el resto de la legión en el sur, y les damos a los hombres de Canabarro la oportunidad de pelear. —Me besó la mejilla y volvió a su labor.

Comencé a cansarme y regresé a la casa a reposar. Me senté en una silla cerca de la ventana y se me cerraron los ojos. El martilleo rítmico llegaba a mis oídos desde afuera como una nana improvisada.

Vi a la mujer de cabellos negros como un cielo de medianoche sin estrellas caminar entre las filas. Llevaba un vestido blanco que, al caminar, flotaba como un río. Me acerqué a la ventana para ver mejor.

Les pasaba la mano por los hombros a los soldados. ¿Por qué no alzaban la vista? ¿Por qué no la veían? Algo andaba mal. Se detuvo ante Rossetti y José, que estaban colocando una tabla en el fondo de un bote. El corazón se me quería salir del pecho. Traté de gritar, pero se me cerró la garganta. La mujer acarició con ternura el rostro de Rossetti, que siguió trabajando. Golpeé la ventana. A José, no. Por favor, a José no. La mujer volvió la cabeza para mirarme. Se me cortó la respiración. El rostro familiar que me miraba era el mismo que observaba desde el espejo.

—¡*Dona* Anita! ¡*Dona* Anita!

Me desperté desorientada. Corrí a mirar por la ventana. No había ninguna mujer entre los hombres.

—¡*Dona* Anita!

Miré hacia abajo y vi las manitas que me tiraban del brazo. El pequeño Patrizio me miraba esperanzado.

—Arregla. Arregla. —Me puso un caballito de madera en la falda. Las patas estaban sujetas a los lados para que, cuando se meciera, pareciera que galopaba. Se le había caído una. Lo alcé y lo examiné.

—¡Patrizio! —dijo Antonia espantando al niño—. *Bambino*, deja descansar a *dona* Anita.

—No me molesta —dije devolviéndole el juguete a Patrizio—. Me despertó de una pesadilla.

Antonia movió la cabeza de lado a lado.

—La verdad es que no echo de menos esas pesadillas del embarazo.

⟡

Dos días después, observé desde la orilla a nuestros hombres que zarpaban río arriba hacia el ejército imperial. Aún recordaba la pesadilla y me provocaba un sobresalto en el estómago. Las dos semanas que siguieron me parecieron interminables. Cada minuto transcurría más lentamente que el anterior. Lo único que quería era dormir. Al menos en sueños podía ver a José.

En mis sueños éramos felices. Teníamos un pequeño rancho en São Simão con vacas y caballos, y teníamos un hijo pequeño con la sonrisa de su padre y el brillo en la mirada de su madre. A lo mejor José y yo tendríamos más hijos que los Costa. Jugarían y se revolcarían como una manada de cachorros salvajes. No conocerían el dolor ni la lucha y recorrerían los campos brasileños en busca de aventuras.

Me deleitaba con la idea de poder ver el atardecer desde el

mismo lugar todos los días. Viviríamos tranquilos, lejos de Fortuna y sus designios. No necesitaba más que mi familia y una casita en São Simão. Pero como todos los sueños, éste se desvaneció al salir el sol.

Atardecía cuando los botes llegaron por el río. Corrí a la orilla ansiosa por ver a José. Pero cuando se acercaron, se me esfumó la sonrisa. Faltaban muchos hombres.

Antes de tocar la orilla, José saltó del bote. La corriente fangosa le llegaba a la cintura. Caminó hacia mí salpicando agua mientras intentaba mantener el equilibrio. Me abrazó con fuerza, como si temiera que la corriente lo arrastrara de nuevo al río. No pregunté qué había pasado. No era necesario.

José se separó cuando Rossetti por fin llegó a la orilla con el bote. Se mantuvo en silencio mientras caminaba con dificultad sobre la arena mojada para organizar a los hombres.

—¿Logramos algo? —pregunté mientras observaba a los soldados abatidos e intentaba encontrar alguna esperanza de que agarrarme.

—¿Aparte de que casi nos mataran? Tal vez logramos debilitarlos un poco, pero lo dudo. Moringue está resentido.

Me quedé helada; se me cortó la respiración. José notó mi reacción.

—Anita, no tiene nada que ver contigo. Moringue y yo éramos enemigos mucho antes de conocerte —dijo y encogió los hombros—. Jamás me perdonará que lo pusiera en ridículo en São Paulo.

—Lo sé, pero estoy segura de que herí su orgullo. —Me froté los brazos, la piel se me había erizado—. Un hombre con el orgullo herido es peligroso.

José me besó la frente.

—No te preocupes por Moringue, *tesoro mio*.

⟡—∘—⟡

Justo antes del amanecer, me levantó el dolor. Las sábanas mojadas se me pegaron, lo que me provocó una sensación inicial de pánico. Tenía la certeza de que el niño saldría con mucha dificultad. Llamé a Antonia, que llegó al instante.

—Qué linda mañana para tener un bebé, ¿no te parece? —dijo tranquilamente, como si fuera cosa de todos los días. Giorgia y Beatrice entraron en la habitación restregándose los ojos. Beatrice abrió los ojos y se quedó mirándome. Al parecer, era su primer parto. Podía comprenderla, yo también estaba un poco asustada. Antonia fue hacia ellas, les dio una serie de órdenes en italiano y regresó a examinarme.

—El bebé no está listo aún para salir. ¿Qué tal si damos un paseíto? —Antonia me tomó del brazo con firmeza y me dejó apoyarme en ella. Me dio unas palmaditas en la mano y me contó sobre sus partos—. Patrizio estaba desesperado por salir. Te juro que ese niño llegó al mundo corriendo —dijo moviendo la cabeza de lado a lado—, y le daría la vuelta al mundo corriendo sin mirar atrás.

Un dolor punzante que me corrió del vientre a la espalda me hizo doblarme. Antonia se mantuvo a mi lado hasta que se me pasó el dolor. Cuando logré enderezarme, empezamos a caminar de nuevo.

—Beatrice fue lo opuesto a Patrizio. Creo que se habría quedado dentro de mi barriga toda la vida si la hubiesen dejado. Cuando llegó el momento, seguí todos los consejos que me dieron para estimularla a salir al mundo. ¡Incluso me comí todos los pimientos que había en el pueblo!

Intenté sonreír, pero estaba demasiado cansada y asustada por el dolor. Las niñas regresaron a la habitación con paños y agua.

—Muy bien, *mamãe*: manos a la obra —dijo Antonia y me sentó en un banco—. Cuando te diga que pujes, puja como si tu vida dependiera de ello, ¿entendido?

Asentí con los ojos muy abiertos por el miedo. Las niñas se me colocaron a ambos lados y dejaron que les agarrara los bracitos. En ese momento pensé en lo frágiles que eran. Los minutos se convirtieron en siglos. Sentía que cada uno transcurría más lentamente que el anterior mientras me esforzaba por expulsar al niño. Al cabo de media hora, nació mi hijo. Todo rosado y arrugado, gritando victorioso.

Antonia le pasó el niño a Giorgia para que lo atendiera en lo que me ayudaba a expulsar la placenta. Agradecí poder acostarme en la cama tibia con sábanas limpias cuando terminamos. Me dolían todos los músculos, pero no me importaba. Mi hijo por fin había llegado al mundo. Esa cosa que había sido tan abstracta durante tanto tiempo ahora bostezaba en mis brazos.

José entró corriendo en la habitación.

—¡Por fin me dejan entrar! —exclamó y se inclinó sobre el niño y sobre mí en estado de asombro.

—¿Quieres cargarlo?

—¿Puedo? ¿Será prudente? —Abrió los ojos con miedo.

—Por supuesto. —No pude evitar sonreír—. Con todo lo que ha pasado, dudo mucho que vaya a romperse.

Tomó al niño en los brazos con suma delicadeza. Lo miró un buen rato y luego me miró.

—Tenemos un hijo —dijo maravillado—, y es perfecto.

—Casi —dije. José me miró con una mezcla de asombro y confusión.

Con un gesto señalé a nuestro hijo.

—Mírale la cabeza.

José miró hacia donde le señalaba y vio lo que todas notamos cuando nació: tenía una hendidura de cinco centímetros que iba desde la coronilla hasta la oreja.

—Fue cuando me caí del caballo.

José sonrió radiante.

—Entonces es realmente el hijo de nuestra victoria, ¿no te parece? ¿Cómo se llama?

Encogí los hombros.

—A mí me tocó la parte difícil. ¿Por qué no le pones tú el nombre?

—¿Alguna vez te hablé de mi tutor?

—No que recuerde.

—Se llamaba Menotti. Fue una de las primeras personas que no sólo habló de una Italia unificada, sino que animó al pueblo a lograrlo. Fundó la sociedad secreta de los Carbonarios, un grupo de hombres que comenzaron a clamar por la unificación. —Nuestro hijo bostezó y estiró un puñito. José sonrió—. Menotti era un revolucionario para su tiempo. El pueblo apenas despertaba a la noción de la libertad. Yo absorbí todo lo que pude de él. Era un hombre amable. Si alguien necesitaba algo, era el primero en ayudar. Aun cuando no tenía más que una hogaza de pan, partía un pedacito para él y repartía el resto. Pero era demasiado revolucionario para su propio bien. A los austriacos no les gustó su discurso de la unificación, que, por supuesto, significaba poner fin al régimen de Austria. El gobernador ordenó que lo ahorcaran. —Vio la expresión de espanto en mi rostro—. Por ser uno de sus discípulos, debí haber muerto también, pero logré escapar. Muerte por exilio. —Volvió a mirar a nuestro hijo, que le había agarrado un dedo—. Nuestro hijo se llamará Menotti. Menotti Garibaldi, el hijo de nuestra victoria.

Permanecimos en São Simão otras dos semanas gloriosas. Llegué a pensar que, tal vez, sólo tal vez, podríamos permanecer allí; que la vida que siempre había soñado podría convertirse en realidad. Sin embargo, una mañana lluviosa de septiembre, comprendí que mis sueños nunca se realizarían.

Me hallaba amamantando a Menotti cuando José irrumpió en nuestra habitación.

—Moringue está de camino. Tenemos que marcharnos.

Veintitrés

Octubre de 1840

Antonia estaba desconsolada de que partiéramos a primera hora de la mañana, pero no teníamos alternativa. Si estábamos allí cuando llegara Moringue, destruiría todo el pueblo. Teníamos que alejar al ejército imperial, encontrar un territorio seguro.

Santa Catarina ya había renunciado a la rebelión. Rio Grande do Sul aún luchaba con sus últimos recursos. Los farrapos debían reorganizarse. Yo lo sabía, José lo sabía, la única pregunta era: ¿lo sabrían los comandantes de nuestro ejército? El plan era encontrarse con el resto de los farrapos en Rio Capivari. Desde allí, nos reorganizaríamos e intentaríamos expulsar a las fuerzas imperiales de Rio Grande do Sul de una vez por todas.

Podía sentir el olor a lluvia en el aire. Pasé toda la noche escuchando los goterones caer y, por el aspecto de las nubes encajadas ominosamente en las montañas, sabía que llovería más.

—Pero, no entiendo: ¿por qué tienen que marcharse? —preguntó Antonia removiendo mis cosas.

Sonreí.

—Porque represento un peligro para ustedes tan grande como el ejército.

—¡Tonterías! No eres más que una mujer.

—Te sorprenderían los problemas que puede causar una mujer. Antonia: conozco a Moringue. No tendrá compasión si me encuentra, ni la tendrá con nadie que me proteja.

Negó con la cabeza con los ojos llenos de lágrimas.

—Entonces, te esconderemos. Sí, los esconderemos a ambos y al bebé. Nadie lo sabrá.

Tomé sus manos entre las mías.

—Te agradezco todo lo que has hecho por mí. Has sido una verdadera amiga para nosotros, pero mi destino y el destino de mi hijo están atados a José y a la liberación de Rio Grande do Sul. Tenemos que ir donde él vaya.

Hizo un gesto con la mano como si mis palabras fueran una mosca inoportuna.

—El destino es lo que hacemos de él.

—Y yo tracé el mío hace mucho tiempo. —La abracé—. Gracias, Antonia, nunca sabrán cuánto los apreciamos.

Me monté en el caballo con Menotti bien amarrado a mi cuerpo. Cuando llegamos a la cordillera sobre la que se podía ver el valle, me atreví a volver la vista atrás por última vez. Los rayos dorados atravesaban las nubes grises y acentuaban el color verde esmeralda de los árboles. Sabía que jamás regresaría a São Simão, el lugar que casi se convirtió en un hogar. Aguijé el caballo y seguí a José rumbo a Rio Capivari.

El camino a Rio Capivari estaba bordeado de flores silvestres de tonos brillantes de azul y dorado. Sonreí y besé la cabeza lisa de mi hijo. Mi dicha, sin embargo, se desvaneció cuando llegamos a Rio Capivari. El fango salpicaba las tiendas de campaña y formaba charcos a lo largo del camino. Los hombres, curtidos de mugre y sentados sobre contenedores vacíos, nos veían pasar con ojos endurecidos e inexpresivos. La desolación flotaba en el aire como una niebla densa. Nuestro glorioso ejército había quedado reducido a un puñado de hombres vacíos y atemorizados. Las mujeres pausaban frente a sus casetas cargando a sus hijos o alguna canasta y ponderaban la amenaza que podíamos representar. Las mejillas hundidas de los niños que jugaban a los pies de sus madres me dieron escalofríos.

Nos acomodamos en nuestra cabaña, una pequeña estructura de tablones mal construida. Me espantaba pensar que un movimiento descuidado la hiciera derrumbarse sobre nosotros. Con las manos llenas de provisiones secas para intercambiar por ropa limpia para el bebé, anduve con suma dificultad por el lodo hasta donde estaban las mujeres del campamento.

—Tú eres la *senhora* Garibaldi, ¿no es cierto? —la mujer me examinó, su piel negra resplandecía bajo el sol brillante de Brasil que atravesaba las nubes cargadas de lluvia. El niño que cargaba a la cadera le agarró un mechón de pelo negro y rizo con la manita.

—Sí. ¿Me puedes decir quién eres tú?

—Mis antiguos amos me llamaban «muchacha», pero yo decidí llamarme Pedrina. —Entornó los ojos mientras me inspeccionaba de pies a cabeza con desdén—. No queremos caridad.

—Tenía la esperanza de intercambiar algunas de estas cosas.

Pedrina se inclinó hacia delante y tiró del paño que sujetaba a Menotti a mi pecho.

—Necesitarás uno nuevo. De lo contrario a tu bebé se le irritará la piel. Sobre todo, aquí. —Se pasaba la lengua por los dientes mientras me observaba—. ¿Qué me das a cambio de un paño?

—Té, frijoles secos y un poco de jabón.

Pedrina se puso en cuclillas.

—Te daré uno por los frijoles. —Giró la cabeza y llamó a una de las mujeres del campamento—. ¡Imelda! ¿Te sobra algún paño para un bebé?

Imelda, una mujer corpulenta cuyos hijos estaban hechos un desastre, logró zafarse del niño que se le colgaba de las faldas y se acercó a nosotras. Entornó los ojos y me examinó. Luego miró a su amiga.

—Quizás. ¿Qué obtendré a cambio?

—Té o jabón. Yo ya pedí los frijoles.

Imelda escupió hacia el lado.

—No necesito jabón. —Miró a su amiga—. Esos frijoles me habrían venido bien.

—Entonces debiste llegar antes.

Imelda me dio la espalda.

—Hace frío de noche aquí. Te doy uno de mis paños por el té.

Les entregué mis provisiones. Mientras Imelda inspeccionaba el té, Pedrina hablaba.

—He oído hablar de ti y tu esposo.

—No serías la primera —dije cada vez más preocupada por el rumbo que pudiera tomar la conversación.

Pedrina se cubrió los ojos para protegerse del sol.

—Tu esposo es la razón por la que ahora soy una mujer libre.

Traté de disimular la sorpresa que amenazaba con dibujarse en mi rostro.

—¿Cómo así?

—Le dijo a Benito Gonçalves que no podría unirse a su ejército si no liberaba a sus esclavos.

—Oh —respondí aliviada—. Mi esposo y yo tenemos el mismo sentir sobre el asunto. Dice que un país no puede llamarse libre si su pueblo está sujeto a la barbarie de la esclavitud.

Imelda volvió a unirse a la conversación.

—Mi prima me dijo que vio a Garibaldi sacar a un esclavo que se estaba ahogando en un río. ¿Es eso cierto?

Jamás había escuchado la historia, pero, de todos modos, dije que sí. La mujer sonrió.

—Tú y tu familia son bienvenidos siempre.

Cuando entré por la puerta de nuestra pequeña cabaña, encontré a José rodeado de papeles mientras Rossetti se comía una naranja recostado contra la pared. Les pregunté sobre la historia. Rossetti se atragantó.

—¿Dónde la escuchaste? —preguntó y trató de recomponerse.

—Las mujeres —respondí.

—Claro, las mujeres. Siempre las mujeres. —Rossetti miró a José y le lanzó una sonrisilla—. Cuando estábamos en Rio de Janeiro, me la pasaba sacando a tu esposo de problemas ya fuera con algún magistrado o con el esposo de alguien.

—¿El esposo de alguien? —pregunté mirando de uno al otro.

—Sólo fue uno —gruñó mi esposo sin alzar la vista.

—Sólo el que estaba casado, pero recuerdo muy bien que había unos cuantos padres y hermanos bastante molestos con el modo en que fraternizabas con sus hijas y hermanas.

—Rossetti. —Mi esposo levantó los ojos de los papeles—. Te agradecería que no le contaras a mi esposa de mi loca juventud.

—Lo siento. —Rossetti se echó a la boca el último gajo de la naranja y lo masticó lentamente cuando mi esposo, satisfecho de que la conversación hubiese terminado, regresó a sus papeles. Al tragar, la manzana de Adán le subió y le bajó—. También recuerdo haberte prometido que algún día me las pagarías por todos los problemas que ocasionaste y hoy, amigo mío, las estás pagando.

José dio con un papel en la mesa.

—No andaba siempre metido en líos.

—¡Pero tampoco los evitabas! —Rossetti me miró—. Aparte del tema de las mujeres, tu esposo se consagró como emancipador de todos los esclavos de Brasil.

—La esclavitud es una barbarie. Ninguna sociedad civilizada debe darle cabida —refunfuñó José cruzando los brazos—. No puedes pretender que haga la vista gorda ante una injusticia.

—Podría si los soldados brasileños nos aventajaran en número —respondió Rossetti.

—Sí, pero ¿qué me dicen del esclavo que estaba ahogándose? No he escuchado esa historia —pregunté mientras colocaba a Menotti en su canasta. Si no intervenía, la disputa no terminaría nunca.

—Contaré la historia, si me lo permites —dijo Rossetti secándose el jugo de la naranja de las manos—. José y yo íbamos caminando por la orilla del río rumbo a una reunión muy importante con un vendedor de pasta al por mayor —dijo Rossetti y me recordó que, en el pasado, mi esposo había sido comerciante—. Pues bien, escuchamos gritos y chapoteos. Tu esposo corrió a ver qué pasaba. Pero déjame recordarte lo importante que era esta reunión. Llevábamos puesta nuestra mejor ropa. Y corrimos hacia el peligro.

—Eh, no te quejes de que tuviste que correr. Me seguiste —interrumpió José.

—¡Como si alguna vez hubiese podido negarme! —contestó Rossetti y prosiguió con la historia—. Resulta que había un esclavo que luchaba por no morir ahogado en el río. Sin pensarlo, tu esposo se lanzó al agua y salvó al hombre. —Rossetti negó con la cabeza—. Arruinaste un traje de buena calidad y llegaste como un gato mojado a la reunión más importante de nuestro negocio de importación.

—Y si no hubiese intervenido, el hombre habría muerto. —José recogió los papeles—. ¿Crees que, entre toda la gente que estaba allí riéndose, alguien habría hecho algo?

—Bueno, ese alguien suele ser siempre Giuseppe Garibaldi. —La sonrisa de Rossetti traicionó su tono regañón—. También creo recordar que el dueño del esclavo llegó al poco tiempo a amonestarlos y darles una paliza a ti y a su propiedad.

—Como si un ser humano pudiera ser propiedad de otro —gruñó José y se metió los papeles debajo del brazo—. Ven, Canabarro nos espera. —José me dio un beso en la sien—. Regreso antes de la cena.

—Y, por favor, no dudes en buscarme si quieres escuchar más historias sobre tu esposo. —Rossetti me hizo una reverencia exagerada—. Conozco muchas.

Los hombres se marcharon y su alegre discusión se quedó flotando en el aire. Comencé los preparativos de la cena.

No teníamos mucho en Rio Capivari, pero José decía: «Tenemos cuatro paredes y un techo. No necesitamos más». Y era cierto. Volver a disfrutar de un poco de estabilidad me trajo paz. Una noche, estaba en nuestra pequeña cabaña sentada con Menotti, que mordisqueaba un trapo mojado y movía los bracitos y las piernecitas en el aire con alegría. Sentí un ruido en la puerta que me llamó la atención. José estaba de pie mirándonos.

—No quise molestarte. Se ve que estaban divirtiéndose mucho. —Sonrió y se acercó a hacerle cosquillas a Menotti. Fingía estar contento, pero una sombra lo cubría. Su sonrisa no era genuina.

—José, ¿qué pasa?

—Nada. —Cargó a nuestro hijo y se lo acercó para acariciarle con la nariz las mejillas regordetas.

—José, por favor. —Le toqué el brazo.

Inhaló una gran bocanada de aire y exhaló lentamente por los labios inflando las mejillas.

—El ejército imperial ha hecho una oferta.

—Sin duda serán buenas noticias.

—Presumo. —Encogió los hombros—. Según el general Gonçalves, el nuevo general imperial está dispuesto a perdonar a todos los ciudadanos brasileños.

—¿Sólo a los ciudadanos? —Me senté—. Perdonarán a la gente como yo y los propietarios de tierras, pero ¿y a los demás? ¿A los esclavos?

—El general imperial fue muy claro en los términos de su oferta: Brasil jamás liberará a los esclavos.

Se me encogió el corazón de pensar en Pedrina y su familia.

—Pero Rio Grande do Sul les prometió la libertad. ¿Qué harán con ellos?

José suspiró y miró hacia un lado.

—Los enviarán de vuelta a sus dueños, que, muy posiblemente, los matarán por haber escapado.

—¿Qué harían contigo y Menotti? —Mi esposo mecía a nuestro hijo en sus brazos.

—No somos ciudadanos. Menotti estará bien, no lo dudo, pero el gobierno brasileño no es mi amigo. El edicto oficial dice que quienes quieran regresar a sus hogares, pueden hacerlo. Los que decidan quedarse lo harán por voluntad propia.

—¿Y qué les pasará a los que decidan quedarse?

—El ejército imperial no tendrá clemencia. —José siguió jugando con Menotti.

—¿Y qué haremos?

José levantó la vista hacia mí.

—No lo sé.

Se me hizo un nudo en el estómago. José siempre tenía una respuesta, un plan. Si nos quedábamos, nos veríamos forzados a pelear una batalla perdida, pero, si nos marchábamos, no tendríamos a dónde ir. ¿Y qué sería de los esclavos a quienes prometimos la libertad? José había puesto como condición para participar en la guerra que los liberaran. Conocía a mi esposo. Se sentiría responsable por ellos. Por irracional que pareciera, sentiría que él mismo había provocado la situación que ahora los dejaba en el limbo. Si morían, el peso de sus almas recaería en sus hombros.

José me sonrió y dejé de preguntarme qué pasaría mañana. Mientras estuviésemos juntos, idearíamos un plan juntos.

La oferta del ejército imperial tuvo el efecto esperado en nuestras fuerzas. Casi todos lo que pudieron marcharse lo hicieron. El pequeño número que se quedó fueron los testarudos que no estaban dispuestos a darse por vencidos y los que no tenían a donde ir.

Rio Capivari estaba a orillas de un pequeño lago. Al lado opuesto, el general Gonçalves tenía unas tierras a las que podía llevar provisiones clandestinamente para mantenernos; provisiones que pagaba de su propio bolsillo, como hizo con casi todo en esta guerra, aunque no fuera miembro del populacho que luchaba a diario. Gonçalves cabalgó a Brasilia para besar la sortija del nuevo rey y poner fin a la guerra.

De pie en el frío de la noche, vi a mi esposo meterse silenciosamente en el agua negra como la tinta. Los soldados iban tan callados que yo sólo escuchaba las olas que golpeaban contra los botes e iban a romper en la orilla. Me apreté el chal alrededor de los hombros y sentí compasión por mi esposo.

Había sido un hombre de tanto orgullo. Ahora parecía una flor que comenzaba a marchitarse. Pensé en Rio Grande y en todos los barcos que capitaneó una vez en Laguna. Nos sentíamos tan orgullosos entonces. Teníamos la certeza de estar destinados para la gloria. Seríamos revolucionarios por esta nueva república. Ahora la mayoría de nuestros amigos se habían marchado y José huía en una canoa que apenas podía mantenerse a flote.

Veinticuatro

Noviembre de 1840

El ejército imperial nos había rastreado desde São Simão. Era cuestión de tiempo que llegaran hasta donde estábamos. Con la amenaza del ejército imperial sobre nosotros, decidimos ir en grupos a São Gabriel.

Para llegar, teníamos que cruzar la parte más alta de la cordillera brasileña. Allí encontraríamos refugio entre los simpatizantes de nuestra causa. José y yo marcharíamos en el primer grupo junto con la mayoría de los soldados y sus familias. Rossetti iría en el segundo grupo con su prensa y un tercer grupo de soldados marcharía con el general Canabarro.

Mientras cargábamos las carretas, el cielo se cubrió de nubes grises. Yo me pasaba a Menotti de una cadera a otra mientras observaba a José y a Rossetti montar la prensa en una carreta.

—No entiendo por qué tienes que llevar este aparato ridículo —se quejaba José mientras ayudaba a Rossetti a colocar las provisiones en la carreta.

—Porque si no lo hago yo, nadie más lo hará.

José elevó los brazos, desesperado.

—No necesitamos una prensa.

—Tenemos que poder mantenernos en contacto con nuestros hermanos en Italia. Deben saber de nuestra lucha. —Se recostó en el vagón un instante y se secó el sudor de la frente.

—¿Será posible que pienses en ti alguna vez? Contar nuestra historia no debe ser tu responsabilidad. —Ahora José lo seguía mientras buscaban más abastos para colocar en la carreta—. Hermano, deja que otro lleve esa carga. Aunque sea por un tiempo.

Rossetti se detuvo. Posó la vista sobre Menotti y sobre mí. Me miró a los ojos brevemente. Por un momento pensé que José había logrado convencerlo, pero Rossetti negó con la cabeza. Con el ceño fruncido, le contestó a José:

—No puedo delegar mis responsabilidades en nadie más.

—Te compraré otra prensa —suplicó José.

—¿Con qué plata, amigo? No, esa prensa me ha acompañado en demasiadas jornadas. No puedo abandonarla.

—Eres tonto y testarudo. Esa prensa va a matarte —suspiró José.

Rossetti montó otra caja en la carreta antes de recostarse contra ella, jadeante.

—Pues, cuando muera, habré dejado un legado.

Me daban pena las mujeres que no estaban preparadas para este tipo de vida. Poco después de emprender el camino, comenzaron a quejarse de todo. Los niños les pesaban en los brazos. Les dolían los pies. Hacía mucho frío.

Para mi suerte, Menotti tenía apenas unos meses y no pesaba demasiado. Los primeros tres kilómetros me parecieron deliciosos con el viento frío que me acariciaba las mejillas sonrojadas, pero, a medida que ascendíamos por la cordillera, el camino se volvió más empinado.

El follaje verde y frondoso se fue haciendo más escaso y las rocas que se amontonaban a la orilla del camino se multiplicaban.

Pronto sólo hubo rocas hasta donde alcanzaba nuestra vista. La lluvia inclemente caía sobre nosotros como guijarros y el suelo se tornó resbaloso. Tuvimos que apearnos de los caballos y caminar a su lado, jalándolos por las riendas.

Cuando era joven, los gauchos se sentaban alrededor de la fogata a contar historias sobre los gigantes que vivían en las cimas de las vastas montañas del sur de Brasil. Una historia en particular me llamaba siempre la atención: un príncipe se ofreció a subir a la cima del pico más alto en busca de una fontana de oro que salvaría a su padre de la muerte. Le advirtieron: «No mires a la derecha ni a la izquierda, pues, si lo haces, los gigantes te agarrarán y te convertirán en su esclavo para siempre». Cuando el príncipe comenzó a andar, no pudo contenerse. Miró a la izquierda y un gigante lo agarró y lo convirtió en su esclavo.

Ahora que miraba el empinado camino frente a mí, no podía dejar de pensar que esas montañas eran los gigantes sobre los que me advertían los gauchos. A medida que avanzábamos, el aire se enrarecía y se me hacía más difícil respirar. Por más profundamente que inhalara, no lograba sentir que me llegaba suficiente aire a los pulmones. La lluvia no cesaba. Estaba helada y pensé que jamás volvería a estar seca.

Me esforzaba por calentar a nuestro hijo en la faja. En un momento, durante nuestro ascenso, José me detuvo. Se quitó el poncho y agarró a Menotti.

—Déjame llevarlo un rato. —Se amarró al niño al cuerpo y con el poncho se cubrió él y a nuestro hijo. De vez en cuando levantaba el cuello del poncho y exhalaba para calentarlo con su aliento.

En la noche, José y yo colocamos al niño entre nosotros para protegerlo del viento que atravesaba nuestra frágil tienda. Me costaba conciliar el sueño. Temblaba sin cesar mientras las enormes gotas de agua me golpeaban la frente. A pesar de nuestros esfuerzos, no lográbamos mantener caliente a Menotti, que se pasó la noche llorando y temblando del frío. Por mi parte, ansiaba y temía el amanecer.

Al rayar el alba, recogimos nuestro pequeño campamento y comenzamos el descenso a toda prisa. La lluvia había cesado y queríamos aprovechar el buen tiempo para adelantar todo lo posible. El descenso era fangoso, y muchos resbalaban y se caían. Llevaba a Menotti sujeto del modo que José lo había hecho y así podía mantenerlo caliente y seguro mientras usaba los árboles para agarrarme.

A mitad del descenso, comenzó a llover de nuevo. Sólo experimenté un poco de alivio en una meseta, hasta que José nos ordenó detenernos. Los susurros no se hicieron esperar. Me abrí camino entre la compañía hasta llegar al frente. Eran los restos de una emboscada del ejército imperial. Un campamento abandonado, la lluvia había ahogado las fogatas hacía tiempo. Tendríamos que ser más diligentes. Miré la carcasa del campamento. Ni el ejército brasileño podía resistir el clima inclemente de la montaña. Al menos yo era más fuerte que ellos.

Anduvimos con suma dificultad y nos detuvimos al ver un río. Había crecido con las lluvias. La corriente era tan fuerte que formaba un pequeño oleaje que se extendía peligrosamente. Al ver el agua, perdí la esperanza. José envió soldados hacia el norte y el sur en busca de un puente o una parte menos profunda por donde cruzar la corriente rápida. Miré el agua con desconfianza. Había visto ríos como éste cuando cabalgaba con los gauchos. Sabíamos el peligro que representaba para nosotros y para el ganado, por lo que siempre buscábamos un lugar por donde cruzar, aunque eso conllevara pasar un día más en la selva. Un río así significaba pérdidas de ganado y de vidas.

Miré a mis compañeros de viaje y me di cuenta de que no estábamos debidamente preparados. Nuestros caballos iban cargados de provisiones. Las mujeres y los niños que acompañaban al regimiento no sabían nadar. ¿Qué hacer? Si regresábamos, estaríamos a la merced del ejército imperial y, si proseguíamos, la propia Madre Naturaleza nos amenazaba peligrosamente. La pregunta era, ¿cuál de los dos destinos debíamos afrontar?

Los soldados regresaron al cabo de una hora.

—¡*Senhor* Garibaldi! —gritaron mientras se acercaban—. No hay puente.

—¿Buscaron por todas partes? ¿Están seguros? —suspiró José. Con los hombros encogidos, nos miró y miró a su alrededor.

—Estamos seguros —dijo el soldado negando con la cabeza—, buscamos por todas partes.

José miró el agua.

—¿Qué haremos? No podemos cruzar aquí —dijo tanto a los soldados como para sí.

—Hay una sección río abajo por la que podríamos cruzar. —José giró para ver al joven soldado que hablaba—. No será fácil, pero es más seguro que aquí.

—¡No podemos cruzar el río a nado! —gritó uno de los hombres.

—¡Tampoco podemos quedarnos aquí! —gritó el soldado. Luego se dirigió a José—. *Senhor*, no tenemos otra alternativa que cruzar o morir. Al menos si intentamos cruzar, tenemos más probabilidades de sobrevivir.

—Muéstramela —dijo José.

José se marchó con los soldados y dos oficiales. Regresó un poco más tarde.

—Cruzaremos el río.

Cuando llegamos al cruce, les quitamos casi toda la carga a los caballos. Las provisiones podían flotar hasta el otro lado con nosotros, el resto lo abandonamos. Los niños, agarrados del cuello de sus padres, iban colgados a sus espaldas como piezas de carne. Saqué a Menotti de su resguardo solitario bajo mi poncho. En la parte más profunda del río, el agua me llegaba a la cintura, demasiado cerca de mi hijo. Apreté bien a Menotti contra mi pecho, dije una oración y me adentré en el agua helada. Apenas tenía tres meses y ya conocía las adversidades de la vida de un soldado.

Me estremecí sin querer cuando el agua helada me hirió los tobillos y las pantorrillas. Sujeté a Menotti a la altura de los hombros y empecé a cruzar el río lentamente. Los caballos coceaban y corcoveaban, salpicando agua por todas partes.

Ya había cruzado la mitad del río cuando escuché los gritos. Uno de los niños se había soltado de su madre. Eran demasiado pequeños para cruzarlo a pie y no pesaban lo suficiente para luchar contra la corriente. El agua lo arrastró. Imelda, la mujer gruesa que había conocido en el campamento, entró en pánico. Su hijo mayor ya había cruzado, pero su hijo menor, que no tenía más de tres años, flotaba río abajo. Gritó y se sumergió en el agua tras su hijo. Me di vuelta y, sin poder hacer nada, la vi hundirse mientras sus gritos se ahogaban.

—¡Imelda! —gritó su esposo y soltó el caballo, que, enloquecido, comenzó a cocear y corcovear, asustándonos a todos. En medio de la conmoción que provocó el caballo, tres hombres intentaron controlarlo. El esposo de Imelda dejó que la corriente lo llevara río abajo—. ¡Imelda! —Su voz se volvía más estridente mientras intentaba alcanzar a su esposa.

Se hundió y no volvió a salir. La gente tropezaba, perdía el equilibrio y se caía en el agua. Presas del pánico, gritaban y se atragantaban con el agua en la que se revolcaban. Los que podían, se agachaban y los ayudaban a ponerse de pie para que la fuerte corriente no los arrastrara. Me quedé inmóvil y apreté tanto a Menotti que creo que habría vuelto a meterlo dentro de mi cuerpo si hubiese podido.

—¡Anita! —José iba a pocos pasos delante de mí—. ¡No te detengas! —Me extendió una mano. Miré hacia atrás y vi la conmoción—. ¡Anita, ahora! —Giré lentamente y miré a José. Caminé despacio, un pie delante del otro, mientras él, impaciente, me animaba a seguir. Llegamos juntos a la orilla y ayudamos al resto de la compañía a hacer lo propio. En total perdimos casi media docena de personas. Algunas de nuestras provisiones fueron arrastradas río abajo y los caballos temblaban de miedo. Un caballo asustado es un animal peligroso.

Caminamos unos tres kilómetros por el suelo llano hasta llegar a la siguiente montaña. José nos hizo subir la montaña y encontramos una cornisa lo bastante elevada como para protegernos del río.

—¡Acamparemos aquí esta noche! —ordenó José.

Desafortunadamente, la inclemencia del tiempo apenas nos permitió dormir unas horas. La lluvia surcaba el aire helado del invierno. Nos desplomamos sobre las piedras antes de prepararnos para seguir andando.

Continuamos nuestro camino bajo la lluvia cortante y el aire helado durante nueve días hasta que llegamos a São Gabriel. Me habría sentido más feliz si no hubiera estado tan mojada y helada, o si no hubiera tenido un bebé inquieto porque le había salido una erupción en la piel.

Veinticinco

El río que seguimos hasta São Gabriel había crecido, y el agua marrón había convertido la pradera adyacente en una masa indefinida. El tranquilo pueblo improvisado, situado al borde de una de las muchas propiedades del general Gonçalves, estaba compuesto de esclavos libres y farrapos. La gente realizaba sus labores cotidianas, cuidaba del ganado y cocinaba sus comidas. Los estragos de la guerra parecían no alcanzarnos en este paraíso rebelde.

José pidió para nosotros una cabaña sin ventanas con una habitación y un espacio común que servía de salón y cocina. Una mañana, me senté con la puerta abierta a amamantar a Menotti mientras escuchaba el canto matutino de las aves. Llevábamos allí casi una semana y la cabaña comenzaba a parecer un hogar gracias a la habilidad de José de encontrar cosas. Un poco más tarde, esa mañana, él llegó cargando una gran caja.

—Encontré algunas provisiones para nosotros. —Dejó caer la caja sobre la mesa—. Traía una colcha más gruesa y una hogaza de pan, pero vi a la familia Rodrigues. Las necesitaban más que nosotros. Espero que no te importe.

Coloqué al bebé en el pequeño contenedor que hacía las veces de cuna y miré dentro de la caja.

—Esto es más que suficiente. Sin duda es más de lo que teníamos cuando veníamos de camino. —Atraje a José hacia mí y lo besé, primero suavemente, luego le di rienda suelta a la pasión. Hacía tiempo que no teníamos la oportunidad de estar solos. Sin prisa, lo dejé llevarme a nuestra reducida habitación.

Después, desde la comodidad de nuestra tibia cama, observé a José mientras se vestía.

—¿Por qué tienes que marcharte? —Me miró y lanzó una de esas infantiles sonrisas de medio lado que me encantaban.

—Quiero estar con los demás generales cuando llegue Rossetti. Es el primer lugar al que irá.

—Aún es temprano, puede que se haya retrasado por el tiempo.

—Llegará de un momento a otro. No iba muy lejos de nosotros. —Se inclinó hacia delante para besarme—. Volveré pronto.

Una semana después, me hallaba de pie junto a José en el umbral de la puerta de nuestra pequeña cabaña viendo la lluvia caer. Aspiré el olor de la tierra y hierbas mojadas. Todos los días, a las dos en punto de la tarde, el cielo se abría y nos empapaba hasta el atardecer.

La ansiedad carcomía a José. Iba de la cama a la mesa y de vuelta a la cama sin poder estarse quieto.

—Algo anda mal —dijo y empezó a darle otra vuelta a la cabaña—. Ya deberían de haber llegado.

—Recuerda el tiempo que nos tomó llegar. Es probable que encontraran los caminos en peor estado que nosotros. No te aflijas. Llegarán en unos días. —Agarré a José por los hombros y lo moví hacia el lado para agarrar la olla que usaba para recoger la lluvia que se filtraba por el techo—. Es probable que se haya retrasado por la prensa.

—Posiblemente.

—Y es probable que recogiera a la gente que dejamos atrás y eso lo haya retrasado.

José inhaló profundamente.

—Tienes razón. —Regresó a la puerta y la cerró tras de sí para vigilar.

⁂

Transcurrió otra semana sin noticias de nuestros compañeros. Una noche en que llovía a cántaros, José se sentó a la mesa a esperar que la comida estuviese lista. Empezó a mover una pierna haciendo cada vez más ruido hasta que le puse una mano en el hombro.

—Lo siento —murmuró.

Cuando nos sentamos a comer, tocaron a nuestra puerta. José llegó a la puerta en dos zancadas. El general Canabarro estaba de pie chorreando agua. Traía la ropa cubierta de lodo y manchada de sangre en el pecho y el pantalón. Tenía los ojos inyectados de sangre como si no hubiese dormido en varios días.

—¿Puedo pasar?

—¿Dónde está Rossetti? —preguntó José.

—Por eso estoy aquí. —Canabarro tragó en seco, la manzana de Adán le subió y bajó exageradamente—. Estoy seguro de que tuviste que hacer frente a muchas dificultades en el camino.

—Canabarro, dilo de una vez. ¿Dónde está Rossetti? —gruñó José.

Canabarro balanceaba el peso del cuerpo de un pie a otro.

—Ha muerto.

José dio un paso atrás involuntariamente y tumbó la silla de madera, que cayó al suelo. El golpe despertó a Menotti.

—No —rugió.

—José, muy pocos sobrevivieron —respondió Canabarro casi en un susurro—. Los caminos estaban en muy mal estado. Tuvo que detenerse a reajustar la prensa. Moringue los alcanzó.

A José se le aflojaron las rodillas. Lo sostuve por el codo mientras intentaba apoyarse en la mesa con la otra mano.

—¿Cómo murió?

—Bayoneta: le atravesaron el estómago —respondió Canabarro con la voz casi inaudible.

—General, dice que hubo algunos sobrevivientes. ¿Cuántos? —pregunté.

—Dos. Moringue quería que fueran testigos y nos comunicaran un mensaje.

—¿Qué mensaje? —me atreví a preguntar.

—Que la república ha muerto.

—¡Maldito bastardo y su prensa! —José le dio un golpe al plato que estaba sobre la mesa. Se estrelló contra la pared y se rompió en un millón de pedazos—. Siempre pensando en la gloria. —Se le quebró la voz—. Debo salir. Con su permiso.

José salió de la cabaña y Canabarro se quedó mirándome perplejo.

—¿Debemos ir tras él?

Suspiré.

—No, es mejor dejarlo penar a su modo. —Saqué a Menotti de la cuna y lo abracé fuerte para calmarlo. Miré hacia la puerta que estaba detrás de Canabarro y que permanecía abierta de par en par. La lluvia salpicaba dentro de la cabaña. La emotividad no le hacía bien a mi esposo. Lo inducía a la rabia. Le besé la cabeza a Menotti y dejé que mis labios reposaran sobre su piel.

—¿Es su hijo? No lo había visto aún. Es hermoso. —Canabarro le hizo cosquillas a Menotti, quien decidió ponerse tímido y abrazarse más a mí—. Recuerdo cuando los míos eran así de pequeños. Crecen tan pronto, *senhora*. Disfrútelo todo lo que pueda.

—General, ¿le gustaría quedarse a cenar? Siéntese y caliéntese un momento.

—No, debo irme. —Canabarro se dirigió a la puerta, pero se detuvo—. Oh, tengo algo. Buscó en su morral. Encontramos esto al lado de su cuerpo. Pensé que a su esposo le gustaría conservarlo. —Colocó un libro sobre la mesa. Lo abrí y pude ver los trazos finos de la letra de Rossetti. Era su diario.

—Gracias —dije—, José lo apreciará.

—Mi más sentido pésame —dijo Canabarro y volvió a ponerse el sombrero para salir a la lluvia.

Rossetti no se merecía eso. Era cierto que no siempre veíamos las cosas del mismo modo, pero habíamos encontrado una afinidad en nuestro amor por José. Él y José compartían un sueño. Ahora mi esposo tendría que luchar por una Italia unificada sin él.

Los días pasaban y yo lo observaba. Cada sonrisa que intercambiaba con nuestros soldados era una farsa para subirles la moral. Verbalizaba sus opiniones, que antes solían ser fuertes, encogiendo los hombros y diciendo: «Hagan lo que les parezca mejor». Deambulaba por el campamento con el libro de Rossetti en la mano.

Descubrí que la única forma de traerlo de vuelta a la vida era obligarlo a interactuar con Menotti. Nuestro hijo logró lo que los demás no pudieron. Al menor balbuceo o risa de Menotti, José se animaba. Fue así como descubrí que su llama interna aún no se había extinguido. Si nuestro hijo podía avivarla, había esperanza. A fin de recuperar a mi esposo, le pedí que me ayudara a lavar la ropa.

—Pero lavar es tarea de mujeres —protestó mientras yo preparaba las cosas.

Lo miré sorprendida.

—Te sugiero que midas tus palabras, querido esposo. ¿Dónde habré metido la lejía? —Miré a mi alrededor para ver dónde la había dejado—. ¡Aquí está! —La encontré sobre un gabinete—. Si alguien pregunta, puedes decirle que tu esposa te obligó a pasar un rato con tu hijo, que es justo lo que harás —dije metiendo la lejía en la canasta.

José suspiró. Sabiendo que había perdido la batalla, sacó a Menotti de la cuna, un cajón forrado con ropa y mantas viejas.

—Más vale que aprendas desde ahora, pequeño, que las esposas son las que mandan. —Menotti le devolvió una sonrisa sin dientes y se metió el puñito babeado en la boca—. ¡Ah, *bambino*, los hombres tenemos que unirnos, ¿no es cierto? —Besó la cabecita calva del niño y emprendimos el camino hacia el río.

Estábamos a principios de noviembre y el calor de la primavera anunciaba un verano muy agradable. El sol dorado brillaba sobre nosotros y hacía resplandecer el agua. Yo golpeaba y exprimía la ropa en el río. José acostó al bebé sobre una manta frente a él. Mientras yo trabajaba, él le cantaba a Menotti en italiano.

—*¡A bi bo, goccia di limone, goccia d' arancia, o che mal di pancia!* —José le hizo cosquillas en la barriguita a su hijo. Entonces escuchamos otra voz.

—*¡Punto rosso, punto blu, esci fuori proprio tu!*

José y yo nos miramos perplejos. Se oyó un crujir de ramas entre los arbustos que estaban a nuestro lado. Yo me acerqué a la orilla para poder agarrar al bebé si José tenía que pelear.

Un hombre alto de cabello marrón ondulado que le caía sobre unos ojos color miel, se abrió paso entre los arbustos como si estuviera luchando contra un animal salvaje.

—*Buon pomeriggio.* —Se sacudió las hojas del pelo y nos sonrió. En ese instante me pareció un cachorro enorme—. Lo escuché cantar y tuve que detenerme. No pude evitarlo. ¡Otro italiano! Me encanta conocer a un compatriota en esta otra parte del mundo. —José y yo seguimos mirándolo desconfiados—. Oh, lo siento. —Se limpio la mano en la pierna—. Soy Francesco Anzani, pero todo el mundo me llama Anzani.

—Giuseppe Garibaldi —dijo José estrechándole la mano. José aún permanecía en el suelo con Menotti, de modo que tuvo que estirarse un poco para darle la mano a nuestro nuevo camarada.

—¡El Giuseppe Garibaldi! ¡Válgame, Dios! —exclamó exprimiéndole la mano a mi esposo—. ¡Es un placer, digo, un honor! Usted es la razón por la que estoy aquí. —Seguía estrechándole la mano a mi esposo con vigor—. Bueno, no exactamente, pero usted es la razón por la que hago lo que hago. ¡Es mi héroe!

José sonrió y logró por fin zafarse del apretón de manos de Anzani.

—Apenas era un niño cuando a usted lo exiliaron. Conocía todas sus historias: cómo se había robado el barco de su padre para dar una vuelta por la costa de Amalfi; cómo acorraló a un grupo de soldados austriacos, los desarmó y los dejó atados a un poste desnudos para que todo el pueblo los viera. Ésa debe ser mi favorita.

José se sonrojó.

—Era un joven travieso.

—¿Un joven travieso? Hay cosas en la vida que no cambian —dije con una sonrisa burlona.

—Y usted debe ser su esposa, Anita. Es un placer conocer a la encantadora *senhora* Garibaldi.

—Siéntese y cuénteme su historia —dijo José acomodándose para ver mejor a Anzani.

Anzani comenzó a contarnos su historia.

—¿Por dónde empiezo? Veamos. —Se quedó pensativo por un instante y se sentó—. Quedé huérfano de niño. Mi madre murió de parto y a mi padre lo tomaron prisionero los austriacos. Por tal razón, me crio mi tío Filipo. Era un hombre severo y no me permitía hacer otra cosa que estudiar.

—¿Dónde se crio? —preguntó José distraído al tiempo que mecía a Menotti en sus brazos.

—En Pavía.

—¿En serio? No está lejos de Génova —José me miró—. Pavía es un pueblito encantador, justo en la ribera del río Tesino.

—La casa de mi tío tenía una hermosa vista del Tesino. Lo sé porque me sentaba frente a la ventana y, en vez de estudiar las lecciones, soñaba con navegar lejos. Mi tío era un soltero empedernido y me veía como su protegido. —Anzani encogió los hombros—. Presumo que por eso me intrigaban tanto los Carbonarios. Usted y sus amigos representaban la libertad. Yo también podía ser un estudioso y un guerrero para mi país. Como el gran Garibaldi y sus hombres. Escondía recortes de su periódico en mis libros de textos. Me gustaban sobre todo los que escribía Luigi Rossetti. ¿Está aquí con usted?

José bajó la vista y se distrajo mirando a Menotti.

—¿Usted sería muy joven cuando los Carbonarios se dispersaron, no? —pregunté—. Esos eran los hombres junto a los que José luchó por la unificación de Italia antes de que lo exilaran.

—Lo era, pero eso no impedía que me metiera en líos. Primero fui a Grecia a luchar por su independencia, luego me hice soldado español. —Sonrió mientras repasaba recuerdos gratos—. Allí encontré una familia italiana maravillosa, que, al igual que yo, vivía en el exilio. Los quería tanto que quise formar parte de su familia. —Se sonrojó—. Para mi fortuna, tenían una hija muy hermosa, Luisa, que me ha seguido a todas partes y es mi sostén.

—Una mujer así es difícil de encontrar. Valórela como yo valoro a la mía —dijo José mirándome de reojo.

—Oh, créame que es así. Fue todo un triunfo casarme con ella. Iba a casarse con otro —dijo con una mueca—. Después de la boda nos quedamos en España hasta que dio a luz a nuestro primer hijo y luego vinimos a Brasil. He estado ayudando al ejército de Rio Grande do Sul durante la segunda mitad de la guerra.

—¿Usted ha estado ayudando en la Guerra de los farrapos? ¿Cómo no lo he visto antes?

—Me he mantenido mayormente en el sur, pero mi estancia en estas tierras ha llegado a su fin.

—¿Se marcha? —preguntó José entristecido.

—Sí: mi esposa y mis hijos están en Montevideo. Tenemos tres hijos, pero mi esposa insiste en que regrese a casa para que tengamos una hija. —Encogió los hombros—. ¿Qué planes tiene usted?

José hizo una pausa y se quedó mirando a nuestro hijo.

—No hemos decidido aún.

Anzani se puso de pie.

—Deberían considerar ir a Montevideo, Uruguay. Montevideo es la Florencia de las Américas. Todos los mediterráneos se han asentado ahí. Si decide ir, búsqueme. Seré el hombre enloquecido por su esposa. —Se puso el sombrero y se adentró en los arbustos de los que salió.

Tercera parte

URUGUAY

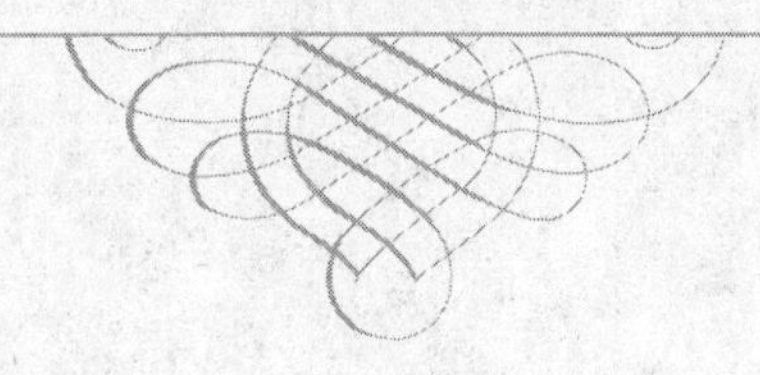

Veintiséis

Febrero de 1841

No sabíamos qué hacer, hasta que, una mañana soleada, José apareció en nuestra cabaña mientras yo intentaba tranquilizar a nuestro hijo, que no cesaba de llorar.

—No lo vas a creer. ¡En Montevideo vive gente de todas las regiones de la madre patria y adivina cómo se llaman, adivina!

Yo me paseaba por la habitación meciendo a Menotti, a quien le empezaban a salir los primeros dientes. Me di vuelta, lista para responderle con sarcasmo, pero su inmensa sonrisa me detuvo. Era la primera vez en mucho tiempo que lo veía tan feliz.

—Dime, esposo, ¿cómo se llaman?

—Se llaman italianos. ¿Entiendes? Se han juntado de todas partes de la península. No es la Toscana contra Umbría o Calabria contra Basilicata. Se han unificado por voluntad propia. —Me hizo girar para mirarme de frente—. Si están unificándose en Uruguay, quiere decir que pueden unificarse en casa. Anita, está ocurriendo. Habrá una Italia.

Mi esposo no tenía que decir las palabras para que yo comprendiera lo que quería decir: abandonar Brasil. Cuando vi los ojos esperanzados de mi esposo, la cabeza se me llenó de interrogantes. Brasil lo era todo para mí, pero luego pensé en mi padre y en las palabras que me había dicho hacía mucho tiempo. «Comprendí que el mundo se extendía más allá de mi pequeña isla».

—El mundo se extiende más allá de Brasil —le dije a mi esposo—, ha llegado el momento de partir a Uruguay.

Las montañas de Brasil descendían hacia Uruguay y se abrían a una pradera vasta y verde. Jamás había visto una tierra tan llana. De inmediato eché de menos los gigantes de Brasil. La ausencia de esas montañas majestuosas me hizo sentir expuesta, como si cualquier ráfaga de viento pudiese elevarme hacia los cielos. Cruzamos la vasta expansión hasta llegar al límite de Montevideo, al sur de Uruguay.

Todos los edificios de Montevideo se habían construido con gran esmero. La arquitectura de los edificios comerciales competía con la de las catedrales. Las casas no eran las cabañas construidas sin cuidado a las que estaba acostumbrada; estaban pintadas en colores turquesa y rosado brillantes y alineadas una muy cerca de la otra. Me quedé sorprendida. Montevideo tenía una actividad que no había visto en ninguna ciudad. La gente hablaba español en las calles, lo cual me hizo apreciar a los gauchos nómadas de Argentina que de vez en cuando pasaban por mi pueblo. Al olor de la carne en las brasas que flotaba en el aire mezclado con el del salitre me sonaron las tripas.

José dirigió nuestra pequeña carreta hacia el puerto. Nos detuvimos frente a una casa rosada y miró hacia arriba.

—Debe ser aquí. —Caminamos hacia la puerta, que se abrió antes de que tocáramos. Un Anzani en miniatura apareció frente a nosotros—. ¡Ustedes son los Garibaldi! —exclamó el niño.

—En efecto: ¿y quién eres tú? —preguntó José.

—Tomaso Anzani —dijo el niño mirándonos con detenimiento—. Están sucios. ¿Fue peligroso el viaje? ¿Tuvieron que pelear contra algún bandido?

—¡Tomaso, deja de hacer tantas preguntas y haz pasar a nuestros invitados! —Anzani vino hasta la puerta sosteniendo otro niño pequeño en brazos. Le pasó la mano por el pelo a su hijo antes de decirle que se retirara.

—Ése es el mayor. Este pequeñín es Antonio y Cesare debe andar por ahí —dijo moviendo la mano en el aire—. Le gusta meterse en los rincones y enroscarse con un libro. Aparecerá cuando tenga hambre. Y, hablando de hambre, deben estar hambrientos. Vengan.

Nos llevó hasta la cocina por el salón, que estaba lleno de muebles voluminosos y de juguetes. Nos sentamos a una larga mesa de madera y Anzani comenzó a sacar todo lo que encontró de comer en la despensa.

—Lamento que no sea mucho. Luisa no ha llegado aún del mercado. —En un instante, la mesa estaba cubierta de fruta, queso y dulces. Había más comida que la que había visto en meses.

—Me he tomado la libertad de conseguirles un hogar. Está más abajo en esta misma calle. Conozco al dueño. Sólo tienen que reunirse para firmar algunos acuerdos. No es gran cosa, un poco más pequeña que ésta.

Suspiré.

—Es maravilloso. Gracias. Muchísimas gracias. —Los ojos se me llenaron de lágrimas de gratitud. No estaba acostumbrada a tanta generosidad. Mientras escuchaba a José y Anzani conversar como si fuesen viejos amigos, me convencí de que habíamos tomado la decisión correcta. Aquí había un futuro para nosotros. Podíamos vivir la vida que habíamos soñado cuando estábamos en la agreste selva de Brasil.

—Cuéntame de los italianos —dijo José sin ocultar la sonrisa que se le dibujaba en el rostro.

—La mayoría venimos del norte, de Génova especialmente, pero están llegando más del sur. Pronto serán más que nosotros.

—¿Por qué tantos? —pregunté.

—El reino de las Dos Sicilias, que controla la mitad sur de la península, está gobernado por una monarquía absolutista —explicó Anzani.

—Ciframos nuestras esperanzas en el rey cuando ascendió al trono —interrumpió José—. Redujo los impuestos a los pobres y concedió amnistía a los prisioneros políticos de su padre. Los Carbonarios pensaban que era el monarca que lograría unificar nuestro país. Un verdadero líder. Luego todo salió mal.

—¿Qué sucedió? —pregunté.

—El rey Fernando cree que tiene el derecho divino de gobernar el país. Incluso apoyó al usurpador de su hermana en España sólo porque ella quería que su pueblo tuviese una constitución.

—El rey se ha puesto peor —dijo Anzani—. Ha creado una fuerza especial de paz.

José se quedó de piedra.

—¿Una fuerza especial de paz? ¿Para qué?

—He escuchado que hubo una manifestación en Sicilia a la que asistió casi todo el mundo. La gente quería una constitución. El rey envió a sus soldados a disolver la protesta. Pueden imaginarse el final violento que enfrentaron los manifestantes.

—Es por eso que hay una ola de inmigrantes sicilianos —dijo José tanto a nosotros como para sí.

—Y no sólo en Uruguay, sino en todas las Américas. Les resulta más seguro arriesgarse a emigrar que quedarse en su tierra. Si la fuerza de paz no los mata, lo hará el brote de cólera.

Me puse pálida de pensar en la enfermedad que aún no había llegado a América del Sur, pero de la que ya se hablaba. Una enfermedad que te mata de sed sin importar cuánto bebas; que obliga a tu cuerpo a expulsar hasta la última gota de líquido. La gente moría en cuestión de horas. No en balde los sicilianos buscaban la seguridad de las costas extranjeras.

Luisa Anzani entró en la casa flotando en una brisa de jazmín. Era una mujer alta y elegante de cabello castaño claro amarrado en un moño sencillo. Soltó la canasta y suspiró.

—Mi amor, en el mercado no había el pescado que te gusta, así que traje otro. El pescadero me dijo que era muy parecido. —Se detuvo en seco—. Veo que tenemos compañía. —Miró a su esposo, enfadada—. Y que los has puesto a trabajar. ¿Qué modales son esos?

Anzani se levantó de la mesa murmurando palabras en italiano que no pude comprender. Luisa asintió con la cabeza y sonrió divertida.

—Pues, si no te resulta mucha molestia, esposo, ¿Por qué no llevas al señor Garibaldi a que se acomode mientras yo converso un rato con ni nueva amiga, la señora Garibaldi?

José me pasó a Menotti y siguió a Anzani alegremente.

—Ahora que se han marchado, vamos a conocernos un poco más —dijo Luisa—. Te encantará esta ciudad. Es el único lugar de América del Sur que se parece a Italia. Para ser sinceros, no es Roma, pero no hay lugar en el mundo como esa ciudad.

Luisa echó la yerba en un mate rojo y prosiguió:

—Ha venido gente de toda Europa a asentarse aquí. Cuando caminaba por el mercado hoy, escuché cuatro idiomas diferentes. ¡Cuatro! ¿Puedes creerlo? Vas a ser muy feliz aquí, lo sé —dijo, sorbió el mate y me guiñó un ojo.

Sonreí cuando me pasó el mate. Empezaba a sentirme en casa en Montevideo.

Más tarde esa noche, José y yo llegamos a nuestro nuevo hogar con las barrigas llenas y una canasta con provisiones para pasar la noche. En la primera planta había un salón y una cocina con una larga mesa un poco desgastada. En la segunda planta había dos habitaciones, una de las cuales tenía una cama. Deslicé los dedos sobre la pared y me sentí feliz. Rogué que éste fuera el lugar donde nos asentáramos finalmente.

Veintisiete

Marzo de 1841

La comunidad italiana de Montevideo florecía. José encontró trabajo como maestro de Matemáticas en una escuela para niños y yo encontré un nuevo grupo de mujeres con las que compartir. Todas las semanas nos turnábamos con los Anzani para organizar cenas en nuestros hogares. Nuestra casa se convirtió en el lugar de encuentro no oficial de todos los camaradas expatriados, un lugar donde podían reunirse y fraternizar con sus compatriotas.

Fue en esas veladas que aprendí a ser italiana. Las mujeres se reunían en la cocina a cocinar y, comentando las habladurías locales, me ayudaron a mejorar mis destrezas de lenguaje. Una vez que estaba estirando la masa de espaguetis, Luisa se me acercó por detrás. Apoyó el mentón en uno de mis hombros y me puso la mano sobre el otro y dijo:

—Si no te conociera, diría que naciste italiana. —Me dio un beso en la mejilla—. Naciste para ser una de las nuestras. —Las demás mujeres rieron en aprobación.

José celebraba reuniones en el salón en las que discutían la publicación del primer periódico italiano de Montevideo,

L'Italiano. Uruguay valoraba la libertad de prensa y los hombres querían capitalizar sobre este hecho y utilizar el periódico para compartir sus ideas liberales. Yo escogí quedarme en la cocina con las mujeres. En el salón los hombres hablaban, pero en la cocina era donde se tomaban las decisiones importantes.

Observaba a las mujeres hablar y contar historias de su patria. Me apartaba de la mesa y me colocaba en el umbral de la puerta, entre el mundo de los soldados y la gloria de mi esposo y el mundo de las mujeres. Entonces comprendí que era ahí donde mi labor tendría un mayor impacto en la causa de mi esposo. Era cierto que crecía al lado de él, pero, al final de la jornada, estas mujeres influían más en sus esposos que José. Las escuchaba hablar. No eran mujeres pasivas que se contentaban con seguir a sus esposos alrededor del mundo. Eran heroínas activas de su propia historia.

—Ayer le escribí a mi hermana —le confesó una mujer a Luisa—. La cosecha de su marido está mermando y les han subido los impuestos otra vez. —Se enfocó en el rodillo y le aplicó más presión a la masa mientras hablaba—. Le dije cuán diferente era aquí; que podemos vivir del fruto de nuestro trabajo. Por Dios, espero que me escuche.

Me acerqué a la mujer y le puse una mano en el hombro.

—Lo hará. —Observé las caras de las mujeres y vi que todas me miraban con asombro. José tenía su tropa, yo tenía la mía—. Cuando les escriban a sus hermanas y sus madres, no teman decirles todo lo que tienen aquí. La envidia puede ser algo muy poderoso. Háganlas sentir envidia de su vida en Montevideo. Es posible que se unan a nosotros o que reclamen la libertad para sus familias en Italia.

Las mujeres sonrieron y comenzaron a hablar de sus familias y de cómo animarlas a venir o a rebelarse contra Austria y Francia. Le di un apretón en el hombro a la mujer.

—Avísame cuando tu hermana llegue a Uruguay.

Sonrió.

—Lo haré. Gracias.

El día siguiente, mientras José pasaba la mañana enseñando en la escuela, yo realizaba las labores del hogar. Era un alivio poder echar raíces en un lugar, al menos por un tiempo. Si mi madre me hubiera visto limpiar la casa tan felizmente, no creería que era su hija.

Estaba riéndome sola de imaginar a mi madre en mi humilde hogar cuando tocaron a la puerta. La abrí y vi a una mujer gruesa de mediana edad, rostro amable y amplia sonrisa. Estaba frente a mí con una canasta llena de pan dulce. Su cabello negro y levemente desaliñado tenía mechones grises.

—Hola, soy su vecina, Feliciana.

Acepté su obsequio agradecida y la invité a entrar en mi casa. Le ofrecí un poco del mate que teníamos. Los ojos de doña Feliciana me siguieron mientras me movía por la casa, se fijó en el sofá de tela raído, la butaca inestable y las paredes vacías. Se inclinó y sonrió al ver a Menotti, que dormía en una manta en el salón.

—Son querubines, ¿no? —Me siguió hasta la cocina y me preguntó—: ¿Qué los trae a Montevideo?

—Mi esposo y yo queremos comenzar una nueva vida.

—Oh, ¡qué bien! —Feliciana se tomó la libertad de cortar un pedazo de pan dulce y servírselo—. Un nuevo comienzo es siempre una aventura divertida. ¿De dónde vienen?

—De Brasil.

Feliciana se atragantó con el pan.

—Es un viaje muy largo con un niño tan pequeño. —Miró de nuevo hacia donde dormía Menotti—. ¿De qué parte de Brasil?

Me detuve.

—De todas partes, en realidad. Pero ya hemos hablado demasiado de mí. Cuénteme de usted.

A petición mía, doña Feliciana narró su historia con lujo de detalles. Tanto ella como su esposo, Marco, eran oriundos de Montevideo. Él era un hombre corpulento cuya timidez lo hacía tierno. No tenían hijos propios, pero cuidaban de un niño que trabajaba de aprendiz y dormía en su tienda. Pronto empezó a decirme cuáles eran los mejores mercados, cuál era la mejor hora para ir al lavadero y dónde era mejor sentarse en la iglesia.

—Para tener la mejor vista del altar, por supuesto.

—Por supuesto —asentí a sabiendas de que no tenía la menor intención de entrar en la iglesia.

Su mirada dulce no me juzgó cuando le dije quién era mi esposo y lo que había hecho en Rio Grande do Sul.

—¿Quieres decir que peleabas al lado de tu esposo? —preguntó.

—Sí, no iba a permitir que me dejara atrás.

—Es admirable —susurró—. ¿Cómo se conocieron? ¿Qué te hizo abandonar tu hogar? Cuéntamelo todo.

Me senté a la mesa frente a ella y empecé a contarle mi historia. Se inclinó hacia delante, ansiosa de escucharlo todo.

Después de aquella primera mañana, doña Feliciana venía a diario a traerme pastelitos y a que le contara alguna de mis aventuras. Yo preparaba el mate y ella se desvivía por Menotti intentando por todos los medios que la llamara «abuela». Todas las mañanas esperaba con júbilo su visita.

Una mañana, sentada a la mesa y sujetando el mate humeante, que lucía enorme entre sus manos, doña Feliciana me hizo la única pregunta que no estaba preparada para contestar.

—Cuéntame de tu boda. Aún no me has contado esa historia.

Me volví lentamente hacia ella.

—Es que no hay mucho que contar.

—Algo habrá que contar. ¿Fue una hermosa ceremonia bajo las estrellas? ¿Pudieron encontrar un cura, o los casó uno de los generales?

Estaba sentada frente a ella viendo el mate humeante. El corazón me latía con fuerza mientras me debatía sobre qué contestarle. Le había contado tantas cosas a esta mujer, más de las que le había contado a mi esposo. El secreto de que no estábamos casados era algo que pesaba sobre mis hombros. La gente no entendería y era posible que Feliciana tampoco entendiera; que saliera de nuestra casa y arruinara el buen nombre por el que mi esposo había luchado tanto. Sin embargo, a pesar de todo, aún no se había marchado.

—Verá —comencé—, es que José y yo no estamos casados.

A Feliciana se le cortó la respiración y se persignó.

—Pero actúan como si lo estuvieran.

—Porque en nuestros corazones lo estamos.

—¿Y en el cielo? Están viviendo en pecado —susurró y volvió a persignarse.

—¿Qué podíamos hacer? Nos amamos y no había nadie que nos diera su aprobación. —Feliciana me miró y sentí la obligación de defender mi caso. No le debía nada y, sin embargo, quería que comprendiera—. Vivíamos entre tantos peligros. Teníamos tantas preocupaciones. ¿Cómo perder tiempo en algo tan frívolo cuando había gente muriendo a nuestro alrededor?

—¿Y qué de su alma inmortal?

—Mi alma no significa nada. —Tracé con el dedo uno de los nudos de la madera. ¿Por qué habría de preocuparme mi alma cuando apenas creía en la religión de mi niñez? Mis pecados eran muchos y sabía que, llegado el momento, San Pedro no me recibiría en las puertas del cielo. Pero mi hijo… ¿qué sería de Menotti?

Me sequé las lágrimas con el costado de la mano y fijé la mirada en el mate. No quería que Feliciana viera el miedo súbito que se había apoderado de mí. Sabía que me rechazaría. Respiré profundo y sentí que el cuerpo entero me temblaba.

—Sé que tendré que pagar por todo lo que he hecho, no me cabe la menor duda. Lo único que me importa es mi familia.

—Anita, ¿qué hiciste?

Respiré profundo otra vez y le conté de Manoel. No había vuelto a pronunciar su nombre desde que salimos de Laguna. Manoel. El esposo que no quería. El hombre que me impusieron a la fuerza. Pensé que me había librado de él en Laguna, pero aún me acechaba.

Feliciana puso una mano callosa y cálida sobre la mía.

—Lo siento, no quise incomodarte, pero tenemos que pensar en el bienestar de tu hijo, tanto en esta vida como en la eterna.

—¿Debemos? —pregunté.

—Sí, debemos. —Feliciana me agarró la mano con fuerza. La miré y, al ver el modo en que me sonreía, deseé que fuera mi madre—. Yo me haré cargo de resolver este asunto.

Dejé que las lágrimas corrieran por mis mejillas cuando la abracé.

Veintiocho

Al cabo de unos días, Feliciana se apareció en mi puerta; la melena negra le caía en la cara.

—¡He encontrado la mejor solución para ti! ¡Es la respuesta a todos nuestros problemas! —dijo bailando alrededor del salón—. ¡Sólo tenemos que decirle al cura que Manoel ha muerto! ¡Así de simple! —exclamó con una gran sonrisa—. ¿Y bien? ¿Qué te parece?

Inhalé profundamente.

—Según tengo entendido, el cura tiene que ver que la persona está muerta o algún miembro de mi familia tiene que jurar que puedo volver a casarme. Mi familia nunca lo hará. Después de tanto tiempo, dudo siquiera que me hablen.

Feliciana hizo una mueca.

—Yo firmaré como tu madre.

—Doña Feliciana, no puedo pedirle que mienta por mí. Sería violar la ley.

—No si un cura me da permiso. Me dijo que, para rectificar esta situación, me absolverá de mi pecado. —Se me acercó—. Lo lamento, espero que me perdones. He hablado con el padre Lorenzo de tu situación.

Me aparté y me puse a la defensiva. Feliciana insistió.

—Está de nuestra parte. Cree que José y tú deben casarse. Dice que es posible hacer algo respecto a tu primer matrimonio.

Esto era demasiado. Todo ocurría a la vez. Feliciana me frotó los brazos para reconfortarme.

—El padre Lorenzo sólo quiere que te reúnas con él para confesarte. No tienes que decidir nada hoy, pero habla con José a ver qué dice. Luego, hablarás con el cura.

Solté una carcajada. Ella no conocía a José tan bien como yo. No sería fácil convencerlo de que se trataba de una buena idea, en especial por lo que opinaba de la Iglesia.

Esa noche, preparé uno de los platos italianos que recién había aprendido a cocinar. José entró por la puerta y soltó su morral. Además de enseñar, había comenzado a vender productos importados de Italia, sobre todo salsa de tomate, que guardaba en cajas en el salón.

—Hoy vendí dos cajas completas de salsa de tomate. Yo diría que es todo un logro, ¿no te parece?

Se dirigió a Menotti que se carcajeaba y movía los bracitos regordetes en el aire. José lo levantó en alto y se carcajeó aún más. Me dio un beso en la mejilla y se sentó a la mesa con una gran sonrisa en los labios. No sabía cómo empezar, así que le espeté lo primero que se me ocurrió.

—¿Qué te parece si nos casamos?

—Creía que ya lo estábamos —contestó sin haber terminado de masticar el bocado.

—Sí, ante nuestros propios ojos, pero no ante los de la Iglesia.

Soltó el tenedor.

—Anita, ya hemos hablado de esto. La Iglesia es una organización vil y corrupta. Lo que diga y haga no debe afectarnos en absoluto.

—¿Y cuando mueras? ¿Qué nos pasará a tus hijos y a mí?

—Anita, ¿por qué piensas en esas cosas? —intentó disuadirme—. No debes preocuparte porque me vaya a morir.

—José, sales a luchar constantemente. No temes arriesgar tu vida. ¿Cómo no voy a preocuparme por esas cosas?

—No estoy luchando ahora, ¿o sí? —Movió el plato hacia un lado. Menotti extendió una manita para tocarlo.

—Eso no quiere decir que no lo harás en el futuro, mucho menos que no puedas caerte muerto en medio de la calle mañana. —Frustrada, me llevé las manos a la cabeza y luego volví a mirarlo—. Te estoy pidiendo que pienses en el futuro de tu hijo. Si mueres, ¿qué será de él ante la ley?

—Anita, por favor.

—¡Ante la ley, él y los hijos que podamos tener en el futuro serán bastardos! —Observé que el rostro de José se ensombrecía.

—Por el amor de Dios, Anita —dijo dando un puño en la mesa, que hizo temblar los platos—, no hago más que pensar en ti y en Menotti. Antes de acostarme todas las noches pienso: «Dios mío, esto es un sueño maravilloso del que no quiero despertar nunca». Cada mañana pienso: «No es posible que esta mujer siga aquí a mi lado, en mi cama». Y cuando estoy despierto, mientras realizo las labores del día, ¿sabes en qué pienso? Contesta: ¿sabes en qué pienso?

—No. —Menotti comenzó a llorar y se lo quité de los brazos. El olor a sándalo de José se quedó flotando en el aire mientras mecía a mi hijo para calmarlo.

—Pienso: «¿Qué estará haciendo Anita ahora mismo?». Y también: «Ojalá que Menotti esté feliz». Así que no te atrevas a hacerme sentir culpable cuando sabes muy bien que mi hijo y tú lo son todo para mí.

—No dudo de tu amor.

—Entonces, ¿a qué viene todo esto?

—Porque, si mueres, ante la ley no seré tu viuda y Menotti no tendrá derecho a nada. Tu madre, allá en Italia, ¿aceptará a tus bastardos? —pregunté con rabia—. Lo único que te pido es que pienses en nosotros. Sólo quiero asegurarme de que, si algún día tenemos que vivir sin ti, podamos hacerlo; que, si algún día faltas, le darás a tu hijo el mejor futuro posible —dije cargando a nuestro hijo que lloraba.

José fijó la mirada en la mesa un buen rato.

—Nos casaremos. En la iglesia —dijo apuntándome con el dedo—, pero será algo modesto. Seguro que ya lo tienes todo pensado.

Sonreí.

—Sí.

—Por supuesto —gruñó y siguió comiendo. Agarró un trozo de pan y lo partió como si estuviese arrancándole la cabeza a un enemigo.

La mañana siguiente, fui a la iglesia a hablar con el padre Lorenzo. Era la primera vez que entraba en una iglesia desde que me marché de Laguna. El santuario me resultaba ajeno. La luz que entraba a través de los vitrales color naranja y marrón formaba sombras extrañas sobre los viejos bancos vacíos. Un hombre calvo vestido con una sotana negra salió a recibirme con una sonrisa que se elevaba hasta el marco de sus enormes anteojos y hacía que sus dulces ojos verdes parecieran pequeñas lunas.

—Usted debe ser Anita —me saludó—. Por favor, sígame. Escucharé su confesión en mi despacho. Puesto que sé quién es, no es necesario el velo formal.

El despacho estaba lleno de libros. Había más de una hilera de libros en los estantes, algunos estaban colocados de lado. En el suelo había varias pilas de libros que subían hasta el techo, por lo que tuve que pasar entre ellas para llegar a la silla. Él se sentó en una raída butaca color marrón e hizo a un lado una pila de libros que estaba en medio del escritorio para poder verme mejor.

—Doña Feliciana me contó sobre su situación. ¿Ha tenido alguna noticia de su esposo?

—¿José? Lo vi esta mañana antes de que saliera a trabajar.

—No, me refiero a su primer esposo. ¿Cómo se llamaba? —buscó entre unas notas sobre el escritorio.

—Manoel. Manoel Duarte. No, no he sabido de él desde que se marchó.

—¿La abandonó?

—Se unió al ejército imperial de Brasil. Yo me quedé en Laguna.

—¿Y no ha recibido cartas o algún documento que pueda dar fe de que está vivo?

Suspiré y traté de controlar la frustración.

—Manoel no sabía leer ni escribir. Sabía contar porque era zapatero, pero nada más. De donde vengo, la gente común no necesita saber leer. Seguro que lo alegró librarse de mí. Era una esposa terrible.

—¿Pero ahora no es así?

—Me gustaría creer que no.

—Mientras estuvo casada con Manoel, ¿tuvieron hijos?

—No, gracias a Dios.

El padre Lorenzo miró hacia el lado.

—¿Se consumó el matrimonio?

—¿Consu… qué?

—Si se consumó la relación… sexual.

Me retorcí.

—Sí, nos casamos y vivimos como esposos durante dos años.

El padre Lorenzo asintió con la cabeza.

—Ya veo. —Juntó las manos sobre el puente de la nariz—. El propósito del matrimonio es procrear, tener hijos que servirán a

Dios. Sin embargo, no tuvo esto con Manoel; parecería que tiene un matrimonio mucho más cristiano con Giuseppe Garibaldi. —Se apartó las manos del rostro y me miró—. Si usted fuese un hombre, podría anular su primer matrimonio, pero, como sabe, no puedo hacerlo.

—Si fuese un hombre, habría podido hacer muchas cosas grandes, Padre.

El padre Lorenzo me devolvió una sonrisa triste.

—Como sabe, su situación es complicada.

—He hecho todo lo necesario por mi bienestar y el de mi hijo.

El padre Lorenzo levantó una mano.

—Doña Anita, no le estoy haciendo una prueba de santidad. Dios sabe que todos, y me incluyo, somos indignos de ella. Por todo lo que me han contado de usted, sólo puedo sentir admiración. Ha sido tan valiente, pero lo que me preocupa es asegurar su futuro y el de su hijo inocente. Dígame, doña Feliciana ha sido como una madre para usted, ¿no es cierto?

—Sí, más que mi propia madre.

—Bien. Pues tengo un documento firmado por doña Feliciana, que dice que es su madre y que usted es libre para casarse. Me he tomado la libertad de hacer el papeleo necesario para casarlos a usted y a don José. Sin embargo, como estamos en Cuaresma y estoy más cerca de la situación, le he pedido a un amigo, el padre Pablo, que venga. No sabe nada de ustedes ni de su pasado. Sólo sabe que va a casar a dos personas que se aman.

Me alcanzó un pañuelo para que me enjugara las lágrimas que empezaban a saltárseme.

—Ustedes tienen amigos aquí, doña Anita, y nos aseguraremos de que usted y su familia estén bien.

Veintinueve

Abril de 1841

Todos los preparativos de la boda nos tomaron sólo tres semanas. Mi vestido era sencillo, de color amarillo claro y tenía un elegante cuello en uve con pequeños volantes alrededor. El corpiño me llegaba a un punto de la cintura que, según Luisa, me hacía lucir más esbelta.

Lo que me enamoraba del vestido era el intricado bordado que formaba olas justo encima del ruedo de la falda que, decía Luisa, parecía romano. Nos costó una pequeña fortuna. Era una extravagancia innecesaria y también era todo lo que jamás había soñado en una prenda de vestir.

Vi a Feliciana enjugarse las lágrimas con un pañuelo en el espejo detrás de mí.

—¡Luces preciosa! —exclamó entre lágrimas juntando las manos—. Esto es lo que siempre imaginé que sería tener una hija. Gracias.

Giré hacia ella y le tomé las manos.

—No. Gracias a ti —dije y me eché a llorar también. Luisa entró en la habitación, las lágrimas le corrían por las mejillas.

—¡Basta ya! ¡Ni una lágrima más! —Traía una pequeña canasta llena de florecitas rosadas y cintas.

Luisa me recogió el pelo con las cintas y las flores. Me sentía como una princesa: nunca me había sentido tan especial. Cuando íbamos a salir por la puerta, Luisa exclamó:

—¡Por poco lo olvido! —Agarró una caja amarrada con una cinta blanca que estaba sobre la mesa—. Toma —dijo y me la entregó.

Dentro de la caja, envuelto en un papel muy fino, había un delicado velo, amarilleado por el tiempo y rematado con un bordado que formaba hojas, que me dejó sin aliento. Era tan frágil que me daba miedo tocarlo. Luisa lo colocó con delicadeza y gracia sobre mi cabeza. El encaje tenía un leve aroma a lavanda.

—Debes llevar algo prestado —me explicó—. Lo usé el día de mi boda, como lo hicieron ni madre y mi abuela.

Las lágrimas comenzaron a brotar nuevamente de mis ojos, pero, antes de que pudiera decir nada, Luisa me detuvo.

—El coche está aquí. Si no nos vamos ahora, no llegaremos a la iglesia.

La gran catedral de piedra se imponía sobre nosotras cuando salimos del coche. Con los ojos entrecerrados por el sol, apenas podía ver la silueta de la estatua de San Felipe que nos miraba y bendecía a todos los que le pasaban por delante. El esposo de Feliciana nos esperaba afuera. Cuando llegamos hasta él, dijo con timidez:

—Pensé que, si Feliciana hacía el papel de madre, tal vez yo podría llevarte del brazo hasta el altar. —Me miró un poco asustado—. Si no te importa, por supuesto.

—Sería un honor. ¡Pues, vamos a que me case!

El corazón me dio un salto y se me cortó la respiración cuando vi a José de pie ante el altar. Se arreglaba el traje y se balanceaba.

Cuando giró y me vio, el nerviosismo desapareció. Un destello de paz lo iluminaba mientras me observaba caminar lentamente hacia el altar. En su rostro se dibujó una sonrisa y relajó los hombros. Se quedó inmóvil cuando nuestras miradas se encontraron. Al verlo allí de pie, con la espalda recta, me pareció incluso más alto.

¿Hacía apenas dos años que lo conocía? Me parecía que había transcurrido una eternidad desde el día en que tropecé en el salón de Hector y Manuela. Habían sucedido tantas cosas. Habíamos perdido tanto. Habíamos ganado tanto. Y, sin embargo, ahí estábamos, tan enamorados como el primer día, unidos por Fortuna y, ahora también, por Dios. Había escogido a José Garibaldi y seguiría escogiéndolo hasta el día de mi muerte sin importarme a dónde me llevara.

Treinta

Mayo de 1841

Montevideo estaba al borde de la guerra. Sentados a la mesa en casa de los Anzani, intentábamos recopilar toda la información que podíamos sobre esta nueva amenaza.

—¿Qué saben de la historia de Uruguay? —preguntó Anzani.

—Sé que Uruguay es como el hijo del medio renuente, siempre atrapado entre Brasil y Argentina —contestó José y agarró el mate—. Durante mucho tiempo nadie quiso colonizar la región. Era un parcho de tierra baldía que se servía para impedir enfrentamientos entre España y Portugal.

—Sí, pero los gauchos comenzaron a asentarse aquí, ¿no es cierto? —pregunté tomando asiento al lado de mi esposo—. Recuerdo que mi padre decía que pensó mudarse aquí, pero luego conoció a mi madre y se quedó en Brasil.

—Las mujeres lo cambian todo —dijo José dándome un beso en la sien—. Sí, con el tiempo los gauchos se establecieron en esta tierra.

Luisa colocó un plato de carne fría y fruta sobre la mesa.

—No es la primera vez que Argentina pone los ojos en Uruguay.

—Dios nos ayude. Si no fuera por los Treinta y Tres, estaríamos bajo el dominio argentino hace tiempo —comentó Anzani y se sirvió un pedazo de carne.

—¿Quiénes eran los Treinta y Tres?

—Los Treinta y Tres eran treinta y tres hombres que formaron un ejército para expulsar a Argentina de Uruguay —dijo Anzani—. Nuestro último presidente, Fructuoso Rivera, era miembro de los Treinta y Tres. Es una lástima que renunciara al concluir su término presidencial. Lo prefiero a Manuel Oribe. Al menos con Rivera no estaríamos sometidos a Rosas y a Argentina.

—Oribe es un ignorante que se toma cualquier ofensa como un ataque personal. Los hombres débiles de carácter como él se sienten atraídos por hombres más fuertes independientemente de sus motivos —añadió José jugando con la bombilla—. Ahora debemos ser amables con Juan Manuel de Rosas y su burocracia argentina corrupta.

Me sentí más presionada aún por el peligro la semana siguiente cuando nuestra familia italiana volvió a reunirse. Me senté a la mesa a cortar hierbas mientras las mujeres hablaban y no pasó mucho tiempo antes de que el tema de Argentina surgiera en la conversación.

—A Oribe no le favorece aliarse con Rosas —dijo una de las mujeres, negando con la cabeza mientras removía el arroz en el caldero.

—Estaríamos más seguros si nos aliáramos con un *homem do saco*. —Algunas de las mujeres contuvieron la respiración y se persignaron al escuchar el nombre del mítico hombre del saco que se robaba a los niños.

—No entiendo. ¿Por qué es tan malo Rosas? —Me arrepentí al instante de haber preguntado. Todas las mujeres me miraron fijamente y yo me encogí de vergüenza hasta que la risa de Luisa sonó como un cascabel y llenó la cocina. El resto de las mujeres rio con ella.

—Mi querida Anita: déjame contarte una historia. Había una vez —comenzó Luisa—, una niña muy hermosa que se llamaba Camila. Venía de una familia prominente y estaba destinada a un matrimonio providencial.

—Con uno de los primos de Rosas, ¿no es cierto? —preguntó una.

—No: su sobrino.

—Con su permiso, señoras, ¿puedo continuar? —Todas se callaron y Luisa siguió hablando—. No obstante, Camila estaba enamorada de otro. Un joven cura, tímido y apuesto, que tenía unos ojos como el mar y un rostro tan bello que las mujeres lloraban su devoción por Cristo. Sin embargo, el cura no pudo resistirse a la hermosa Camila. Mantuvieron su amor en secreto hasta que nuestra joven Camila descubrió que estaba embarazada. Fue entonces que el cura y Camila se fugaron.

Luisa se movía por la cocina con la gracia de una bailarina. La mirábamos absortas mientras tejía su historia.

—Nuestra desafortunada pareja llegó a otro pueblo. Creían que habían huido lo suficientemente lejos. Creían que la historia que habían inventado de una joven pareja que quería empezar una nueva vida era convincente. Pero lo que olvidaron fue que, si traicionas a Juan Manuel de Rosas, nunca podrás huir lo suficientemente lejos.

»Rosas y su ejército los encontraron —prosiguió Luisa—, y nuestra pareja fue llevada de vuelta a Buenos Aires. No hubo juicio porque en Argentina sólo hay una sentencia posible para los que violan la ley: la muerte. Luisa hizo una pausa para crear suspenso y todas se persignaron—. Primero, pusieron al joven cura frente al pelotón de fusilamiento para que Camila tuviera que ver morir a su amante. Luego, era su turno, pero cuando la amarraron y levantaron las armas dispuestos a disparar, el arzobispo les ordenó parar. «¿Y el bebé?» protestó, «Estoy seguro de que el señor Juan Manuel de Rosas tendrá compasión del niño». Rosas ponderó estas palabras, ya que, después de todo, se consideraba un buen católico. «¡Bautice el vientre!» ordenó. El vientre de Camila fue bautizado a toda prisa antes de que el pelotón de fusilamiento la matara.

Se me cortó la respiración.

—Por eso, mi querida Anita, nos preocupa tanto el nuevo mejor amigo de nuestro presidente —dijo Luisa.

Me pasé la noche entera dando vueltas en la cama. Cada vez que cerraba los ojos, la imagen de Camila embarazada me aterrorizaba.

—*Tesoro mio*, ¿qué te preocupa? —José se volteó en su lado de la cama y apoyó la cabeza en la palma de la mano.

—¿Rosas es tan malo como dicen?

La cara de José se ensombreció y se quedó mirando fijamente un punto en mi clavícula.

—Es peor. —Me miró a los ojos—. ¿Qué historias contaban las mujeres en la cocina?

—Hablábamos del cura y su amante, Camila.

—Ah, ésa es una gran historia, pero no es mi favorita. —Se puso bocarriba y cerró los ojos.

—¿Cuál es tu historia favorita?

—¿No puedes dormir y quieres que te cuente otra historia que te provocará pesadillas? —Abrió un ojo travieso.

—Sí, quiero saber —contesté juguetona y le golpeé el hombro.

—Muy bien. La que más me ha impresionado de todas es la del ritual que hace siempre que mata a un rival. Le corta la cabeza y juega al fútbol con ella —dijo y me jaló hacia él.

—¡No!

—Me dijiste que te contara una historia —dijo y pegó su frente contra la mía. Se le escapó una risita.

—Lo sé, pero, por Dios, es un hombre terrible.

José me abrazó y me acercó todavía más a él. Apoyé la cabeza en el hueco blando entre su hombro y su cuello.

—¿Por qué Oribe querría aliarse a semejante monstruo?

José respiró profundo.

—No lo sé, mi amor.

Miré a mi esposo.

—¿Qué pasará ahora?

—Yo te protegeré de los demonios. —Me abrazó con fuerza hasta que me quedé dormida.

Al cabo de dos días, José entró corriendo por la puerta más temprano de lo habitual mientras yo limpiaba después de haber almorzado y haberle dado de comer a Menotti. José recorrió la casa a toda velocidad y aseguró las ventanas.

—José, ¿qué pasa?

—Cierra las puertas.

—¿Qué dices? —pregunté levantando una ceja ante el extraño comportamiento de mi esposo.

—Dije que cierres las puertas. No saldremos de esta casa hasta que yo diga.

—José, no seas ridículo.

—Rivera, nuestro antiguo presidente, está planificando un golpe. Será mañana. —Caminó hacia Menotti, lo cargó y lo abrazó con fuerza.

El plato que estaba sujetando se me cayó de las manos y se hizo añicos en el suelo.

—¿Estás seguro? ¿Dónde lo escuchaste?

—Tengo mis fuentes. Han estado planificándolo. Rivera y sus hombres se están preparando para regresar al gobierno. Están hartos de las alianzas de Oribe con Argentina.

—¿Vas a participar?

—No —dijo José y se dio vuelta para mirarme—, no puedo abandonar a mi familia.

Según nos ordenó José, el día siguiente nos quedamos en la casa, y también el día después. Él salió con cautela para averiguar sobre el golpe y yo me pasé otro día más en casa. Regresó más tarde con pan fresco, una caja de pastelitos y una sonrisa en los labios.

—Pues bien, nos hemos librado de la guerra por lo pronto —dijo y puso la caja sobre la mesa para agarrar a Menotti, que estaba obsesionado con lo que había traído su padre—. Oribe fue destituido de un modo bastante pacífico. Rivera se apareció con su ejército y escoltaron a Oribe fuera de la capital. —Cortó un pedazo de un pastelito y se lo dio a Menotti cuyo rostro se iluminó de alegría por el sabor.

—¡Ma! ¡Ma! —le pidió a su padre y abrió la boca como un pajarito.

—Se rumora que Oribe huyó a Argentina para refugiarse con Rosas —dijo José al tiempo que le ponía más comida en la boca a nuestro hijo.

—Vas a arruinarle la cena —lo regañé.

José me pasó la caja.

—Hoy celebramos las pequeñas victorias. Podemos arruinarle la cena una vez, ¿no?

La cabeza me daba vueltas mientras masticaba.

—¿Por qué querría alguien buscar refugio donde Rosas?

—Porque Rosas es un hombre poderoso. Apoyará a Oribe cuando esté listo para atacar. Después de lamerse las heridas, por supuesto. Hasta el más tonto sabe que cualquier gobierno que establezca Oribe será una marioneta de Rosas.

—Habrá guerra, ¿no es cierto?

—Me atrevo a apostar que sí —respondió José.

Suspiré y me quedé mirando a mi esposo y a mi hijo. Se me encogió el corazón. Una vez más iríamos a pelear.

Treinta y uno

Julio de 1841

Según predijo José, la guerra llegó a Montevideo. Dos meses después de su destitución del gobierno uruguayo, Oribe regresó con un ejército respaldado por Rosas.

—Se rumora que Oribe está avanzando en el norte —dijo José removiendo el guiso en el plato—. Sería una tontería irnos de aquí ahora que se avecina la estación de lluvias.

—¿A quiénes van a enviar para enfrentarlo? —pregunté ajustándome el mantón alrededor de los hombros y mirando cómo el viento batía los árboles al otro lado de la ventana.

José encogió los hombros.

—No sabría. Ya no estoy en el ejército. No me cuentan nada. —De una vez, volvió los ojos hacia Menotti y abandonó el tema de la guerra.

En los días que siguieron, José se dedicó cada vez más a los asuntos del hogar para distraerse de la política uruguaya. Una noche, acabábamos de sentarnos para cenar cuando tocaron a la puerta; el eco retumbó en toda la casa. Miré a José intrigada antes de levantarme para abrirla. En un día frío de invierno como ése, nadie salía del calor de su hogar para visitar a los vecinos.

A la puerta había en hombre cuyas ropas parecían no haberse lavado en varios días. En su rostro se asomaba la sombra de una barba sin afeitar. Sostenía un sombrero raído en las manos.

—Disculpe, señora, busco a un bastardo con aliento a ajo llamado Giuseppe.

Lo miré fijamente sin saber qué pensar del presunto visitante.

—¿Miguel Contreras? —preguntó José al tiempo que se acercaba a la puerta—. ¡Pedazo de animal! —exclamó José al tiempo que le daba un abrazo de oso—. ¿Qué haces en América del Sur?

Miguel encogió los hombros.

—He estado flotando por aquí y allá.

José se dio cuenta de que yo seguía ahí y se dirigió a mí.

—Te presento a mi esposa, Anita. Anita, éste es un viejo amigo, Miguel Contreras.

—Ya lo veo —dije mirándolo e intentando contener una mueca—. ¿Se quedará a cenar?

—Jamás rechazo una comida gratis, gracias —dijo e hizo una pequeña reverencia.

El visitante observó la casa mientras nos acompañaba a la cocina.

—Aún sigo sin creer que Giuseppe Garibaldi sea un hombre casado.

—Y un padre —añadió José.

—Pues espero que tu hijo saque tus peores cualidades, a no ser que sea una niña. En ese caso, espero por el bien de todos que se parezca a su madre —dijo Contreras guiñándome el ojo.

—Tenemos un niño. Se llama Menotti —dijo José con orgullo.

—Pues no dudo que, dentro de poco, andará saqueando el Mediterráneo e instigando motines como su padre.

—Primero tendrá que aprender a caminar —dije al tiempo que ponía los platos en la mesa.

José echó la cabeza hacia atrás y soltó una carcajada.

—Miguel y yo nos conocemos desde hace mucho tiempo. Era mi compañero de tripulación cuando zarpé de Marsella.

—Y luego le permití a su marido que me enganchara para ayudarlo a destituir a un capitán francés insoportable.

—Estoy segura de que sus intenciones eran nobles —bromeé.

—Por supuesto —contestó Miguel y alzó una petaca que había producido del abrigo—. ¡Por el hombre que me corrompió! Que nadie más vuelva a considerarme un ángel.

—¿Qué te trae a mi puerta? —José le hizo la misma pregunta que me hacía yo también.

—He estado activo en la resistencia contra Rosas. Hasta hace poco, su interés era tomar Brasil. Sin embargo, Uruguay parece ser una perla más fácil de obtener. Alguien tiene que mantener a ese monstruo a raya —dijo conteniendo un eructo—. Cuando me enteré de los últimos acontecimientos, no pude evitar involucrarme. Argentina tiene los ojos puestos en Uruguay. Si no los detenemos, se apoderarán de todo el continente.

—Estoy de acuerdo, pero, por lo que he visto del ejército uruguayo, deberíamos ser capaces de detener al ejército argentino —dijo José al tiempo que apretaba la bombilla de metal entre los dientes.

—Hasta que se vacíen las arcas. —El tenedor de Miguel arañó el plato y yo me retorcí irritada.

—Afortunadamente, eso no ocurrirá por lo pronto —dijo José.

—Yo no estaría tan seguro —respondió Miguel.

—¿Qué quieres decir? —preguntó José.

—¿No te has enterado? —Miguel alzó la vista sorprendido.

—No. ¿Qué ha ocurrido?

—El tesoro está vacío. Oribe se lo llevó todo.

A José se le cayó el tenedor de la mano.

—¿Cómo es posible? He asistido a las reuniones del gobierno, he escuchado los informes. ¡No puede ser! —Su voz se fue apagando—. El yerno de Oribe estaba a cargo de las finanzas. —José y yo nos miramos al comprender la situación. La cosa no pintaba bien—. Confiaban en él —dijo sin dirigirse a nadie—. Pensé que, si ellos confiaban tanto en él, yo debía hacer lo mismo.

—Ignoraste tu intuición —susurré.

—Esto va más allá de Uruguay —dijo Miguel y se aclaró la garganta—. Argentina y Francia firmaron un acuerdo.

José se inclinó hacia delante en la silla.

—¿Por qué Francia se aliaría con un monstruo como Rosas?

—Por comercio. ¿Qué más? —contestó Miguel—. Hace unos años, capturaron a unos ciudadanos franceses por venderle cartografía argentina a Bolivia. El embajador francés exigió su liberación, lo que resultó en que Rosas cerrara la embajada francesa y arrestara a los vendedores. —Miguel bebió un gran sorbo de su petaca—. Los franceses, tan orgullosos como siempre, decidieron escalar el conflicto y bloquearon el puerto de Buenos Aires hasta que liberaran a sus hombres. Esto ocurrió hace dos años y no ha sido hasta ahora que comienzan a permitir que entren barcos.

—Ahora entiendo por qué Argentina quiere meterse en Uruguay —dije—, quieren nuestra costa.

—Rosas no se detendrá hasta controlar toda América del Sur —añadió José.

—José, amigo, te necesitamos. Necesitamos que organices a los nuestros. Queremos formar una legión compuesta exclusivamente de nuestros correligionarios italianos. Somos muchos del viejo mundo que vivimos aquí. Queremos luchar por nuestra tierra adoptiva, pero no podemos hacerlo sin ti.

José escrutó a su amigo unos instantes antes de hablar.

—Tendrán que luchar sin mí. Ahora soy maestro de Matemáticas.

—Por favor, no me digas que eres feliz jugando a las casitas.

—Yo mecía a Menotti sobre una cadera. Miguel me miró—. Lo siento, no quise ofenderla. —Volvió a mirar a José—. Te conozco. Conozco tu sed de aventura. No puedes cruzarte de brazos y dejar que la historia transcurra ante tus ojos.

—Lo siento, Miguel, mi época de guerrero ya pasó. Tengo una familia que cuidar. —Vertió más agua caliente en el mate y trató por todos los medios de evitar la mirada de Miguel.

Los ojos penetrantes de Miguel se enfocaron en mi esposo.

—Pues bien: ya veo que me he equivocado. No les robo más tiempo. —Miguel me hizo una reverencia—. Señora. —Se puso el sombrero y se marchó.

Llevé a Menotti a jugar al salón antes de recoger los platos. José se quedó sentado a la mesa.

—No tienes que usar a tu familia de excusa. Lo sabes.

—No es excusa.

—¿Ah, no? No haces más que buscar a qué echarle la culpa y yo, mientras tanto, me estoy convirtiendo en la esposa que retiene a su esposo. Si no quieres unirte al ejército, di que es porque no quieres. Pero no le debes excusas a nadie.

—¿Y por qué, querida esposa, crees que no quiero unirme al ejército?

—Perdiste mucho en Rio Grande do Sul; ambos lo hicimos. Es natural que dudes en involucrarte en otro conflicto.

José soltó un suspiro profundo.

—Creo que me conoces mejor de lo que me conozco a mí mismo. —Me besó la mejilla—. Me voy a la cama.

—José…

Con un gesto de la mano me pidió que no continuara.

—Me duele la cabeza. Te espero en la cama. —Y desapareció escaleras arriba.

Más tarde, entré en la habitación, que estaba a oscuras. José dormía en su lado de la cama, de espaldas a mí. Me metí en la cama y me acurruqué contra su espalda. Podía sentir su respiración agitada.

—Has sacrificado más de lo que nadie podría esperar —le susurré a la espalda mientras le acariciaba las cicatrices, el recuerdo de un castigo de antaño—. No debe avergonzarte no querer dar más.

Contuvo la respiración por un instante. Como no respondió, me aventuré a decir:

—Hagas lo que hagas, sabes que tu familia estará bien.

Creí que estaba dormido, pero luego me tomó la mano y se la llevó al corazón. Así nos quedamos dormidos.

Al cabo de unos días, caía la noche y José jugaba con Menotti mientras yo los observaba construir unas torres muy altas que competían con nuestra mesa. Disfrutábamos de ese momento en familia cuando un grupo de camaradas italianos llegó a nuestra puerta.

—Tenemos un problema —anunció Anzani sosteniendo a un hombre dos veces más grande que él. Los hombres que entraron tras él tenían el rostro ensangrentado y lleno de golpes. Mientras contaban la historia, mitad en español y mitad en italiano, busqué mi botiquín y me puse a vendarles las heridas.

Anzani caminaba de un lado a otro con los brazos cruzados.

—Cuéntale —gruñó.

—Estábamos en la taberna cuando llegó un grupo de franceses borrachos —se atrevió a comenzar uno de los hombres. Tenía el labio inferior abierto e inflamado.

—Ése fue el primer problema —dijo José mirando alrededor de la habitación—. Si se pasan las noches en la taberna, suceden estas cosas.

—Los franceses hacían alarde de ser el mejor ejército del mundo, que las Américas debían sentirse afortunadas de contar con ellos y que, de no ser por ellos, el continente sería un caos —añadió otro camarada.

Me quedé inmóvil. José se quedó helado mirando a Anzani. Francia había provocado demasiado daño a Italia. En público, decía que apoyaba la unificación de Italia. Sin embargo, todo el mundo sabía que Luis Felipe era el mecenas del ejército papal. Francia le concedía al Papa todo lo que pedía. No eran salvadores de nadie.

—Cuéntale lo que ocurrió después —insistió Anzani.

—Nos insultaron. Nos llamaron cobardes.

—No hay que armar una pelea sólo porque un grupo de franceses borrachos nos llame cobardes —los regañó José.

—Te insultaron, José —interrumpió Anzani—. Nuestra gente se metió en una pelea de borrachos por defender tu honor.

—Dijeron que eras el más cobarde de todos —interrumpió un joven camarada—. Dijeron que perdimos la Guerra de los farrapos porque no eras capaz de salvar ni un barquito de papel.

José fijó la vista en el bloque que sostenía en la mano. Un rubor intenso le subió por el cuello.

Mi paciente se retorció y me di cuenta de que le estaba apretando demasiado el vendaje. Me disculpé y me ruboricé a causa de mi error de principiante. No pude evitar distraerme.

Un José enfurecido y vociferante no temía decir lo que pensaba; sabías exactamente a qué atenerte. ¿Pero un José callado y contemplativo? No había forma de saber lo que te esperaba.

Anzani se arrodilló a su lado.

—Te necesitamos.

Dejé de atender a los hombres y observé a mi esposo. El silencio se apoderó de la habitación. José se quedó mirando el bloque y dándole vueltas en la mano.

Elevó la vista hacia mí y me miró con la misma expresión con que miraba cuando estaba a punto de disculparse. Asentí discretamente con la cabeza y luego se dio vuelta para ver a los hombres que lo observaban atentos. Miró a cada uno a los ojos. Echó los hombros hacia atrás y se enderezó. Alzó la frente y dejó de ser mi José para convertirse nuevamente en el capitán Giuseppe Garibaldi.

—Estamos aquí en América porque los poderes europeos nos impiden vivir de forma segura en nuestro propio país. Nos han robado casi todo. Digo «casi» porque aún no nos han robado el orgullo. El orgullo propio: nuestro orgullo de italianos. —Miró alrededor de la habitación—. No sé qué piensen ustedes, pero yo le daría la vuelta al mundo dos veces en barco para retar a cualquiera que trate de robármelo. —Se puso de pie—. Nos aseguraremos de que estos franceses no vuelvan a hablar mal de un italiano.

Desde la puerta, José despidió a cada uno de los hombres con palabras de aliento y se quedó vigilando hasta que desaparecieron en la noche.

—Tendré que volver a hacer el papel de político —dijo sin dirigirse a nadie en particular.

—Lo sé. —Me le acerqué por detrás, lo abracé por la cintura y hundí el rostro en su espalda. El olor a sándalo me envolvió y me llevó a un lugar seguro. Me llevó hasta él.

—Es una lástima. Ya estaba acostumbrándome a la vida tranquila. —Me sujetó por la muñeca y me atrajo hacia sí.

—No estamos hechos para vivir una vida tranquila —dije sonriendo en su espalda—. Al final, nos aburrimos.

José rio y cerró la puerta al mundo exterior.

Treinta y dos

De pie frente a la estufa, conversaba con Anzani sobre su hijo recién nacido al que llamaron Giuseppe Antonio Cingolani Anzani. Mostré más interés que de costumbre en los detalles sobre el bebé porque me daba una excusa para ignorar a Miguel, que estaba sentado a la mesa suspirando y trazando con el dedo uno de los nudos de la madera.

—Ninguno de mis hijos ha dormido tan poco —bostezó Anzani—. Justo cuando pensamos que podremos dormir un rato, vuelve a despertarse. Juro que ese pequeño desgraciado lo hace a propósito.

—¿Y qué tal lo llevan los demás niños? —Miré con el rabo del ojo a Miguel, que fruncía el ceño; la arruga entre las cejas se le pronunciaba aún más.

—Tomaso es un ángel. Ayuda a Luisa en todo. Los niños sienten una gran admiración por él.

José entró en la casa a toda prisa. Ahora iba a más reuniones con los oficiales del gobierno que lo mantenían ocupado todo el día y toda la noche. Tenía bolsas debajo de los ojos.

Después de rellenarle la taza de té a Anzani, serví una taza para mí y me senté.

Miguel me miró al instante.

—Ésta es una reunión de negocios. —Miró a José y luego a Anzani en busca de apoyo, pero Anzani no levantó la vista del suelo y un silencio incómodo se apoderó del salón.

José se aclaró la garganta y miró a Miguel a los ojos.

—Anita puede estar presente en cualquiera de mis reuniones.

Miguel se inclinó hacia él.

—Pero es tu esposa.

José encogió los hombros y miró a Miguel a los ojos.

—Eso sólo significa que, en cualquier caso, se lo contaré todo.

—Está claro que no has oído hablar de sus hazañas en la Guerra de los farrapos —intervino Anzani con una sonrisa traviesa.

José frunció el ceño.

—Tenemos asuntos más serios que discutir. Me han llegado noticias desafortunadas sobre la armada. Parece que ahora las municipalidades locales tienen que asumir la carga de comprar sus propios barcos.

—Eso quiere decir que, si Montevideo desea una defensa naval, ¿tendría que sacar de su propio dinero para costearla? Y las demás ciudades, ¿están en la misma situación? —preguntó Anzani.

—¿Están locos? —preguntó Miguel.

—No hay dinero —suspiró José—. Si desvían la carga a las regiones locales, también podrán desviar la culpa si algo sale mal. —Cuando Anzani y Miguel abrieron la boca para protestar, José levantó la mano—. Lo sé, lo sé, algo inevitablemente saldrá mal.

—¿Por qué no sacan el dinero de otra partida? —pregunté al tiempo que me ponía de pie para buscar más agua para el té—. Estoy segura de que los políticos tienen los bolsillos forrados de oro.

—Pues le deseo suerte si intenta convencerlos de que suelten algo —añadió Miguel y vertió el contenido de una petaca en su taza.

—¿Y quién fue el político que tuvo la brillante idea de que la carga de las armadas recayera en las municipalidades? —pregunté.

—Enrique Vidal —respondió José—. Un político de la vieja guardia que siempre ha salido a flote en el momento oportuno.

Miguel sorbió un trago largo de té antes de responder.

—¡Claro! En público clama por la responsabilidad fiscal mientras que, en su hogar, vive rodeado de lujos.

Anzani afirmó con la cabeza.

—Lo único que tenemos que hacer es demostrarles que Garibaldi puede reunir a un grupo de marineros y formar una flota que sea rentable. Si no logramos convencer al gobierno federal, al menos aseguraremos algo de protección para Montevideo.

En las semanas que siguieron, José llegaba a casa más cansado y malhumorado que Menotti antes de la siesta. Había luchas internas en el gobierno. Algunos políticos de la vieja guardia querían hacer las cosas del modo que las habían hecho siempre.

José intentaba por todos los medios de fomentar el cambio sin parecer demasiado radical. Y casi lo logra de no haber sido por Vidal, que era el custodio del tesoro y no quería repetir los pecados de sus predecesores. O eso decía.

José se sentó a la mesa con la cabeza entre las manos mientras yo cocinaba.

—Vidal no financiará nada. Apenas pude convencerlo de que financiara un barco. ¡Un barco! Dime, ¿cómo se supone que dirija una armada con un barco?

—No lo sé, mi amor —dije al tiempo que le colocaba un plato de comida delante.

Empezó a darle vueltas a la comida en el plato.

—Vidal dice que está ahorrando por el bien de Uruguay, pero creo que sólo está ahorrando hasta tener suficiente dinero para vivir como un rey en Europa.

Hice todo lo posible para que el tiempo que José estuviera en la casa fuese apacible. Escuchaba pacientemente cada vez que se quejaba del estado de los asuntos. Le retrasé la hora de la siesta a Menotti para que estuviera descansado y contento cuando llegara su padre. La noche siguiente, mientras preparaba la cena, José se me acercó inesperadamente por detrás y me abrazó por la cintura. Me besó el cuello con dulzura y luego reposó el mentón sobre mi hombro.

—¿Y qué te ha puesto de tan buen humor?

—Nada. Quería demostrarte mi agradecimiento. Sé que no ha sido fácil vivir conmigo últimamente. —Dejé que José me meciera en sus brazos.

—Tenemos que aguantarles muchas cosas a las personas que amamos —dije y solté una carcajada cuando José me sopló el cuello, juguetón.

Esa noche observé a José jugar en el suelo con Menotti. Incluso lo acostó a dormir. Más tarde, me hallé tendida sobre él en nuestra cama, jadeante después de hacer el amor. Me sentí arrullada en su abrazo. José me acariciaba el brazo mientras escuchábamos los sonidos de Montevideo al otro lado de la ventana.

—El gobierno me ha dado mi primera asignación. Me envían a hacer una entrega.

Le acaricié las costillas.

—¿Dónde?

—Corrientes.

Me senté en la cama de un golpe.

—¡Corrientes está rodeada por el ejército argentino! La provincia está perdida.

—Debo demostrar que Uruguay necesita desesperadamente una armada que funcione.

—No tienes nada que demostrar. ¡Sería un suicidio! —levanté la mano para golpearle el pecho, pero me agarró el brazo y se lo llevó a los labios.

—Será un suicidio sólo si dejo que me capturen.

—Te estás arriesgando voluntariamente.

Me tiró del brazo y me atrajo hacia sí.

—*Tesoro mio*, he estado en situaciones más peligrosas —dijo y me besó.

Aún no había amanecido cuando me desperté. Por un instante me sentí desorientada. Me estiré en la cama y me di cuenta de que José ya no estaba a mi lado. Me incorporé y busqué en la habitación a oscuras. Agucé el oído, pero no había nadie. Miré a Menotti, que parecía un hombrecito en miniatura por la forma en que dormía con la manta enrollada entre las rodillas.

Con suma cautela, bajé las escaleras hacia la cocina. La luna brillaba a través de la ventana y formaba sombras extrañas sobre la mesa. Fue entonces que vi la nota; el intimidante pedacito de papel sobre la mesa.

He zarpado rumbo a Corrientes. Regresaré a ti, *tesoro mio.*

José

Treinta y tres

Septiembre de 1841

El silencio escalofriante de la casa sin mi esposo me perturbaba. Iba a menudo a buscar refugio en casa de Luisa, que se había quedado a cargo de la prole Anzani en lo que Francesco acompañaba a José.

Aprovechamos el sol tibio de la primavera y sacamos a los niños para que se cansaran. Mientras observaba a Menotti jugar con los demás, pensé en la obligación que tenía de protegerlo para que creciera y se convirtiera en un hombre fuerte digno de su padre.

—No sé qué habré hecho para que Dios me castigue de este modo —dijo Luisa por encima del llanto de su hijo inquieto—. No sólo no me ha dado una hija, sino que me ha dado un hijo que protesta por todo. ¿Cómo puede ser tan testarudo? ¡Y todavía no habla!

—Al menos no tuviste un bebé feo.

Luisa apartó al niño y lo admiró.

—Si algo hacemos bien Francesco y yo es tener niños guapos y voluntariosos. —Chasqueó la lengua—. ¡Cesare, suelta eso, que sabe Dios dónde ha estado! —La sonrisa en el rostro de Cesare desapareció cuando se deshizo del enorme gusano con el que había estado atormentando a los demás niños. Luisa regañó a Cesare en italiano y luego se volvió hacia mí—. Anda, lee el artículo.

Luisa había estado enseñándome a leer con los artículos que se publicaban sobre nuestros esposos en el periódico. Me sentía un poco mejor cuando encontrábamos cualquier información sobre su bienestar.

Al cabo de dos días de batalla contra el buque insignia argentino, el Rivera se ha hundido.

Se me secó la boca y Luisa, que le daba palmaditas al pequeño Giuseppe, se quedó helada. Carraspeé para aclararme la garganta y seguí leyendo.

Capitaneado por el señor Garibaldi, el Rivera intentaba traer provisiones muy necesarias a los habitantes de Corrientes.

Luisa se persignó.

Dada la magnitud del naufragio, se cree que los hombres murieron. Argentina aún no ha informado a las autoridades uruguayas si tomó algún prisionero.

Dejé caer el periódico en la falda.

Luisa miró a sus hijos.

—Nuestros esposos no han muerto.

—Lo sentiríamos. —En una ocasión me dijeron que José había muerto. No lo creí entonces y no lo creía ahora. Recordé aquel día frío en Brasil cuando Moringue intentó convencerme de que mi esposo había muerto. No lloré como mi madre cuando murió mi padre. Simplemente seguí adelante sabiendo que nada me detendría. Estaba convencida de que, si José había muerto de verdad, lo sentiría en cada fibra de mi ser. No lo sentí en aquel momento en Brasil y no lo sentía ahora.

—Cuando estaba embarazada de Tomaso, Francesco recibió un disparo. La bala le entró por la espalda y se le alojó en un pulmón. —Miró al bebé que, finalmente, se había calmado y le acarició la mejilla. Los ojos se le llenaron de lágrimas—. Los médicos me dijeron que mi esposo moriría, pero no les creí. Hice que Francisco me prometiera que viviría hasta ver a Tomaso convertido en un hombre. —Miró a Tomaso, que jugaba con los demás niños—. Nuestros esposos regresarán.

Temprano en la mañana, antes de que saliera el sol, me desperté de un sueño que parecía un recuerdo. Estaba en nuestro barco en la batalla de Laguna. El buque se estremecía con los cañonazos. Un vago olor a pólvora me impregnó la nariz.

Me desperté súbitamente cuando escuché el cañonazo y me di cuenta de que no era un sueño. El corazón me latía a prisa mientras intentaba reconocer dónde estaba. Sentí la firmeza de mi cama. La luz de la luna formaba sombras extrañas sobre el suelo y el armario. El sonido del cañón estremeció toda la casa. Salté de la cama y corrí hacia Menotti. Salimos corriendo por la puerta y nos encontramos con Feliciana en los escalones de la entrada.

—¿Qué sucede? —preguntó Feliciana. Sus ojos color marrón dorado parecían enloquecidos de terror. Los cañonazos se escuchaban a lo lejos.

—La ciudad está bajo asedio. Tenemos que buscar a Luisa y a los niños.

Cuando nos acercamos a su puerta, Luisa ya iba sacando a empujones a los niños adormilados.

—¿Van a la iglesia? —preguntó casi sin aliento.

—¡Sí! —La iglesia era una gran estructura de piedra en el centro de la ciudad. Había soportado todas las tormentas y guerras que la gente de Montevideo podía recordar.

El eco del cañonazo retumbó como un trueno a nuestro alrededor. Guiadas por la luz de la luna, corrimos tan velozmente como pudimos a través del aire tibio, tirando del brazo a nuestros niños asustados. Otras personas empezaron a despertarse y a huir de sus casas hacia el santuario de la iglesia.

Según entrábamos en la iglesia, el padre Lorenzo y las monjas nos entregaban mantas y tazas humeantes de té. El olor a incienso mezclado con el olor de los cuerpos sin lavar se dispersaba por el aire al tiempo que más de un centenar de mujeres y niños se apostaban en campamentos en miniatura. Todos los hombres hábiles se habían ido a luchar con el ejército uruguayo para defender nuestro país, y las mujeres nos habíamos quedado solas en Montevideo. Las ráfagas de luz provenientes de los barcos distantes iluminaban el cielo nocturno. A través de los vitrales con imágenes de santos que rogaban por nosotros se filtraban destellos anaranjados y rojos. Examiné los arcos de mármol blanco del techo. Las catedrales como ésta debían resistir aun cuando todo a su alrededor se convirtiera en polvo.

El padre Lorenzo nos recibió con una sonrisa cuando nos acercamos.

—Haremos todo lo posible por mantenerlos cómodos, pero me temo que no podremos atender las necesidades de todos. Pronto llegará el amanecer y, con él, las barrigas sentirán hambre. No soy

Cristo, no puedo hacer milagros. —Nos quedamos quietos mientras otro cañonazo estremecía la tierra a nuestros pies.

—¿Sabe si se está haciendo algo para fortificar la ciudad? Tendremos alguna defensa, ¿no es cierto? —pregunté mientras me sujetaba el pelo en un moño. Tenía que conocer el plan para protegernos a todos.

El padre Lorenzo negó con la cabeza.

—La mayoría de los uruguayos está luchando en el oeste. Dejaron una pequeña guarnición para defender la ciudad. Pero si los argentinos están aquí ahora, quiere decir que pudieron atravesar nuestro frente. —El padre Lorenzo observaba a la gente entrar—. Rosas ha codiciado nuestro puerto por mucho tiempo. Parece que al fin va a apoderarse de él. —Aunque Rosas había firmado un tratado con Francia respecto al puerto de Buenos Aires, aún tenía que soportar que los franceses se metieran en sus asuntos. Pero, si tomaba Montevideo, tendría un puerto completamente nuevo y libre del alcance de Francia.

Miré a mi alrededor. La mayoría de la gente estaba apiñada, sucia, llorosa y, evidentemente, asustada. No necesitaba que Fortuna me enviara una señal para saber que mi lugar estaba aquí con esta gente. Me subí a un banco.

—Atención, por favor. Tenemos que colaborar para salvar nuestra ciudad.

—¡No somos soldados! —gritó una mujer al fondo de la nave. Lucía inmaculada, como si estuviese de visita social y no huyendo de los cañones. Me erguí y proseguí.

—No, no lo somos, y ésa es nuestra ventaja. No necesitamos soldados que nos protejan. Si colaboramos, podremos lograr lo que diez ejércitos. —Observé las caras sucias y llorosas que me miraban—. Iremos en grupos de seis, cuatro grupos a la vez. Juntas fortificaremos la ciudad.

El padre Lorenzo se subió al banco y se colocó a mi lado.

—Montevideo solía estar rodeada por una muralla. Cuando los ingleses invadieron la ciudad en 1807, destruyeron la muralla, pero podemos construir sobre esas ruinas.

Asentí con la cabeza.

—Tienen que agarrar basura, tablones, troncos, todo lo que encuentren que sirva para construir muros que no puedan atravesar. También necesitaremos provisiones. Vayan a sus hogares y a los de sus vecinos y traigan alimentos, mantas y cualquier cosa que nos ayude a estar más cómodas. Las que no salgan, cuidarán a los niños.

Una mujer de baja estatura con el pelo claro levantó el puño en el aire.

—¡Esto es ridículo! ¡No podemos hacer todo eso!

—Puedes ayudar en el primer turno para cuidar a los niños. —Me bajé del banco—. Luisa, lleva un grupo. Feliciana, puedes ayudar en el primer turno para cuidar a los niños, ¿no?

—Por supuesto —respondió y le quitó a Giuseppe de los brazos a Luisa.

Entre la humareda, nos dispersamos por la ciudad destruida. Dos grupos se enfocaron en buscar mantas y alimentos, primero de sus hogares y luego de los de sus amigos para llevarlos a la iglesia. Los otros dos grupos se enfocaron en construir las almenas. Nos acercamos todo lo que nos atrevimos a la orilla empujando la basura y formando un muro con ella.

Mientras tanto, las balas de cañón explotaban a nuestro alrededor. El olor demasiado familiar de la pólvora me inundó los pulmones. Algunas mujeres saltaban cuando sonaban los cañonazos y la tierra a nuestro alrededor temblaba. Pero no me detuve: me sentí viva como hacía años que no me sentía.

—¡Muévanse hacia delante! —grité en medio del caos. Esas mujeres tenían una fuerza increíble, sólo tenían que usarla.

⟡—⟡

Al cabo de una hora de trabajo, regresamos a la iglesia con todas las mantas y alimentos que pudimos cargar. Al llegar a la iglesia, entregamos todas las provisiones que habíamos recogido. Apenas habían transcurrido unas horas, pero ya funcionábamos como uno de los regimientos de José.

De repente, sentí que la nave se movía y me dieron náuseas. Se me aflojaron las rodillas y tuve que apoyarme en el respaldo de un banco para no caerme. Luisa me sujetó por el otro codo y me miró preocupada.

—¿Cuántos meses?

Me quedé pensativa por unos instantes.

—No, no puedo, no… —Pero no había menstruado desde antes de que José partiera… y eso había sido hacía más de dos meses. Caí en cuenta: era muy posible.

Luisa me llevó a una esquina con una gruesa manta azul para que me recompusiera.

—Siéntate, te traeré algo de comer.

—No, Luisa, no tengo hambre.

—No seas tonta —dijo—, lo necesitas tanto como ellos. Cuidaré a Menotti y a los niños hasta tu próximo turno.

Me acurruqué en mi rincón, di varias vueltas para acomodarme y me quedé pensando en la posibilidad de tener otro hijo. La cabeza me daba vueltas. Aún no tenía noticias de José. Miré alrededor de la iglesia. Las mujeres cargaban a sus hijos para tranquilizarlos. Menotti daba sus primeros pasitos detrás de los hijos de Luisa, quienes se apoderaron de todas las almohadas y mantas que cayeron en sus manos y montaron una tienda de campaña entre dos bancos. De vez en cuando oía las risas provenientes de la pequeña tienda y sonreía. Elevé la vista al crucifijo que colgaba sobre el altar. Teníamos que sobrevivir la noche, si no por nosotras, por nuestros hijos.

Seguimos trabajando por turnos bajo la lluvia a lo largo del día y hasta bien adentrada la noche. El humo y las cenizas se adherían a las gotas de lluvia y nos empapaban de agua sucia. Las almenas no eran mucho, pero al menos retrasarían la entrada del ejército argentino. Habíamos formado nuestro propio ejército disciplinado.

Al cabo de unos días, llegaron refuerzos para levantar el sitio y nos libraron de la carga de salvar la ciudad.

—¿Quién hubiera dicho que nuestras mujeres eran tan valientes? —murmuró un soldado mientras examinaba la iglesia.

—Y que tendrían tantos recursos —añadió otro.

Me reía sola mientras me dirigía a mi hogar con Menotti en brazos. Al cabo de tres días me levanté temprano para ir a la oficina central del ejército por nuestras tarjetas de racionamiento. Una densa nube de tristeza flotaba en el aire viciado. Nadie sonreía; nadie hablaba. La gente arrastraba los pies por las calles de lo que había sido una ciudad vibrante. Me detuve en seco ante la línea de racionamiento.

La fila de mujeres y niños le daba la vuelta a la esquina. Sujeté a Menotti por la mano para que no se me escapara mientras esperábamos. La única diferencia entre las esposas de los oficiales y las de los soldados era el color de las tarjetas de racionamiento. Las de las esposas de los soldados eran rojas, las de las esposas de los oficiales eran verdes. Escondí la mía en un bolsillo y sentí una puñalada de culpa al darme cuenta de que me tocaría más comida que a esas personas.

Las náuseas matutinas eran mucho peores que las que experimenté con Menotti. El estómago se me revolvía a medida que se acercaba mi turno. Menotti trataba de zafárseme de la mano que lo sujetaba por el brazo y estaba cada vez más inquieto. El oficial a cargo se colocó frente a la línea e inspeccionó las tarjetas.

Llegó mi turno y me puse frente a un oficial espigado que me miró con desprecio.

—Nombre.

—Garibaldi —dije y le entregué la tarjeta.

Me la devolvió.

—¿Pan, aceite y sal? ¿Qué se supone que haga con esto? —le pregunté al ver las escasas provisiones que me puso delante de mala gana.

—Eso no es asunto mío.

—No basta para alimentar a mi familia. Mi esposo es un oficial. Se supone que me den una ración de oficial.

—Ésa es la ración de oficial.

Lo miré desconfiada.

—Si esto es una ración de oficial, ¿cuál es la ración de un soldado?

Me miró con empatía por primera vez.

—Mejor no pregunte.

Escondí la comida en una canasta y crucé el centro de la ciudad. Menotti se me soltó y corrió a una tienda que había cerca. Lo cargué justo antes de que su manita agarrara los caquis que estaban en la parte de abajo de una hermosa pila y todos cayeran rodando por el suelo. Lo sujeté con fuerza y miré la comida con nostalgia. ¿Cómo se suponía que alimentara a mi hijo a base de pan y aceite de oliva? ¿Cómo iba a alimentarme yo?

Cuando pasé frente a la casa de los Anzani, de repente sentí deseos de ver a una amiga, aunque fuera una visita corta. Los niños jugaban afuera mientras Luisa preparaba una ensalada con pan viejo, aceite de oliva y los restos de unos vegetales marchitos.

—Veo que a ti también te dieron tu ración.

Luisa resopló.

—Al menos puedo preparar una *panzanella* decente.

Me reí y llevamos la comida al jardín. Mientras picoteaba de mi plato, miré el jardín que formaban los patios traseros de seis casas.

—¿Cuántas familias tienen a los esposos en el frente?

Luisa calculó un momento.

—La mayoría, creo. Todas están luchando por sobrevivir como nosotras.

Pateé la hierba.

—¿Qué te parece si plantamos nuestros propios huertos? Estoy segura de que podríamos intercambiar semillas por algo. Tal vez podamos juntar a las demás familias. Es posible que no sea suficiente para alimentarnos con abundancia, pero al menos no moriremos de hambre.

Luisa sonrió.

—Me gusta esa idea. Y recuperaremos todo lo que invirtamos.

Las demás esposas acogieron la idea con entusiasmo. Durante los días que siguieron, juntamos todas las plantas y semillas que pudimos encontrar y sembramos dos huertos compartidos de frutas y vegetales.

Treinta y cuatro

Noviembre de 1841

Hacía meses que no tenía noticias de José y sus hombres. Luisa y yo nos turnábamos para ir a la oficina del ejército a ver si habían recibido por mensajero alguna noticia de nuestros esposos, pero casi siempre nos echaban para que no los molestáramos. Desyerbaba nuestro pequeño huerto para distraerme del miedo por la suerte de mi esposo y sus hombres. Mi barriga empezaba a redondearse. En poco tiempo no podría arrodillarme para atender el huerto. Menotti se arrodillaba a mi lado y se maravillaba ante cada insecto y cada hoja que veía. Como buen italiano, le encantaban los tomates. Agarraba los más pequeños, se los metía en la boca y se los comía despacio. Si le hubiese permitido a mi hijo sobrevivir sólo a base de tomates, lo habría hecho. Mientras trabajábamos en el huerto cantábamos juntos su canción favorita:

Minhoca, minhoca
Me da uma beijoca
Não dou, não dou

No era una canción particularmente bonita, trataba sobre darle un beso a un gusano, pero a Menotti le encantaba porque le fascinaban los gusanos de tierra del huerto. Cantábamos y de pronto lo escuchamos fuerte y claro:

Minhoco, minhoco
Você é mesmo louco

Menotti y yo giramos y vimos a José de pie en el huerto frente a nosotros, sucio y con las ropas raídas.

Estaba vivo.

Menotti corrió riendo hacia su padre, que lo alzó en el aire y lo abrazó. Lo bajó al suelo cuando me le acerqué, más despacio. Todavía no podía creer que mi esposo estuviera frente a mí sonriendo lleno de alegría.

Cuando levanté los ojos y miré a mi esposo, las nubes grises desaparecieron y dieron paso al sol brillante de noviembre que me calentó el rostro. Me besó con una pasión que no había sentido desde que éramos jóvenes y estábamos en Laguna. Me abrazó con fuerza y aspiró el olor de mis cabellos hasta llenarse los pulmones. Me habría quedado entre sus brazos por toda la eternidad.

Después de que José se lavó y se puso ropa limpia, nos sentamos en el salón. Él jugaba con Menotti ayudándolo a pasar bloques de una pila a otra mientras yo los observaba interactuar desde la butaca cerca de ellos. Siempre era afectuoso con nuestro hijo; siempre tierno y amoroso. De algún modo, en el transcurso de mi alocada vida, tuve la suerte de encontrar un esposo maravilloso.

—Apenas llevo cuatro meses fuera. ¿Cómo ha podido crecer tanto? —preguntó asombrado al tiempo que agarraba con alegría el bloque que le alcanzaba nuestro hijo.

—Es lo que hacen los niños. Crecer.

José agarró a Menotti por la cintura y lo abrazó.

—No tienes permiso de crecer.

—¡No! —gritó Menotti riendo.

—¿Cómo que no? —José le hizo cosquillas a Menotti y lo besó. El niño gritó encantado y luego se apartó—. Me parece que Menotti no es el único que ha cambiado.

—¿En serio? —Levanté una ceja. Me divertía el rumbo que tomaba la conversación.

José me miró.

—Te ves diferente.

Sonreí, juguetona.

—¿Sí? ¿En qué sentido?

Se quedó pensativo un momento buscando las palabras. Su rostro reflejaba el esfuerzo que hacía.

—Te ves más… suave.

—¿Suave?

—No te burles —rio—. En serio, te ves más suave, como una nube, pero, al mismo tiempo, te ves… cansada —dijo con un gesto de preocupación—. *Tesoro mio*, ¿has dormido bien desde que me fui?

Suspiré con un toque de dramatismo.

—La verdad es que me quedo dormida tan pronto me meto en la cama, pero parece que no es suficiente para el bebé.

—¿El bebé? —Miró a Menotti, que le devolvió una miradita seria.

—¡No! —dijo Menotti y le quitó un soldadito de juguete de las manos al padre.

—Oh no: Menotti duerme toda la noche. Ése no es el bebé al que me refiero —no pude contener la sonrisa que afloraba en mis labios.

En ese momento, José se puso de rodillas.

—¿Otro bebé? ¿Quieres decir que estás… que estamos…?

—Casi diecinueve semanas según mis cálculos.

—¡*Tesoro mio*! —José me agarró y me envolvió en un abrazo largo que me arrastró al suelo—. Otro bebé —rio—. ¿Has escuchado a *mamãe*? Menotti, vas a tener un hermanito. —Le di un golpe juguetón en el hombro a José—. O hermanita. ¿Qué te parece, hijo?

Menotti hizo pucheros.

—¡No!

José sonrió y volvió a mirarme.

—Muy bien, ya sabemos su opinión sobre el asunto. —Me dio un beso—. Otro bebé. En verdad soy el hombre más afortunado de todas las Américas.

Esa noche, tendidos en la cama, José me contó todo lo que le había ocurrido.

—Éramos menos que ellos. Mi barco no tenía la más mínima probabilidad de resistir. —Nos acostamos de lado, frente a frente. José me tomó la mano y se la llevó al corazón—. El buque insignia argentino hizo alarde de atacar primero. Pensé que nos hundiría sin remedio.

—Pero no fue así. —Le toqué la punta de los dedos. Cada uno estaba donde debía estar.

—¡Eso es lo extraño! En vez de dispararnos el tiro de gracia, se alejó. Perdimos el barco, pero nos dejaron escapar.

—Es muy extraño.

—Absolutamente. Los argentinos han empleado a un norteamericano llamado Brown. Tiene fama de ser feroz, pero no entiendo por qué nos dejó ir. —José suspiró y me acarició el brazo—. En cualquier caso, encontramos lo que quedaba del ejército uruguayo en Corrientes y regresamos a casa luchando todo el tiempo.

—Parece que fue toda una aventura.

José me besó la mano y detuvo los labios en mis nudillos.

—Por extraño que parezca, deseé que estuvieras allí. Fue el tipo de acción que te hubiera encantado vivir, pero, por lo visto, tú también tuviste algunas aventuras por acá.

—¿Aventuras? —pregunté estirándome—. Sólo días típicos en la vida de Anita Garibaldi. —José y yo nos echamos a reír como niños.

En las pocas semanas que José llevaba en casa, me quedé maravillada de nuestra habilidad de volver al ritmo reconfortante de nuestra vida anterior.

Las hazañas de José se publicaron en todos los periódicos de Montevideo: el pequeño ejército que resistió la armada argentina. José era un héroe. La gente importante comenzó a comentar que era una vergüenza tener una armada tan insignificante en comparación con la poderosa armada argentina. La mejor flota de Uruguay estaba compuesta de balsas mal atadas que apenas podían flotar. ¿Qué dirían los grandes reinos de Europa de semejante ridiculez? Se difundió el rumor de que la armada argentina no hundió el barco de José porque les impresionó la destreza de José en el mar. Argentina había contratado a Brown, que era admirador de mi esposo. Supuestamente, el norteamericano decía a todo el que le preguntaba que matar a mi esposo era como matar una hermosa obra de arte.

José utilizó los rumores a su favor para lograr que el gobierno accediera a evaluar sus planes de guerra. Finalmente, Vidal y sus partidarios fueron derrotados. A José le dieron una pequeña flota de barcos: dos que ya estaban construidos y cuatro más, comisionados.

Una de esas noches deliciosamente normales, José llegó a casa y me abrazó por el vientre, que seguía creciendo.

—Tengo un trabajo para ti.

—¿Me vas a poner a trabajar ahora?

—El consejo de guerra me ha pedido que forme una legión. Una legión italiana.

Di una vuelta y lo abracé por el cuello.

—¿Van a darte tu propia legión? ¡Es increíble!

—Lo es, pero necesito que me ayudes. Nuestros hombres necesitan uniformes.

—Creo que puedo hacer algo —dije y le tiré de la camisa.

—*Tesoro mio*, eres tan gentil. —Me besó—. Mañana Anzani y tú irán a ver al sastre.

La mañana siguiente, Anzani y yo llegamos a la sastrería justo después de que abriera. El sastre levantó la vista de sus libros, bostezó, nos miró por encima de los anteojos y nos permitió pasearnos por la tienda a nuestro antojo.

—Disculpe, señor: ¿puede recomendarnos algo para un regimiento recién formado? —preguntó Anzani.

—El azul está muy de moda. —Salió de detrás del mostrador y caminó despacio hacia nosotros resoplando porque lo habíamos interrumpido—. Ésta es bastante ligera, les serviría a sus hombres. —Me alcanzó la tela para que la tocara.

Pasé la mano por encima de la tela y encogí los hombros.

—No está mal, supongo, si queremos que se parezcan a todos los soldados de todos los demás ejércitos.

—¿Puede conseguir otros colores? —preguntó Anzani mientras examinaba la tela.

El sastre negó, pesaroso, con la cabeza.

—Sólo lo que ve aquí. La guerra ha afectado el negocio. No puedo vender los rollos de tela. Tengo un poco de tela verde, pero la legión francesa lleva ese color. Hace unas semanas conseguí un poco de tela blanca.

Arrugué la nariz.

—¿Y que parezcan panaderos? No gracias.

Mis ojos se posaron sobre una esquina que tenía una gran cantidad de tela color rojo brillante. Caminé hacia ella y la palpé. Era un material suave que respiraba. Me volví hacia el sastre.

—Aquí parece haber una buena cantidad de tela roja, señor.

El sastre suspiró.

—Sí. Lamentablemente esa tela era para los carniceros argentinos, pero, a causa de la guerra, no pude entregarles la orden.

—¿Dijo «carniceros»? —Miré la tela otra vez—. Anzani, ¿no crees que el rojo sería un color intimidante?

—¿Rojo? —Anzani examinó la tela con las manos y se la pasó por el mentón—. Pero esta tela era para los carniceros argentinos. No son hombres respetables. Son unos sucios…

—Son intimidantes. Cuando ves a un carnicero, sabes que su negocio no es otro que la muerte. ¿No te gustaría que nuestra legión fuese intimidante? ¿No te gustaría que nuestros enemigos temblaran de miedo cuando nos vieran?

—El rojo no es un color sancionado, al menos no para ninguna legión de Uruguay. —Anzani sostuvo la tela entre las manos, le dio vuelta y la torció para probar su fuerza. Luego me miró—. Está bien… está bien, la queremos.

Me emocioné cuando el sastre nos entregó los uniformes al cabo de unas semanas.

—¿Qué te parece? —pregunté a José girando en una y otra dirección.

—Sin duda son tan rojos como decía Anzani.

—Éste es el mío. Cuando nazca el bebé, lo cuidaré, por supuesto, pero me hacía ilusión tener mi propio uniforme, aunque no vuelva a pelear.

—Serías una fuerza indomable. Estoy seguro de que los argentinos huirían asustados —dijo y me tomó en sus brazos—, pero no debemos menospreciar todo lo que haces con las esposas. —Me agarró el mentón—. Sin ustedes no tendríamos un hogar al que regresar.

Treinta y cinco

Abril de 1842

Mientras el gobierno construía la flota de José, la legión italiana defendía a Montevideo del bombardeo constante de las fuerzas argentinas. Para los montevideanos, José era su salvador. Los hombres de la legión italiana, que la gente llamaba cariñosamente los «camisas rojas», eran vitoreados como héroes. Los italianos iban orgullosos con sus camisas, aun cuando no tenía que llevarlas. Era un orgullo que no había visto jamás entre los nuestros.

Con la creciente popularidad de José, empezó a llegar gente que quería estar cerca de él, lo que significaba también que estaban cerca de mí.

Nuestro hogar se convirtió en un centro de actividad y reuniones. Las mujeres se la pasaban metidas en mi cocina. No tenía un momento de paz y tranquilidad. En realidad, no era el entra y sale constante de gente lo que me desesperaba, sino las habladurías. *¿Quién llevaba el vestido más bonito? ¿Puedes creer que María coquetea con el carnicero a sabiendas de que está casado?* Era un murmullo incesante en mi cocina, que sembraba la semilla del caos.

Pasé varios días pensando en cómo mantener a las mujeres ocupadas y productivas, pero nada funcionaba. Hasta que, por casualidad, el padre Lorenzo propuso una oportunidad interesante. Una hermosa tarde, Menotti jugaba en la plaza central con un grupo de niños. Corrían en círculos. Las reglas del juego eran lógicas sólo para los que jugaban. A nuestro alrededor, la gente iba de tienda en tienda y se sentaba en los cafés al otro lado de la plaza. Parecía que la gente de Montevideo había decidido colectivamente que no había guerra.

—Doña Anita, ¡qué gusto verla! —dijo con una sonrisa mientras se me acercaba—. Santo Dios, ese niño nacerá de un momento a otro, ¿no es cierto?

Le sonreí.

—Eso parece.

Menotti, junto con otros dos niños pequeños, sudorosos y jadeantes, corrieron hacia el padre Lorenzo. El buen padre tenía fama de llevar caramelos para regalar a los niños. Metió las manos entre los pliegues de la sotana y produjo un caramelo para cada uno de los niños. Me ofreció uno, que intenté rechazar.

—Guárdelos para los niños —dije haciendo un gesto con la mano para que no me lo diera.

—Eso hago. Éste no es para usted —dijo guiñándome un ojo—, es para el bebé.

Le di las gracias y tomé el caramelo con sabor a miel. Nos sentamos en un banco del parque a mirar a los niños jugar. El padre Lorenzo se ocupaba sinceramente de sus feligreses. No veía su posición como un puesto de poder, sino de servicio.

—Es una gran suerte haberme cruzado con usted —dijo observando a los niños—. Entiendo que tiene alguna experiencia en hospitales en tiempos de guerra.

Asentí y entorné los ojos frente al sol de la tarde.

—Trabajé como asistente médico en la Guerra de los farrapos.

—Al hospital de Montevideo le vendría bien su ayuda.

—Dentro de poco estaré muy ocupada. Lo siento, pero tengo que declinar su oferta —dije tocándome el vientre y de pronto se me ocurrió una idea—, pero tal vez pueda ofrecerle una solución.

Con la ayuda de Luisa, formé la Brigada de mujeres de Montevideo. Mientras me preparaba para el nacimiento de mi hijo, las mujeres iban de puerta en puerta pidiendo dinero para el hospital. También hacían trabajo voluntario dos días a la semana atendiendo a los enfermos y heridos. Las mujeres estaban felices porque podían chismear a sus anchas, el padre Lorenzo obtuvo la ayuda que necesitaba y yo recuperé mi hogar.

Un día, mientras barría el suelo, sentí las aguas correrme por las piernas.

—¡José! —grité—. ¡El bebé va a nacer! —Al poco tiempo comenzaron las contracciones, tan fuertes y violentas que me doblaba de dolor. El bebé no iba a esperar por la comadrona, me gustara o no.

Me acosté de lado en el sofá. Intentaba respirar cuando el dolor apretaba con la esperanza del que el niño esperara. José corrió a buscar a la comadrona y, unos instantes después de su llegada, sostenía en brazos a mi pequeña hija, que tenía los ojos muy abiertos y mostraba gran curiosidad por el mundo que la rodeaba. Cuando abrió la boquita rosada para bostezar, sentí que el corazón me iba a estallar. José entró sin hacer ruido en la habitación. La felicidad se reflejaba en su rostro.

—Me dicen que tengo una hija.

—Así es —sonreí—. Ven a saludarla. —Le entregué a nuestra hija. Le sostenía la cabeza con sus enormes manos mientras se miraban uno al otro.

—Es una preciosura, ¿no te parece? Tan hermosa como una rosa —dijo José maravillado ante nuestra hija—. Nuestra pequeña Rosita.

—Creía que el «ita» no se le añadía al nombre de una niña hasta que se convertía en mujer.

José se levantó y me devolvió a Rosita.

—No a mis chicas. Siempre serán consideradas mujeres.

Treinta y seis

Enero de 1845

En los dos años y medio que siguieron al nacimiento de Rosita, nuestra luminosa ciudad se fue deteriorando hasta quedar en ruinas. Cuando iba al pueblo, me daba pena por lo que había sido una vez. Ahora sólo había edificios colapsados, ventanas rotas y el repugnante olor dulzón de la basura que inundaba el aire y se me adhería a la garganta. Ya se me habían pasado las náuseas matutinas de mi embarazo más reciente, pero me regresaron al andar por las calles de Montevideo. José continuaba en sus misiones para el gobierno mientras yo lideraba y organizaba a las mujeres. Nos necesitábamos uno al otro para sobrevivir.

Argentina seguía ejerciendo un firme control sobre Uruguay e intentaba invadir el este y el norte. Nos cortaron todos los suministros de Brasil, de modo que teníamos que abastecernos por nuestra cuenta. Desgraciadamente, no estábamos preparados para algo así, pues, durante muchos años, habíamos dependido de los productos de otros países. Mientras tanto, los franceses no hacían nada al respecto alegando que buscaban una resolución diplomática con Argentina. Al bajar por la avenida Rincón pude ver que casi todas las tiendas estaban desiertas, las ventanas cubiertas con tablones. Al entrar en la tienda de velas, la campanilla resonó en las paredes vacías. Los fantasmas de lo que había sido rondaban los estantes vacíos.

—¿Hola? —llamé al encargado de la tienda.

El hombre salió de la parte trasera de la tienda limpiándose las manos con un trapo. Llevaba unos anteojos de metal en la punta de la nariz.

—¿Cómo puedo ayudarla, señora?

—Necesito unas cuantas velas.

—¿Y quién no? —El encargado de la tienda suspiró, buscó en la parte inferior del armario y sacó un par de velas largas—. Es el último par que me queda.

—¿El último par? ¿Cómo es posible?

—Dudo que me lleguen mechas en buen tiempo, señora.

—Muy bien. Me las llevo —dije y le entregué el dinero.

—Señora, esto es demasiado.

—No: creo que es lo justo por llevarme las últimas que le quedan. Buenos días. —Tomé las velas y salí antes de que pudiera responder. Hice el cálculo mental de lo que me quedaba en el bolso. Esta noche tampoco comeríamos carne.

Como siempre, mi pequeña familia resistía cualquier contratiempo. Menotti seguía creciendo como un pequeño potro: los brazos y las piernas le crecían más a prisa que el resto del cuerpo. Era un José en miniatura: cada día se parecía más a su padre, excepto por el cabello negro y los ojos penetrantes. Todas las mujeres decían que tenía los ojos de su madre. Las mujeres se sentaban a mi alrededor en la mesa de mi cocina y me decían que eso era bueno, que vería el mundo como yo. Yo sonreía; a mi hijo jamás lo tomarían por un tonto.

Rosita era la hija amada por cuya atención se peleaban todos. Luisa, convencida de que jamás tendría una hija propia, se desvivía por ella. Pensaba que ser su madrina era como ser su segunda madre.

Siempre curiosa, Rosita se iba detrás de todos los niños. Era una criaturita feliz. Su risa de cascabel alegraba dondequiera que entrara. Era la luz que todos necesitábamos en esta ciudad apagada. Arrugaba las cejitas cuando se enfadaba, pero se le pasaba tan pronto como pasa una nube en un día ventoso. Y cuando la tormenta era inminente, no teníamos más que producir una flor, cualquier flor, y se calmaba en seguida. A Rosita le obsesionaban las flores. A menudo me preguntaba si Menotti habría sido igual si no hubiese sufrido tantas adversidades tan temprano en la vida.

Una tarde fresca de verano, llegué a la cocina y me encontré la mesa llena de flores de todos los tamaños y colores.

—¿Qué es esto?

—¡Mis flores! —declaró levantando un puñito en el aire.

—Cariño, vamos a comer aquí. No podemos dejar todas tus flores encima de la mesa.

—¡Comen mis flores, *mamãe*! —exclamó ofreciéndome un puñado.

—Me parece una idea estupenda, mi amor, pero no creo que basten para llenarle la barriga a *papai*.

Rosita rio.

—*Papai* barriga grande.

No pude evitar reírme.

—Que no te oiga decir eso. —Miré a Rosita con su hermosa carita redonda iluminada de felicidad. No podía pedirle que tirara sus flores tan preciadas—. Llévalas a tu habitación. —Agarró las flores con sus manitas regordetas y corrió escaleras arriba—. ¡Pero no las pongas encima de la cama! —grité cuando me di cuenta de lo que iba a tener que limpiar. Me toqué el vientre enorme y deseé que el bebé conociera la felicidad de Rosita.

⟡

Febrero de 1845

El mejor momento para lavar la ropa era a primera hora de la mañana. Esa mañana, el sol brillaba a través de un cielo brumoso. Luisa y yo conversábamos alegremente con las demás mujeres mientras los niños jugaban.

Estábamos en medio de la tarea cuando sentí una contracción súbita que me dobló de dolor. A duras penas, me arrastré por el suelo. Luisa se hizo cargo de la situación al instante.

—Carlita, busca a la comadrona. Lupita, ven a ayudarme. —Entre Lupita y ella me llevaron a casa.

—No es tiempo todavía. No puede nacer todavía, no puede —suplicaba entre las contracciones mientras me secaba el torrente de sudor que me empapaba la ropa.

Luisa me hacía caminar de un lado a otro en el salón para aliviarme en lo que esperábamos a que la comadrona terminara de prepararlo todo.

—Los niños nacen cuando están listos y no al revés —dijo la vieja, que llegaba con el agua caliente.

Cuando ya me dolía demasiado caminar, traté de sentarme, pero fue peor. La comadrona me sentó en una silla para examinar la posición del bebé.

—No estás lista aún. Sigue caminando. —Los dolores me habían empezado hacía una hora.

—¿Que siga caminando? ¿Cómo se tarda tanto? —El dolor punzante que me corrió del abdomen a la espalda me hizo detenerme—. Con mis otros dos hijos no fue así de intenso.

—Lo siento, señora, pero cada nacimiento es diferente.

Transcurrió otra hora antes de que por fin me dijera que empezara a pujar. Me agarré y seguí las instrucciones de la comadrona. Intenté expulsar al niño con todas mis fuerzas. El parto fue agonizantemente largo.

No fue hasta que los rayos largos y dorados del sol de la tarde comenzaron a entrar por la ventana que nació mi segunda hija. Lloraba y movía unos puñitos rabiosos en el aire. La comadrona la envolvió en una manta limpia. Me la pegué al pecho para alimentarla y me quedé asombrada ante este pequeño ser humano tan feroz. José, que había estado esperando en los escalones de la entrada, por fin pudo entrar en la casa. Fue directo donde nuestra hija, que dormía.

—Es preciosa. —Tenía la misma expresión en la mirada que cuando vio a Rosita por primera vez.

—¿Cómo la llamaremos? —pregunté tratando de contener un bostezo.

—¿Nicoletta?

Arrugué la nariz.

—No.

Se quedó pensativo un momento.

—¿María? ¿Como mi madre?

—No. No olvides que mi madre y mi hermana también se llaman María y no quiero pensar en ninguna de las dos cada vez que mire a mi hija.

Observábamos a la niña mientras pensábamos. Por fin, me atreví a sugerir:

—Siempre me ha gustado el nombre Teresa.

—¿Teresa? —Miró a nuestra hija mientras la mecía suavemente en sus brazos—. Me gusta. Teresita Garibaldi.

Nuestra hija bostezó y estiró los brazos. José le dio un beso a Teresita en la naricita antes de devolvérmela.

—Me has dado los hijos más maravillosos que cualquier hombre podría pedir. —Me acarició el pelo y nos quedamos mirando a nuestra hija dormir.

Diciembre de 1845

En la tranquilidad de la noche, me senté a la mesa con José mientras sorbía su mate. La preocupación lo cubría como un manto mientras estudiaba mapas y libros. A los niños no les mostraba ese lado suyo, pero yo sí lo había visto muchas veces cuando luchábamos en Brasil. Coreografiaba con esmero cada movimiento tomando en cuenta cómo reaccionaría su oponente. Siempre que planificaba así, se le formaba una pequeña arruga entre las cejas que siempre me daban ganas de besarle. No importaba en qué país nos encontráramos o qué batalla estuviéramos librando, seguía siendo el hombre al que amaba. Seguía siendo mi José. Murmuró algo mientras pasaba el dedo sobre un río.

—¿Dónde está el bloqueo? —pregunté.

—Ahí. —Señaló sin alzar la vista—. Argentina tiene una presencia militar fuerte en el norte. No creo que podamos derrotarlos.

El mate se había enfriado hacía un rato, pero José jugaba con la bombilla de metal deslustrado que vivía en el mate ya gastado.

—Argentina ha ocupado el oeste y el norte. No puede entrar nada por la frontera brasileña.

—¿Y qué hay de los emisarios que enviaron a Brasil?

—Muertos —contestó José. Dejó de remover la yerba y empezó a dar golpecitos con la bombilla en el mate y a moler las hojas que estaban en el fondo. Palidecí de pensar en lo que los argentinos les habían hecho a nuestros hombres—. Es muy poco probable que Brasil nos ayude. No quieren enfrentarse a Argentina. —Siguió mirando el mapa y la tetera pitó.

—El gobierno brasileño es tonto. Una vez que Rosas se devore a Uruguay, irá tras ellos con fuerzas redobladas —dije mientras le echaba agua caliente en el mate.

—Gracias —dijo José sin mirarme apenas.

—¿Y el bloqueo por mar?

—Es demasiado arriesgado. España es el único país cuyos barcos los igualan en fuerza. —Sorbió el mate por la bombilla. No queríamos que España ni el resto de Europa se involucraran en nuestros asuntos—. No puedo defraudar al pueblo. Debe haber una solución —dijo.

La fama de los «camisas rojas» crecía en Uruguay. Eran la esperanza del pueblo y José lo sabía. Era una responsabilidad que no se tomaba a la ligera. Las ojeras y la hinchazón bajo los ojos revelaban su cansancio. Lo tomé de la mano.

—La encontrarás, pero no si te mueres de agotamiento.

Me siguió obedientemente hasta nuestra habitación. Era en esos breves momentos que podíamos ser hombre y mujer; que podíamos olvidarnos de los «camisas rojas» y los problemas de Uruguay, y ser tan sólo José y Anita. Poco tiempo después de aquella noche descubrí que estaba embarazada otra vez.

José llevaba mucho tiempo ausente cuando la enfermedad llegó a Montevideo. No me sorprendió, pues la enfermedad solía seguir a la guerra. Pudo haberla ocasionado la hambruna a causa del bloqueo o el número de soldados heridos que llegaron a nuestros hospitales. En cualquier caso, Montevideo sufría. La gente dejó de salir a la calle, dejamos de socializar en el lavadero común. Las reuniones regulares de italianos cesaron de súbito.

Las familias se mantenían aisladas, pero no era suficiente. En los distritos pobres, la gente moría en las calles. Los funerales se volvieron cada vez más frecuentes; la iglesia a veces celebraba dos o tres en un día. Nadie estaba a salvo del enemigo invisible.

Creía que estaba bien hasta una noche que escuché una tos húmeda proveniente de la habitación de los niños. Salté de la cama y corrí a la cama de Menotti. La tos le sacudía el cuerpo violentamente. Le toqué la frente con el dorso de la mano. Estaba ardiendo como un tizón. La cama estaba empapada de sudor.

Cargué a Rosita, que empezaba a despertarse, y la llevé a mi cama. Luego regresé corriendo donde Menotti y le puse una camisa de dormir limpia. Le llevé agua y le puse un trapo húmedo y fresco en la cabeza. Tosía violentamente. Me senté a su lado y dejé que recostara la cabeza en mi brazo. Estaba cansado, se le cerraban los ojos, pero, cuando empezaba a quedarse dormido, lo despertaba otro ataque de tos.

Me embargó la impotencia. No podía más que aliviar un síntoma a la vez y esperar lo mejor. Rosita entró en la habitación tambaleándose con su muñeca favorita.

—*Mamãe*, no siente bien —gimió y vino hacia mí.

La acerqué a mí, tenía las mejillas enrojecidas.

—Sí, mi amor, parece que tú también estás enferma.

Le puse una compresa fría en la cabeza a cada uno. Les froté los pies vigorosamente para bajarles la fiebre. Se me cansaron los brazos, pero no me detuve. En ese momento sentí la punzada de la ausencia de José. Trataba de no pensar en él, pero se me encogía el corazón por la falta que me hacía. No sólo por la ayuda, sino por la estabilidad. Pestañeaba para que no se me salieran las lágrimas. De pronto, Teresita empezó a moverse en la habitación contigua. Debía mantenerla alejada de sus hermanos para evitar que se enfermara. Cuando les bajó la fiebre, agarré mi almohada y mi manta, y me acurruqué en el suelo al lado de sus camas.

Me desperté en mi rincón en el suelo al sentir los pasos de alguien que abría y cerraba la despensa y hacía ruido con los platos en la cocina. Con mucho cuidado me aventuré a bajar y vi a Feliciana tostando pan. El suelo estaba limpio y había una jarra de agua fresca en la mesa.

—Feliciana, tienes que marcharte. Los niños están enfermos.

—Me iré cuando termine de ayudarte —dijo haciendo un gesto con la mano para que me callara—. Iré al apotecario a ver si tiene alguna medicina para aliviarles la tos. —Me dio un pedazo de pan tostado—. Come algo, Anita. No olvides cuidar de tu salud también.

Subí un poco de té aguado a la habitación y desperté a los niños para que bebieran. Rosita estaba pálida como un fantasma, tenía los labios secos y cuarteados. Menotti tenía los ojos rojos e hinchados y se frotaba el pecho con el puño tratando de encontrar alivio. Les acerqué el oído al pecho. Los pulmones les crujían como papel reseco.

Tan pronto a uno le bajaba la fiebre, al otro le subía. En el tiempo que trabajé en el hospital, pude ver los efectos de las infecciones pulmonares y temía por lo que pudiera pasarles a mis hijos. Lo primero que nos enseñaron las monjas en el hospital fue que, si nos angustiábamos, angustiaríamos a nuestros pacientes. Fue una enseñanza que me acompañó desde el pequeño hospital de Laguna, a lo largo de la selva brasileña y hasta la habitación de mis hijos en Uruguay. Ahora que veía a mis hijos sufrir, tenía que sacar fuerzas para demostrarles que no estaba tan asustada como ellos.

El día siguiente, Feliciana trajo un paquete de hierbas. Debía preparar una infusión para que los niños hicieran inhalaciones. No hizo falta decirle los síntomas al doctor, ya los conocía. Sólo éramos unos de los tantos que habían sucumbido a la pulmonía.

La noche siguiente, los niños lloraban entre accesos de tos mientras yo intentaba bajarles la fiebre. Aunque mantuve a Teresita separada de sus hermanos, a ella también le dio fiebre.

Había visto barriles de cañón, había soportado lluvias torrenciales, incluso había logrado escapar del cautiverio, pero esto no se parecía a nada que hubiese tenido que soportar. Quería entrar en esta batalla para defenderlos, interceptar las balas invisibles, luchar por ellos como lo había hecho por José, pero no podía. Y no poder hacer nada por ellos en esta batalla era más doloroso que la muerte.

Me recosté en el marco de la puerta y sentí que se me nublaba la vista. Me toqué la frente y sentí el calor típico de la fiebre. El sueño inquieto de Rosita me distraía de mis pensamientos. La niña daba vueltas en la cama y se aferraba a su muñeca. Había empapado las sábanas de sudor. Tosía y se le estremecía el cuerpo. Me acosté a su lado y traté de no sucumbir a la tristeza.

La mañana siguiente, me despertó el llanto de Teresita. Miré a Rosita, que seguía acostada a mi lado, y escuché su respiración pesada y llana.

Miré a Menotti. Se había destapado y sudaba a causa de la fiebre que le había subido. Abrió los ojos llorosos para mirarme y mirar a su hermana, gimió y se dio vuelta en la cama. Con temor, me le acerqué. Estaba más caliente que mi estufa. Necesitábamos ayuda. Bajé las escaleras y todo empezó a girar descontroladamente a mi alrededor. Busqué algo en que apoyarme. A lo lejos, escuchaba el llanto de Teresita.

Empecé a ver negro por los lados. Intenté contener la oscuridad pestañeando, pero todo parecía cada vez más lejano, como si mirara a través de un túnel. Me recosté contra la pared, presa del miedo. Tenía que seguir bajando las escaleras. Me obligué a bajar, primero un pie, luego el otro, muy despacio. Casi llego al pasillo, pero no pude más con la oscuridad. Tropecé. El pie de la escalera se abalanzó sobre mí y todo mi mundo se tornó oscuro.

El sol tibio, que me quemaba la piel, me cegó cuando intenté abrir los ojos. Me levanté y escuché las risas de los niños. Miré a mi alrededor: ya no estaba en casa. Estaba en un campo que me resultaba ajeno y conocido a la vez. A poca distancia había una casita.

Tenía un techo de paja que colgaba sobre las paredes de piedra, ligeramente inclinadas hacia la derecha. Me tomó unos minutos darme cuenta de por qué la casa me resultaba tan familiar: era mi amada casa de la infancia.

—Esto no puede ser real —dije encaminándome hacia la puerta.

—¡Estamos aquí, pequeña!

Me detuve. Conocía esa voz. ¿Por qué conocía esa voz? La risa de los niños me estremecía en lo más profundo de mis entrañas. Eran mis hijos. Seguí el sonido de las risas hasta la parte trasera de la casa y vi a mis hijos que jugaban con un desconocido.

—¿Papai?

—¡Ana, qué alegría que por fin hayas venido!

Cuando se dieron cuenta de que estaba allí, mis hijos corrieron hacia mí y me abrazaron por las piernas.

—¿Qué hacen aquí? —Miré a mi alrededor—. ¿Dónde estamos? —Mis hijos corrieron de nuevo hacia el campo.

—Son preguntas que no puedo contestarte, pequeña. —Juntos observamos a los niños mientras jugaban—. Debes saber que has honrado a nuestra familia más de lo que puedas imaginar. Por eso me siento muy orgulloso de ser quien se lleve a Rosita.

Negué con la cabeza y me alejé unos pasos de él.

—¡No! ¡No lo permitiré! ¡Rosita! ¡Menotti! ¡Vengan aquí ahora mismo! —Menotti corrió hacia mí, pero Rosita fue directamente hacia mi padre.

Mi padre levantó a Rosita en brazos.

—Lo siento mucho, no podemos controlar estas cosas.

Sujeté a Menotti por los hombros y lo estreché contra mi cuerpo. Vimos a mi padre darnos la espalda y caminar hacia el atardecer. Rosita nos miraba por encima del hombro de mi padre y nos decía adiós con la mano mientras desaparecían en la luz.

Treinta y siete

Me desperté sin poder respirar, como si acabara de salir de abajo del agua. Las mantas me jalaban hacia el abismo. Desesperada, miré a mi alrededor; la inmensa ala del hospital estaba llena de camas de metal destartaladas. El sonido de las toses se escuchaba en el aire. Por fin, mi mirada se detuvo en Feliciana, que estaba sentada al pie de la cama, observándome. Tenía el ceño fruncido, algo inusual en ella, lo que le acentuaba las arrugas de la boca y la hacía lucir mayor.

—¿Dónde está Rosita? —Sorprendida por mi ronquera tragué y volví a preguntar—: ¿Dónde están mis hijos?

Feliciana me tomó las manos.

—Menotti y Teresita están en el ala de los niños. Marco está con ellos.

—¿Dónde está Rosita?

Feliciana bajó la vista y miró fijamente un punto en la manta.

—Está en la iglesia con el padre Lorenzo. Has estado inconsciente dos días.

Le solté las manos y prosiguió:

—Ya le ha administrado la extremaunción, pero queríamos esperarte para enterrarla. Lo siento tanto, Anita. Dios tiene sus propios designios en estos casos.

Giré la cabeza para no mirarla. Se me congelaron las venas de rabia. Rosita era el ser más dulce y puro del mundo y me la habían quitado. Nuestra hermosa florecita. Volví a mirar a Feliciana.

—Cuéntame qué pasó.

Feliciana se pasó las manos por la falda buscando las palabras precisas.

—Escuché los gemidos de Teresita desde afuera. Cuando no abriste la puerta, supe… supe. —Se le quebró la voz. Tragó en seco y se recompuso—. Sé que nunca dejarías a tus hijos llorar de ese modo, a no ser que te pasara algo. Le pedí a Marco que forzara la puerta. —Feliciana me miró con lágrimas en los ojos—. Estabas hecha un ovillo en el suelo. Pensé que estabas muerta —dijo moviendo la cabeza de lado a lado—. Menotti aún respiraba, pero Rosita… Rosita, pobre corderito, apenas podía. Los médicos no pudieron hacer nada.

Cerré los ojos y no pude impedir que se me saltaran las lágrimas. Si no hubiese sido por Teresita, estaríamos todos muertos. Pero mi Rosita, mi niña preciosa, ya no estaba. Miré alrededor del ala. Las enfermeras corrían de un lado a otro para atender a los pacientes quejosos. Deseé con todas mis fuerzas que fuera una pesadilla. Quería cerrar los ojos y despertar en mi cama al lado de José. Se reiría de mi sueño absurdo, me acariciaría el pelo y me susurraría palabras dulces como el caramelo. Jamás volveríamos a ser los mismos. Mi Rosita, mi hija alegre y risueña se había marchado y no había sueños ni deseos que pudieran traerla de vuelta.

Según Feliciana, Luisa había ido varias veces a la oficina central del ejército a suplicar que alguien le informara a José sobre su familia. Cada vez que pedía que le enviaran un mensajero, le decían que era muy peligroso enviar a alguien o que el mensajero ya había salido.

—Está allá ahora —dijo Feliciana—, tratando de que alguien le lleve a José noticias de su familia.

Al cabo de unos días, cuando recuperé las fuerzas, fui donde mis hijos. Aún tenía tos, pero necesitaba verlos. Teresita estaba acostada en una cuna al pie de la cama de su hermano y gemía en sueños. Se calmó tan pronto la cargué.

Le besé la cabecita, que olía dulce, y le susurré las gracias al oído. Menotti se estiró y dio vueltas en la cama. Luego me miró. Se quedó inmóvil, pestañeó y se arrastró entre las sábanas hacia mí y Teresita.

Me senté en el borde de la cama y lo abracé con el brazo que me quedaba libre.

—¿Dónde está Rosita? —susurró.

—Rosita se fue al cielo, mi amor.

Frunció el ceño y me pareció más serio que cualquier niño de cinco años que hubiese visto en mi vida.

—¿Me llevarán a mí también?

—No, cariño, no permitiré que te lleven.

—¿Ni a Teresita?

—Ni a Teresita.

Se quedó pensativo un momento.

—¿Todavía vas a tener el bebé?

—Sí, cariño.

—Pero no conocerá a Rosita.

—No, mi niño querido, no la conocerá.

—¡Qué pena! —Apoyó la cabeza en mi brazo—. No te preocupes, *mamãe*, le contaré todo sobre ella.

Le besé la frente.

—Gracias.

Tenía que hacerme cargo de Rosita por última vez. El día siguiente, Marco me acompañó al coche que esperaba por mí. Cruzamos despacio las calles casi desiertas.

—¿Puedes detenerte en mi casa? —pregunté.

Marco asintió y dirigió el coche hacia la izquierda. Se detuvo frente a nuestra pequeña casa. Me quedé sentada en el coche mirando la puerta de entrada. Quería levantarme y entrar, pero no podía. La casa me miraba vacía y fría. Había enfrentado ejércitos de cientos de hombres; había enfrentado una lluvia de balas en un barco y nunca había sentido el más mínimo temor. Pero la casa me aterraba. Marco me puso una mano en el brazo.

—Puedo entrar por ti, si quieres.

—Gracias —puse mi mano sobre la suya—. Necesito la muñeca de Rosita.

Marco se levantó del asiento del conductor y entró en la casa. Al cabo de un rato, regresó cargando con gran delicadeza la muñeca de porcelana desgastada. Me la entregó y tomó las riendas del coche. Mientras recorríamos las calles rumbo a la iglesia me quedé mirando la muñeca. Le planché con la mano el vestido azul de flores. La cabeza de porcelana era un enredo de rizos color marrón. Con dedos temblorosos le peiné los pelos desaliñados tratando en un vano de domarlos. Sonreí al pensar cuánto la quería Rosita.

El día que José compró la muñeca había sido caótico. Menotti y Rosita se la pasaron peleando por cualquier tontería. Luego Teresita se cayó. Tropezó como cualquier niño, pero se abrió una herida profunda en la frente. Había sangre por todas partes. ¡Y los alaridos que daba! La criatura gritó tan fuerte que estoy segura de que todos los ángeles del cielo la oyeron. Subí las escaleras y encontré nuestra alcancía vacía sobre la cama. Además de todo lo que ocurría, creí que alguien nos había robado.

Necesitaba que José me ayudara, pero había desaparecido. Maldije. Tan pronto entró por la puerta a media tarde, le salté encima como una gata.

—¿Cómo has podido dejarme aquí sola? —siseé—. Los niños se han pasado el día peleando. Teresita no ha parado de llorar y, para colmo, creo que nos han robado. ¿Dónde has estado?

Bajó la vista con timidez.

—Lo siento.

Fue entonces que se me pasó el enfado y pude ver los tres paquetes envueltos en papel marrón que traía entre los brazos.

—¿Qué es eso?

—Regalos para los niños. Quería alegrarlos. Pensé que podía ayudar de ese modo. Lo siento. Justo cuando salía, vino un mensajero a decirme que había una reunión de generales. Me retrasé. Quería haber llegado antes a casa. —Encogió los hombros. Menotti y Rosita entraron en la habitación.

—Esperaba comprar un pedazo de carne —refunfuñé.

José miró a los niños.

—Pues no como carne. Al menos nuestros niños estarán felices.

Rosita estiró los brazos para que su padre la cargara, pero él, en vez, le dio el paquete. José se arrodilló y la ayudó a abrir su nuevo tesoro. Dentro estaba la muñeca. A juzgar por la forma en que abrió los ojos, parecía que José le acababa de entregar el mundo entero. Desde ese día, Rosita y su muñeca se volvieron inseparables. Mientras miraba la muñeca de camino a la iglesia, no pude dejar de pensar que Rosita debía estar muy disgustada sin ella.

Entré despacio en la iglesia. El edificio vacío me pareció frío e intimidante y me hizo consciente del eco de mis pasos sobre el piso de losetas de terracota pulida. Con cada paso que daba, crecía mi temor. El padre Lorenzo estaba sentado en el primer banco con la mirada fija en el altar.

Cuando me acerqué, giró la cabeza. Se puso de pie y me hizo un gesto silencioso con la mano para que lo siguiera. Me llevó al sótano de la iglesia. Estaba frío y olía a moho. Rosita yacía en un pequeño ataúd sobre la mesa que estaba en el centro de la habitación.

—Las dejo a solas un momento.

Miré a Rosita cuando el padre Lorenzo salió. Mi niñita preciosa se había ido. Me acerqué a ella y le aparté un rizo castaño claro de la cara. Unas lágrimas silenciosas me corrieron por el rostro. Se veía tan apacible que, por un instante, pensé que estaba dormida. Cuánto hubiese querido que fuese verdad.

Coloqué su adorada muñeca a su lado y planché los vestidos de ambas con las manos. Al menos Rosita no estaría sola.

—Lo siento, mi amor. —Le besé la frente con ternura—. Debí haber hecho más por protegerte. —Abandoné la iglesia envuelta en un silencio que no me dejaba respirar.

Treinta y ocho

Estreché muy fuerte a Teresita bajo el cielo tenebroso de diciembre. Menotti y yo permanecimos de pie, uno al lado del otro, en el umbral de nuestro hogar.

—Debemos entrar—dije y me pasé a Teresita a la otra cadera.

Mi valiente hijo asintió, pero ninguno de los dos se movió. Feliciana me había ofrecido que nos quedásemos en su casa hasta que José regresara, pero no quise. Respiré profundo y me preparé para la batalla que tenía por delante. Giré el pomo de bronce deslustrado.

El aire en la casa olía rancio. Las motitas de polvo flotaban en los rayos de luz que entraban por las ventanas. Acosté a Teresita y recorrí la casa para despertarla.

Busqué en la despensa y me entristeció ver lo poco que teníamos. Me sobresalté un poco cuando Menotti entró en la cocina y se sentó a la mesa.

—Cariño, ¿qué haces aquí? Deberías estar arriba descansando.

—No quiero—dijo haciendo pucheros; bajó la hermosa cabeza para no mirarme.

—¿Te gustaría ir a casa de tu amigo?

—No.

—Pues, no puedes quedarte ahí sentado. Sube y abre las ventanas. Que entre un poco de aire fresco. —Menotti hizo una mueca—. ¿Qué pasa? ¿No quieres subir?

—No. —Se puso a trazar con el dedo uno de los nudos de la madera, tal y como hacía su padre—. Si abro la ventana, perderemos todas las flores de Rosita.

Me quedé pensativa un instante y fui al salón. Saqué el libro de cuentos favorito de Rosita. Tenía fábulas de todo el mundo.

—Toma, Menotti: guarda las flores de tu hermana aquí antes de abrir la ventana.

Tomó el libro y subió las escaleras lentamente.

Me preguntaba si José se habría enterado de la muerte de Rosita. Arrastré los pies hasta la cocina y saqué los platos para la cena. Coloqué tres platos en la mesa y me quedé inmóvil. Mi cerebro empezó a procesar lentamente el hecho de que ya no necesitábamos tres platos. La pérdida me golpeó de nuevo. Mi hija había muerto. Intenté resistir el ejército de lágrimas que me inundaban los ojos mientras guardaba el plato sobrante en la despensa.

Enero de 1846

Una tarde, José entró inesperadamente por la puerta mientras yo remendaba en mi silla. Con los ojos desorbitados de miedo, examinó la habitación antes de mirarme. Dio dos zancadas y se puso frente a mí, me levantó de la silla y me abrazó con fuerza. Aspiré su aroma a sándalo, paja y polvo. José hundió el rostro en mi cabello. Sentí su respiración tibia, entrecortada e irregular, como la de un hombre que cree que nadie lo oye llorar.

Cuando finalmente se separó de mí, se secó el rostro y dijo:

—No me dijeron que estabas enferma. No lo sabía.

—No te culpes.

—No, Anita, debí haber estado aquí. —Me sujetó el rostro en sus enormes manos—. Llegué a Montevideo esta mañana y vi todas las cartas que Luisa nos escribió a Anzani y a mí. El ejército no quería que supiera lo que le pasaba a mi familia.

Traté de peinarle unos mechones de pelo enredado.

—Si lo hubieses sabido, habrías abandonado el frente y regresado a mí.

Apoyó la frente contra la mía.

—No es excusa. Debí haber estado aquí —dijo con la voz quebrada—. Debí haber estado aquí con ella. Contigo. —Dio un paso atrás y me puso una mano sobre el vientre—. ¿Y cómo está éste?

—Está bien. Fuerte como su padre.

—Bien. Partiremos a Salto en el fin de semana.

—¿Salto? ¿Por qué quieres que vayamos a Salto? —Salto estaba a tres días a caballo.

—Argentina está invadiendo por el noroeste para separarnos de Brasil. Si no hacemos nada, no nos quedará más remedio que ceder a las exigencias de los argentinos.

—¿Nosotros? —pregunté—. No podemos llevar a dos niños pequeños en un viaje tan largo.

José encogió los hombros.

—Será una aventura.

Entorné los ojos y me dispuse a pelear.

—Giuseppe Garibaldi, yo no iré a Salto.

—¡Y yo no perderé a otro miembro de esta familia! —rugió José.

Sentimos pisadas en la escalera y vimos a Menotti, que había bajado sin que nos diéramos cuenta. Subió corriendo y se escondió. Intenté ir tras él, pero José me detuvo.

—Hablaré con él. —Me besó en la sien y fue tras su hijo mientras yo me metía en la cocina a hacer té y ponderar su propuesta.

En lo que hervía el agua, me repetí las palabras de José: «Y yo no perderé a otro miembro de esta familia».

Justo cuando empezaba a servir el té, José bajó a la cocina y se sentó a la mesa.

—¿Cómo está Menotti?

—Estará bien —dijo agarrando su gastado mate rojo—. Tuve que convencerlo de que no te llevaría a ninguna parte.

—Está penando por su hermana a su modo —dije y me senté frente a él.

José se quedó pensativo y bebió un sorbo largo.

—Todos lo estamos.

Lo observé mientras removía lentamente las hojas en el mate con la bombilla.

—Dime, ¿por qué quieres que tu familia te siga a Salto?

—Tengo órdenes de escoltar al general a Salto para levantar el sitio a la ciudad. Es el primer paso para derrotar al ejército argentino.

Los refugiados comenzaban a llegar por montones a Montevideo mientras Argentina avanzaba por el oeste y quemaba pueblos enteros a su paso. Se habían conglomerado en los bordes de la ciudad en campamentos improvisados. El aumento en la población significaba que se restringirían aún más nuestras raciones de comida. La basura proveniente de las alcantarillas inundaba las calles de nuestra ciudad. La pulmonía no era nuestra única preocupación; el cólera había llegado por fin a Montevideo.

La situación política tampoco marchaba bien. El ejército uruguayo lograba defender la capital, en buena parte gracias a los «camisas rojas», pero había discordia dentro del gobierno. Abundaban los rumores. Había mucho descontento con el presidente Rivera. ¿Habría otra guerra dentro de la guerra que ya se peleaba?

—¿Y para qué sirven una mujer embarazada con dos niños pequeños? —protesté.

—Irás en el barco. Será una gran aventura. Como cuando estuvimos en Laguna.

Suspiré.

—No tienes que recordarme lo que pasó en Laguna. Los niños y yo no necesitamos una gran aventura.

José me miró.

—Cuando estabas a mi lado en todas mis batallas, podía protegerte.

—Me protegías tanto como yo te lo permitía. Creo recordar que, en más de una ocasión, quedó demostrado. Incluso hubo veces que pensé que tú mismo ibas a matarme.

Sonrió con esa mueca infantil de medio lado que conocía tan bien.

—Lo que sucede es que, cuando estamos juntos, somos más fuertes. Estamos más seguros. No quiero separarme de ti y de los niños nunca más.

Crucé los brazos. Mi esposo tenía razón. Las cosas negativas que nos habían pasado —la enfermedad, la muerte de Rosita— sucedieron cuando estábamos separados. Éramos más fuertes juntos.

—Pues iremos a Salto.

Treinta y nueve

Febrero de 1846

El río Uruguay servía de frontera natural entre Argentina y Uruguay. Su única desembocadura era el Río de la Plata, la bahía que separaba a Montevideo de Buenos Aires. Zarpamos de Montevideo hacia la boca del río. Gracias a la intromisión de Francia, nuestro barco con doscientos cincuenta soldados de caballería pasó inadvertido en su travesía hacia Salto.

Los argentinos habían cruzado el río y ocupado los pequeños pueblos dispersos a lo largo de la ribera hasta Salto. El ejército uruguayo los había mantenido a raya por el este, pero necesitaba los refuerzos que llevábamos para atacar los frentes argentinos en el sur. Navegamos las turbias aguas del río rumbo al norte. Menotti, de pie sobre una caja frente al timón del barco, ayudaba a su padre a navegar. Los hombres lo llamaban *piccolo marinaio*, «pequeño marinero». Me sentí orgullosa al ver cómo Menotti aprendía a llevar el barco. José, rebosante de orgullo, iba de pie junto a su hijo con la mano en el timón y le hacía creer que era él quien lo hacía todo. Teresita dormía en nuestro pequeño camarote, lo que me permitió tomar el sol de la mañana en paz. Me regodeé en el viento que me calentaba el rostro y me despeinaba.

Desde la proa del Rivera veía las aguas oscuras y tranquilas del río Uruguay romper suavemente contra el barco. La corriente apacible me llamaba, pero no me engañaba. Me estremecí al recordar la corriente que nos arrastró cuando huíamos de São Gabriel. Me apreté bien el mantón sobre los hombros y luché contra el recuerdo del agua helada que casi nos lleva a mi hijo y a mí.

Más tarde esa noche, mientras nuestro barco avanzaba sobre la oscura calma, José me despertó de un sueño profundo. Me puso un dedo sobre los labios para que no hiciera ruido y despertara a nuestros hijos. Como un niño, me llevó hasta la proa del barco. Las estrellas brillaban alrededor de una luna de plata sobre el apacible cielo nocturno. José me acercó hacia él y me besó con ternura.

—Estoy tan feliz de tenerte a mi lado otra vez —dijo pasando un pulgar tibio por mi mejilla fría.

Sonreí, le puse una mano en el cuello y le acaricié la quijada.

—Es aquí donde pertenezco.

El barco se detuvo lentamente justo en las afueras de Salto y todos nuestros hombres subieron a cubierta. Anzani estaba entre ellos. Con las manos en la espalda, paseó entre las filas y observó a los hombres mientras se dirigían en perfecto orden hacia sus puestos cerca de los botes de remo. Anzani, que solía ser tan jovial, parecía un maestro de escuela estricto. Le dio una palmada a un marinero jorobado y le ordenó a enderezar la espalda.

Cuando Anzani estuvo satisfecho, levantó un brazo. Los hombres tomaron sus puestos en los botes. José levantó el brazo con el puño apretado: un reflejo idéntico de Anzani. Contó hasta treinta y bajó el puño. Anzani hizo lo propio y los botes descendieron lentamente al agua.

—*Tesoro mio*, mira. —José apuntó hacia la línea de árboles. Fue entonces que los vi: cien gauchos ataviados y listos para luchar habían salido de su refugio entre los árboles. Lucían magníficos sobre sus caballos con sus ponchos coloridos y sus armas formidables. Cada uno llevaba un caballo adicional para nuestros soldados.

—¿Cómo lograste juntar a tantos hombres? —pregunté mientras los observaba maravillada desde la baranda del barco.

—Su resentimiento hacia Argentina es mayor incluso que el de muchos de nuestros propios hombres. También ayuda el hecho de que, hasta que sitiaron la ciudad, Salto era un centro de comercio importante. Argentina acabó con todo eso.

—Es natural —respondí mientras observaba a nuestros hombres bajar al agua en silencio.

Anzani tuvo un violento acceso de tos justo cuando José y yo nos alejábamos de la proa. Cuando se recompuso, se unió a nosotros. Vi que arrugó el pañuelo. El pedazo de tela blanca bordada tenía una inconfundible mancha color carmesí. Nuestras miradas se cruzaron y se apresuró a guardarlo en el bolsillo.

—Nuestro barco está listo cuando usted lo esté.

—Vayan ustedes delante. Voy en seguida. —José giró y me besó con ternura. Se apartó apenas lo suficiente para que nuestros labios permanecieran unidos—. He dejado un pequeño grupo de hombres para que cuiden de ti y lo niños. Preferiría que todos se quedaran bajo cubierta durante la batalla.

Asentí. Me besó otra vez y fue a reunirse con sus hombres.

El golpe suave de los remos en el agua era el único sonido que se escuchaba en el río. Cuando ya no podía divisar a José, bajé al camarote para estar con los niños. Menotti y Teresita estaban abrazados en la cama con los ojos desorbitados de miedo.

—*Mamãe*, ¿qué pasa? —preguntó Menotti.

—Los hombres han ido a pelear y nosotros debemos quedarnos aquí.

Menotti frunció el ceño y miró hacia la puerta muy concentrado.

—No te preocupes, mi amor. Estamos a salvo. —Me metí en la cama con los niños y abracé a Teresita. Me extasié con su olor a cacao y mar. El barco estaba prácticamente vacío, de modo que podíamos escuchar hasta el más mínimo crujido o movimiento—. Creo que éste es un buen momento para contarles una historia. ¿Qué les parece?

Menotti sonrió y asintió. Teresita se acurrucó más cerca de mí.

—Había una vez una niña. Era una niña solitaria que soñaba con navegar el océano en busca de aventuras. Todos los días se asomaba al balcón a ver los barcos que entraban y salían del puerto y se imaginaba que iba en uno de ellos. Lo que no sabía era que había un marinero muy guapo en uno de esos barcos que la observaba todos los días con su catalejo. El marinero hizo una promesa: «Será mía».

Menotti rio.

—Eso es una tontería.

—No lo es. Fue así como su padre y yo nos conocimos. Por eso están aquí. —Le hice cosquillas y se rio aún más.

El barco flotaba río abajo, el sonido de los disparos retumbaba en el aire nocturno. Mis palabras eran un conjuro con el que tejí historias de Laguna, de renegados, de noches bajo las estrellas y de monstruos en el bosque. Cautivé a los niños con mis palabras y logré distraerlos del caos que reinaba afuera.

Cuarenta

Sentada en la cama, acariciaba el cabello oscuro y sedoso de los niños. El estruendo de la batalla había cesado hacía bastante tiempo dejando tras de sí un silencio sobrecogedor que sólo interrumpía el sonido de algún disparo ocasional. Empezaba a quedarme dormida cuando tocaron suavemente a la puerta. La abrí con cautela y vi a José en el pasillo cubierto de sangre.

—¡*Céus*! —ahogué un grito y salí al pasillo cerrando la puerta suavemente tras de mí.

—No te asustes —dijo sacudiendo las manos—, casi toda la sangre es de otros. Quería que supieras que estoy bien. —Hizo una pausa y miró la puerta del camarote—. No quiero que los niños me vean así.

—Por supuesto. —Agarré mi botiquín y lo seguí hasta donde algunos hombres le habían preparado una tina para bañarse. Me miraron y salieron de la habitación ruborizados. En las horas que siguieron a la batalla habíamos navegado hasta el puerto de Salto, recién liberado de los argentinos.

José giró hacia mí.

—*Tesoro mio*: ¿me ayudas a quitarme la camisa?

Caminé hasta donde estaba y con sumo cuidado comencé a quitársela. Uno de los lados se le había pegado a las costillas.

Chasqueé la lengua y mojé un trapo para humedecer la sangre seca alrededor de la herida.

—José, ¿qué te pasó?

—Ah, eso. —Encogió los hombros—. Me dieron un mordisquito. Nada catastrófico.

Lo miré frustrada mientras él asomaba la cabeza por debajo del brazo y reía.

—¿Te he contado de la vez que me apuñalaron en el muslo?

—No, y preferiría que no lo hicieras en este momento. —Di un paso atrás—. Muy bien, mi amor, ya puedes quitarte la camisa. —Contoneándose, se quitó la túnica y se metió en la tina. Tenía el cuerpo cubierto de sangre seca y el pelo embadurnado de fango. Agarré un cacharro y empecé a enjuagarlo. —Cuéntame qué pasó hoy.

Suspiró, cerró los ojos y echó la cabeza hacia atrás mientras le lavaba la sangre de los rizos.

—Había más hombres de los que nos dijeron los espías.

—¿Cuántos más?

—Como cien, más o menos. Las cosas no marchaban bien.

—Se nota, a juzgar por toda esta sangre.

Rio.

—El general González quería retirarse.

—Y tú, obviamente, no.

—¡Claro que no! —Se incorporó y el agua de la tina se derramó—. Levanté la espada y grité: «¡No tenemos tiempo!» porque, en verdad, no teníamos tiempo. Si no hubiésemos seguido adelante, jamás habríamos ganado.

Me coloqué frente a él. Le aparté un rizo mojado del rostro.

—Eres un hombre muy testarudo, José Garibaldi.

Sonrió y comenzó a besarme el vientre. Casi me arrastra dentro de la tina.

—Y, con suerte, este niño será tan testarudo como su padre.

—¡Dios me ayude! —reí.

⟡—⟡

Los niños se despertaron cuando nos sintieron entrar en el camarote. Se desperezaron y saltaron a los brazos de José. Teresita intentaba colgársele del cuello mientras Menotti lo abrazaba por la cintura.

—Tengan cuidado, *papai* está un poco lastimado. —José hizo una mueca de dolor mientras se quitaba a Teresita de encima.

—¿Pupa? —preguntó Teresita con cara de preocupación.

—Sí, *principessa*. —Le apartó el pelo del rostro y le besó la frente con ternura.

—¿Puedo ver? —preguntó Menotti dando saltitos de emoción. José sonrió y se levantó la camisa. Los niños se acercaron para ver.

Observé a mi familia como en un sueño. Feliciana me había dicho una vez que la familia nunca se pierde. En aquel momento, hablábamos de mi madre y mis hermanas y le dije que, para ellas, estaba muerta. La añoranza por lo que tuve una vez me había hecho sentir culpable, pero, ahora, al ver a mis hijos encaramados encima de José, comprendí que Feliciana tenía razón. Ésta era mi familia y nunca la perdería.

—Tengo una sorpresa para ti —dijo José despeinando a nuestro hijo. A Menotti se le iluminó el rostro ante la perspectiva de un regalo de su padre—. Pero está esperándote en el muelle.

Menotti salió corriendo del camarote y subió las escaleras del barco como un gato que persigue a un ratón.

—¡Ten cuidado! —le dije y me di cuenta al instante de que era en vano. José me dio un beso en la mejilla y salió detrás de su hijo. Teresita y yo llegamos a cubierta poco después que Menotti, que ya estaba en la baranda al lado de su padre.

—¿Dónde está, *papai*? ¿Dónde está mi regalo? —preguntó dando saltos.

José tenía una sonrisita tonta en los labios. Señaló un trío de caballos que aguardaban en el muelle.

—¿Ves ese caballito? ¿El color marrón con el lucero en la frente?

—Sí —contestó Menotti con la voz llena de anticipación.

—Es tuyo.

Menotti soltó un chillido de alegría, bajó la rampa y corrió por el muelle entre los marineros hasta llegar a su caballo.

—¿Qué te parece? —gritó José orgulloso a nuestro hijo mientras íbamos tras él.

—¡Es maravilloso! —Abrazó a José por las piernas—. ¡Gracias!

José me lanzó una mirada traviesa.

—Ya es hora de que le enseñemos a montar.

Resoplé.

—A su edad, yo ya entrenaba caballos. —Me monté en mi caballo y coloqué a Teresita delante de mí—. ¿Qué quieres que hagamos?

—Impresionemos a la gente de Salto —respondió José.

Recorrimos las calles seguidos por los «camisas rojas» y, detrás de ellos, el ejército uruguayo. La gente vitoreaba y arrojaba flores a nuestro paso. Yo observaba a Menotti, que iba delante de mí. Con su sonrisa amplia e inocente parecía un José en miniatura.

Esa noche, el pueblo hizo una gran fiesta en nuestro honor. Toda la guarnición salió a celebrar con la gente del pueblo. Las guirnaldas de linternas formaban un dosel estrellado sobre la plaza. Nos sentamos a la mesa de honor flanqueados por el nuevo alcalde y el general uruguayo que se establecería en Salto. El alcalde, un hombre calvo y de estatura baja, estaba nervioso y no dejaba de secarse la frente con un pañuelo húmedo. Sus ojos saltaban de un lado a otro y le temblaban las manos cuando intentaba agarrar la copa de vino.

—Está tan nervioso —comenté al verlo aflojarse el cuello de la camisa.

—Yo también lo estaría, dado lo que le ocurrió a su predecesor. —José se inclinó hacia mí—. El ejército argentino lo colgó. Es lo primero que hacen cuando llegan a un pueblo. De ese modo establecen su dominio.

Las mujeres del pueblo comenzaron a traer platos de vegetales rostizados y montañas de arroz con frijoles negros sazonados a la española.

—Les han cortado todos los abastos. ¿Cómo es que tienen tanta comida? —pregunté a José.

—Este banquete que nos ofrecen son los últimos abastos que quedan en todos los pueblos desde aquí hasta Brasil. —Hizo un gesto con la cabeza para señalar la comida—. Cuando los argentinos arrasaron Uruguay, quemaron todos los pueblos y ordenaron a la gente que se mudara al otro lado del río en Argentina porque ahora formaban parte del gran imperio de América del Sur.

—Pero la gente no se mudó a Argentina —dije mientras observaba la multitud que se había reunido.

—No. No lo hicieron —dijo José—. Hay algo sobre los uruguayos que Rosas no acaba de entender: los uruguayos nunca hacen lo que se les dice.

Después de la cena, la gente del pueblo sacó sus guitarras y acordeones.

José me tomó por el brazo y me llevó dando vueltas hasta el centro de la pista de baile improvisada. Se perdió en mi risa, me abrazó fuerte y me besó con tal pasión frente a todo el mundo que me ruboricé.

—Necesito beber agua —dije recuperando el aliento.

José asintió. Me siguió hasta la mesa donde Teresita bailaba con algunos niños del pueblo. Después de beber un largo trago de agua, José cargó a Teresita.

—Con tu permiso, voy a bailar con mi otra hermosa dama. —Le dio un beso en la mejilla a Teresita y la llevó en brazos a la pista de baile.

Me recosté contra la mesa para disfrutar del frescor de la brisa. Miré hacia donde estaba el resto de los niños y me di cuenta de que Menotti no estaba con ellos. Busqué con la vista entre la multitud y no pude evitar sonreír cuando lo descubrí dando volteretas en la pista de baile con dos niñas: ambas bellas; ambas, al menos, seis años mayores que mi hijo.

Observé a la gente del pueblo celebrar. Los «camisas rojas» se habían sumado al festejo con fervor. Sin embargo, noté que faltaba alguien: Anzani. De un tiempo a esta parte había cambiado. Ya no era el hombre que conocimos en São Gabriel. Se había convertido en un impostor cascarrabias.

La fiesta no daba señales de terminar, y José y yo decidimos retirarnos. Teresita, que había perdido la batalla contra el sueño, lloriqueaba y se quejaba en mis brazos. Al cabo de unos diez minutos de buscar y preguntar si alguien había visto a Menotti, lo encontramos dormido debajo de una mesa. José lo sacó y lo cargó hasta la casita que el pueblo nos había proporcionado.

Después de acostar a los niños, José y yo nos metimos en la cama a disfrutar de un rato de soledad. El ruido de la fiesta mezclado con el olor a flores silvestres viajaba a través del aire frío de la noche y entraba por nuestra ventana abierta. Me acosté de lado y José me abrazó. Puso la mano sobre mi vientre, nuestro hijo pateaba.

—Será fuerte.

Le acaricié el brazo a José.

—Hacemos niños fuertes. ¿Viste a Menotti? Ya se parece a ti.

José rio.

—Ojalá que no vengan padres rabiosos a golpear nuestra puerta.

—Es tan guapo como tú. Debemos prepararnos.

—Aduladora —me susurró al oído.

—¿No es eso por lo que me trajiste contigo?

Ambos reímos, pero luego José se quedó callado y me abrazó con más fuerza.

—Estoy muy feliz de que estés aquí.

—Lo sé y yo también estoy muy feliz de estar aquí contigo.

Con los sonidos de la fiesta que llegaban hasta nuestra habitación, me armé de valor para hablarle de algo que me tenía preocupada.

—Vi sangre en el pañuelo de Anzani.

José respiró profundamente.

—Está muy enfermo.

Miré a la oscuridad, la cabeza me daba vueltas.

—Luisa no me ha dicho nada.

José negó con la cabeza.

—No esperaba que te dijera nada. Anzani hace todo lo posible por mantenerlo en secreto. No quiere que la legión lo sepa. Teme que socave su autoridad. ¿Sabías de la lesión que tiene en los pulmones?

—Sí, eso sí lo sabía. Le dispararon en el pecho antes de que Tomaso naciera.

—La lesión, aunque no fue fatal, le debilitó los pulmones. Desde entonces los ha tenido débiles. Hasta ahora había podido manejar el asunto como un reto que vencer, pero está agotado y ha desarrollado tuberculosis.

Giré para mirarlo de frente.

—Y Luisa acaba de tener un bebé.

Cada vez que íbamos de visita a su casa, Luisa parecía más cansada, pero nos juraba que todo andaba bien. El bebé era muy pequeño y estaba un poco amarillento, pero comía. Jamás mencionó la enfermedad de Anzani. Yo estaba tan ocupada con mis hijos que no había reparado en los problemas de mi amiga. Ahora la culpa me estrujaba las entrañas.

—No puedo creer que no me di cuenta de que Luisa ocultaba algo tan terrible.

—La enfermedad lo ha cambiado a él; es posible que la haya cambiado a ella también. —José se acostó bocarriba y se pasó la mano por la cara—. Ha dejado de ser el hombre que conocimos en São Gabriel. Ya no habla de su familia. Es casi como si estuviera tratando de distanciarse de ellos para que se acostumbren a su ausencia. Como hacen los perros. —Se volteó para mirarme, le brillaban los ojos de las lágrimas—. Enviaron a Tomaso a España para que trabaje de aprendiz con uno de los hermanos de Luisa. —José se quedó mirando al techo—. ¿Por qué la muerte persigue a todas las personas que amamos?

Le masajeé la muñeca y me quedé pensando en su pregunta. Aunque ninguno de nosotros era inmune a la muerte, aquellos a los que amábamos sentían su flecha punzante más que otros. Le besé la parte interior de la muñeca. Fortuna controlaba cada minuto de nuestra vida, pero no quería pensar en ella esta noche. Esta noche era para José y para mí.

Cuarenta y uno

Marzo de 1846

Salto me recordó el tiempo que pasé en São Simão. En la calle, la gente sonreía y saludaba al pasar, dispuesta a ayudarnos al instante. Nos integramos sin dificultad a la gente del pueblo. Las mujeres celebraban mi barriga y los niños encontraron nuevos amigos con los que pasar el tiempo. José se dedicó a los negocios del pueblo y los ayudó a restablecer sus rutas de comercio y dar hogares nuevos a los refugiados. El norte había quedado devastado por la guerra, pero, si José lograba que las cosas salieran como esperaba, Salto florecería. Sería el peor insulto para los argentinos.

La casita que José había conseguido para nosotros tenía dos dormitorios, una cocina grande y un pequeño salón, todo en una planta. Afuera compartíamos un hermoso jardín con los vecinos, que eran «camisas rojas» también. La gente de Salto veía a los italianos como sus salvadores y querían que viviéramos como tales. Algunos de nuestros hombres incluso consideraron asentarse allí, pues les gustaron mucho las mujeres del pueblo.

Una mañana nublada entré en la cocina con una canasta de ropa apoyada en la cadera. José levantó la vista. Lucía preocupado.

—¿Qué pasa? —pregunté y dejé la canasta sobre la mesa.

—Es una carta de Rivera con una oferta impresionante. Quiere ofrecerles catorce hectáreas de tierra a los «camisas rojas».

—Catorce hectáreas es mucha tierra. ¿Les ha hecho una oferta similar a las demás legiones?

—Que yo sepa, no. —Señaló un párrafo hacia el final de la página—. Las catorce hectáreas son de su tierra personal. Esto no puede estar sancionado por el gobierno.

Resoplé.

—No me fío. ¿Por qué darle todo eso a nuestra legión y no ofrecerles siquiera algo parecido a sus propios hombres? Los uniformes del ejército uruguayo están hechos trizas, sus familias mueren de hambre.

—No sé por qué quiere hacer esto, pero lo averiguaré. —Me dio un beso apresurado en la mejilla—. Espera compañía esta noche. ¡Menotti!

Menotti asomó la cabeza en la cocina.

—Ven conmigo, hijo, tenemos que trabajar —dijo José al tiempo que agarraba el sombrero y salía por la puerta.

Cuando el sol comenzó a ponerse sobre Salto, todos los «camisas rojas» salieron de las casas aledañas e inundaron nuestro patio. Había hombres recostados contra los árboles, amontonados en las puertas y colgados de las ventanas. La brisa fresca de otoño traía el olor amenazante de la lluvia. El crujir de las hojas secas competía con la conversación de los soldados. Me recosté contra la puerta de la cocina con los brazos apoyados sobre mi enorme barriga y observé cómo se desarrollaba la reunión. José, de pie bajo el árbol solitario que estaba en el centro del patio, se dirigió a los hombres y les habló de la carta y la oferta. Se oyeron resoplidos en todo el grupo.

—Les traigo este asunto hoy porque no debo ser yo el que decida. Es un regalo que nos ofrecen a todos.

—Quieres decir un regalo troyano —gritó un joven soldado desde atrás. No podía ver su rostro entre la multitud.

—¡Camarada! —gritó José—. Por favor, ilustre a sus hermanos.

—Nadie da nada de gratis —gritó el mismo soldado.

—¡Tu esposa sí! —gritó otro hombre, lo que provocó una oleada de risas. Tuve que taparme la boca para no reírme y José levantó una mano para callar a los hombres. Todos los ojos se volvieron hacia él. Nadie se atrevía a respirar a la espera de sus órdenes. Apuntó hacia el soldado que había hablado desde el fondo, quien volvió a tomar la palabra.

—La pregunta es: ¿qué quiere Rivera a cambio?

—Ésa, camarada, es una muy buena pregunta —dijo José paseándose delante de ellos—. ¿Quiere lealtad incondicional? ¿Quiere tener a la legión más grandiosa de todas las Américas a su disposición como si fuera un perro? —Los hombres vitorearon cuando José dijo esto. Mi esposo hizo una pausa y esperó a que cesara el ruido para proseguir—. Hoy conversé con algunos oficiales del ejército uruguayo. A ninguna otra legión le han ofrecido un regalo ni remotamente parecido a éste. Somos los pocos afortunados que hemos recibido esta oferta. —Me sentí inquieta. Algo andaba mal.

José aguardó un momento mientras los hombres murmuraban entre sí.

—Sé que el ejército uruguayo tiene una deuda con nosotros, pero, les pregunto: ¿acaso nos deben más que a nuestros hermanos uruguayos? ¿Acaso hemos peleado por nuestro país adoptivo más que ellos? —Miró a la multitud que lo escuchaba atenta—. Yo digo que no. No somos especiales. Somos soldados con un deber y no merecemos más de lo que nos corresponde justamente. —Miró hacia el suelo y ponderó un hecho que no había contemplado antes de dirigirse de nuevo a los hombres. Todos, yo incluida, nos inclinamos hacia delante a la espera de sus siguientes palabras—. No puedo decidir por ustedes. A ustedes les toca decidir si aceptan o no este regalo. Llevémoslo a votación.

Anzani se puso de pie.

—¿Hay alguien a favor de aceptar este regalo? —La multitud permaneció silente, incluso los pájaros se callaron.

—Siéntanse en la libertad de expresar su opinión. Aquí todos somos camaradas. Todos somos iguales —añadió José, pero nadie habló.

—¿Alguien se opone? —preguntó Anzani a la multitud. En una voz unificada y definida todos dijeron que se oponían. No pude evitar unirme a ellos.

—Muy bien. Le comunicaré al general Rivera nuestra respuesta. Pueden retirarse —ordenó José.

El día siguiente, mientras limpiaba los platos del desayuno y me preparaba para realizar mis tareas matutinas, José se sentó a la mesa y me observó. Se echó para atrás en la silla.

—Debo decir que me gusta mucho vivir aquí. Puedo imaginarnos establecidos en Salto.

—Yo también. Aunque Salto está bajo asedio, no parece estar corrupto por la guerra.

—También está más limpio que Montevideo.

—No hay nada como el olor a pescado podrido en las mañanas. —Solté una risita desde la barriga, que contagió a José. De pronto me hallé sentada en su falda riendo.

Un golpe firme en la puerta nos trajo a la realidad. Seguí a José hasta la puerta. Un joven mensajero le entregó una carta. José tomó la carta y la abrió. Su sonrisa se disipó.

—José, ¿qué pasa? —pregunté con creciente preocupación—. ¿José?

—La guerra ha terminado. —Abandonó la casa sin decir más.

Cuarenta y dos

Mayo de 1846

José mandó a sus aliados en Montevideo que averiguaran. Pronto nos llegaron las noticias. Rivera había tenido desavenencias con el gobierno uruguayo. No estaba satisfecho con el tratado de paz que le ofrecían Inglaterra y Francia, que dejaba a Rivera a cargo de Montevideo y a Oribe a cargo de todo lo demás.

—Ahora sabemos por qué Rivera les hizo una oferta tan generosa a los «camisas rojas» —dijo José y dio con la carta en la mesa—. Pensó que podía comprarnos.

—Y con tu apoyo, habría reiniciado la guerra —dije.

—Tenemos que regresar a Montevideo.

—¿Por qué? ¿Para qué?

—El gobierno ha llamado a la legión. Aunque somos instrumentos de Rivera, aún tenemos que seguir las órdenes del gobierno uruguayo.

—No quiero regresar. Podemos construir una vida aquí.

A José se le desfiguró la cara.

—Me han dado órdenes.

—Y no sería la primera vez que las ignoras.

—Anita, nos tenemos que ir. —José estrujó la carta—. Oribe está tomando la región y no nos quiere aquí.

—Si nos vamos a Montevideo ahora, corremos el riesgo de que dé a luz a este niño en el camino.

—No serías la primera.

—José…

—*Tesoro mio*, sé que no es lo ideal y, si pudiéramos quedarnos, lo haríamos, pero no tenemos opción.

—Montevideo es peligroso. Está asqueroso y estoy segura de que está plagado de enfermedades.

—Nos irá bien.

—¿Cómo lo sabes?

José se levantó de la mesa y posó sus manos callosas sobre mis hombros.

—Porque estaremos juntos. —Me atrajo hacia sí y me dio un beso en la cabeza.

Me sentía inquieta, pero José tenía razón. Mientras estuviésemos juntos, estaríamos seguros.

Agosto de 1846

La lluvia helada caía a cántaros sobre el barco y me obligaba a quedarme con los niños en el sofocante camarote luchando con los cojines sobre los que estaba sentada. Con treinta y siete semanas de embarazo, me sentía como una fruta demasiado madura, a punto de explotar. Lo único que deseaba era estar en tierra firme.

Aunque me sentí aliviada cuando llegamos a Montevideo, temía lo que pudiéramos encontrar. La ciudad no se había recuperado del sitio y estaba llena de soldados franceses y británicos.

Mientras recorríamos las calles desiertas, veía los fantasmas de lo que había sido la ciudad. Los comerciantes que vendían sus productos en pequeñas carretas y las mujeres que iban de tienda en tienda ataviadas con sus vestidos de colores brillantes, cuyas risas sonaban como el tintinear de copas de cristal por encima del ruido de las ruedas de las carretas, habían desaparecido. Montevideo ya no era nuestro hogar. Había filas de casas abandonadas. Las ventanas entabladas eran testimonio de la devastación que habíamos sufrido. Miré hacia abajo y me pasé la mano por el vientre. No podíamos permanecer aquí por mucho tiempo.

Nos dirigíamos a casa en la carreta cuando me empezaron unos dolores que me hicieron doblarme. José fustigó a los caballos para que corrieran más a prisa y yo rezaba por que la comadrona estuviese aún en la ciudad.

Llegamos a casa justo a tiempo para el parto. El llanto agudo de mis hijos al salir de mi vientre siempre había sido motivo de alivio. Esta vez, sin embargo, mi hijo no lloraba. Caí presa del pánico. Los niños debían llegar al mundo con gritos triunfales, pero mi hijo no lo hacía. Me incorporé sobre los codos.

—¿Por qué no llora? —El miedo me estrangulaba—. No llora. ¿Por qué no llora?

La comadrona ignoró mis preguntas y me dio la espalda para seguir trabajando. Podía verla mover los brazos, pero aún no oía nada. *No puede ser. Dios, no lo permitas. No puedo perder otro hijo.* Una de las asistentes de la comadrona trataba de atenderme, pero la aparté e intenté salir de la cama.

Por fin escuché el llanto agudo de mi hijo. Sentí un inmenso alivio al ver a la comadrona girar hacia mí y entregarme a mi hijo.

—Felicitaciones, *mamãe*, tu hijo es todo un luchador.

Lo mecí en mis brazos muy suavemente y se calmó. Tenía los ojos abiertos y observaba el nuevo mundo en el que vivía ahora.

—Es todo un luchador, como su padre —por fin pude responder.

—No me sorprendería que algo le viniera de la madre también —me dijo la comadrona con una sonrisa de complicidad al tiempo que se lavaba las manos en la bacineta.

Poco después, José entró en la habitación. Al sostener a su hijo en brazos, el rostro se le iluminó de alegría.

—Otro niño. ¿Cómo lo llamaremos? —preguntó mientras nuestro pequeño hijo le sujetaba un dedo.

—A Menotti le pusimos el nombre de un luchador por la libertad. ¿No deberíamos hacer lo mismo con éste?

José me miró y sonrió.

—Me parece una idea brillante. —Miró a nuestro hijo y se quedó pensativo—. Había un hombre en Italia llamado Nicola Ricciotti. Nos hicimos amigos cuando viví en Marsella. Era un espíritu amable, pero feroz cuando se trataba de su patria. Encarnaba el sueño de una Italia unificada.

—Estoy segura de que a los austriacos no les gustaba eso.

—En absoluto —dijo José riendo—. Cuando los Borbones lo pusieron frente al pelotón de fusilamiento, empezó a cantar.

—¿A cantar?

José asintió.

—En efecto. Así era, aunque he de decir que cantaba bastante mal.

—¿Y qué cantó?

—El estribillo de una canción que todos solíamos cantar: *La Donna Caritea*. Cantó a viva voz: «aquél que muere por su patria ha vivido suficiente». —José volvió a mirar a su hijo en silencio—. Creo que Ricciotti es un nombre apropiado, ¿no te parece?

—Sí.

Durante las semanas que siguieron, establecimos una especie de rutina. No sabíamos cuánto tiempo estaríamos en Montevideo, de modo que hicimos todo lo que estaba a nuestro alcance para convertirlo en un hogar de nuevo, aunque ya no se sentía como uno. Feliciana y Marco habían ido a refugiarse al norte con una hermana, lejos del alcance de Rosas. Montevideo se había quedado triste sin ellos. José se mantenía ocupado en los asuntos del estado mientras yo intentaba por todos los medios de ocuparme de nuestra casa y nuestros hijos. Los recursos escaseaban en Montevideo, así que tenía que hacer acopio de cualquier mendrugo, del más mínimo gramo de harina que encontrara para que mi familia pudiera comer.

Acababa de acostar a Ricciotti a dormir su siesta y me tomaba unos minutos de resuello cuando José entró por la puerta como una exhalación. El bebé se despertó y comenzó a llorar para que el mundo entero lo oyera.

—No puedes imaginar qué día he pasado. —Frunció el ceño y se le acentuaron las bolsas bajo los ojos.

—Ahora tengo que ir a calmar al niño. Cenarás más tarde y la culpa es tuya. —Vi su sombrero en el suelo—. ¡Y recoge eso! Estoy cansada de ordenar lo que desordenan los demás. —Oí a José maldecir por lo bajo mientras subía las escaleras. Al cabo de una hora había logrado calmar a Ricciotti. Bajé las escaleras de puntillas. Parecía que la despensa había explotado. En medio de los desperdicios de comida, estaban mi esposo y mis hijos.

Teresita jugaba en el suelo con una bola de masa. Su pelo, negro azabache, estaba cubierto de harina. Menotti, de pie frente a la mesa, hacía espaguetis y tenía el mismo aspecto que su hermana.

—¿Qué es esto?

José me miró.

—He decidido enseñarles a los niños a hacer pasta.

—¡Pata! ¡Pata! —rio Teresita agitando las manos en el aire antes de agarrar una bola de masa y metérsela en la boca.

—No te preocupes, lo limpiaré —dijo José y continuó trabajando sobre la mesa.

Miré alrededor de nuestra pequeña cocina.

—José, ésas son las únicas provisiones que tenemos. No tenemos el dinero ni las raciones para reemplazarlas.

—No te preocupes por eso, *tesoro mio* —dijo dándome un beso harinoso.

—¿Que no me preocupe? ¿Cómo los alimentaré mañana? ¿O pasado mañana? —Crucé los brazos y apreté los puños. No podía comprender semejante tontería de parte de José.

—Me he ocupado de todo.

—Menotti, lleva a tu hermana afuera. *Mamãe* y *papai* tienen que hablar —dije con toda la dulzura de que fui capaz.

—Pero, *mamãe*, estamos haciendo espaguetis. —Menotti tiró la pasta en la mesa.

—¡Ahora, jovencito! —Apunté hacia la puerta—. Y sacúdete esa harina de la ropa y de la de tu hermana.

Menotti miró a su padre.

—Ve. Tu madre y yo tenemos que hablar. Terminaremos cuando regresen.

Menotti saltó de mala gana de la silla en la que estaba encaramado. Lo observé hasta que salió de la mano de su hermana y luego miré a José. Estaba de espaldas a mí, amasando la pasta como si no pasara nada.

—Háblame. Dime, ¿por qué te comportas como un loco?

Suspiró y echó el exceso de masa en un cuenco.

—Los franceses y los ingleses disolvieron el ejército.

—¿Cómo? ¿Cómo pueden hacer algo así? Son países extranjeros. No pueden venir a hacer lo que les dé la gana.

—Pueden y lo están haciendo —dijo sin mirarme y sin dejar de amasar—. Y no es sólo el ejército. Van a desmantelar todo el gobierno. Van a destruirlo y comenzar desde cero.

—Estoy segura de que formarán uno que los favorezca —resoplé.

José dio un gruñido por respuesta. Se negaba a mirarme. En vez, jugaba con la pasta y formaba un largo fideo sobre la mesa.

—¿Qué significa esto para los «camisas rojas»? ¿Para nosotros?

—Mis hombres están en el purgatorio. Todavía no les han pagado. —Dio con la bola de masa en la mesa—. Como siempre, los ingleses y los franceses no tienen idea de lo que hacen. —Respiró profundo y se recompuso—. Me concederán el perdón. El rey del Piamonte les ha pedido a todos los italianos que viven en el extranjero que regresen a casa.

—¡Qué buena noticia, José! —Lo agarré por el brazo y lo obligué a mirarme.

—No olvides que sólo es rey de Piamonte, no de una Italia unificada. Si regreso, no puede garantizar mi seguridad fuera de su reino.

—Pero es algo, ¿no? Además, dime, José, ¿cuándo hemos estado seguros del todo?

José encogió los hombros y dejó caer en la mesa la pasta que tenía en las manos.

—Sé que debería estar feliz. Después de diez largos años de exilio, por fin puedo regresar a casa, pero ¿cómo puedo estar feliz si los hombres que lucharon a mi lado no tienen un futuro estable? No puedo marcharme hasta saber que todo hombre que decida quedarse tendrá techo y comida. —Se limpió la harina de las manos y me miró exasperado—. ¿Qué debo hacer?

Lo abracé por la cintura y lo acerqué hacia mí.

—Harás lo que siempre haces.

—¿Y qué es eso, *tesoro mio*? —preguntó dándome un beso en la cabeza.

—Obligarás a esos oficiales europeos, que creen que se las saben todas, a seguir tu consejo. —Levanté la vista y apoyé el mentón en su pecho—. Usarás tu encanto Garibaldi para que te obedezcan, o los atravesarás con la espada, lo que ocurra primero.

José no pudo contener la risa. Dio un paso hacia atrás.

—Me conoces tan bien.

Encogí los hombros.

—Es un talento que tengo.

José me besó justo en el momento en que Menotti regresaba a la cocina arrastrando a su hermana. Al vernos, hizo una mueca.

Me separé de José y fui donde Menotti.

—¿Prefieres que te bese a ti? —Agarré a Menotti y empecé a besarle las mejillas. Se reía mientras trataba de alejarme.

—¡Buaj, *mamãe*! —exclamó y se pasó la mano por la cara para limpiarse.

—Vengan, mis amores. Vamos todos a aprender a hacer pasta. —Cargué a Teresita—. Tengo la sospecha de que resultará una destreza muy útil —dije y le lancé una sonrisa traviesa a José.

Cuarta parte

ITALIA

Cuarenta y tres

Diciembre de 1847

Nuestros inmensos barcos zarparon hacia el mar. Las esperanzas de sobre cien italianos nos impulsaban, hinchaban las velas y disipaban las nubes. Deseé sentirme tan esperanzada como ellos, pero lo cierto era que la angustia me apretaba el pecho. Me mudaba a una tierra que sólo conocía a través de historias.

Sólo lograba sentirme tranquila cuando me iba a la proa del barco y el agua fría del mar me rociaba el rostro. La brisa me traía recuerdos de una época en que me atraía lo desconocido y tenía una sed insaciable de aventuras. Al respirar el aire salado, sentí que algo se gestaba más allá del horizonte. Me froté los brazos para quitarme la piel de gallina y sólo deseé que la solitaria luna creciente que se asomaba entre las nubes no fuera un mal augurio.

Un joven marinero al que le faltaban varios dientes corrió hacia mí.

—¡Tiene que bajar ahora mismo! —Corrimos bajo cubierta para descubrir que Teresita había hecho estragos en varias cajas buscando sabe Dios qué. Logré sacar a mi pequeño monstruo del montón de ropa y provisiones en que se había enmarañado. Además de tener que controlar continuamente a mi hija de dos años, tenía un niño malhumorado de seis meses que sólo parecía contentarse sobre cubierta cuando la brisa fresca le daba en el rostro.

A sus siete años, Menotti estaba siempre junto a José como si fuera su sombra en todo lo que hacía. Admiraba a su padre como a un dios. Si su padre estaba al timón, Menotti estaba con él. Si José trazaba el rumbo de la nave, Menotti se colocaba a su lado para aprender a usar los delicados instrumentos. Sólo lo veía en las noches cuando llegaba bostezando y colapsaba en la cama.

Siempre que tenía un momento libre, mi pensamiento volaba hacia Luisa y su familia. La última vez que nos vimos demostró una falsa valentía. Cuando Anzani fuera a reunirse con José en la campaña, Luisa iría a España con los niños a visitar a su familia. Nos sentamos en el salón de su casa para que los niños jugaran por última vez.

—No he visto a mi hermano en cinco años. —Miraba a los niños para evitar mirarme a los ojos—. A los niños les vendrá bien estar cerca de sus primos.

—Ojalá pudieras venir con nosotros a Italia.

—Apenas era una niña cuando mi familia se refugió en España. Los austriacos se aseguraron de que no tuviéramos un hogar al que regresar —suspiró Luisa—. Llevo tanto tiempo fuera de Italia que siento que España es mi verdadero hogar. —Me miró por primera vez con los ojos anegados en lágrimas—. Me gustaría ir con mi esposo, pero acordamos que lo mejor es que yo me vaya con mi familia mientras él lucha. Además, Tomaso empezará su aprendizaje pronto.

Nos tomamos las manos. Las palabras que no nos decíamos flotaban en el aire entre nosotras: la enfermedad de Anzani, los niños, las probabilidades de que no volviéramos a vernos.

—Te escribiré. Te contaré todo y, cuando nos hayamos asentado, vendrás a visitarnos.

—Sí, me gustaría mucho —dijo.

⟡—⟡

Marzo de 1848

Cuando por fin nos acercamos al puerto de Génova, los niños y yo subimos a cubierta y nos colocamos en la proa del barco vestidos con nuestras camisas rojas a juego. Nuestra anticipación crecía; los niños daban saltitos y se agarraban de la baranda con sus deditos. Estreché a Ricciotti contra mi pecho, el corazón se me quería salir. La pregunta que me había atormentado todo este tiempo me subió por la garganta como la bilis: ¿me aceptarían?

El puerto de Génova apareció en el horizonte. Una multitud de gente esperaba en la bahía y gritaba.

—¡Viva Garibaldi! ¡Viva Garibaldi! —Sus voces viajaban sobre el océano.

—¡*Mamãe*! —exclamó Menotti—. Están gritando nuestro nombre.

—Sí, ¿verdad? —respondí igualmente sorprendida. Menotti volvió a mirar al puerto y a la multitud.

Cuando desembarcamos, Menotti me jalaba hacia la izquierda y Teresita se me había agarrado de la falda y me jalaba hacia la derecha balbuceando algo ininteligible. Mientras tanto, José jugaba al político y estrechaba manos, besaba a los niños y enamoraba a todos. Las mujeres mayores me llenaban de flores y pan. Todos los que me rodeaban clamaban nuestra atención. Giré un instante para mirar a mi esposo y, de pronto, los niños habían desaparecido.

Presa del pánico, me aferré a Ricciotti.

—¡Menotti! ¡Teresita! —gritaba al tiempo que una avalancha de gente me rodeaba como un río crecido. El olor asfixiante a perfume, sudor y carne asada me daba náuseas. La cabeza me daba vueltas entre todos los rostros a mi alrededor. Tenía que encontrar a mis hijos.

Las lágrimas me corrían por las mejillas. Di vueltas buscando los rostros familiares de mi hijo y mi hija. Cuando ya estaba desesperada, sentí una mano firme sobre el hombro.

—Creo que estos dos son suyos. —Menotti y Teresita se abrazaron a mis piernas. Me tranquilizó sentirlos cerca de mí de nuevo.

—Déjeme ayudarla —dijo el hombre alto de piel aceitunada con el cabello oscuro peinado hacia atrás. Llevaba ropa fina de caballero y hablaba como un oficial. Nos abrió paso y yo lo seguí examinándolo. Llevaba una espada ribeteada en plata y sus botas brillosas producían un tintineo al caminar por el pavimento. Nos llevó hasta donde estaba José y lo agarró por el hombro. José giró y miró al hombre con alegría. Se abrazaron como viejos amigos, luego José y el resto de nosotros seguimos al hombre hasta un gran carruaje con adornos dorados lejos de la multitud.

—Le ruego que me disculpe, no he tenido la oportunidad de presentarme. Soy Paolo Antonini —dijo haciendo una gran reverencia.

—Paolo es un camarada en la lucha por una Italia unificada. Su familia nos acogerá mientras estemos en Génova —dijo José al tiempo que entrábamos en el carruaje. José nos explicó que Paolo era un miembro de los Carbonarios, la resistencia austriaca. Mientras que mi bullicioso esposo tuvo que exilarse, Paolo trabajó desde la clandestinidad. Pensaba que la mejor forma de debilitar a los austriacos era trabajar sin ser visto. Con la ayuda de su hermano, que residía en Rio de Janeiro, contrabandeaba desde y hacia Génova evitando los altos impuestos.

También tenía la habilidad de conseguir todo lo que necesitaba la resistencia.

—Sí, es un honor vivir en tiempos tan excitantes. *Signora*, espero que se sienta a gusto en mi casa. No es gran cosa, pero tendrán todo lo que puedan necesitar.

—Gracias, *signor*. Estoy segura de que nos sentiremos como en casa —sonreí.

José y Paolo sostuvieron una conversación trivial mientras el carruaje recorría las calles accidentadas y sinuosas de la ciudad de Génova. Pasamos los mercados efervescentes y los grandes edificios del centro de la ciudad, y subimos hasta las colinas que bordeaban la bahía de aguas cristalinas en las que se reflejaba el cielo. Parecía que todos los genoveses nos saludaban a nuestro paso. Los niños sacaron la cabeza por la ventana y lanzaron grititos de admiración a lo largo de todo el recorrido. Nuestro carruaje se detuvo frente a los portones de una gran casa de ladrillo rojo con terminaciones en blanco. El camino de entrada estaba bordeado de árboles triangulares en tonos verde oscuro que contrastaban con la casa.

—Es una lástima que sólo tenga esta casa para recibirlos. Por culpa de los austriacos tuvimos que consolidar para poder sobrevivir con confort. Por tanto, ésta es la única residencia que mi familia tiene en Italia.

—Oh, *signor* Antonini, es más que suficiente para nosotros. —Miré a nuestro anfitrión y sonreí. La grandeza de la casa era sobrecogedora.

—Por favor, si vamos a vivir bajo el mismo techo, le pido que me llame Paolo.

Dos sirvientes aguardaban por nosotros. Uno abrió la puerta del carruaje y el otro mantuvo abierta la puerta delantera mientras salíamos. Pasamos frente al joven estoico y llegamos a la entrada principal de mármol negro y blanco. Había algunas mesas pequeñas sobre las que se habían colocado grandes jarrones llenos de rosas carmesí. Teresita corrió hacia una de las mesas, pero pude agarrarla por el hombro justo a tiempo.

—Tal vez los niños estén más cómodos en el salón de juegos. Síganme por favor. —Paolo nos condujo por la escalera curva de mármol hacia el ala izquierda de la casa—. El salón de juegos era de mis hermanos y mío. Espero que los satisfaga —dijo a Menotti y Teresita al tiempo que abría una puerta doble que daba a un enorme salón lleno de todos los juegos que mis hijos jamás pudieron soñar. Las paredes estaban pintadas de verde azulado con un borde blanco a lo largo del techo y el suelo. Una de las paredes estaba cubierta de enormes estantes de libros. Por toda la habitación había caballitos y juguetes de todos los tamaños y formas. En el centro de la habitación había una casa de muñecas pintada en varios tonos de rosa. Un montoncito de muñecas apiladas al lado de la casita esperaba a que alguien jugara con ellas. Los niños entraron corriendo y riendo en la habitación.

—No teníamos muchos juguetes para niñas, así que mandé hacer algunos para Teresita.

—*Signor*, es usted demasiado generoso. Va a echar a perder a mis hijos —dije mientras admiraba los juguetes en la habitación.

Paulo hizo un gesto con la mano para que no continuara.

—Los niños merecen que los consientan. Pronto se convertirán en adultos y la vida de los adultos trae consigo muchas dificultades. ¡Que sean felices mientras puedan!

Una joven de uniforme negro se nos acercó.

—¿Puedo llevarme a Ricciotti?

Instintivamente me eché hacia atrás y abracé a mi bebé. Paolo me puso la mano en el brazo con delicadeza.

—Ella es Giulia. Será su niñera.

—¿Niñera? —pregunté mirando a José y a Paolo.

—Sí —dijo la mujer sonriente—. Estoy aquí para ayudar a cuidar a los niños. Soy la mayor de doce, así que puede estar segura de que sus preciosos hijos están en buenas manos. ¿Puedo?

Le entregué al niño no sin cierta renuencia. Giulia sonrió y lo meció suavemente. El niño rio y se metió el puño en la boca.

—¿Cuándo fue la última vez que comió?

—Esta mañana antes de que atracáramos.

Le tocó el trasero.

—Creo que le vendría bien un cambio de ropa. —Las babas le corrían por el puño a Ricciotti—. Y tal vez darle un poco de conejo. Le diré a la cocinera que también traiga algunas golosinas para los niños.

Nos pasó por delante, entró en el salón de juegos y se presentó a Teresita y Menotti.

—Vengan conmigo, les enseñaré su habitación. —Paolo nos condujo hasta el final del pasillo donde había una puerta doble que daba a una amplia habitación. Nuestro dormitorio, si así podía llamarse, era del tamaño de mi primera casa en Laguna. En el centro había una gran cama con dosel. A la derecha vi una mesa pequeña con dos sillas. Sobre la mesa había un plato desbordante de frutas.

—Hay agua fresca en la bacineta si quieren lavarse. Cenaremos a las ocho. Siéntanse en la libertad de descansar hasta entonces. —Paolo salió de la habitación y cerró la puerta tras de sí. Maravillada, caminé por nuestra estancia.

José se sentó en la cama, resopló y me miró con los ojos hambrientos.

—Sabes que tienes permiso de disfrutar de todo esto.

Toqué los cepillos dorados que estaban sobre el tocador.

—Parece que a la familia Antonini le va muy bien con el negocio del contrabando.

—Los hermanos Antonini se han sacrificado por la causa italiana en numerosas ocasiones. Se enorgullecen de poder entrar casi de todo al país delante de las narices de los austriacos. Utilizan su riqueza para beneficiar a los rebeldes. La familia Antonini está comprometida con la unificación de Italia. La vida en Italia será muy diferente de la vida en América. Te recomiendo que vayas acostumbrándote.

—Diferente es poco. Aquí, dentro de esta casa cabe todo el pueblo en el que nací.

José rio y me atrajo hacia él.

—Apuesto a que esta cama también es más blanda que cualquier cama de Laguna.

—Estoy segura de que sí —dije y me dejé arrastrar a la cama. José empezaba a acariciarme el cuello con la nariz cuando tocaron a la puerta. Suspiró y me soltó. Después de tres meses en el barco no habíamos tenido mucho tiempo de privacidad, por lo que la interrupción no fue bien recibida.

—Pase —dijo José disgustado.

Uno de los sirvientes traía un mensaje para él.

—Disculpe, *signor*, pero es urgente.

—Gracias. —José tomó la carta y, después de leer un instante, me miró—. Debo regresar a la ciudad. Es Anzani. No esperan que sobreviva la noche.

—Espera. Voy contigo —dije agarrando mis cosas.

—No. Quédate aquí.

Me detuve y lo miré fijamente.

—Dijiste que juntos somos más fuertes. ¿Acabamos de llegar aquí y ya quieres dejarme?

—Anita, no es eso. —Tomó mis manos entre las suyas—. Italia no es como América del Sur. Los hombres no te aceptarán como soldado.

—No me importa lo que piensen los demás —dije soltándole las manos—. ¿Desde cuándo te importa a ti?

Resopló.

—La cultura aquí es diferente. Tenemos que ir poco a poco. Deja que la gente te conozca. Estoy seguro de que se enamorarán de ti como me pasó a mí.

—Pero esto no me gusta —no me sentía cómoda de quedarme sola, de no ser útil.

—Piensa en los niños —dijo José tratando de contentarme—. Necesitan a su madre.

—Precisamente pienso en ellos —mascullé entre dientes—. No es sólo la vida de nuestros hijos la que está en juego, sino la de todos los niños de este país.

—Desempeñarás un papel en este conflicto, te lo prometo.

José agarró sus cosas, me dio un beso en la frente y se marchó. Descorrí las cortinas azules y me quedé frente a la inmensa ventana que se extendía del suelo al techo. Observé a la gente que se desplazaba entre el enredo de ruinas y campanarios majestuosos y me pregunté si no habría sido una tontería de mi parte pensar que este lugar iba a ser como América del Sur. En vez de una tierra que no se dejaba domesticar, había encontrado un lugar que hacía tiempo había perdido el salvajismo de su juventud. No podía evitar preguntarme si lograría encajar en este nuevo lugar.

Me alejé de la ventana y me acurruqué en la enorme cama. ¿Volvería a ver a América del Sur? Miré el dosel azul claro y tuve un acceso de nostalgia por las montañas que se elevaban hasta el cielo; por los tonos de verde que casi podían olerse; por la comunidad de Montevideo. Pero ahora éste era mi hogar. Tenía que serlo. Decidí que amaría este lugar y que lograría que su gente me quisiera.

Cuarenta y cuatro

Me despertaron unos golpecitos cada vez más insistentes en la puerta.

—Pase —gruñí. Tres sirvientas entraron en la habitación: una mujer alta con aspecto de matrona, seguida de dos jóvenes vestidas de uniforme. Las jóvenes arrastraban mi baúl dentro de la habitación. La mujer mayor llevaba un simple vestido negro y un reloj de bolsillo de oro.

—*Buon pomeriggio* —dijo con las manos en la espalda—. Soy la *signora* Mancini, el ama de llaves. —Miró el reloj que llevaba en el bolsillo derecho y lo cerró de un golpe—. *Signora*, es casi la hora de la cena. Pensé que podíamos ayudarla a prepararse. —Chasqueó los dedos. Las dos jóvenes abrieron mi baúl y comenzaron a sacar mi ropa.

—No necesito ayuda —protesté saltando de la cama.

—¿Cómo no? Estamos aquí para ayudarla —dijo la *signora* Mancini observando a sus subordinadas. Inspeccionaron mi ropa y la dividieron en dos pilas. Se me erizó la piel de ver a dos desconocidas manosear mis cosas.

La *signora* Mancini sujetó una de mis faldas entre el dedo índice y el pulgar. Arrugó la nariz y se la pasó a una de las jóvenes que la colocó en una pila aparte. Estaba a punto de protestar cuando levantó un vestido.

—Éste le servirá para esta noche. Terminaremos de desempacar y lavar su ropa mientras usted se baña para bajar a cenar. La cocinera se molesta mucho cuando los comensales se retrasan.

Me incomodaba dejar a esas mujeres a cargo de mis cosas, pero hice lo que me dijeron. Estaba en un nuevo país con nuevas costumbres a las que tendría que adaptarme rápidamente. Cuando estuve lista, uno de los sirvientes me acompañó al comedor decorado con paneles de madera. Paolo estaba sentado al extremo de una larga mesa de madera con un niño sentado a cada lado. Me miró y sonrió cuando entré en la habitación.

—Presumo que pudo dormir una buena siesta. Los niños me contaron historias maravillosas de sus aventuras.

Menotti y Teresita parecían encantados con su nuevo amigo.

—El *signor* Antonini dijo que podemos comer ja… ja… ¿Cómo se dice? —Menotti le preguntó con todo el encanto de un niño de siete años.

—*Ge-la-to* —respondió Paolo despacio para que Menotti aprendiera a decirlo correctamente.

—*Gelato*. El *signor* Paolo dice que es el mejor postre del mundo, pero que sólo nos lo darán si somos niños buenos —dijo Menotti con entusiasmo.

—Yo niña buena —declaró Teresita.

—Ya veo que les ha robado el corazón a mis hijos —le dije a Paolo—. ¿Dónde está Ricciotti?

—La niñera ya lo ha bañado y acostado a dormir.

—Me gusta la *signora* Giulia —dijo Menotti pensativo—. Huele bien.

—Tene dulces —Teresita concurrió con su hermano.

Me pusieron delante un plato de vegetales rostizados sobre pasta.

—¿Alguna noticia de José?

—No, aún no. Mañana en la mañana vendrá la costurera a tomarles las medidas a usted y a los niños para hacerles ropa nueva.

—Es muy amable de su parte, pero no podemos permitirnos esos lujos. Usaremos la ropa que hemos traído.

—De ningún modo. Su estadía y todas sus necesidades serán costeadas por mi familia. Usted y los niños no deben carecer de nada.

—De verdad, *signor* Antonini, José y yo estamos acostumbrados a arreglárnoslas por nuestra cuenta.

Antonini se enderezó en su asiento.

—*Signora*, su esposo es la figura principal de nuestra revolución. La familia Garibaldi es la primera familia de Italia. Es mi deber asegurar que lo parezcan. Mañana vendrá la costurera y toda la familia tendrá ropa nueva. No escucharé más protestas.

El silencio incómodo que siguió a nuestro intercambio fue interrumpido cuando Teresita le dijo a Menotti.

—Oh no. No lato pa' *mamãe*.

Paolo no pudo contener la sonrisa.

—Creo que podemos hacer una excepción con *mamãe*. Sólo por esta vez.

Teresita me miró por un instante. Entornó sus ojitos negros mientras ponderaba su juicio. Una sonrisa traviesa le iluminó el rostro.

—Sí. Eta vez.

La mañana siguiente, cuando me senté a desayunar, uno de los sirvientes me trajo una carta de José.

Tesoro mio:

Cuando leas esta carta, estaré de camino a Turín con la esperanza de que Carlos Alberto, el rey de Piamonte-Cerdeña, me dé audiencia.

Me entristece informarte que nuestro querido amigo Anzani murió a medianoche rodeado de sus compañeros. Anzani, siempre listo para el deber, llevaba su camisa roja cuando murió. Le he enviado noticias a Luisa en España. Afortunadamente, tiene el apoyo de su familia en este momento tan difícil.

En honor de nuestro querido amigo, he llamado a la guarnición de Lombardía, la guarnición Anzani. Lombardía era el hogar de Anzani. ¿Recuerdas cuando nos lo contó? Parece que fue hace tanto tiempo que lo conocimos a orillas del río. Creo que siempre lo recordaré así: amigable en extremo y sediento de aventuras. Soñaba con regresar a su patria, aunque no creo que hubiera querido regresar de este modo, si bien tuvo más suerte que muchos que murieron antes.

Añoro estar contigo y con los niños. Desearía explorar Génova contigo y mostrarte los lugares de mi juventud. Dile a Paolo que te lleve al café Il Rifugio. Ahí pasé mucho tiempo planificando el futuro de este país con mi mentor y mis camaradas. Estoy seguro de que Paolo podrá contarte muchas historias de esa época, aunque he de admitir que no me harán mucho favor. Da un paseo por la piazza al atardecer. Es un lugar romántico que luce más hermoso aún cuando el sol poniente ilumina la catedral con sus elegantes rayos. Te imaginaré allí. Sueño con el día en que podamos beber el té de la mañana bajo los olivos mientras nuestros hijos juegan. Una vida pacífica en mi tierra. *Tesoro mio*, ¿es mucho pedir?

Mas, ¿qué sentido tiene soñar cuando aún queda tanto por hacer? Mientras estoy en Turín e intento unificar nuestra tierra, necesito que seas mis ojos y mis oídos. Cuéntame todo lo que sepas. Te dejo bajo la tutela de Paolo Antonini. Confía en su sabiduría.

Hasta que regrese a ti,

José

Más tarde esa mañana, después de que la costurera me pinchó y violentó, me encontré con Paolo en su estudio. Los muebles de madera oscura tapizados en piel y las paredes cubiertas de libros le daban a la habitación un aire íntimo y cálido. La luz brillante de la mañana entraba por una ventana y caía sobre los sillones rojos de espaldar alto. Paolo estaba sentado con las piernas cruzadas leyendo un periódico y no se percató de mi presencia. Bebía con delicadeza de una tacita mientras leía. Me aclaré la garganta ligeramente, alzó la vista y me sonrió.

—¡*Ciao, signora*! —Puso la tacita en la mesa que estaba a su lado. —¿Qué le ha parecido su estadía aquí? —Dobló el periódico y se lo colocó sobre las piernas.

—Estupenda, gracias, *signor.* —Me senté en el sillón a juego frente a mi anfitrión mientras un sirviente me servía café en una tacita tan pequeña como la de él.

—Bien, muy bien. —Inclinó la cabeza y me estudió—. Aunque el regimiento nos ha dejado atrás, usted y yo tenemos mucho que hacer.

—¿En qué consiste nuestro trabajo? —pregunté y bebí un sorbo de café. No esperaba que fuera tan amargo—. ¡No en balde beben el café en tazas tan pequeñas!

—¿Demasiado fuerte? —preguntó mirándome como si fuese una niña.

—Sí. En mi país preferimos la yerba mate. Aunque es más amarga, no es tan robusta. La yerba incita a vivir a quien la bebe; esto le da una patada por la espalda como una mula.

—Debe ser porque es expreso, *signora* —rio Paolo.

Puse mi tacita sobre la mesa.

—Ha dicho que tenemos mucho que hacer. Dígame: ¿eso tiene que ver con que José sea la figura principal de la unificación?

—Sí, tiene todo que ver con que su marido sea el rostro de la unificación. Necesitamos que nos ayude a reclutar soldados para la legión.

—¿Y cómo he de ayudar a la causa?

—Hablará. Esta noche habrá una asamblea en el pueblo. Le contará a la gente historias de su vida en las Américas. Les hará ver por qué deben seguir a nuestro Giuseppe.

—No estoy segura de que quieran escucharme.

—Anita: usted es la persona más cercana a nuestro Giuseppe. Lo conoce como nadie en el mundo. —Se inclinó hacia delante en su silla—. Dígales por qué lo ama y ellos lo harán también.

Era una forastera. ¿Por qué habrían de escucharme? Miré a Paolo con sus ojos suplicantes y su pelo negro peinado hacia atrás. Todos teníamos un papel en la guerra y el mío, por lo visto, era hablar, me escuchara o no la gente—. De acuerdo. Lo haré.

—Le diré a la *signora* Mancini que le ponga un vestido apropiado.

—No. Usaré mi túnica roja.

—Pero, *signora*, está muy vieja.

En cada fibra de esa vieja camisa roja estaban tejidos los recuerdos de todo lo que José y yo sacrificamos para venir aquí. Sí: era una túnica sencilla, pero la esperanza de toda una nación residía en cada puntada.

—No me pondré otra camisa que la roja.

Paolo me observó desde su sillón.

—Tengo la impresión de que el rojo se pondrá de moda esta temporada.

Cuarenta y cinco

Esa noche, Paolo, la *signora* Mancini y yo fuimos al café Il Rifugio vestidos en nuestras mejores ropas. Cuando llegamos, la gente desbordaba la calle. Parecía que hombres y mujeres de toda Génova habían venido a escucharme hablar.

—José me escribió sobre este lugar —dije.

Mi mirada recorrió el viejo edificio de piedra a lo largo de la grieta que se abría desde el letrero verde brillante hasta las persianas despintadas de los apartamentos encima del café.

Paolo sonrió y me ayudó a bajarme del carruaje.

—Éste fue el escenario de muchos de los líos en que me metió José cuando éramos jóvenes —rio—. Pídale que le cuente de la vez que huíamos del guardia austriaco. Entramos en este café y salimos por la puerta de atrás. Su José logró esquivar la basura que estaba apilada detrás de la puerta. Yo no tuve la misma suerte.

Nos acercamos a la multitud, que nos abrió paso y nos miraba boquiabierta. Entramos y me senté en una silla al frente del café, al lado de la *signora* Mancini, y observé a Paolo caminar hacia el frente.

—Estimados camaradas: me conmueve que hayan venido tantos esta noche. Como muchos habrán visto o escuchado, por fin tenemos a la familia Garibaldi entre nosotros. —Sonrió a algunas de las mujeres elegantemente ataviadas en la parte del frente—. Es una lástima que Giuseppe no pueda acompañarnos hoy. Ya está de camino a Turín. No puedo compartir sus planes, pero puedo compartir con ustedes a su increíble esposa, Anita, la hermosa joven que huyó de su familia para acompañar a Giuseppe en sus aventuras. —Paolo me pidió que lo acompañara frente al público. Una vez a su lado, examiné los rostros expectantes que esperaban a que dijera algo.

El pequeño café estaba abarrotado. Todos los rostros me miraban esperanzados. Éste nunca había sido mi lugar. José era la voz. Yo sólo era la mujer que permanecía al fondo de la habitación y lo observaba conjurar la magia con sus palabras. ¿Qué podía decirle a esta gente? ¿Por qué habrían de escucharme? No era más que una jovencita de un pequeño pueblo de Brasil. No era José. De pronto me di cuenta… que no, no lo era.

—*Signor* Paolo, me halaga. Sé que todos han venido por curiosidad para escuchar hablar de Giuseppe o Peppino, como lo llaman. Tal vez sienten curiosidad por la brasileña salvaje que abandonó a su familia para vivir junto a su héroe. Pues, heme aquí, como pueden ver, no soy nada especial —sonreí traviesa—. Y mi anfitrión es el mejor testigo de mi salvajismo. Pero conocer a mi José es conocer a la gente que lo rodea. Esas personas lo formaron y él, a cambio, los inspiró a ser mejores. Permítanme contarles una historia. Cuando conocí a José hace muchos años, había un hombre a su servicio. Su nombre era Luigi Rossetti. ¿Tal vez han escuchado hablar de él? Al igual que José, Luigi encontró un hogar adoptivo en Brasil porque fue expulsado de aquí, de su patria. Al igual que José, Luigi quería una Italia unificada. Al igual que José, Rossetti quería un gobierno justo e igualitario para Italia. Con cada aliento, se aseguró de que esto se convirtiera en un derecho para todos los hombres y mujeres.

La audiencia en pleno se inclinó hacia delante para escuchar el resto de mi historia.

»Muchas noches, José y Rossetti se quedaban despiertos hasta el amanecer discutiendo esas ideas. Hablaban sobre cómo aplicar las lecciones que aprendían en la lucha por la independencia de Rio Grande do Sul a la unificación de Italia.

Sonreí para mí misma y miré hacia el suelo de baldosas rayadas. Mis viejos zapatos negros contrastaban con el color crema de ellas. Mientras hilaba mis pensamientos, movía los dedos de los pies y me di cuenta de que el dedo gordo estaba a punto de romper la piel gastada de los zapatos.

»Aunque estaba al otro lado del océano, José hablaba de Italia todos los días. A veces, cuando veía a José y a Rossetti tan enfrascados en sus planes para Italia, me sentía su amante. Italia siempre ha sido y será su primer amor. Rossetti también tenía una amante: su prensa. Creía que su prensa era el cordón umbilical que lo mantenía unido a su patria. José solía decirle en broma que esa prensa era más exigente que una esposa. Y Rossetti siempre sonreía y respondía que, de no ser por su prensa, ¿cómo se enteraría la gente en Italia de lo que él y Giuseppe sacrificaban allá? Quería que el pueblo italiano supiera que no estaba solo en la lucha; que, al otro lado del mundo, había gente muy parecida que luchaba por un sistema de gobierno justo e igualitario para todos. —Respiré y recordé—. Rossetti no sonreía a menudo, pero cuando lo hacía, era mágico, como cuando el sol aparece de pronto luego de muchos días de lluvia. El único que lograba hacerlo sonreír era Giuseppe cuando le hablaba de regresar a su patria. Rossetti no puede estar con nosotros hoy. Murió en la lucha por un gobierno justo, no sólo para los italianos, sino para todos los que quieren ser libres. Por tratar de proteger su prensa, las fuerzas imperiales brasileñas lo mataron junto a sus hombres.

Pausé y miré a mi alrededor. La gente estaba sumida en cada palabra que salía de mi boca y apenas se atrevía a respirar mientras contaba mi historia.

»No pudimos siquiera enterrarlo aquí: su cuerpo está enterrado en algún lugar de la selva brasileña, por siempre separado de la tierra por la que se sacrificó. Rossetti no está aquí para ver su sueño hecho realidad, pero ustedes sí. José lleva el peso del sueño de Rossetti sobre los hombros. ¿Van a permitir que lo haga solo?

La gente comenzó a vitorear y aplaudir a mi alrededor. Paolo se colocó a mi lado y se dirigió a la audiencia:

—Si quieren unirse a la legión, busquen a Vicenzo en la puerta. ¡Únanse a nosotros! Veamos el sueño de estos grandes hombres hecho realidad.

Mientras los hombres se dirigían a paso lento hacia donde estaba Vicenzo para alistarse, se me acercaron tres mujeres. Todas iban ataviadas con vestidos en tonos de verde de la más alta calidad. Llevaban el pelo perfectamente peinado.

—Hola, *signora*, me llamo Elisa, y éstas son Sofía y Claudia —dijo señalándolas respectivamente—. Nos gustaría invitarla a almorzar en mi casa. Queremos que nos aconseje sobre cómo ayudar a nuestros esposos a prepararse para la guerra.

—*Signora* Garibaldi, acepte —dijo Paolo antes de que yo pudiera contestar nada.

—¿Acepto?

Paolo se inclinó hacia mí con una sonrisa forzada y me susurró al oído:

—Cuando la esposa del hombre más poderoso de Génova la invita a almorzar, usted acepta.

Me volví hacia las mujeres con una sonrisa genuina.

—Acepto. Por favor, denle los detalles a mi sirvienta, la *signora* Mancini. —Paolo me llevó por toda la habitación para que saludara a la gente que había venido a verme.

Ya era tarde en la noche cuando por fin recorrimos las calles de Génova rumbo a casa. Me desplomé en el asiento del carruaje. El aire frío me refrescaba la piel enrojecida.

—¡Estuvo estupenda! —dijo Paolo efusivo—. Hemos reclutado a más hombres en esta reunión que en meses.

—¡Qué gran noticia! —Miré a la *signora* Mancini—. ¿Cuándo es el almuerzo?

—El próximo jueves. He querido darle tiempo a la costurera para que pueda terminar al menos uno de los vestidos.

—Bien pensado, *signora* Mancini —interrumpió Paolo—. Tenemos otra asamblea en dos semanas. Asegúrese de que la costurera tenga otro vestido listo para entonces. —Me miró—. Y asegúrese de que tenga suficiente tela roja.

Además de ser la esposa del alcalde de Génova, Elisa Profumo provenía de una familia noble. Su madre era nieta de un papa. Su padre, el tercer hijo del duque de Génova, había amasado una fortuna en la exportación de seda. Cada vez que se le presentaba la oportunidad, alardeaba de que su linaje se podía trazar hasta 1098, a cuando uno de sus antepasados había traído las cenizas de San Juan Bautista, el santo patrón de la ciudad, durante las cruzadas.

El jueves previsto, llegué puntual al almuerzo. Los bucles rubios de Elisa se balanceaban a cada lado de su cabeza mientras me escoltaba a su elegante salón y me presentaba a todo el mundo. Su vestido de raso color burdeos crujía suavemente mientras ella flotaba entre las mujeres más prominentes de Génova. Elisa me sentó a la cabeza de la inmensa mesa del comedor y se sentó a mi derecha; Claudia se sentó a mi izquierda y Sofía se sentó a su lado. Cuando Elisa comenzó a dirigirse a las damas que estaban sentadas a la mesa bellamente puesta, los sirvientes llegaron con lascas de carne y queso muy finas servidas en delicados platos de porcelana.

—Como todas saben, las he invitado aquí para que aprendamos de la experiencia de la *signora* Garibaldi, quien ha luchado hombro con hombro con su esposo en y fuera del campo de batalla. *Signora*, ¿por qué no les cuenta a estas damas lo que hacía mientras el *signor* Garibaldi estaba lejos?

—Lo cierto es que no siempre estaba lejos. A menudo yo iba con él. En Brasil y, hasta cierto punto en Uruguay, es costumbre que las esposas viajen con sus esposos para cocinarles y realizar otras tareas propias del hogar.

Una de las señoras mayores exclamó:

—¡Qué bárbaros!

—Yo no los llamaría bárbaros. Así eran las cosas, nada más. —Sonreí y las mujeres asintieron—. En mi juventud, antes de que nacieran nuestros hijos, llegué a pelear con él, aunque no puedo decir que muchas esposas lo hicieran.

—¿Y no era muy peligroso? —preguntó otra mujer que se abanicaba el rostro enrojecido y miraba a su alrededor en la mesa.

—*Signora*, creo que eso es lo fundamental de la guerra —respondió Elisa con sequedad después de beber un sorbo de vino. Luego, me hizo una seña para que continuara.

—No valoraba mi vida como ahora. Antes éramos sólo José y yo. Si moría en batalla, ¿qué podía importar? —Me moví hacia el lado para que el sirviente retirara mi plato de antipasto y me colocara delante un pequeño plato de pasta con salsa de tomate—. ¿A quién podía importarle que desapareciera? Pero ahora hay tres criaturitas que me necesitan. El apoyo que les brindé a José y nuestros soldados fue por necesidad.

Necesitábamos a alguien que recogiera y atendiera a los heridos, alguien que ayudara en el hospital.

—Ésa es una idea novedosa, *signora* —dijo Elisa y puso el tenedor en la mesa para dirigirse a las damas—. Creo que la *signora* Garibaldi ha contribuido algo que sería de gran beneficio para todas. Como muchas de ustedes saben, mi familia desempeñó un papel crucial en que Génova se convirtiera en una de las ciudades más grandes de Italia. Sé que no todas pueden trazar su linaje hasta las Cruzadas, pero a todas nos corresponde asegurar que Génova tenga el apoyo necesario durante la unificación. Trabajar de voluntarias en nuestro hospital es una parte importante de ese objetivo —dijo y las demás señoras asintieron en voz baja.

—¿Se le hizo fácil? —preguntó Claudia.

—Una vez que comenzó la guerra, otros establecieron el hospital. En Laguna, trabajaba de voluntaria. En las campañas con José, llevaba mi propio botiquín médico para ayudar a los soldados. En Montevideo ya teníamos un hospital, pero yo organicé a las esposas de la legión.

Elisa apoyó la mano en mi brazo.

—Su experiencia será de mucho valor —afirmó y volvió a dirigirse a las mujeres—. En primer lugar, tenemos que financiar nuestra iniciativa. ¿Alguien propone alguna idea para recaudar fondos?

A partir de ese momento, la conversación se dividió en grupos de mujeres que discutían cómo recaudar fondos para nuestro hospital. Los sirvientes retiraron el plato principal y nos sirvieron pescado blanco. Yo escuchaba con atención y, de pronto, se me ocurrió algo.

—¿Tal vez podríamos hacer más que organizar un hospital? La unificación debe ser vista por el pueblo como algo positivo.

El pueblo tiene que ver que la unificación les traerá felicidad y satisfará sus necesidades. —A estas alturas había desparecido el tercer plato y apareció un sorbete de naranja sanguina servido en un delicado cuenco de cristal. La conversación de las mujeres pasó al tema de cómo podían ser una influencia positiva en el esfuerzo de unificación.

Me llamó la atención que, una vez que terminamos los sorbetes, los sirvientes regresaran con grandes platos de fruta y café para todas. Elisa tomó un sorbo de café y se inclinó hacia mí.

—Mi esposo y yo tenemos un palco en la ópera. ¿Le gustaría acompañarnos?

—Me encantaría, gracias —respondí un poco sorprendida.

Elisa aplaudió de alegría.

—Es muy espacioso. Sofía, Claudia y sus respectivos esposos nos acompañarán. —Miré a las jóvenes que asintieron con la cabeza y sus rizos se balancearon al unísono—. Y traiga a su encantador anfitrión. ¿Cuál es su nombre?

—Paolo Antonini.

—Sí. Traiga al *signor* Antonini. Detesto ir en grupos impares por el pueblo. El *signor* Antonini puede hablar de negocios con los hombres mientras nosotras tramamos nuestras aventuras. —Abrió los ojos y en su rostro se dibujó una sonrisa traviesa.

Cuando llegué a casa después del almuerzo, Paolo estaba esperándome de pie en medio del recibidor de mármol blanco y negro.

—Cuéntemelo todo. ¿Quiénes estaban? ¿De qué hablaron? ¿Estaba vestida a la moda? ¿La aceptaron?

Levanté una mano.

—Por favor, déjeme recuperar el aliento. —Le conté todos los detalles del almuerzo—. Y justo antes de marcharme, Elisa nos invitó a su palco en la ópera.

—¡*Signora*, usted ha salvado esta revolución! —Paolo me besó en ambas mejillas—. Tenemos que planear lo que diremos. ¿Cómo iremos vestidos?

—Usted puede hacer todos los planes que quiera. Yo, por lo pronto, voy a ver a mis hijos. —Salí de la habitación y dejé a Paolo garabateando ideas en una libreta. Llegué al salón de juegos, despaché a la niñera y me pasé toda la tarde jugando con mis hijos.

Cuarenta y seis

Abril de 1848

El golpear hipnótico de la lluvia contra la ventana me indujo al sueño. En la chimenea de piedra, el fuego crujía y escupía chispas, y calentaba la acogedora habitación. Como no tenía labores prácticas de costura, me dio por bordar. Era el pasatiempo de todas las damas genovesas y, para bien o para mal, ahora era una dama genovesa. Me acomodé la almohada en la falda y recosté la cabeza en el espaldar del sillón.

Mientras observaba la lluvia golpear la ventana, recordé cuando José y yo nos acurrucábamos en un camarote o una tienda y nos abrazábamos muy fuerte para mantenernos calientes; cuando me apretaba a Menotti contra el pecho y rogaba que no se enfermara. Si alguien me hubiese dicho entonces que algún día estaría bordando una almohada para pasar el tiempo, me habría reído. Había demasiado que hacer. No tenía que salir a buscar apoyo para nuestra causa. Tenía que recordarme a diario que lo que hacía aquí era tan importante como lo que había hecho en el campo de batalla. La guerra se hace de muchas formas. Mientras mi esposo peleaba con la fuerza, yo tenía que ser más persuasiva porque peleaba por la mente y el corazón de la gente.

Sin embargo, me disgustaba no participar en la planificación. Las noticias me llegaban filtradas por boca de alguien. Decidí que ya era tiempo de saber de mi esposo sin intermediarios. Me levanté del sillón y la almohada cayó al suelo. El delicado borde color marfil tendría que esperar. Agarré el primer trozo de papel que pude encontrar y le escribí una carta.

Mi querido José:

Confío en que habrás llegado a salvo a Turín. Desde que te marchaste me he convertido en un miembro productivo de la sociedad genovesa. A petición del *signor* Antonini, hablé en tu café, Il Rifugio. Paolo me contó una historia muy divertida de cómo lo dejaste caer en un montón de basura. ¡Parece que Paolo y tú han compartido muchas y muy grandes aventuras!

He aceptado una invitación a la ópera. La *signora* Elisa Profumo y su esposo tienen un palco. Paolo y yo seremos sus invitados de honor junto a otros a los que Paolo llama ciudadanos de la élite que nos proveerán el apoyo que tanto necesitamos para la legión.

Las mujeres de sociedad me han acogido como a una de las suyas y siguen mi liderato en los preparativos para la guerra. Hemos empezado a hacer acopio de suministros en el hospital de Génova. Una de las mujeres tuvo una idea de lo más novedosa. Distribuiremos pan a los hambrientos y les diremos que «Es de parte de Italia» para que sepan el trato que van a recibir cuando seamos un país unificado.

La gente está hambrienta de Italia, de una patria que puedan llamar propia. Están listos para apoyarte. Yo espero tus órdenes desde aquí para seguir ayudándote.

Con amor,

Anita

Tesoro mio:

Me siento muy orgulloso de saber que has encajado tan bien en la sociedad genovesa. Paolo tiene razón. Te has alineado con la élite. ¿Elisa Profumo es la esposa de Antonio Profumo? Si es así, mantenla cerca. Génova hará lo que diga su esposo. Cuéntame todo sobre la ópera. Te envidio.

Ojalá pudiera darte mejores noticias, pero los líderes a los que el rey escucha no creen que mis servicios sean necesarios para la causa. ¡La ignorancia de estos hombres me deja perplejo! Ven la experiencia y la sabiduría frente a ellos, pero les dan la espalda. ¡Tienen la osadía de llamarme corsario! ¡A mí! ¡Giuseppe Garibaldi! ¡El hombre que ha dirigido tantos ejércitos hacia la victoria! Que me consideren un papanatas es un insulto muy grave. Son tontos. Si no somos cuidadosos, perderemos esta batalla por su ignorancia.

Me ordenan ir a Venecia con la esperanza de alejarme del campo de batalla, pero, iré, en vez a Milán. Los milaneses han logrado lo imposible: mientras navegábamos rumbo a Italia, ellos realizaron su propia revolución victoriosa y expulsaron a los austriacos. Voy allá con la esperanza de ser de utilidad al nuevo gobierno milanés.

Ojalá estuvieras aquí a mi lado una vez más. Sé que someterías a estos hombres con tu espada. Tu fortaleza y tu lucidez siempre han sido un bálsamo para mi espíritu.

Hasta mi regreso,

José

Mi querido José:

Cruzamos el océano, pero aún seguimos rodeados de tontos. Tengo fe en que, con el tiempo, harás que entren en razón. A la luz de lo que me cuentas en tu última carta, cuando les demos pan, ya no le diremos a la gente: «Es de parte de Italia». Ahora le diremos: «Es de parte de Giuseppe Garibaldi». Sé que no te sentirás cómodo, pero, si la gente te ama, es muy probable que te preste más atención que a esos imbéciles que se hacen llamar realeza.

Sí: Elisa está casada con Antonio Profumo. Antonio es un gran defensor de los esfuerzos de unificación de Italia. En la ópera sostuvo una animada conversación con Paolo sobre lo que necesita Italia. ¡Estaban tan entusiasmados que salieron del palco junto con los demás a conversar en el vestíbulo! Ignoraron por completo la nueva ópera de Giuseppe Verdi, *Macbeth*. El *signor* Profumo le ha entregado a Elisa su chequera para que compre los abastos necesarios para el hospital y nuestras demás iniciativas.

Amor mío, no abandones la esperanza. Encontrarás una salida. Siempre has encontrado una. Te aconsejo que actúes como Malcolm en *Macbeth*. Retrocede en Milán y aguarda la oportunidad de tomar el ejército y unificar nuestro país.

Con amor,
Anita

Tesoro mio:

Cuánto añoro escuchar esas palabras de tus propios labios. Hasta que vuelva a reunirme contigo, tendré que conformarme con leer tus palabras de aliento en el papel. Me he anotado algunas victorias: hemos logrado que el gobierno provincial de Milán acceda a darnos uniformes. Pero todo regalo conlleva algo a cambio. Nos dijeron claramente que no podía ser rojo. A la nobleza no le importa la fama de los «camisas rojas». Dicen que el color no está sancionado, pero siento que escogerán lo contrario de lo que les proponga sólo por agraviarme. A Medici, mi segundo al mando, y a mí nos entregaron un catálogo y nos dijeron que escogiéramos el uniforme que más nos gustara. ¡El problema es que todos los uniformes están tomados! Podríamos parecernos a los franceses. Podríamos parecernos a los prusianos. O, como ha dicho Medici: «Que Dios proteja al que infeliz que escoja parecerse a los austriacos». Si nos vestimos como el enemigo, les dispararemos a los nuestros sin darnos cuenta.

A regañadientes, hemos escogido el blanco, de modo que, en vez de carniceros, pareceremos panaderos. Y presumo que, si las cosas salen mal, siempre podremos hornearles un pastel a los austriacos. Tal vez les disguste tanto nuestra pastelería que saldrán de Italia por su propia voluntad. Y hablando de pasteles: dile a la cocinera de Paolo que te prepare una torta pascualina. Llevo dos semanas soñando con una.

Ahora que tenemos uniformes, necesitamos municiones. El consejo de guerra aún tiene que aprobar que nos den armas. Se demoran mucho en aprobar cualquier cosa que les pidamos. El gobierno milanés actúa como si fuésemos una plaga en vez de la ayuda que necesitan.

Tesoro mio: tengo el pecho henchido de orgullo por la labor extraordinaria que estás realizando en Génova.

Hasta que pueda volver a tu lado,

José

Cuarenta y siete

Mayo de 1848

Miraba por la ventana de mi carruaje que se desplazaba sobre la calle adoquinada hacia la espaciosa casa de Elisa en el centro de la ciudad. El fresco olor del océano viajaba en la brisa fría. Habría preferido caminar en un día tan hermoso, pero Paolo insistió en que fuera en el carruaje.

—No se ve bien que la *signora* Garibaldi haga algo tan ordinario como caminar.

Durante nuestra estadía en Génova aprendí a confiar en Paolo y sus consejos. Siendo un soltero empedernido, la invasión de la familia Garibaldi le resultaba una agradable novedad. En la mesa, nos relataba las aventuras que había vivido con su hermano, tanto de niños como de adultos cuando exploraban América del Sur en busca de negocios. Para mis hijos era el divertido *zio* Paolo, pero, tras las risas y los aspavientos, era evidente que echaba de menos a su hermano, quien aún no había regresado a Italia con su familia.

Abandoné mis pensamientos cuando el carruaje se detuvo de repente frente a una enorme casa citadina cubierta de hiedras antiguas. Caminé hasta la gran puerta de roble y toqué con todas mis fuerzas. Para que esta visita saliera según lo previsto, no podía cometer ningún error. Me pasaron al salón privado de Elisa. Había un jarrón de cristal con lirios púrpura cerca de una ventana. Las cortinas de encaje ondulaban contra las paredes color burdeos.

Elisa entró; sus pequeños pies taconeaban sobre las baldosas de terracota.

—*Signora* Garibaldi, qué placer que haya venido a visitarme.

—El placer es mío —respondí con una sonrisa encantadora—. Es muy importante cultivar las amistades cuando una se encuentra en un país nuevo.

—Tiene toda la razón, *signora*. Justo hace unos días le comentaba a la *signora* Polizzi cuánto me alegra la acogida que le ha dado nuestro pequeño círculo social. —Me devolvió una sonrisa cálida al tiempo que un sirviente traía una bandeja con expreso y galletitas de chocolate—. La familia Garibaldi es una de las más antiguas de Génova, aunque no tanto como la mía, por supuesto. Las familias genovesas tenemos un deber para con Italia.

—No podría estar más de acuerdo. —Pausé para crear un poco de efecto—. Elisa, ¿puedo hacerle una pregunta más bien personal?

—Por supuesto, *donna* Anita: soy un libro abierto, como quien dice.

—¿Su esposo aún le permite comprar lo que desee?

Elisa tomó un sorbo de expreso en la tacita blanca adornada con delicadas flores rosadas.

—Sí, pero nuestras escapadas recientes han llamado la atención de los magistrados austriacos. Me han aconsejado que sea prudente. Usted comprenderá que no podemos permitir que los austriacos se fijen demasiado en nosotros.

—Es perfectamente comprensible. Nadie quiere que los austriacos se le metan en casa. —Bebí un sorbo de mi expreso. Sería un problema que se fijaran en nosotros. Miré a Elisa. Me admiraba, no era un secreto. Quería que le contara todas mis historias. Quería...—. Tenía la esperanza de que pudiéramos compartir una aventura, ya sabe, como las que viví en América del Sur. Echo tanto de menos mi hogar.

Me extendió una mano.

—Claro que lo echa de menos, querida. Está en un país ajeno. Espero que mis compatriotas italianos estén tratándola bien.

Le tomé la mano que me extendía.

—Desde luego: todos han sido muy amables conmigo, en especial usted, Elisa. Es que, a veces, las mujeres como yo necesitamos sacudir un poco las cosas para sentirnos realizadas. ¿Comprende?

—Claro que sí, *signora* Garibaldi. No tiene idea de cómo la comprendo. No sabe cuántas veces he imaginado que soy el cruzado que trajo las cenizas de San Juan Bautista a Génova. He escuchado la historia tantas veces que siempre he querido ser como él. Hacerle honor al nombre de mi familia. —Sus bucles rubios bailaban como pendientes cada vez que inclinaba la cabeza—. ¿Ha pensado algo en concreto?

Sonreí. Todo marchaba tal y como esperaba.

—La legión de José necesita armas. Paolo puede conseguirlas, pero necesitamos un padrino generoso que nos ayude. Aquí es donde entra usted.

—Esto parece una travesura divertida. —Se inclinó hacia delante como si estuviese ofreciéndole un caramelo—. ¿Presumo que ya tiene un plan?

—Sólo un esquema, en realidad, pero tengo entendido que la armería hace unos vestidos fabulosos —dije antes de beber otro sorbo de expreso.

Elisa rio.

—¡Me parece fabuloso!

Regresé al estudio de Paolo. Estaba sentado en su sillón de espaldar alto leyendo un libro. Me quité los guantes y los colgué en el respaldo de la silla frente a él.

—¿Qué pensaría si le dijera que he encontrado una solución al problema de inventario de José?

Paolo cerró el libro de golpe.

—Diría que ni usted, *signora*, es capaz de realizar semejante milagro.

Me miré las uñas.

—Tal vez haya llegado el momento de solicitar que me canonicen.

A Paolo se le cayó el libro, que rebotó dando una serie de golpes secos en el suelo.

—Anita, ¿qué ha hecho?

—Nada, en realidad: sólo he conseguido los fondos necesarios para suplirle al ejército las armas y municiones que necesita.

—¿Cómo? No puedo conseguir lo que Giuseppe necesita sin ayuda o sin ser visto y ningún aristócrata está dispuesto a alinearse abiertamente con Garibaldi.

—No, a menos que el aristócrata esté casado con una mujer que tenga el hábito de llevar vestidos muy costosos y le exija una gran cantidad de fondos y libertad para comprar todos los que le vengan en gana.

—¿Se refiere a Elisa Profumo?

—Pagará por las armas y anotará en sus libros que le pagó a una costurera. De ese modo, conseguiremos todo lo que mi esposo necesite.

Paolo se quedó boquiabierto.

—Es un verdadero milagro. Pondré la orden en este instante.

Junio de 1848

Tres semanas después, regresaba a casa luego de reunirme con las damas genovesas. Me quité el abrigo y los guantes y llamé:

—¡Paolo! Le traigo noticias y, por supuesto, algunos rumores secretos. —En la casa reinaba un silencio inusual.

—Los rumores genoveses son legendarios. —La voz de José retumbó desde la puerta contra la que estaba apoyado. Solté los guantes, corrí hacia él y lo abracé por la cintura—. *Tesoro mio* —vibró su voz ronca al tiempo que hundía el rostro en mi cuello. Su olor a madera, el sonido de su voz. Sobraban las palabras mientras me conducía a nuestro dormitorio.

Más tarde, entrelazados en nuestra cama, disfrutábamos del encuentro y le masajeaba la muñeca.

—Cuéntame: ¿qué haces aquí?

José frunció el ceño y se puso de lado para mirarme.

—¿Qué quieres decir? ¿No te alegra verme?

—Pensé que estabas realizando una labor importante en Milán. No esperaba que vinieras.

José volvió a acostarse bocarriba.

—Milán no me quiere.

—¿Qué quiere decir que no te quiere? ¿Por qué? —Me senté en la cama para verlo mejor. —José, ¿qué ha pasado?

José miró hacia otra parte y se pasó los dedos por el pelo.

—El gobierno provincial decidió que no quiere mi ayuda. Dice que mi estilo de guerra es bárbaro y que no concuerda con el modo en que deben conducirse los italianos. Creen que pueden mantener a raya a los austriacos sin mi ayuda.

Le sujeté el mentón suavemente y le giré la cabeza para que me mirara.

—El gobierno provincial de Milán y la aristocracia de Piamonte no saben lo que es un verdadero italiano. La gente de Rio Grande do Sul está mejor gracias a ti. Uruguay es independiente de Argentina gracias a ti. Eres el hombre más inteligente y consumado que conozco. Esos hombres tienen la vista nublada, pero aprenderán. Créeme: aprenderán lo que les pasa cuando pierden la fe en el único hombre que puede unirlos bajo una sola bandera.

José me sujetó por la muñeca.

—Podría lograr lo que Maquiavelo y los Medici no pudieron lograr, pero estos hombres me tratan como a un niño.

—En ese caso, esposo, haz tanto ruido que no puedan ignorarte.

José rio.

—Ya estoy gritando. No puedo gritar más fuerte.

—¿Qué es lo que le has contado a Menotti de ese libro, *El príncipe*?

—Le he contado muchas cosas de *El príncipe*.

—Hablo en serio, José: ¿cuál es la cita? ¿La que tiene que ver con cómo te ve la gente?

—Cada uno ve lo que pareces ser, pero pocos comprenden lo que eres realmente.

—Tal vez haya llegado el momento de que vean lo que veo yo. —Lo besé en la frente—. Muéstrales el gran unificador que eres.

Cuarenta y ocho

Septiembre de 1848

José se quedó con nosotros en Génova para reorganizar sus abastos, incluidas las nuevas armas. Luego decidió que debíamos mudarnos a la casa de su familia en Niza. Allí nos quedaríamos con su madre mientras él y sus tropas disfrutaban de un descanso necesario.

Tan pronto zarpamos de Génova, comencé a sentir nostalgia por el que fue nuestro primer hogar en esta nueva tierra. Ahora viviríamos con la madre de José, la santa amorosa de la que tanto había oído hablar. La nostalgia se convirtió en terror cuando me imaginé a la mujer.

El puerto de Niza era hermoso con sus casas pintadas de colores brillantes. Me recordó a Montevideo. José cargaba a Teresita cuando arribamos al puerto y la mecía suavemente.

—Verás dónde creció *papai*. Todas las mañanas te llegará el olor del pan que hornean en la panadería que está debajo y tu *nonna* te dará muchas golosinas.

José hablaba a menudo de su niñez en Niza. Su padre, un próspero comerciante, había mantenido a su familia de cuatro hijos.

Vivían en un amplio apartamento en la segunda planta de un edificio en el centro de la ciudad. La panadería estaba debajo. Todas las mañanas, José se despertaba con el olor a pan que subía hasta su hogar. Contaba que su padre era un hombre justo y trabajador. Su madre era amorosa y atenta: la viva estampa de la mujer italiana.

Respiré profundo e intenté tranquilizarme mientras atracábamos. Detrás de la playa bordeada de palmeras, los edificios pintados de colores brillantes con sus tejados rojos se extendían hacia las suaves colinas. Por un instante sentí que había llegado a mi tierra en Brasil. José me puso la mano en la parte inferior de la espalda y me dijo:

—Bienvenida a Niza: la ciudad más importante de toda Italia, mi hogar. —Se movió hacia la baranda y contempló absorto la costa—. Los antiguos griegos la llamaban «Nikaia» en honor de la diosa de la victoria, Nike. Durante muchos años, los franceses han intentado quitárnosla. Incluso la llaman «Nice», un nombre espantoso, en mi opinión, pero nunca he estado de acuerdo con los franceses en nada.

El padre de José murió mientras dormía durante el primer año del exilio de su hijo en América del Sur. Su madre, sin embargo, seguía viva: su testarudez proverbial desafiaba la muerte. Dos de sus hermanos vivían en la ciudad y se hacían cargo del negocio de su padre. La *signora* Garibaldi aguardaba en el muelle, una mujer corpulenta vestida de negro. Su cabello rubio se asomaba como hebras de paja bajo el gorro negro.

—¡Peppino! —exclamó al tiempo que le sujetaba el rostro con las manos y lo besaba—. ¡*Peppino mio*! —Se secó las lágrimas.

Me miró.

—¡Es tan oscura! No esperaba que fuese tan oscura.

—*Mamma* —dijo José intentando detenerla.

Mamma Garibaldi miró a su hijo.

—Nuestra familia siempre se ha enorgullecido de no parecer sureña —dijo mientras le tocaba los rizos color castaño claro a su hijo—. Es una pena que ninguno de tus hijos se parecerá a ti.

—Creo que Menotti se parece a su padre —repliqué en defensa de mis hijos al tiempo que sentía un creciente malestar. Cuando alguien dice que un niño no se parece a su padre, siempre implica otra cosa y no me gustaba la forma despectiva en que *Mamma* Garibaldi miraba a mis hijos.

Resopló.

—Tal vez si hubiese nacido en África. —Miró a Menotti con desprecio—. ¿Qué se puede esperar si su madre es de América del Sur? —dijo entre dientes. Luego giró y empezó a caminar.

Miré a José.

—Creo recordar que dijiste que era una mujer amable.

José encogió los hombros.

—Se suavizará.

Observé a *Mamma* Garibaldi, que iba caminando delante de nosotros por las estrechas calles adoquinadas con la agilidad de una persona de la mitad de su edad, sin importarle que pudiéramos seguirle o no el paso. Dudé de las palabras de mi esposo.

—La comida está lista —dijo—. Ha estado enfriándose. Debieron haber llegado más temprano.

La seguimos escaleras arriba hasta el apartamento que ocupaba toda la planta.

—Viviremos como sardinas con tanta gente en esta casita —se quejó no bien entramos en la casa.

La casa de los Garibaldi tenía un modesto recibidor cuyas baldosas color crema brillaban en la luz de la tarde. Las paredes estaban decoradas con pinturas de colinas lejanas salpicadas de flores silvestres. *Mamma* Garibaldi señaló hacia la izquierda.

—Las habitaciones están hacia allá. Los niños compartirán una habitación. José, puedes usar tu antigua habitación. Anita dormirá en el cuarto vacío que está al lado del mío.

—*Mamma*, ¿quieres decir que Anita y yo no tendremos nuestra propia habitación?

—Exactamente. Mi hijo no cometerá bigamia bajo mi techo —dijo mientras nos conducía por una puerta doble al salón formal.

Me contraje. Al cabo de tantos años, con un océano de por medio, aún no podía escapar de mi pasado. Agarré a Ricciotti con fuerza, Teresita se aferraba a mi falda. ¿Cómo pude ser tan tonta? Siempre sería la niña desobediente que nunca aprendió cuál era su lugar.

A José se le enrojecieron el cuello y el pecho. Me tomó por el codo y me susurró al oído:

—Quédate aquí. Déjame hablar con ella. —José salió con su madre al pasillo y yo me quedé sentada en el sofá rosado claro con Ricciotti en el regazo y Teresita y Menotti sentados a cada lado. Al salón llegaban fragmentos de la conversación.

—¡Es mi esposa! —gritó José.

Menotti se encogió.

—He escuchado las historias. Sé muy bien lo que es. Está casada con otro hombre.

—No. Ese hombre está muerto. Murió hace casi diez años.

Teresita se apoyó en mi brazo y tuve que ponerle la mano en una pierna cuando empezó a temblar.

—Ah, qué conveniente. Estoy segura de que eso fue lo que te contó cuando te conoció. Las muchachas siempre iban tras de ti. Tenía la esperanza de que no escogieras a una tan retorcida.

Teresita se tapó los oídos y me miró.

—¡Es mi esposa y la madre de mis hijos! ¡La tratarás con el debido respeto!

Menotti y Teresita saltaron.

—¡Y yo soy tu madre! ¿O es que a mí no se me respeta?

Ahora entendía de dónde le venía la testarudez a mi esposo. Le pedí a Menotti que cargara a Ricciotti y salí al pasillo. Ambos se volvieron hacia mí; ambos con el rostro enrojecido, con la misma vena brotada en el mismo lado de la cabeza.

—José, tiene razón. Ésta es su casa. Mientras estemos aquí dormiremos en habitaciones separadas.

—Al menos la mujer es respetuosa. Parece que no todos son salvajes en las Américas. —*Mamma* Garibaldi salió dando zancadas.

Agarré a José por la muñeca antes de que entrara en el salón.

—Prométeme que, si vamos a vivir en Niza por mucho tiempo, tendremos nuestra propia casa. Complaceré a tu madre, pero esto no puede durar indefinidamente.

Me besó la frente.

—Sí, *tesoro mio*.

Mamma Garibaldi no mostró ningún interés en discutir los asuntos del día cuando nos sentamos a la mesa para cenar. Se enfurruñó en la cabecera de la mesa e ignoró nuestra conversación. Los cubiertos sonaban contra los platos mientras comíamos en silencio. Antes de que hubiésemos terminado de comer, se levantó y retiró los platos de la mesa. Menotti estaba a punto de meterse el tenedor en la boca cuando le arrebató el plato. Intentó protestar, pero lo ignoró. Cuando comenzó a caer la noche, *Mamma* Garibaldi anunció que se iba a la cama y nos dejó en el salón en paz.

El mobiliario del salón era más lujoso que cualquiera que hubiésemos tenido en nuestros hogares. Había tres jarrones finos sobre la mesa de centro y, sobre la mesita al lado nuestro, la estatua de una joven luchando desesperadamente contra un viento invisible que pretendía volarle el sombrero. Me daba un vuelco el estómago de pensar el peligro que corrían esos valiosos tesoros con mis hijos en la casa.

Menotti estaba acurrucado en una silla con su lectura más reciente, *Las batallas europeas del siglo* XVIII. Tenía el rostro hundido en el libro que sostenía con ambas manos y cuyo lomo crujía cada vez que pasaba una página. José estaba sentado en el suelo con Teresita jugando a las muñecas mientras yo descansaba en el sofá y mecía a Ricciotti suavemente.

Teresita se sentó en las piernas de su padre.

—¡Ten hambre!

—Yo también —dijo Menotti levantando la vista del libro.

—Veré si puedo encontrar algo de comer. —José se levantó del suelo y fue a la cocina.

—*Mamãe*, ¿por qué tenemos que estar aquí? —preguntó Menotti.

—¡*Nonna* mala! —dijo Teresita por encima de la cabeza de su muñeca.

Mamma Garibaldi no era la mujer afable que mi esposo me había descrito. Tenía la esperanza de que se encariñara con los niños, pero Menotti y Teresita eran muy conscientes del mal genio de su abuela.

—¡No hables así de tu abuela, Teresita! —Miré a Menotti—. No vamos a estar aquí mucho tiempo. Sólo hasta que podamos establecernos en Niza. Muy pronto tendremos nuestra propia casa.

José regresó al salón con un plato de galletitas. Estaba segura de que había escuchado toda nuestra conversación. En su rostro se dibujó una sonrisa falsa evidente, el tipo de sonrisa que reservaba para el público.

—¿Sabían que me crie aquí? Nací en esta casa.

—¿Y *nonna* era más buena entonces? —preguntó Menotti al tiempo que agarraba una galletita.

—Tu abuela vive sola hace mucho tiempo. Somos un caos para ella. ¿Cómo crees que te sentirías si fueras ella?

Menotti miró a Teresita.

—Creo que puedo entender cómo se siente.

Teresita negó con la cabeza.

—*Nonna* más mala.

José la sentó en sus piernas.

—Es posible, pequeña, que tu *nonna* se suavice cuando te conozca mejor. —Teresita arrugó el rostro y agarró otra galletita.

Esa noche, después de acostar a los niños, me retiré a mi nuevo dormitorio. Mientras preparaba la cama, José entró sigilosamente, me abrazó y empezó a acariciarme el cuello con la nariz. Lo aparté.

—No, mi amor, aquí no. —Le puse una mano en el rostro y, con el pulgar, le acaricié la mejilla. La vida bajo el techo de su madre ya era de por sí difícil porque la mujer me detestaba. Si me pillaba con su hijo, a pesar de nuestro arreglo matrimonial, se tornaría insoportable.

—Mi madre duerme. Ojos que no ven, corazón que no siente. Me marcharé antes de que amanezca. —Trató de besarme, pero lo detuve.

—Di mi palabra. —Me incomodaba vivir en esa casa y quería asegurarme de que él no se sintiera cómodo.

José se apartó.

—Tendremos que buscar otra solución. —Caminó hacia la puerta—. ¿Estás segura de que vas a permitir que duerma solo?

—Vete, mi amor, antes de que cambie de opinión.

Suspiró.

—Bueno, sueña conmigo.

La mañana siguiente, antes de que saliera el sol, me despertó una luz proveniente del pasillo. Abrí los ojos y vi a *Mamma* Garibaldi en el umbral de la puerta observándome. Cuando me vio moverme, cerró la puerta y se marchó. En nuestro segundo día en Niza, comenzamos a deshacer el equipaje. Con suma cautela, como un animal salvaje que examina algo desconocido, *Mamma* Garibaldi se nos acercaba a cada rato. Cuando creía que no la veía, jugaba con Ricciotti, le hacía cosquillas en la barriga o le permitía agarrarle el dedo con el puño. No parecía convencida respecto a Teresita por sus arranques de energía, pero en varias ocasiones la pillé mirando de reojo a Menotti. Movía las cejas mientras lo examinaba en silencio.

La mañana de nuestro cuarto día en Niza, José me llamó aparte.

—Te tengo una sorpresa.

Lo miré con curiosidad. Me abrazó por la cintura y me susurró al oído.

—He encontrado una forma de escapar de mi madre. —Le puse las manos en el pecho, lo empujé suavemente y lo miré sorprendida—. Prepárate para salir antes de la hora de la cena.

—¿Y los niños? No podemos dejarlos solos con ella.

—He contratado a una niñera. Ayudará a mi madre. Quiero que conozca a sus nietos, que pase un rato sola con ellos, que vea lo maravillosos que son.

Nos escapamos esa noche mientras los niños jugaban con la niñera. Llegamos hasta el barco. José había dispuesto una cena deliciosa para nosotros dos en la cubierta. Cenamos a la luz del atardecer y disfrutamos de estar a solas. Cuando terminamos de cenar, nos retiramos a su camarote y, por fin, pudimos ser hombre y mujer libremente.

Cuarenta y nueve

Febrero de 1849

En los meses que siguieron, nos establecimos en Niza. Esto incluía pasar un par de noches a la semana en el barco de José. No me encantaba el arreglo, pero le creí cuando me prometió que tendríamos una casa propia tan pronto como terminara la guerra.

Una mañana, en el camarote de José, me despertó un aroma familiar a salitre, pescado viejo y mar, que me llevó de regreso a Brasil. Mientras daba vueltas en la cama, desorientada, me atacó una sensación de nostalgia por mi hogar. En Brasil había sido un soldado feroz; en Uruguay y Génova había logrado movilizar a las mujeres, pero en Niza me sentía atrapada en una jaula de oro con cojines rosados. Después de haber vivido por años una vida con propósito, tener que pasar un día tras otro en el salón de mi suegra me hacía sentir como una extremidad marchita por falta de uso.

Giré y vi que mi esposo dormía. Mis ojos recorrieron las cicatrices de su pecho que subía y bajaba al ritmo de su respiración. Toqué con la punta de los dedos el pedazo de piel levantada de su bíceps, el duro recuerdo de una bala que no dio en el blanco.

En la tranquilidad de las primeras horas de la mañana, cuando sólo se escuchaban las olas golpear contra el casco del barco, me di cuenta de que no echaba de menos Brasil sino quiénes éramos cuando vivíamos allí. Antes de los niños. Antes de la gloria. Cuando sólo éramos Anita y Giuseppe en pos del viento.

El estómago me dio un vuelco como el mar durante una tormenta. Salí corriendo del camarote hacia la baranda. Llegué justo antes de que se vaciara de todo su contenido. Me limpié la boca con la manga e hice cálculos hasta que caí en cuenta. En eso José se me acercó por detrás y me acarició con suavidad la espalda.

—*Tesoro mio*, ¿estás enferma?

Negué con la cabeza.

—Parece que vamos a tener otro hijo.

Se le dibujó una enorme sonrisa en el rostro.

—¿Otro bebé? —Me abrazó por los hombros y me acercó a su cuerpo. Hundió la nariz en mi cabello y me olió disfrutando el momento—. Otro *piccolo* Garibaldi. —Su voz sonaba distante, tenía los ojos cerrados y parecía en paz.

—Tendremos que decírselo a tu madre.

Suspiró.

—¿No podemos aparecernos con el niño y ya?

Reí.

—Llego con un bebé en los brazos y le decimos: «¡Mire lo que hemos encontrado en el mercado esta mañana!». Tengo el presentimiento de que lo notará antes.

José me apoyó el mentón en la cabeza.

—Podemos decir que estás poniéndote más hermosa gracias a toda esa exquisita comida italiana. —Le di un codazo—. De acuerdo, se lo diremos pronto, pero, por ahora, quiero disfrutar de este momento. —Apoyé la cabeza sobre su pecho ancho y nos quedamos mirando las pequeñas olas que bailaban a nuestro alrededor.

Me aterrorizaba la idea de decírselo a *Mamma* Garibaldi. Ya me detestaba por haber arruinado a su hijo. Sólo podría tomárselo de un modo. José ideó un plan. La llevamos a cenar a un restaurante local de manteles blancos impecables. Las copas de cristal para el agua reflejaban la luz de los grandes candelabros dorados dispersos por el techo.

Cuando el chef se enteró de que «el gran Garibaldi» estaba en el restaurante, salió a saludarnos personalmente. Vestido con un elegante traje negro, el corpulento hombre nos hizo una reverencia.

—¡Qué hombre tan afortunado de tener una mujer tan bella a su lado! Quiero que sepa que pueden ordenar todo lo que quieran. Será un honor servirles sin costo alguno.

—*Signor*, sería un exceso de cortesía —intentó protestar José.

—No, será un placer. Así podré decir que el magnífico Garibaldi cenó en mi restaurante. Será muy bueno para el negocio.

La comida estaba deliciosa: pasta en una salsa pesto decadente y una carne asada tan tierna que se me derretía en la boca. Durante toda la cena, José le sirvió vino a su madre. Mientras más bebía, más le llenaba la copa. Cuando ya la madre tenía las mejillas tan coloradas como el vino, José le dijo:

—*Mamma*, Anita y yo tenemos algo muy importante que decirte.

Mamma Garibaldi miró a José con ojos vidriosos y susurró más alto de la cuenta.

—¿Vas a enviarla de vuelta a las Américas? —Soltó un hipo.

José me miró con cara de preocupación y luego prosiguió.

—No —dijo despacio—. Anita está embarazada. Vas a tener otro nieto.

Mamma Garibaldi me miró como si fuera la plaga.

—¿Por qué me odias?

—No la odio. —Las palabras salieron de mi boca con facilidad y me liberaron de su poderoso yugo. A pesar de lo que dijera o hiciera, era la madre de José. Odiarla sería como odiar una parte de mi esposo.

Los ojos azules de *Mamma* Garibaldi se anegaron en lágrimas, que pronto comenzaron a correr por sus mejillas fláccidas.

—He fracasado. He fracasado como madre. No sé cómo sobrellevaré esto.

—Madre, estás exagerando.

—¡Exagerando! ¡Exagerando! He hecho todo lo que la Biblia exige. Voy a misa todos los domingos. Te obligué a ir a misa. He cumplido mi deber con Dios. ¿Por qué me castiga como si fuese Job? —se lamentó en voz alta. Miré a mi alrededor. En el restaurante la gente se había callado y nos miraba—. Tu padre debe estar retorciéndose en su tumba. Jamás hubiese deseado esto.

—Te comportas como una tonta. —El rostro antes tranquilo de José se tornó sombrío y tempestuoso—. Lo que mi padre hubiese deseado es que me sintiera realizado, que es exactamente como me siento. —*Mamma* Garibaldi abrió la boca para hablar, pero José alzó la mano para detenerla—. Te guste o no, la mujer que ves ahí sentada es mi esposa. No me importa lo que digas o pienses. Es mi esposa. Aprenderás a aceptarla, o perderás a tu hijo.

Mamma Garibaldi se sorbió los mocos y dejó de llorar. Miró a su hijo con los ojos muy abiertos como si no pudiera creer lo que acababa de escuchar. José añadió:

—No aguantaré más tus delirios histéricos.

—Muy bien —susurró la madre y puso la servilleta sobre la mesa.

La mañana siguiente, mientras yo les servía el desayuno a los niños, *Mamma* Garibaldi entró en la cocina tambaleándose. No se comió la fruta y la tostada que solía desayunar, sólo se sirvió café. Cerró los ojos y aspiró el aroma del espeso líquido negro. Menotti y Teresita, que solían estar muy animados, se miraban de reojo sin saber qué pasaba ni cómo proceder. José, a quien ya no le importaba lo que pensara su madre, había dormido conmigo toda la noche, pero se había marchado justo antes del amanecer para evitar una confrontación con ella. Llegó al comedor con un periódico bajo el brazo y una caja de galletitas en la mano. Puso la caja en medio de la mesa y me puso el periódico por delante.

—Tenías razón.

—Gracias por reconocer lo obvio, esposo, pero necesito más detalles —dije y leí del periódico—: ¡Austria ataca Milán!

Agarré el periódico en las manos. Las fuerzas austriacas habían retornado a Milán. Habían encarcelado a todos los miembros del gobierno provincial y declarado la ley marcial.

—Los austriacos han deshecho todo lo que habían logrado las fuerzas rebeldes. —Sonrió y se metió una galletita en la boca.

—Parece que te alegra la noticia —dije y empecé a llevar los platos a la cocina cuando lo niños abandonaron el desayuno y se abalanzaron directamente sobre la caja de dulces que estaba en medio de la mesa.

—¡Claro que me alegra! —dijo en voz alta. Regresé al comedor y le serví el té—. Eso significa que todas las tácticas anticuadas a las que se aferran esos políticos arcaicos no funcionaron. Puedo demostrarles que, si siguen operando de ese modo, perderemos la guerra. Esta vez tendrán que escucharme —dijo con la boca llena.

—¿Eso significa que viajarás a Milán?

—No, no tiene sentido. Austria se ha apertrechado en la ciudad —dijo y se bebió el trago de té que le quedaba—. Contario a lo que piensa la gente, *tesoro mio*, no he estado de vacaciones aquí en Niza. Tengo un plan. ¡Iremos a los Alpes!

—¿A los Alpes? ¿Estás loco? Vas a llevarles la guerra a su puerta.

—Precisamente. —Una de las comisuras de su boca se elevó divertida—. Les cortaré la línea de abastecimiento y, al mismo tiempo, los alejaré de Milán. ¡Será genial!

Le tomé la cabeza entre las manos.

—Si vas a hacer esto, prométeme que harás las cosas a tu modo. No dejes que nadie te influencie como en el pasado.

—Créeme que lo haré.

—No, José: lo digo muy en serio. Es hora de que se pongan sus camisas rojas de nuevo. Olvídense de lo que diga la nobleza. Hagan lo que les parezca correcto.

José me dio un beso por respuesta.

—Voy a trabajar. —Y se marchó por el resto del día sin reparar en su madre.

Al poco tiempo de mudarnos a Niza, los camaradas empezaron a llegar a nuestra puerta, entre ellos, nuestro querido Paolo, que llegó con la casa de muñecas de Teresita y muchos juguetes para los niños. A poca distancia de Paolo, había un hombre de pelo negro despeinado y barba acicalada.

—Anita, te presento a Giacomo Medici. —El hombre hizo una reverencia antes de entrar en el apartamento. Descendiente de la ilustre familia Medici, sentía el peso de un legado que se había forjado mucho antes de su nacimiento. Giacomo juró que haría lo único que no lograron los Medici: unificar Italia. Su legión, que llevaba el nombre de su familia, adoptó las camisas rojas de José como signo de unidad.

Cada mañana, más y más oficiales se reunían en la casa Garibaldi para prepararse. El estado de ánimo de *Mamma* Garibaldi era impredecible. Algunas veces, disfrutaba la presencia de los amigos de José en casa. Le recordaba cuando su Peppino era joven. Se afanaba en asegurarse de llenarles la barriga a todos.

Otras veces se quejaba de que había mucha gente en la casa. Se asomaba al comedor mientras los hombres se concentraban sobre un mapa en la planificación de la estrategia. Decía entre dientes que quería cenar tranquilamente y se iba arrastrando los pies a su habitación.

Los hombres se abastecían, lo que incluía hacerse camisas rojas nuevas. La noche antes de que partieran, dormí con José en su barco. Dejarían la flota en Niza y marcharían a los Alpes por caminos que no aparecían en los mapas con la esperanza de sorprender al enemigo.

—Refréscame la memoria, por favor: ¿por qué no podemos tener un hogar propio? —le pregunté.

—Porque ser patriota a veces significa sacrificar el sueldo que me permitiría hacerme cargo de mi creciente familia. —Me besó en la frente—. En cualquier caso, a los niños les hará bien conocer a su abuela.

Gruñí y me acurruqué más cerca de él. Detestaba vivir con su madre, pero sabía que nuestro bienestar dependía de la voluntad de algunos benefactores generosos, al menos por el momento.

—Prométeme que cuando todo esto termine, tendremos nuestro propio hogar.

José me acarició el cabello.

—Por supuesto. Tendremos la villa de la que siempre hemos hablado. Un pequeño terreno con caballos y un olivar.

—Quiero naranjos —dije sonriendo—. Los olivos serán tuyos, pero los naranjos serán míos. Me encanta el olor de las flores de azahar en la mañana.

—Sembraré un naranjal sólo para ti.

Imaginé por un instante el pedazo de paraíso en el que descansaríamos cuando terminara esta batalla, pero faltaba algo.

—Necesitamos un árbol.

José rio.

—No faltarán.

—No: debe haber un árbol cuyo único propósito sea que lo suban.

Giró la cabeza y levantó una ceja.

—Cuando era pequeña, para disgusto de mi madre, me subía en cualquier árbol que se cruzara en mi camino. —Reí al recordar a mis padres obligarme a bajar de un árbol después de misa—. Los niños, en especial los nuestros, tienen que forjarse sus propias aventuras. Tienen que poder subirse a los árboles.

José me beso la cabeza.

—Todo lo que desees, *tesoro mio*.

Transcurrieron varias semanas y no tenía noticias de José. Durante el día no hacía más que preguntarme cómo estarían mi esposo y sus hombres. Apenas se publicaban noticias en los periódicos. No sabía si enloquecería por la falta de información o por la soledad a la que me forzaba mi suegra. La mañana en que el mensajero tocó a la puerta, aparté a *Mamma* Garibaldi de un empujón y agarré la carta que traía en las manos. Abrí el sobre y encontré una nota de Paolo. José estaba gravemente enfermo con fiebre y no podía salir de la cama.

—Voy donde José. Dejaré a los niños aquí con usted. La niñera vendrá a diario a ayudarla —le dije a mi suegra, que fue a sentarse a bordar en su sillón.

—El campo de batalla no es lugar para una mujer. Además, no te gusta que me haga cargo de tus hijos.

—Su hijo está enfermo. Podría morir. Moveré cielo y tierra para llegar a donde él, aunque tenga que atravesar un campo de batalla.

Dejó caer los hombros.

—¿Cuándo te marchas?

—Mañana por la mañana, antes de que amanezca.

La mañana siguiente, entré de puntillas en el dormitorio de los niños. Teresita y Menotti ya estaban despiertos y sentados en la cama. Menotti iría pronto a la escuela en Turín. A sus nueve años, mi pequeño se convertía en un hombre. Ricciotti aún dormía en la cuna. Le di un beso a Menotti en la frente.

—Sé valiente, mi amor.

Teresita me abrazó por el cuello y hundió la carita en mi cabello.

—*Mamãe*, no va.

—Tengo que irme, mi cielo. *Papai* está enfermo.

Se le saltaron las lágrimas.

—¡No! —fue todo lo que pudo decir.

Le aparté el pelo negro de la cara. Mi hija de tres años nunca había temido expresar su opinión o forzar los límites. Se parecía mucho a mí y eso me preocupaba. La vida de Teresita no sería fácil.

—Mi amor, te prometo que regresaré. Hasta entonces, sé una niña buena.

Me zafé sus brazos del cuello y partí hacia el norte para estar con José.

Mientras cabalgábamos por las colinas del norte de Italia, el mensajero gruñó:

—El campamento rebelde no es lugar para una mujer.

—Le aseguro que he estado en sitios peores.

El joven me miró de reojo. La luz crepuscular le borraba las facciones.

—Mi comandante me va a cortar la cabeza.

—No se preocupe por su comandante. Me encargaré personalmente de que se lo premie como es debido por su esfuerzo.

El resoplido que provino de su lado fue una clara señal de que no me creía. Lo ignoré y me puse a observar las cabañas de cuentos de hadas que encontramos a nuestro paso. Esta tierra era tan hermosa como José me había asegurado. En el tiempo que pasé en ella, comprendí por qué José la amaba tanto.

La noche caía y mi compañero se ponía cada vez más nervioso.

—*Signora*, no es seguro. Debemos encontrar una posada para pasar la noche.

—No seas tonto. ¿Dices que el campamento está en las montañas, no? Llegaremos sin dificultad antes de que amanezca.

—Puede haber ladrones. Habrá lobos con toda certeza. —El muchacho se estremeció—. *Signora*, se lo suplico.

Lo miré a los ojos.

—Todos tenemos que crecer en algún momento, jovencito. Muéstrame donde está el campamento y hazte digno de esa sombra que llamas barba.

Siguió hacia delante sin decir palabra. La luna brillaba en lo alto y nos mostraba el camino.

Los hombres se habían refugiado en un castillo abandonado. La mitad del edificio se había venido abajo y había piedras dispersas que la tierra intentaba reclamar. Muchos habían puesto sus tiendas entre las ruinas. Recorrí el campamento en busca de la tienda de José mientras los hombres se preguntaban quién era esa mujer extraña.

—¿Anita? Anita, ¿qué hace aquí? —Miré hacia abajo desde el caballo y vi a Paolo. Llevaba la camisa desabotonada, los tirantes colgados a los lados y el rostro a medio afeitar.

Me apeé del caballo.

—¡Paolo! —Sentí un gran alivio de verlo—. ¿Dónde está mi esposo?

—Tiene una habitación en la torre, pero no fue mi intención que viniera hasta acá.

—¿Y qué esperaba si me dijo que estaba enfermo?

Empecé a caminar, pero me agarró por el codo y me siseó al oído:

—Nadie sabe que le envié noticias.

Le toqué la mano.

—Y nadie lo sabrá.

Al entrar en el edificio, me quité los guantes y la capa de montar y los arrojé hacia un lado. Medici, que estaba sentado a una mesa, se puso de pie.

—*Signora*, ¿qué hace aquí?

—Mi esposo. ¿Dónde está?

—*Signora* Garibaldi, éste no es lugar para una dama.

—Le aseguro, *signor* Medici, que he estado en lugares peores. Le pregunto otra vez: ¿dónde está mi esposo?

Hizo una mueca con la boca. Cerró los ojos un instante y se recompuso.

—Por aquí. —Me condujo a través de un área común y escaleras arriba. No bien abrió la puerta de la habitación de José, lo hice a un lado y entré. Al instante sentí el olor a sudor y enfermedad.

—¿Quién ha estado cuidando de él?

—Yo... —empezó a responder Medici.

—Es un milagro que no haya muerto —gruñí mientras abría las ventanas—. Y tú —le ordené a un sirviente—, apaga ese fuego. —El sirviente me miró y luego miró a Medici, quien asintió sutilmente.

Enfoqué toda mi atención en José, que daba vueltas en la cama. Le quité las sábanas húmedas que se le habían enroscado entre las piernas.

—Paolo, frótele los pies. Tenemos que bajarle la fiebre.

Me senté al lado de la cabecera de la cama. José respiraba con dificultad. Puse la cabeza sobre su pecho empapado de sudor. Sonaba claro y el corazón le latía normalmente. Suspiré aliviada. El sirviente, un muchacho delgado que tenía el cabello negro muy corto, se acercó tímidamente.

—*Signora*, ¿puedo conseguirle algo más?

—Agua fresca… y trapos.

—*Tesoro* —balbuceó mi esposo en su delirio—. *Tesoro*.

—Lo repite constantemente, pero no sé a qué tesoro se refiere.

—Se refiere a mí, *signor* Medici —dije al tiempo que me agachaba y rasgaba el ruedo de la falda que llevaba puesta—. Soy su tesoro. —Usé el pedazo de tela para secarle el sudor de la frente.

A pesar del cansancio, me pasé la noche luchando contra su fiebre aplicándole compresas frías en la cabeza. La noche avanzaba y los párpados me pesaban, pero mi esposo aún deliraba por la fiebre.

—¡Anita! —Me incorporé desorientada. La habitación, que hasta hacía poco había estado a oscuras, ahora la iluminaban los rayos del sol que entraban por las ventanas. Miré a la cama. José estaba sentado con una expresión de pánico en el rostro—. Anita, dime, ¿dónde están los niños?

Le toqué el brazo.

—Están con tu madre y la niñera.

Se calmó y volvió a recostarse en las almohadas.

—Gracias, *tesoro mio*, me has devuelto a la vida. Haré que te escolten de regreso a casa.

—¡No harás tal cosa!

—Pero los niños te necesitan.

—¡Tú sí que me necesitas! José, no puedo quedarme allí con tu madre. Siento que voy a marchitarme y morir. —Respiré y me recompuse—. Tú mismo lo has dicho: estamos más seguros cuando estamos juntos.

—Anita, sé que estás acostumbrada a una vida más emocionante, pero los hombres no se sentirán cómodos con una mujer aquí.

—Aprenderán a vivir conmigo. —Le tomé la mano—. Esposo: créeme cuando te digo que, si me sacas de aquí, regresaré.

Se pasó la mano por el rostro pálido.

—Tengo que aprender que no se puede discutir contigo.

Sonreí.

—Sería lo más sabio.

Se dejó caer sobre las almohadas.

—Dime, ¿cómo están mis hijos? ¿Teresita ha logrado romper todos los objetos de valor de mi madre?

—Ha estado demasiado distraída con la casa de muñecas que Paolo le llevó. —Un sirviente entró en la habitación con una bandeja de carne y pan—. Juega en ella todo el día y, por la noche, duerme con sus muñecas.

José sonrió y mordió un pedazo de pan.

—¿Y mis chicos? ¿Cómo están?

Respiré profundo.

—Menotti está de camino a tu antiguo colegio en Turín.

José dejó de masticar y me miró.

—Espero que no te moleste. Le extendieron una invitación personal y era eso o el colegio católico en el que tu madre intentó matricularlo.

José rompió el queso y la carne en pedazos más pequeños.

—No, no me molesta. En cualquier caso, tiene que ir al colegio. Sólo espero que no lo echen como a mí.

—De tal palo tal astilla, querido esposo, es cuestión de tiempo —dije con una sonrisa de complicidad—. Pero parece que el nombre Garibaldi ahora goza de mejor reputación. Cualquier colegio se sentiría honrado de que el gran Giuseppe Garibaldi le prodigue la responsabilidad de educar a su hijo.

José rio.

—Jamás pensé que llegara el día…

José recuperó las fuerzas pronto. Me di cuenta de que estaba curándose porque empezó a angustiarse de estar confinado en la cama. Muchas veces entraba en la habitación y me encontraba varios mapas y documentos desplegados en la cama. Una tarde, encontré a José muy concentrado con un mapa extendido sobre las piernas.

Había libros abiertos en el suelo, algunos tenían páginas dobladas, y varios papeles arrugados alrededor de sus pies. Coloqué la bandeja de comida en la mesa y me puse a recoger el desorden de José.

—Detente: los necesito —me pidió sin alzar la vista.

—Pero están en el suelo.

—Porque no hay más espacio en la cama.

—José, esto es absurdo —dije con las manos en la cintura.

Me miró a los ojos.

—Mi trabajo no puede esperar. Si me dejaras salir de esta maldita cama, no habría tanto desorden.

Suspiré.

—Haz lo que quieras, pero si te caes por agotamiento, no vengas llorando donde mí.

Sonrió.

—No se me ocurriría.

Esa noche asistí a una reunión de los «camisas rojas». Me senté en una esquina del salón común e intenté pasar desapercibida. A la reunión sólo podían asistir los oficiales. Sin embargo, yo estaba exenta de cumplir la mayoría de las órdenes por el estatus de mi esposo. Habían juntado las mesas para formar una gran mesa sobre la cual desplegar sus mapas. La campaña de los Alpes había sido exitosa. Los refuerzos habían llegado y fortalecido el bloqueo que establecimos a lo largo de la frontera norte. Ahora José tenía puestos los ojos en la joya de Italia. Hablaba con entusiasmo y gesticulaba con las manos para enfatizar sus palabras.

—¡Ahora debemos atacar Roma!

—¿Por qué ahora? ¿No deberíamos esperar a tener un ejército más fuerte que nos apoye? —Medici estudiaba el mapa sujetándose la barbilla—. Podríamos entrar ahora, pero sería arriesgado.

—Estamos en guerra. Siempre hay riesgos —respondió José—. Los austriacos no están defendiendo la ciudad. El grueso de su fuerza militar está aquí en el norte. No esperarán que tengamos los *grandi coglioni* de tomar la ciudad.

—¿*Grandi coglioni, ma sei pazzo*? Esto es una locura. No voy a dirigir a mis hombres a una batalla que con toda certeza perderán. —Sus ojos recorrieron el mapa—. Roma es impenetrable. Ha estado protegida por siglos. Los muros son demasiado altos.

—Pero tiene sus puntos débiles —dijo José apuntando en el mapa—. Aquí y aquí. Sólo tenemos que entrar y será nuestra.

—¡Peppino, esto es un disparate! —exclamó Medici—. Aun si lográramos entrar, ¿cómo convenceremos al Vaticano de que se unifique?

—No tenemos que hacerlo —respondió José—. Si tomamos Roma, tendremos el poder. Le demostraremos a Austria y al resto de Europa que somos una fuerza que no pueden ignorar. No permitiremos que sigan burlándose de nosotros.

—Es una tontería —refutó Medici—. Sólo quieres ir a Roma porque quieres expulsar al Papa.

—¿Y qué tiene eso de malo? Los estados papales socavan todo lo que hacemos.

—Necesitamos más tropas.

Los hombres miraban fijamente el mapa.

—Peppino tiene razón —dijo Paolo, quien había estado tan callado durante toda la reunión que nadie, yo incluida, se acordaba de que estaba presente—. Necesitamos a Roma. Es cierto: sin Roma, jamás lograremos unificar el país. Roma es el corazón de Italia. No puede haber una nación soberana dentro de otra. —Miró a los hombres—. Y tomarla ahora es un juego de poder. Si podemos tomar Roma, podemos tomar el resto de la península.

Medici resopló.

—Sólo porque podemos tomarla no quiere decir que debamos. Dudo que podamos retenerla. No tenemos suficientes hombres.

—Puedo conseguir más hombres —dijo Paolo.

—¿Cómo? —Medici lo miró a través de los rizos negros que colgaban sobre sus ojos.

Todo el mundo siguió la mirada de Paolo, que cayó sobre mí.

—Ella.

Me encogí en mi asiento.

—No creo que pueda ayudar mucho.

—Falso —contestó Paolo—. Cuando habló en Génova, movió a la gente a alistarse. Es nuestra mejor propaganda.

—Para eso no me necesitan a mí, tienen a José.

Paolo miró a su comandante.

—Piénsalo, Peppino. Tú puedes hablarle a la gente, puedes avivarla. Pero eso es lo que se espera de ti. Ahora, deja que escuchen a tu esposa exótica hablar de tus aventuras y se pelearán por alistarse.

—¿Exótica? —Miré a Paolo.

—Sí —respondió Paolo mirándome a los ojos—. La gente de Génova no deja de hablar de usted. Se habla de usted por toda Italia. Es la americana que todos quieren ver.

Intenté responder.

—Lo hará —dijo José por detrás de Paolo.

—José —comencé a protestar.

—Todos tenemos que hacer lo que nos corresponde y tú, *tesoro mio*, te harás cargo del reclutamiento.

Cincuenta

Marzo de 1849

En aras de la eficacia, el plan era reclutar al mismo tiempo que nos desplazábamos hacia el sur a Roma, manteniéndonos al oeste de Milán que permanecía sitiada por el ejército austriaco. Las motas blancas de diente de león flotaban en la brisa perezosa de verano que soplaba entre la gente congregada en las afueras de otro castillo abandonado. Sus muros exteriores eran lo único que se mantenía en pie. Nuestro campamento estaba en una gran colina desde la que se podía ver un extenso valle. Los tonos de verde brillaban bajo los cálidos rayos del sol.

Un centenar de personas del pueblo había venido a escucharnos. Se arremolinaron a nuestro alrededor con canastas de comida y mantas; familias enteras se habían reunido para vernos. Tragué en seco y miré a José.

—¿Estás seguro de que quieres que hable? Esta es tu gente. ¿No te entenderán mejor a ti que a mí?

—*Tesoro mio*, lo harás muy bien —dijo José y me puso una mano en el hombro—. La gente te amará como yo te amo. —Me dio un beso tierno en la frente.

—¡*Signor*! ¡*Signor*! —José y yo giramos para ver al mensajero que se acercaba corriendo—. Traigo noticias de Roma. —Pausó para recuperar el aliento—. Los franceses han llegado. Están en Ostia.

José maldijo.

—¿Cuántos?

—Siete mil —respondió el mensajero.

—¿Por qué? —pregunté mirando a José y Paolo—. ¿Por qué harían esto los franceses?

—El Papa ha pedido la ayuda de todos los países católicos —respondió Paolo.

—Sabes que ésta es sólo la primera ola —le susurró Medici a José—. Vendrán más.

—¡Esto es absurdo! —José comenzó a pasearse de un lado a otro como un león enjaulado ignorando a todos a su alrededor—. No es posible. Tiene que ser la península entera o nada. No podemos erigirnos como nación si nos falta una pierna.

—¿Lo abandonamos? —preguntó Paolo mirando a José con incertidumbre—. Hemos perdido nuestra oportunidad. Si atacamos ahora, no tendremos suficientes hombres. Es imposible.

—No. No podemos permitir que los franceses se asienten. ¿Con cuántos hombres contamos? —preguntó José.

—Mil —respondió Medici—. Son muchos más que nosotros. No lo lograremos.

—Pues, consigamos más hombres —dije al tiempo que me subía al podio.

La brisa tibia corría entre las hojas de los árboles que nos rodeaban mientras el sol se ponía en la distancia. Recorrí con la vista la multitud reunida en el área común. Eran familias vestidas con sus mejores ropas, de ésas que reservaban para ocasiones especiales o para ir a misa. Llevaban todo el día esperando para escucharnos hablar… para escucharme a mí, a Anita, hablar.

Me aclaré la garganta.

—*Buona sera*. —Intenté sonreír. Había el doble de personas que en el café de Génova.

Un pequeño grupo de niños jugaba frente al podio. Cuando empecé a hablar, se quedaron inmóviles y la pelota se les cayó de las manos. Me incliné y la recogí.

La pelota pasó de mis manos a la de uno de los niños y recordé a mis propios hijos en Niza y el futuro que construíamos para ellos. El niño me sonrió y corrió hacia su familia. Sonreí.

—Es un niño bueno y fuerte —dije a sus padres—. ¿Tal vez llegue a jugar algún día con mis hijos? ¿Tal vez lleguen a ser amigos? Para cuando se conozcan, ya no importará si su hijo es de Lombardía y los míos son del Piamonte porque, entonces, todos seremos uno. Todos seremos Italia. Nombramos a nuestro hijo en honor de un hombre, Ciro Menotti, quien se atrevió a soñar eso. Se atrevió a hacerle frente a Austria y decirle que no podía reprimirnos por más tiempo; que habría una Italia y sería gloriosa. Pero Ciro Menotti pagó un precio muy alto por ese sueño. Los austriacos lo mataron porque quería una patria. Estamos a punto de ver ese sueño convertirse en realidad. Somos de los pocos afortunados que podemos estar hoy aquí y ser testigos del nacimiento de una nación. Con suerte, cuando su cabello haya encanecido y sus huesos crujan, podrán decirles a sus nietos que estuvieron aquí. Podrán decirles que hicieron algo importante; que, gracias a ustedes, tendrán un futuro. Un futuro lleno de esperanza, un futuro libre.

La multitud se alzó en vítores.

»Pueden quedarse inmóviles mientras otros cargan con el peso de la historia o pueden levantarse para que sus hijos crezcan orgullosos, para que puedan decir: «Soy esto. De aquí provengo». Para que puedan decir «Soy italiano».

—¡*Viva Italia*! —gritó la multitud—. ¡*Viva Italia*!

Regresé donde José y los demás hombres.

—No hay de qué. —José me besó la mejilla y tomó mi lugar en el podio.

Vi a José montarse en la ola de energía de la multitud. Por un momento gritó con ellos, «¡*Viva Italia*!, ¡*Viva Italia*!». Sonreía como el día en que nació Menotti. Levantó la mano y la multitud guardó silencio.

—*Compagni*: ¿no les parece que mi esposa es una maravilla? Ven por qué se la robé a Brasil, ¿no? Como ha dicho mi esposa con tanta elocuencia, tenemos que unificarnos. —Miró a la multitud—. Pero Francia ha decidido que Roma debe ser una nación aparte; que no debe formar parte de nuestro sueño de Italia. ¿Cómo podremos unificarnos con un país dentro de otro país? Si perdieran un hijo, ¿acaso no saldrían a buscarlo? ¿No lo traerían de vuelta al hogar? Cuando estaba en el exilio rezaba, más bien, imploraba a Dios que me permitiera ver Roma una vez más. La cuna de nuestra civilización. El lugar donde nació todo lo que somos. Todo lo que aspiramos ser está bajo el control de un hombre que se atreve a elevarse a sí mismo a la categoría de santo. Que se hace llamar «papa». —Se escucharon suspiros entre la multitud—. Sí, eso fue lo que dije, el Papa es sólo un hombre. ¿Cómo puede decir que es la voz de Dios cuando no quiere la igualdad para todos los italianos sin importar el color de su piel, su sexo o su religión? El papa Pío quiere reprimirnos. A diario pasa edictos que restringen la libertad de los romanos. Esto crea desigualdad. ¡Únanse a mí! ¡Juntos marcharemos a

Roma y diremos «Basta ya»! Somos un pueblo unido por nuestra devoción por la justicia. ¡Por la libertad! ¡Por Italia! Juntos le diremos al mundo que no permitiremos que ningún país interfiera en los asuntos de la península.

La multitud vitoreaba. Todos los hombres hábiles se alistaron al esfuerzo bélico de José. Los nuevos reclutas se mezclaron con nuestros soldados. Juntos, como una gran masa, marchamos hacia el sur deteniéndonos en las ciudades para hablar. Se nos unió más y más gente. Así llegamos a Roma con una gran horda dispuesta a rescatar el corazón de nuestra nación.

Cincuenta y uno

Abril de 1849

La mañana antes de que partiéramos hacia Roma, José me llamó aparte.

—Debo decirte que tienes que regresar a Niza con los niños.

—Y yo debo decirte que eres un tonto si crees que, a estas alturas, voy a obedecer semejante orden.

José resopló.

—Lo sé, pero no perdía nada con intentar. No sé cómo vamos a meterte en las filas.

—Eres el general, tienen que obedecerte.

Mi esposo soltó una carcajada.

—No en este asunto. Eres una mujer y no te aceptarán. —Me dio un beso en la frente—. Tengo que inspeccionar las municiones. Te veré esta tarde.

Me quedé acariciándome el cabello distraídamente y mirando a mi esposo irse. Mientras me pasaba los cabellos entre los dedos, se me ocurrió una idea. Busqué entre las provisiones unas tijeras. Cuando las encontré, respiré profundo y corté.

Esa tarde entré en los establos mientras los hombres cargaban provisiones para la batalla. Me había cortado el pelo muy corto y me había vestido de hombre. Ningún soldado reparó en mí.

—Muchacho, podrías recoger… —José se detuvo y mi miró con el ceño fruncido—. ¿Anita?

Lo saludé.

—Soldado Garibaldi a su servicio.

—¡Tu cabello!

—Lo sé —sonreí—, ninguno de los soldados se ha dado cuenta.

Me sujetó por el codo y me llevó afuera.

—No tenías que hacer esto.

—Tenía que hacerlo si quería marchar contigo. No voy a regresar a Niza. Pensé que podría montar una estación médica.

Se pasó la mano por la cara, cansado.

—De acuerdo.

A medida que nos acercábamos a Roma, reclutamos a todas las personas hábiles que pudimos, pero aún no eran suficientes. Nuestro ejército, todo vestido de rojo, sólo llegaba a seis mil trescientos.

—No son suficientes —advirtió Medici al tiempo que nos preparábamos para marchar hacia la ciudad—. Los franceses tienen siete mil y un batallón completo de cañones de campaña. Sé que el general francés Oudinot aprovechará cualquier oportunidad que se le presente.

—Oudinot es arrogante—dijo José—. Cree que los italianos no pueden pelear y en eso se equivoca. Lo sorprenderemos con nuestra fuerza.

Medici abrió la boca para protestar, pero un joven los interrumpió.

—Tal vez yo pueda ayudar.

José y Medici se dieron vuelta y vieron a un muchacho con un viejo abrigo azul que le quedaba largo de mangas. Se echó hacia atrás el pelo rubio que le caía sobre el rostro.

—¿Y tú quién eres? —preguntó José con la mano en la espada.

—Angelo Puglisi. Soy el comandante de la brigada de estudiantes.

—¿Comandante? —Medici soltó una carcajada—. Si apenas has abandonado el pecho materno. ¿Cuántos años tienes?

Puglisi se irguió.

—Dieciocho, *signor.*

—Dieciocho —repitió Medici—. Esto no es un juego, niño. Ve a jugar con tus soldaditos de juguete.

—No nos trataron como niños cuando nos rebelamos contra el rey Fernando. Créame, teniente coronel Medici, ésta no es nuestra primera guerra —insistió Puglisi—. He traído mil lanceros. Todos somos estudiantes de Sicilia.

José sonrió y le dio un golpe a Medici en la espalda.

—Roma será nuestra.

Mi pequeña guarnición, compuesta de los «camisas rojas» que nos habían seguido de Montevideo a Italia, llegó a Roma para montar nuestro improvisado hospital. Subimos la colina y vi a Roma extenderse ante mí.

Todos estos años José me había contado muchas historias de esta ciudad. La llamaba la ciudad más bella del mundo y, desde la posición elevada en que estábamos, pude entender por qué. Los edificios nuevos surgían entre las ruinas antiguas y las cúpulas gigantescas se elevaban por encima del bullicio de la ciudad.

A lo largo de miles de años, la gente construyó Roma, piedra a piedra. ¿Cuántas gotas de sudor y sangre habrán empapado sus cimientos?

Admirarla era comprender que esta ciudad no le pertenecía a nadie. Ni a los franceses. Ni a la Iglesia. Ni siquiera a nosotros. Roma era de esta tierra, de forma tan natural como las montañas que se erigían al norte. Sólo éramos usurpadores destinados a estar aquí por muy poco tiempo. La ciudad seguiría ahí mucho después de que feneciéramos.

Por fin comprendí. Si José tenía que escoger entre su propia vida y la libertad de Roma, escogería Roma. Mientras cabalgaba con mi contingente de ayudantes médicos, supe que yo también escogería lo mismo.

Nos instalamos en un monasterio cercano. Era una estructura simple que databa de la época de la Antigua Roma y que en algún momento había sido el hogar de un santo mártir. Los monjes nos suplicaron que nos fuésemos a otra parte. Era una iglesia, no un hospital.

Me acerqué y puse la mano sobre la empuñadura de mi espada.

—¿Quiere decir que no ayudará a los moribundos porque no se someten a su papa?

El prior entornó los ojos y se fijó en mi ancha camisa roja, que tenía metida por dentro del pantalón negro.

—Sé quién eres —susurró—, eres la mujer que se hace pasar por la esposa de Giuseppe Garibaldi. No puedes estar aquí.

Intentó zafarse de los soldados que lo sujetaban por los brazos.

—Por favor, sáquenla de aquí. Es una blasfema y una bígama. Su presencia amenaza la santidad de esta iglesia.

Mi segundo al mando, Orgini, era un hombre corpulento, que había estado con la legión desde Montevideo.

—Encierren a los monjes en el sótano —ordenó—. Los intercambiaremos por prisioneros de guerra cuando todo haya terminado. Ah, y traigan el vino y todo lo que encuentren. Tenemos una larga noche por delante.

Las súplicas de los monjes se escuchaban a la distancia mientras se los llevaban.

—Mirar la paja en el ojo ajeno y no ver la viga en el propio —dijo Orgini sin dirigirse a nadie en particular—. Y luego se preguntan por qué la nueva república no abraza a la Iglesia.

—Vamos, tenemos mucho que hacer —dije abandonando a su suerte a nuestros nuevos prisioneros.

Mientras la lluvia caía sobre nosotros, abrimos en vano todas las ventanas para despejar el aire húmedo y espeso que se nos pegaba. Toda la noche llegaron heridos y ya en la mañana mis hombres tenían los ojos vidriosos y tropezaban con sus propios pies.

—Por lo visto, estamos perdiendo —dijo uno de los hombres al pasar por mi lado.

—La batalla no ha terminado aún —lo corregí, aunque compartía su sentir.

Ya había salido el sol cuando José entró en la caseta y saludó a los heridos que aún no habían partido de este mundo. Lo vi ir de cama en cama. Estaba manchado de sangre y cubierto de lodo. El pecho se me encogió de temor. No sabía si estaba haciéndose el fuerte para que no se desmoralizaran.

Noté que cojeaba un poco cuando se me acercó.

—Ganamos —me susurró.

—¿De verdad? Hay tantos heridos que no pensé... —José me puso un dedo sobre los labios.

—Fueron despiadados, pero demostramos que somos el mejor ejército.

Agarré un trapo y empecé a limpiarle la sangre.

—¿Estás herido?

—Nada por lo que debas preocuparte. —Miró por encima de mí a los heridos que llenaban el santuario—. Por lo pronto, ocúpate de nuestros hombres. Tengo asuntos que atender. Prepárate para movilizarte. Vamos a ocupar un fuerte. —Me sujetó el rostro entre las manos—. Una vez que nos hayamos instalado, tendremos un poco de tiempo para nosotros. —Giró hacia los hombres y aplaudió—. ¡Esta noche celebraremos que Roma es nuestra!

Al poco tiempo, llegaron los soldados para ayudar a mi compañía a mover a los pacientes con sus cosas. Al principio, supervisé de cerca la maniobra, pero pronto me convertí en un estorbo. Me monté en mi caballo y cabalgué hasta el fuerte.

—¡*Tesoro mio*, te has escapado! —exclamó José con una gran sonrisa. La sangre que le cubría el rostro había desaparecido. Llevaba puesta una camisa blanca vieja que le quedaba suelta sobre la espalda ancha. Debajo de la camisa se asomaba el borde de un vendaje ensangrentado.

—José —lo regañé acercándolo a mí y levantándole la camisa—, estás herido.

—Es una herida superficial —dijo y me tocó el vientre—. ¿Se ha movido mucho últimamente?

—No mucho —contesté—, pero de vez en cuando me da una patadita para informarme que sigue con nosotros.

—Bien —sonrió José—. Bien.

Cincuenta y dos

Julio de 1849

En las pocas semanas que ocupamos Roma, José vivía su momento de gloria. Daba órdenes y todos nos acoplábamos a nuestros nuevos deberes. Estaba llegando al término de mi embarazo y no contradije a José cuando me ordenó descansar. Contrario a los embarazos anteriores, me sentía agotada constantemente. De no haber sido por la bendita sirvienta que me despertaba en intervalos regulares para alimentarme, habría dormido durante días. Sin embargo, no dormía bien: sufría de terribles pesadillas que no hacían más que empeorar.

Abrí los ojos una tarde inusualmente soleada y vi a alguien en medio de la luz. Cuando pude afinar la vista, vi a mi padre de pie ante mí.

—*Olá, filha*.

—¿*Papai*? —Desapareció en una nube pasajera. De pronto sentí frío y miedo. Tenía que escaparme de esa habitación y salir, aunque fuese un rato. Hacía un día precioso, así que decidí dar un paseo por el jardín. Di una vuelta y comencé a bostezar descontroladamente. Cuando crucé el umbral de la puerta, sentí que la habitación se inclinaba. Me sujeté de la pared para no caerme. ¿Cuándo fue la última vez que comí? No recordaba. ¿Sería antes de la siesta? ¿Sería esta mañana? Sentía la cabeza pesada. Intenté enfocarme en la pared frente a mí, pero se movía como las olas de mar. Respiré profundo para mantener el equilibrio. Una vez que recuperé la vista, decidí ir a la habitación de José. Tal vez podríamos comer algo juntos.

Cuando entré, José levantó la vista de sus papeles y la gran sonrisa que se dibujó en su rostro iluminó aún más la habitación.

—*Tesoro mio*, eres mi amuleto de la buena suerte. —Reí mientras me abrazaba y me hacía cosquillas con la nariz en el cuello.

—Esposo, ¿has estado bebiendo?

—No necesito vino si te tengo a ti. —Me llevó hasta el sofá—. ¿Cómo está mi hijo hoy? —Se inclinó y me besó la barriga.

—Cansado. Ambos lo estamos.

Me miró con cara de preocupación.

—¿Es normal?

—Sí. —Encogí los hombros tratando de ocultar la mentira—. Cada embarazo es diferente.

Me mantuve firme bajo su mirada escrutadora.

—Me dirías si algo anda mal, ¿no es cierto? —preguntó.

—Por supuesto —mentí. Mi esposo tenía demasiados problemas. Habíamos tomado Roma, pero a costa de perder a la mitad de nuestros hombres. Nuestro nuevo objetivo era conservar la ciudad. José siguió mirándome, pero no me preguntó más—. Creo que será un niño —susurré para cambiar el tema.

—¿En serio? ¿Cómo lo sabes?

Le di un beso en la nariz.

—Las madres sabemos esas cosas.

Justo en ese momento, Paolo irrumpió en la habitación.

—¡Los franceses han regresado! Tenemos que retirarnos. ¡Ahora!

José se puso de pie de un salto.

—Si los franceses han regresado, los derrotaremos como la vez pasada.

—Esta vez no, Peppino —interrumpió Paolo—. Los franceses han enviado veinte mil tropas y retomarán Roma.

Cincuenta y tres

Agosto de 1849

Las retiradas casi nunca son ordenadas. Se hacen descuidadamente; son el caos en estado puro. Antes de entrar en Roma, varios meses atrás, José me había mostrado la casa solitaria en la punta norte del Janículo.

—Si nos separamos, nos encontraremos aquí —dijo señalando la villa abandonada. Los pájaros anidaban en las ventanas y la hiedra trepaba por las paredes de ladrillo expuesto. Llevaba décadas abandonada.

—¿Cómo nos separaríamos?

Negó con la cabeza.

—Siempre hay que prepararse para lo peor, *tesoro mio*. Puede que no suceda, pero sobreviviremos si sucede.

Mientras esperaba en el terraplén derruido, viendo a José frente a un grupo de hombres que venía hacia nosotros, empecé a sentirme enferma. Nada había salido conforme al plan y sentía un dolor agudo como si me hubiesen enterrado un cuchillo en la sien. Me retorcí del dolor y me sujeté el lado derecho de la cabeza. Cerré los ojos y vi una multitud de estrellas.

Los hombres habían abandonado los caballos y marchaban en silencio hacia nosotros. Cuando los mil quinientos estábamos reunidos, José se subió a la plataforma más próxima y se dirigió a sus hombres.

—Soldados: los relevo de su deber de seguirme y los dejo libres para que regresen a sus hogares. Pero recuerden que, aunque la guerra por la independencia de Roma ha terminado, Italia sigue reducida a una vergonzosa esclavitud. —Esperó, pero ninguno de los hombres se marchó—. Muy bien. Nos quedaremos en el bosque al norte de la carretera. No hagan ruido a menos que quieran convertirse en invitados especiales de los franceses. —Y sin decir más, caminó hacia delante esperando que lo siguiéramos. Caminamos en silencio mientras los rayos anaranjados del sol se filtraban entre las hojas. No fue hasta que avanzamos varios kilómetros y cayó la noche que nos detuvimos a descansar. Me acurruqué al lado de un árbol y me dormí. No esperé por José. No podía.

José me movió suavemente para despertarme. Cuando giré para verlo, se llevó un dedo a los labios y me hizo señas de que lo siguiera. Nos detuvimos muy cerca de la línea de los árboles y observamos el camino a nuestros pies. Estaba infestado de franceses. En silencio recogimos a nuestro pequeño grupo y nos arrastramos hasta el río. Me sentí aliviada cuando nuestros soldados sugirieron que tomáramos los botes de una casa cercana para cruzar el río en vez de caminar. Me dolían las piernas de puro agotamiento y el dolor se me había extendido por toda la cabeza. Se me nubló la vista.

A medida que el bote avanzaba sobre las aguas serenas, sentí que la oscuridad se apoderaba de mis ojos.

—*Signor*, tenemos que ir hacia la orilla —dijo uno de los soldados cansados—. Hay bajos adelante, no podremos pasar.

—Muy bien —José dio la señal y los hombres desviaron los botes hacia la orilla. Una vez que tocamos tierra, salí del bote y sentí que las piernas me empezaban a temblar. El mundo flotaba frente a mí. Me apoyé contra una roca para no caerme.

—¡Anita! —José corrió a mi lado—. ¿Estás bien?

—Sí. Sólo necesito que la tierra me sostenga. —Se me doblaron las rodillas y sentí los brazos fuertes de José que me sujetaron antes de que me cayera al suelo. Sólo podía escuchar fragmentos de conversaciones entre los lapsos de consciencia.

«Yo la cargo».

«Los soldados nos alcanzaron».

«Tenemos que seguir adelante. Peppino, le han puesto precio a tu cabeza».

«No pueden estar tan cerca».

«Están tan cerca que pueden olernos la colonia».

No podía precisar quién hablaba. Me colocaron en un bote sin control de lo que pasaba a mi alrededor. Veía las piernas a mi alrededor, pero no alcanzaba a ver los rostros. Ninguno era mi José. Ninguno llevaba puesta su ropa. No estaba. Me había abandonado. Intenté incorporarme.

—¿José? ¿José? ¿Dónde está mi esposo? No puedo abandonarlo. No puedo.

José me agarró una mano y se la puso en el rostro.

—*Tesoro mio*, estoy aquí. —Me besó la palma de la mano. Cerré los ojos y recordé cuando era una jovencita y soñaba con tener un esposo que me besara así. Y ahora lo tenía—. Descansa —susurró—. Está empeorando —le oí decir—. No hay cómo bajarle la fiebre.

—Haremos todo lo que podamos por ella. —¿Era Paolo? No podía precisarlo. Cerré los ojos y sentí el alivio del trapo fresco que me colocaron en la frente.

Miraba al cielo mientras nuestro bote se movía hacia delante. La luna llena saltaba de nube en nube, como si nos persiguiera, y nos iluminaba el camino. Estaba grande y brillante. Me parecía que podía tocar sus bordes con los dedos. Extendí la mano y José me la sujetó.

—No me abandones, por favor —supliqué.

—*Tesoro mio*, jamás abandonaré a mi tesoro más preciado. Jamás.

Paolo dijo:

—Hay una granja abandonada más delante. Refugiémonos allí. Planifiquemos esto.

—No me iré. No me iré —murmuré.

Luego recuerdo que me llevaron cuesta arriba hasta una casa.

—Anita, quédate aquí, amor. No te vayas.

Giré la cabeza para ver a José. Sonreí.

—¿Y dejarte? He cruzado un continente por ti. No puedo irme, aún nos queda mucho por hacer. Yo… —Un revoloteo de alas capturó mi atención. Un pajarito negro con el pecho rojo brillante y las cejas blancas se posó en el alféizar de la ventana y se mecía mirándome. La conocía, sabía quién era, lo supe todo este tiempo. Era Fortuna, que aguardaba por mí. Durante todos estos años habíamos jugado nuestros juegos, habíamos peleado una contra la otra. Ahora había llegado el momento de enfrentarnos. Mujer contra mujer.

José me abrazó con más fuerza. Su olor a sándalo me envolvió.

—*Tesoro mio.*

Le acaricié la barba. Me acurruqué contra su pecho, me agarré al cuello de su camisa.

—Te amo —susurró.

Cerré los ojos y escuché los latidos de su corazón como una nana que me invitaba a descansar. Hablaba con alguien en la distancia. No lograba entender sus palabras, sólo sentía la vibración de su garganta al pegarle el rostro.

En ese momento me sorprendió cómo dos personas podían encajar tan bien. Jamás nos detenemos a pensar que no se trata sólo de una afinidad de alma y corazón. Es también el cuerpo. José y yo encajábamos. Siempre habíamos encajado. Siempre encajaríamos. El mundo se deshizo a mi alrededor y sólo quedamos yo, mi esposo y el pájaro en la ventana.

Sólo me restaba pedirle algo. Sólo tenía que pedirle una cosa más a ella y luego podría llevarme. Hice acopio de todas las fuerzas que me quedaban para decir:

—Cuida de los niños.

Epílogo

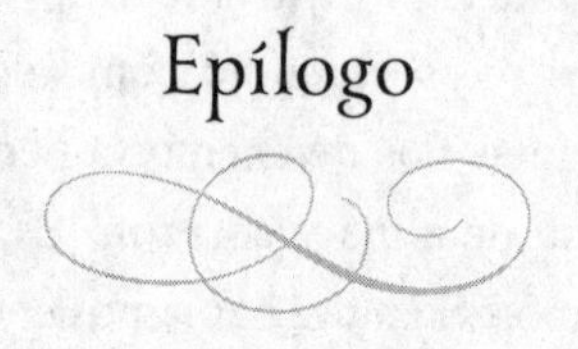

26 de octubre de 1860

José

La madera cruje mientras mis dedos rebuscan en el ropero envejecido. Me preparo para otra ola de recuerdos. Los rostros de los que se han ido antes que yo flotan en mi mente. El olor de la pólvora me impregna la nariz. *Otra vez no*, suplico al sentirme arrastrado hacia las feroces batallas que libré hace tanto tiempo. Apoyo la cabeza contra el frío espejo del ropero y regreso a esta pequeña habitación.

Abro los ojos y miro al hombre que me mira en el espejo. No me gusta lo que veo: la barba gris, los ojos endurecidos, la vitalidad de la juventud gastada en la lucha. ¿Cómo he envejecido tanto?

Hoy debe ser un día feliz. Víctor Emmanuel y su escolta me esperan. Bajaré esas escalinatas y firmaré el tratado que fundará el reino de Italia. Es la culminación de todo por lo que he luchado; de todo lo que he sacrificado. Miro el techo manchado de humedad para no ver al viejo del espejo. El hombre que los sobrevivió a todos y que pasa un juicio que no estoy preparado para enfrentar.

«Anita». Su nombre se me escapa de los labios como una oración a mi santo patrón. Se me encogen las entrañas mientras me sobreviene otra ola de imágenes. Aquella noche en la finca ganadera. El entierro improvisado en medio de una retirada apresurada. El... Dios: no puedo permitirme pensar en lo que hicieron los perros después que nos marchamos. Nuestro hijo no nacido. La culpa me afloja las rodillas.

De pronto la siento a mi lado, como la tibia brisa brasileña. Me acaricia el brazo, como lo hacía antes.

—No puedo —le digo a la presencia.

—Por supuesto que puedes. —Giro y veo a Anita sentada en la cama con las manos sobre la falda. Esa sonrisa que le ilumina el rostro me dice que está a punto de cometer alguna travesura—. Saldrás por esa puerta y firmarás el acuerdo que creará una Italia unificada.

Me encorvo. Me resisto.

—He sacrificado tanto para llegar aquí; he sacrificado tanto por este momento —le digo mirando sus ojos negros—. Nunca debí permitirte que abandonaras Brasil por mí. Si te hubieses quedado...

Mi esposa resopla.

—No habrías podido retenerme en Brasil, aunque lo hubieras intentado. Sabes muy bien que te habría seguido hasta los confines de la tierra y de vuelta.

—Fui egoísta en la persecución de mi sueño. Costó tantas vidas. —Me miro las botas; me siento demasiado avergonzado como para mirar a mi esposa a los ojos.

—Serías egoísta si pensaras que el sueño de una Italia libre y unificada era sólo tuyo y de nadie más. —Se levanta de la cama y camina hacia mí.

—No puedo hacer esto sin ti —admito por fin.

—¿Quién dice que me he marchado?

Mi esposa desaparece cuando tocan suavemente a la puerta y nos interrumpen.

—¿Padre? —Menotti entra en la habitación. Sus ojos oscuros, los ojos de su madre, me miran preocupados—. ¿Estás listo? Esperan por ti.

Lleva puesto su uniforme nuevo y la gorra debajo del brazo. Su cabello negro ondulado peinado hacia atrás revela la cicatriz que le atraviesa un lado de la frente. Ahora es un joven. El futuro es suyo y de sus camaradas.

—Casi. —Tomo la vieja camisa roja que está encima de la cama. De tanto uso, es más bien un trapo. Acaricio la tela con los dedos y dejo que los cálidos recuerdos de mi esposa pasen delante de mí. Me la amarro alrededor del cuello—. Ya estoy listo —digo y sigo a mi hijo hacia la puerta.

Salgo. Las últimas palabras de Anita se quedan flotando en el aire.

—Cuida de los niños.

Nota de la autora

Sería estupendo que la vida siguiera el arco de una trama perfecta, ¿no? Nuestra historia comienza, tiene un conflicto central y todo culmina en un final glorioso perfectamente atado con un lazo. Sólo que la vida no es tan simple, en especial para Anita Garibaldi.

Cuando comencé a contar esta historia, intenté por todos los medios permanecer tan cercana a su verdad como fuera posible y me basé en las memorias que le contó a su amiga, Feliciana, una mujer a la que todos debemos estar eternamente agradecidos. Pero tuve que cambiar algunas cosas: comprimí las batallas para lograr una narración coherente y ajusté la fecha de nacimiento de sus hijos, en especial la de Ricciotti, así como la del nacimiento y muerte de sus dos hermanos.

En la historia, José y Anita sólo hacen un viaje a Italia juntos, cuando, en realidad, José hizo varios viajes entre Uruguay e Italia para cerrar sus negocios y organizar a sus soldados. De igual modo, durante sus últimos años, Anita viajó varias veces desde donde estaba José a donde estaban sus hijos en Niza antes de la retirada fatídica de Roma.

Garibaldi fue un abolicionista acérrimo e insistió en la libertad para todos, principios que Anita compartía con él. Me importaba que las luchas de los esclavos libres y la valentía de los Lanceros Negros se mencionaran, aunque no pude explorar más a fondo sus historias.

Quiero notar también que, aunque no quede rastro de la diosa de la tierra, Atiola, se trata de una deidad que Anita le mencionó más de una vez a Feliciana; hasta llegó a decirle que esa diosa estaba a punto de ser olvidada. En toda mi investigación no pude encontrar nada más que las referencias de Anita. Parecería que la historia se perdió con el tiempo.

Algo que no tuve que exagerar fue el amor de José por Anita. El apelativo, «tesoro mio», proviene de sus escritos en los que, con frecuencia, se refiere a su esposa como su tesoro. También escribió lo siguiente en su autobiografía: «Fortuna me reservó esa otra flor brasileña por la que aún lloro y por la que lloraré mientras viva».

Al escribir esta historia, no esperaba encontrar un ícono feminista al que pudiera admirar y cuya fuerza me inspirara y alentara de formas que jamás pude imaginar. Me siento orgullosa de ser portavoz del relato de Anita.

Agradecimientos

La escritura puede ser una actividad muy solitaria. Sin embargo, convertir un borrador de una libreta en un libro requiere una comunidad. Sin estas personas, *La mujer de rojo* no se habría publicado.

En primer lugar, va un enorme agradecimiento a mi agente, Johanna Castillo. Gracias por ver el diamante en bruto, por darme oportunidades y por estar siempre ahí para atender mis preguntas y mis ansiedades.

Karen Kosztolnyik: gracias por ser tan buena editora y por amar mis libros tanto como yo. Ha sido un verdadero placer trabajar contigo. Convertiste en realidad el sueño de toda mi vida y te estaré eternamente agradecida. De igual modo, gracias, Grand Central, por todo su esfuerzo para la realización de este libro.

Ryan Tierney, mi esposo, la mantequilla de maní para mi mermelada: gracias no sólo por ver mi visión, sino por aguantar las estibas de ropa y platos sucios para que yo pudiera escribir otro capítulo. Siempre fuiste el primero a quien acudí cuando tenía que desahogarme y siempre me escuchaste con paciencia.

Gracias a mi padre, William Giovinazzo, por insistir en que leyera un libro sobre Anita. Como siempre, tenías razón: me enamoré de su historia. A mi madre, Helen Hall: gracias por alentarme a tener más libros que zapatos.

Holly Kammier: gracias por ser una de las primeras editoras y por ayudarme a llevar a *La mujer de rojo* a otro nivel.

Erin Lindsay McCabe y Greer Macallister: siempre estuvieron disponibles para contestar mis preguntas y nunca dejaron de estimularme y consolarme cuando me sentía triste. De igual modo, el resto de mi tribu de buenas vibras histórico-literarias: Mary Volmer, Heather Webb, Alyssa Palombo y Stephanie Storey: gracias por su apoyo, sus consejos y su mentoría.

Es algo muy especial contar con una amiga como Amanda; tal vez soy especialmente afortunada de tener dos Amandas en mi vida. Amanda Vetter: gracias por estar presente con tus consejos y tu perspicacia, aun cuando no tenías idea de lo que ocurría. Hemos vivido mucho desde Gag Factory. Amanda Sawyer: gracias por ser una fantástica compañera crítica. Me siento profundamente agradecida por la amistad que construimos en nuestras citas de escritura y café a larga distancia.

Antonia Burns y Eddie Louise Clark: gracias por ser de las primeras lectoras y animadoras.

Gracias a la Women's National Book Association de Los Ángeles por apoyarme y compartir sus recursos.

Hubo una vez, créanlo o no, que abandoné la pluma y renuncié a escribir. Si no hubiese sido por ti, Michele Leivas, posiblemente no la habría vuelto a agarrar. Creíste en mí cuando yo había dejado de hacerlo. De no ser por tu persistencia, ni este libro ni yo estaríamos hoy aquí. Eres la mejor coanfitriona, coconspiradora y hermana de sororidad que cualquier mujer pudiera desear.

Sobre la autora

Diana Giovinazzo es neoyorquina de origen italiano y una apasionada de la novela histórica y la genealogía. Es la cocreadora del *podcast* literario *Wine, Women and Words* [Vino, mujeres y palabras]. *La mujer de rojo* es su primera novela.